GOLDMANN

Buch:

Lewis Brading, Besitzer einer berühmten Schmucksammlung, ist beunruhigt. Irgend jemand scheint es auf seine Schätze abgesehen zu haben – und schreckt vor Mord offenbar nicht zurück. Als Brading erschossen aufgefunden wird, schaltet sich Miss Silver ein, die er kurz vor seinem Tod noch für Nachforschungen gewinnen wollte. Verdächtige gibt es genug – von der nächsten Verwandtschaft über den Privatsekretär bis zu Bradings Verlobter, einer rothaarigen Femme fatale. Die Polizei kann der Täter zwar an der Nase herumführen, aber mit einem hat er nicht gerechnet: daß ihm eine liebenswürdige alte Dame auf der Spur ist ...

Autorin:

Patricia Wentworth, alias Dora Amy Elles, ist mit ihren klassischen englischen Miss-Silver-Romanen *die* Wiederentdeckung einer großen »Lady of Crime«. 1878 in Indien geboren, ließ sie sich 1906 nach dem Tod ihres ersten Ehemannes in Camberley, England, nieder. Nach historischen Romanen schrieb sie 1923 ihren ersten Krimi, dem noch 70 weitere folgen sollten. Ihre bekannteste Heldin heißt Miss Silver, die zwischen 1928 und Wentworths Tod 1961 in 31 Romanen die Hauptrolle spielte. Als reizende alte Dame mit scharfer Kombinationsgabe greift sie Scotland Yard bei der Lösung von Kriminalfällen unter die Arme und wurde damit zu einem der bekanntesten Vorbilder für Agatha Christies Miss Marple.

Außerdem im Goldmann Taschenbuch erhältlich:

Der Elfenbeindolch (5891)
Die Hand aus dem Wasser (1102)
Die Uhr schlägt zwölf (5882)

Patricia
Wentworth

Die Schatulle

Kriminalroman

Ins Deutsche übertragen von
Susanne Althoetmar-Smarczyk

GOLDMANN VERLAG

Originaltitel
»The Brading Collection«

Umwelthinweis:
Alle bedruckten Materialien dieses Taschenbuches
sind chlorfrei und umweltschonend.
Das Papier enthält Recyclinganteile.

Der Goldmann Verlag
ist ein Unternehmen der Verlagsgruppe Bertelsmann

Deutsche Erstveröffentlichung 11/95

Umschlaggestaltung: Design Team München
unter Verwendung eines Motivs von
Jean Auguste Dominique Ingres
Satz: deutsch-türkischer fotosatz, Berlin
Druck: Elsnerdruck, Berlin
Krimi 5917
AB • Herstellung: Heidrun Nawrot
Made in Germany
ISBN 3-442-05917-8

3 5 7 9 10 8 6 4 2

1

Miss Maud Silver nahm ihr Strickzeug zur Hand. Sie strickte aus den Wollresten, die von Pullovern für ihre Nichte Ethel Burkett, Strümpfen für die Jungs und Strampelhosen für Josephine übriggeblieben waren, einen gestreiften Schal, den sie ausnehmend geschmackvoll und künstlerisch fand. Während sie einen schmalen zitronengelben Streifen schuf, musterte sie vorsichtig den Besucher, der gerade hereingeführt worden war. Sie schätzte ihn auf etwa fünfundfünfzig; er war mittelgroß, hielt sich aber sehr aufrecht, war hager und wirkte insgesamt grau. Nicht etwa, daß er krank ausgesehen hätte, doch sein gutgeschnittener Anzug, seine kurzgeschnittenen Haare und seine kühlen Augen waren grau, und sogar seine Haut schimmerte leicht gräulich. Miss Silver fühlte sich an ein Silberfischchen erinnert, wie es manchmal zwischen den Seiten eines lange unbenutzten Buches hervorkommen konnte. Seine Visitenkarte lag auf dem kleinen Tisch:

Mr. Lewis Brading
Warne House
Ledstow

Ledstow lag zwischen Ledlington und dem Meer. Diese Gegend kannte sie gut. Randal March, ein alter Schüler von ihr, war jetzt Chief Constable des Bezirkes. Bevor sie ihr Interesse der Aufklärung von Verbrechen zugewandt hatte, war sie nämlich Gouvernante gewesen. Ihre enge Freundschaft mit der Familie March bestand seit jener Zeit.

Eine Reihe ihrer Fälle hatte sie nach Ledshire geführt. Mr. Bradings Namen glaubte sie dort schon einmal gehört zu haben, konnte sich aber nicht mehr erinnern, in welchem Zusammenhang. Jetzt dachte sie nicht weiter darüber nach, da Mr. Brading selbst ihre ganze Aufmerksamkeit beanspruchte. Wie viele ihrer Besucher bedauerte er im Moment, gekommen zu sein. Sie konnte zwar nicht beurteilen, ob sein steifes Benehmen ausschließlich daher rührte oder ob es seinem Wesen entsprach, aber daß er verlegen und unsicher war und sich fragte, was er überhaupt hier wollte, war für einen erfahrenen Beobachter offensichtlich. Einige ihrer Klienten waren redselig, aber ganz gleich, ob sie zuviel oder zuwenig zu sagen hatten, in den ersten fünf Minuten wünschten sich die meisten, sie hätten vor der Tür kehrtgemacht, hätten nicht klingeln und ihr Problem in Worte fassen müssen.

Im Zuge der »privaten Ermittlungen«, mit denen sich Miss Silver von Berufs wegen beschäftigte, hatte sie sich einige befremdliche Geständnisse anhören und manchen gefährlichen Ort aufsuchen müssen. Ihr Beruf ermöglichte ihr aber auch den bescheidenen Komfort einer Wohnung in den Montague Mansions. Er hatte ihr die pfauenblauen Vorhänge eingebracht, die jetzt an beiden Fenstern zurückgezogen waren, und den Teppich in einer dazu passenden Schattierung, der die Kriegsjahre überstanden hatte, jetzt aber allmählich Anzeichen des Verschleißes aufwies. Indirekt hatte er sie mit den Fotografien versorgt, die zusammengedrängt auf dem Kaminsims, auf dem Bücherschrank und auf jedem anderen denkbaren Platz standen. In den altmodischen Rahmen aus Plüsch oder Silberfiligran auf Samt steckten zum größten Teil ganz moderne Bilder von Babys. Manchmal war auch eine junge Mutter mit dabei oder eine Schar hübscher Mädchen und junger Männer, aber nur sehr wenige ältere Leute. Jede Fotografie war ihr aus Dankbarkeit von jemandem geschenkt worden, der jetzt in Sicherheit oder glücklich und zufrieden lebte, weil Miss Silver erfolgreich für die Gerechtigkeit gekämpft hatte. Wenn sie diese Schlachten verloren hätte, wären die meisten dieser Babys nie geboren worden.

Sie hatte Lewis Brading völlig richtig eingeschätzt. Er wünschte, er wäre nie gekommen. Das Zimmer erinnerte ihn an Besuche als Schuljunge bei seinen Tanten Forrest. Die breite Sitzfläche der gelben Walnußstühle versöhnte einen kaum mit ihren verdrehten Beinen und billigen Schnitzereien. Dieselbe Art Tapete, dieselben unmodernen Bilder. Derselbe Krimskrams und Haufen von Fotografien: das Zimmer einer alten Jungfer, und Miss Silver selbst war ihre perfekte Verkörperung.

Sein Interesse als Sammler war jedoch geweckt worden. Nicht, daß die Sachen auf seiner Linie lagen, aber er erkannte ein Museumsstück, wenn er eines sah. Die wenig eleganten, altmodischen Kleider – wo in Gottes Namen bekam man heutzutage eine solche Garderobe her? Spitzeneinsatz mit Fischbeinstäbchen im Kragen, dicke Strümpfe, Schuhe mit durchbrochenen Kappen, genau wie sie seine alte Cousine Mary trug, das Haarnetz, die akkuraten Ponyfransen, die Kameebrosche mit dem imitierten griechischen Krieger, das adrette Aussehen, die sanfte, mißbilligende Art und das allgegenwärtige Strickzeug: eine entwaffnende Erscheinung, aber auch völlig unzeitgemäß. Sein momentanes Unbehagen hatte einem deutlichen Gefühl männlicher Überlegenheit Platz gemacht.

»Ich habe viel von Ihnen gehört, Miss Silver.«

Der Stimmungswechsel blieb Miss Silver genausowenig verborgen wie die leichte Herablassung in Mr. Bradings nicht besonders angenehmer Stimme. Sie schätzte es ganz und gar nicht, herablassend behandelt zu werden, und seinen ziemlich heiseren Ton schätzte sie ebensowenig. Sie hüstelte und sagte: »Ja, Mr. Brading?«

»Von den Marchs. Die kennen Sie, glaube ich.«

»O, ja.«

Sie sah ihn unablässig an mit Augen, deren Farbe ziemlich undefinierbar war. Brading begann sich über Randal March und über die Situation, in die er ihn gebracht hatte, zu ärgern. Nicht, daß March ihn hierher geschickt hätte – eilig machte er das klar.

»Er weiß nicht, daß ich Sie besuche, und ich wäre Ihnen dankbar, wenn Sie es nicht erwähnen würden. Wie Sie wissen, ist er unser Chief Constable. Zufällig habe ich ihn neulich Abend beim Dinner getroffen, und als das Thema Ermittlungen aufkam, vertrat er die Meinung, daß der beste Detektiv, den er kenne, eine Frau sei. Er selbst erwähnte Ihren Namen zwar nicht, aber einer der anderen Gäste. Man sprach über einen Fall, den Melling-Mord, um den Sie sich gekümmert haben. Da ich mich dafür interessierte, habe ich mir Ihren Namen gemerkt und ihn im Telefonbuch nachgeschlagen.«

Als er sprach, erinnerte er sich weniger daran, was Randal March gesagt hatte, als daran, wie er es gesagt hatte. Das hatte ihn beeindruckt. Auch im nachhinein fand er es noch beeindruckend.

Miss Silver betrachtete ihn nachdenklich. »Sie waren interessiert genug, um einen Termin zu vereinbaren. Und ihn einzuhalten. Was kann ich für Sie tun, Mr. Brading?«

Er bewegte sich abrupt. »Sagt Ihnen mein Name irgend etwas?«

Sie hüstelte. »Ich habe so ein vages Gefühl, aber im Augenblick ... Aber nein, natürlich! Daß ich nicht gleich daran gedacht habe! Die Brading-Sammlung.«

Das Interesse in ihrer Stimme tat ihm wohl. Es versöhnte ihn mit ihrer momentanen Gedächtnislücke.

Mit sichtlichem Stolz sagte er: »Ja.«

Miss Silver hatte den zitronengelben Streifen beendet und knotete jetzt einen dunkelblauen Faden an. Dann sagte sie: »Aber natürlich – das war sehr dumm von mir. Ihre Sammlung ist hochberühmt. Ich habe schon oft gedacht, daß ich sie gern einmal sehen würde. Juwelen mit einer Geschichte – das ist ein weites Feld.«

»Etwas zu weit. Ich habe einige Reproduktionen berühmter Schmuckstücke, aber die Sammlung beschränkt sich weitgehend auf Juwelen, die irgendwie mit Verbrechen zu tun haben. Die Ausnahme sind Familienstücke.«

Sie strickte unterdessen weiter und sah ihn dabei an. »Die Sammlung muß recht wertvoll sein.«

Er lachte heiser. »Es ist eine Menge Geld dabei draufgegangen. Manchmal frage ich mich, warum. Wenn ich einmal nicht mehr bin, wird niemand es zu schätzen wissen.«

Miss Silver hüstelte. »Ich fürchte, das ist oft der Fall. Jede Generation hat ihren eigenen Geschmack und ihre eigenen Interessen. Ich nehme doch an, daß Sie den Ihren zu Ihrem eigenen Vergnügen nachgegangen sind und nicht Ihren Kindern zuliebe.«

Er antwortete rauh: »Ich habe keine Kinder. Ich bin nicht verheiratet. Mein gegenwärtiger Erbe ist mein Cousin Charles Forrest, der die wertvolleren Stücke der Sammlung vermutlich sofort versilbern würde.«

Miss Silvers Nadeln klapperten. Der gestreifte Schal drehte sich. Sie sagte: »Sie haben gewisse Befürchtungen, nicht wahr? Vielleicht sagen Sie mir, wie ich Ihnen helfen kann.«

Bis zu diesem Augenblick hatte er sich noch nicht endgültig entschlossen.

»Alles, was ich Ihnen erzähle, wird vertraulich behandelt?«

»Aber natürlich, Mr. Brading.«

March hatte gesagt, daß Miss Silver die Diskretion in Person sei. Er runzelte die Stirn. »Ich kann Ihnen nichts Genaues sagen. Mir ist unbehaglich, und ich glaube, für dieses Unbehagen gibt es gute Gründe. Mehr ist es wirklich nicht. Ich fange besser damit an, Ihnen meine Situation zu beschreiben.«

Miss Silver nickte. »Tun Sie das bitte.«

Während er redete, saß er ziemlich aufrecht und bewegte die rechte Hand auf der Sessellehne. Manchmal fuhr er mit den Fingerspitzen das Muster der Akanthusblätter auf dem Bezug entlang, manchmal klopfte er nervös auf die Lehne.

»Bis vor kurzem war ich der Besitzer von Warne House in der Nähe des Dorfes Warne in Ledshire. Das ist ein recht kleines Dorf, etwa fünf Kilometer von Ledstow entfernt. Als ich mich ernsthaft für Juwelen zu interessieren begann, wurde mir klar, daß es einige Überlegungen erfordert, eine wertvolle Sammlung unterzubringen. Ich entschloß mich, einen Tresorraum an das Haus anbauen zu lassen. Ich ließ Experten kommen und in den späten Zwanzigern wurde dieser Tresorraum dann errichtet. Er wurde nicht direkt an das Haus angebaut, sondern ist durch einen neun Meter langen Gang, der bei Nacht hell erleuchtet ist, mit ihm verbunden. Auf der Seite befindet sich ein steiler Hügel, in den der Anbau teilweise hineingebaut ist. Ich will Sie nicht mit technischen Einzelheiten behelligen, aber die Beton- und Stahlkonstruktion ist so einbruchsicher, wie es machbar war. Es gibt keine Fenster, statt dessen nur eine erstklassige Klimaanlage, und der einzige Eingang, durch den man zu dem erleuchteten Gang gelangt, hat eine Stahltür. Wenn man diese öffnet, befindet man sich in einer kleinen Kammer und muß durch eine weitere Stahltür, um den eigentlichen Tresorraum zu betreten. Habe ich mich verständlich gemacht?«

»Vollkommen, Mr. Brading.«

Ihr kam in den Sinn, daß er die Art eines Dozenten hatte, obwohl Gott sei Dank nicht alle Dozenten so trockene und präzise Vorträge hielten.

Er legte die Fingerspitzen zusammen und fuhr fort. »Der Anbau hat einen sehr einfachen Grundriß. Der größte Raum beherbergt meine Sammlung. Auf der linken Seite ist das Schlafzimmer meines Sekretärs und ein Badezimmer. Gegenüber der Eingangstür ist eine zweite Tür, die auf einen Flur führt, von dem mein eigenes Schlafzimmer, ein zweites Badezimmer und ein Labor abgehen. Ich beschäftige mich nämlich mit einigen interessanten Experimenten mit Steinen – aber das nur nebenbei. Die ganze Planung sollte perfekt sein und ist es meiner Meinung nach auch.«

Miss Silver hatte weitergestrickt. Jetzt hüstelte sie wieder und fragte: »Warum erzählen Sie mir das alles, Mr. Brading?«

Wieder befingerte er die Akanthusblätter. Sein betont sicheres Auftreten war ins Schwanken geraten.

»Ich wollte Ihnen klarmachen, daß jede Vorsichtsmaßnahme getroffen worden ist.«

»Aber Sie sind nicht zufrieden?«

Zögernd meinte er: »Mein Verstand sollte es sein.«

»Fahren Sie doch bitte fort.«

»Ich habe jede Vorsichtsmaßnahme getroffen. Während des Krieges habe ich die Sammlung an einen sicheren Ort im Inland schaffen lassen. Ich war in der Zensurbehörde beschäftigt, da ich nämlich ein durchaus beachtlicher Sprachwissenschaftler bin. Nach dem Krieg hatte ich kein Interesse daran, Warne House noch länger zu unterhalten. Es war viel zu groß für mich. Ständig gab es Schwierigkeiten mit dem Personal. Ich hatte einfach keine Lust mehr. Man schlug mir vor, daß es hervorragend geeignet sei für einen Country Club. Es wurde eine Aktiengesellschaft gegründet, die das Haus erwarb, und ich zog in den Anbau. Ich halte einige Aktienanteile und habe mein altes Arbeitszimmer behalten, das an derselben Seite des Hauses wie der Anbau liegt – gleich rechts neben der Tür, die zu dem erleuchteten Gang führt. Um es nochmals zusammenzufassen: Mein Sekretär und ich essen im Club, ich habe dort auch mein Arbeitszimmer behalten, aber die Sammlung befindet sich im Anbau, in dem wir beide auch schlafen. Eine Frau kommt zum Saubermachen aus dem Club herüber, aber sie ist nie allein im Gebäude. Es gehört zu den Pflichten meines Sekretärs, sie zu beaufsichtigen.«

Miss Silver war an Klienten gewöhnt, die sich mit unwesentlichen Details aufhielten, um den Moment hinauszuzögern, an dem sie etwas preisgeben mußten, was ihnen unangenehm war. Der dunkelblaue Streifen war fertig, jetzt kam wieder Zitronengelb an die Reihe.

»Sie waren sehr umsichtig, Mr. Brading. Sie haben all diese Maßnahmen getroffen, es bleibt aber noch das menschliche Element. Das Gebäude, in dem Sie leben, liegt nicht einsam, sondern ist durch Ihre Vorsichtsmaßnahmen isoliert. In dieser Isolation leben Sie mit einem anderen Menschen zusammen. Meine Aufmerksamkeit richtet sich natürlich auf diese Person, Ihren Sekretär. Wer ist er, woher stammt er, wie lange ist er schon bei Ihnen?«

Lewis Brading lehnte sich in seinem Sessel zurück und schlug die Beine übereinander. Ein kleines Lächeln verzog seine Lippen.

»Genau. Das ist der Punkt. Sein Name ist James Moberly, er ist neununddreißig. Er wuchs in bescheidenen Verhältnissen auf, bekam ein Stipendium, wandte sich der experimentellen Chemie zu und wurde in ziemlich geniale Betrügereien verwickelt.«

»Du meine Güte«, rief Miss Silver und strickte weiter.

Lewis Bradings Finger klopften auf die Akanthusblätter. Er lächelte nicht richtig, wirkte jedoch erfreut.

»Er war bei einem Mann angestellt, der eine Serie von Betrügereien begangen hatte. Juwelen wurden gestohlen und einige der Steine durch sehr gute Kopien ersetzt. Dann wurde die von der Versicherung ausgesetzte Belohnung in Anspruch genommen und so ein doppelter Profit gemacht. Während des Krieges kam das Ganze ans Licht. Der Haupttäter war ein Franzose, der von Paris aus operierte. Als Frankreich zusammenbrach, verschwand er. Ich stieß auf diese Affäre durch meine Arbeit bei der Zensurbehörde. Ich hatte es mir zur Aufgabe gemacht, der Sache nachzugehen. James Moberly diente bei der Armee – ich glaube nicht, daß er es jemals weiterbrachte als in die Schreibstube eines Stützpunktes. Ich blieb ihm auf der Spur, und als er ausgemustert wurde, bot ich ihm die Stelle als mein Sekretär an. Überrascht Sie das?«

Miss Silver meinte ernst: »Das haben Sie wohl erwartet?«

Er lachte trocken. »Zweifellos. Und jetzt werde ich Ihnen meine Gründe nennen. James Moberly verfügt über die technischen Kenntnisse, die für meine Experimente erforderlich sind. Diese sind nicht so gewöhnlich, wie Sie vielleicht annehmen. Er ist bei Monsieur Poisson in die Lehre gegangen und hat außergewöhnlich viel gelernt. Dieser Monsieur Poisson war übrigens in Gaunerkreisen als *poisson d'avril* bekannt, sicherlich ein ironischer Gebrauch, denn er war keineswegs ein Narr.«

Miss Silver behandelte ihn wie eine Gouvernante, die einen Schüler lobt. Sie murmelte: »*Poisson d'avril* bedeutet natürlich Narr.«

Ein leichtes Zucken der Lippen ersetzte das schwache Lächeln. Er hatte das Gefühl, getadelt worden zu sein, konnte aber nicht glauben, daß das ihre Absicht gewesen war. Miss Silver sah ihn weiter milde und fragend an. Er sagte: »Ich überlegte mir, daß ich ihn aufgrund seines Vorlebens in der Hand hatte. Er war niemals angeklagt worden, und wenn er sich bei mir anständig benahm, würde er es auch nie werden. Aber sobald er einen Fehler beginge oder seine Stellung auch nur im mindesten ausnutzte, würde er sich einer Strafverfolgung aussetzen.«

Wiederum sagte Miss Silver: »Du meine Güte!« Die Nadeln hielten in der Mitte des zitronengelben Streifens einen Augenblick inne. »Es scheint mir, daß Sie da einen sehr gefährlichen Kurs eingeschlagen haben.«

Er zog die grauen Augenbrauen hoch und lachte. »Er wird mich nicht umbringen. Sie müssen mir schon ein wenig Verstand zugestehen. Falls mir etwas zustoßen sollte, würde

James Moberlys Akte in die Hände meines Cousins Charles Forrest gelangen, der auch mein Testamentsvollstrecker ist. Wenn er nicht überzeugt ist, daß alles mit rechten Dingen zugegangen ist, wandert die Akte zur Polizei. Meinem Testament ist ein Brief mit entsprechenden Anweisungen beigelegt, und James Moberly weiß das.«

Miss Silvers Nadeln bewegten sich wieder. Sie sagte nichts. Jeder der sie kannte, wußte, daß sie so ihre Mißbilligung ausdrückte.

Mr. Brading wurde dies nicht bewußt, weil ihm gar nicht in den Sinn kam, daß es etwas zu mißbilligen gab. Er war nämlich ganz zufrieden mit sich und der Maßnahme, durch die er sich die Treue seines Sekretärs gesichert hatte, und erwartete ihren Beifall.

»Gute Idee, finden Sie nicht? Ich halte die Peitsche in der Hand, und er weiß es. Solange er ehrlich bleibt und seine Arbeit tut, bezahle ich ihn gut und mit ihm ist alles in Ordnung. Eigennutz, verstehen Sie? Das ist das stärkste Motiv, das man sich denken kann. Es zahlt sich für ihn aus, ehrlich zu bleiben und seine Pflichten nach meinen Wünschen zu erfüllen. Ein stärkeres Motiv gibt es gar nicht.«

Miss Silver war am Ende der Reihe angelangt. Mit großem Ernst wiederholte sie: »Sie haben einen gefährlichen Kurs eingeschlagen, Mr. Brading. Dessen sind Sie sich auch selbst bewußt, sonst wären Sie nicht hier. Warum wollten Sie mich sprechen?«

Er runzelte plötzlich die Stirn. »Ich weiß es nicht. Ich bin – wie soll ich es sagen – besessen. Ja, ich glaube, das ist das richtige Wort«, er wiederholte es mit großem Nachdruck, »besessen von der Idee, daß etwas hinter meinem Rücken vorgeht. Ich bin weder nervenschwach noch besonders phantasievoll, aber ich habe dieses Gefühl. Wenn es dafür irgendeine Begründung gibt, dann würde ich gern wissen, welche. Wenn nicht, dann möchte ich mir dessen sicher sein.«

Miss Silver hüstelte. »Gibt es nicht mehr als dieses Gefühl, von dem man ausgehen kann?«

Sie sah, daß er zögerte.

»Ich weiß nicht – vielleicht, vielleicht auch nicht. Ich dachte –« Er brach ab.

»Bitte seien Sie offen zu mir, Mr. Brading. Was dachten Sie?«

Er sah sie zuerst neugierig, dann eindringlich an. »Ein paarmal kam mir der Gedanke, daß ich zu tief geschlafen habe, und als ich dann aufwachte, hatte ich das Gefühl, etwas sei vorgefallen.«

»Wie oft ist das genau passiert?«

»Zwei- oder dreimal. Ich bin mir nicht sicher. Es ist nur eine Möglichkeit. Ich hatte das Gefühl, daß ein Fremder im Anbau gewesen ist.« Er schüttelte den Kopf. »Nein, das führt zu weit. Ich kann nur sagen, daß es eine Möglichkeit ist.«

Miss Silver bewegte sich fast unmerklich. Es war kein Kopfschütteln, aber jeder, der sie kannte – etwa Inspector Abbott von Scotland Yard, hätte es als Zeichen der Unzufriedenheit, wenn nicht gar als Ablehnung aufgefaßt. Nach einem kurzen Hüsteln sagte sie: »Entschuldigen Sie bitte, Mr. Brading, aber ich verstehe nicht, warum Sie mich konsultieren.«

»Nein?«

Sie wiederholte das Wort ruhig und nachdenklich. »Nein. Sie haben anscheinend einen vagen Verdacht, und ich vermute, daß dieser sich gegen Ihren Sekretär richtet.«

»Das habe ich nicht gesagt.«

Sie legte ihr Strickzeug für einen Augenblick nieder und meinte energisch: »Nein, das haben Sie nicht gesagt. Aber Sie und Mr. Moberly sind in dem Anbau, den Sie beschrieben haben, allein. Ich nehme an, daß er wie Sie einen Schlüssel hat.«

»Ja, er hat einen Schlüssel.«

»Dann läuft alles, was Sie gesagt haben, darauf hinaus. Sie verdächtigen ihn, jemanden in den Anbau einzulassen oder eingelassen zu haben, nachdem er Sie vorsichtshalber betäubt hat.«

»Ich habe nichts von alledem gesagt.«

»Sie haben es angedeutet. Darf ich erfahren, was Ihre Absicht war, als Sie um einen Termin baten? Auf welche Weise könnte ich Ihnen Ihrer Meinung nach zu Diensten sein?«

Er lächelte noch immer. Wenn das darauf hindeutete, daß er vergnügt war, dann war dies nicht die Art Vergnügen, die Miss Silver guthieß. Er hob die Hand und ließ sie wieder fallen.

»Ich dachte, es wäre keine schlechte Idee, Moberly überwachen zu lassen.«

Miss Silver strickte wieder. Sie war gerade an einem grauen Streifen, der viel breiter war als die zitronengelben oder die blauen. Über die Nadeln hinweg betrachtete sie Mr. Brading und sein Lächeln.

»Ich fürchte, da kann ich Ihnen nicht helfen. Dieser Fall liegt überhaupt nicht auf meiner Linie. Ich könnte Ihnen einen Rat geben, aber vorher«, sie hielt inne, »möchte ich Sie etwas fragen.«

Die Augenbrauen wurden ein wenig in die Höhe gezogen.

»Nämlich?«

»Hat Ihr Sekretär, Mr. Moberly, Sie jemals um seine Entlassung gebeten?«

»Ja.«

»Kürzlich?«

»O ja.«

»Dringend?«

»So könnte man sagen. Und was ist Ihr Rat?«

»Sie sollten ihn gehen lassen.«

Er hob wieder die Hand. »Ich fürchte, das würde mir nicht passen.«

Mit einigem Nachdruck sagte sie: »Lassen Sie ihn gehen, Mr. Brading. Ich kenne Ihre Motive nicht, aber Sie halten einen Mann gegen seinen Willen fest, und zwar durch Drohungen. Das ist nicht nur falsch, sondern auch gefährlich. Ich sagte es bereits. Wenn ich es nochmals wiederhole, dann deshalb, weil ich es für meine Pflicht halte, Sie zu warnen. Ablehnung kann zu Haß werden, und in einer Atmosphäre voller Haß kann alles mögliche passieren. Sie wären meiner Meinung nach gut beraten, wenn Sie Ihre Sammlung in einem Museum unterbringen und ein normales Leben führen würden.«

»Tatsächlich? Ist das alles?«

Sie sah ihn unverwandt an. »Widerstand macht Sie hart, nicht wahr, Mr. Brading? Sind Sie deshalb zu mir gekommen? Brauchten Sie vielleicht etwas, das Sie hart macht? Wenn das der Fall ist, ist es schade, daß Sie gekommen sind.«

Sie legte das Strickzeug auf den Tisch neben sich und erhob sich. Die Audienz war vorüber.

Lewis Brading mußte ihrem Beispiel notgedrungen folgen. Er verbeugte sich und ging hinaus. Ganz gegen seinen Willen und seine Absicht war er sehr beeindruckt.

2

Stacy Mainwaring stand am Fenster und sah hinaus. Sie stand, weil sie zu unruhig war, um zu sitzen, und sie blickte hinaus, weil sie die Ankunft einer Kundin erwartete. Manchmal bekommt man einen ganz guten Eindruck von einem Menschen durch seinen Gang, sein Fahrzeug, die Art, wie er sich nähert. Wenn sich zwei Menschen treffen, wird jeder in gewissem Maße durch den anderen beeinflußt und verhält sich anders, als wenn er allein wäre. Stacy wollte Lady Minstrell gern sehen, bevor sie sich kennenlernten.

Sie sah aus ihrem Fenster im dritten Stock herab auf die Londoner Straße, die glühend heiß in der Nachmittagssonne lag. Es war eine ruhige Straße, die hohen altmodischen Häuser wurden zum größten Teil als Wohnungen vermietet, die hastig hergerichtet worden waren, um der dringenden Wohnungsnot zu begegnen. Stacy verfügte über zwei Zimmer inklusive Badbenutzung. Viele Leute hatten nur eines und schätzten sich dennoch glücklich.

Sie blickte auf die Straße und fragte sich, ob die Frau in dem bauschigen Mantel Lady Minstrell war. Selbst wenn es über dreißig Grad war, würde es in London noch eine dicke Frau geben, die bis zum Hals in Pelz gehüllt war. Wenn diese spezielle Frau vor der Nr. 10 stehenbliebe, würde Stacy nein sagen. Vielleicht würde sie zu jeder nein sagen – sie hatte sich noch nicht entschieden. Seit Lady Minstrell angerufen und den Termin vereinbart hatte, versuchte sie, sich zu entscheiden, aber es klappte nicht. Jedesmal, wenn sie drauf und dran war, ja oder nein zu sagen, blockierte etwas in ihr und sie mußte wieder von vorne anfangen zu argumentieren. Ledshire war groß.

Möglicherweise konnte man jahrelang in Ledshire wohnen, ohne Charles Forrest ein einziges Mal über den Weg zu laufen. Auf der anderen Seite konnte man ihm jederzeit auf der Ledlington High Street begegnen. Oder auf einer Cocktailparty, oder man traf beim Tee Leute, die über die Scheidung tuschelten. »Charles ist dieses Mädchen also losgeworden. Wie hieß sie noch gleich? Ein seltsamer Name, aber ich kann mich nicht mehr erinnern.« »Marschierte einfach hinaus und verließ ihn. Etwas völlig Neues für den alten Charles, was? Normalerweise war es doch genau umgekehrt.« So redeten die Leute, und wenn sie nach Ledshire ging, um eine Miniatur von der alten Mrs. Constantine zu malen, müßte sie dieses Gerede vielleicht wieder hören.

Sie ballte die rechte Hand zur Faust. Ja, und? Wenn man etwas tat, redeten die Leute darüber, und wenn sie redeten, mußte man sich eben daran gewöhnen. Was machte das schon aus? Sie hatte Charles verlassen, und er hatte sich deshalb von ihr scheiden lassen. Und wenn schon! Drei Jahre lang hatte sie ihn nicht gesehen, sie hatte den Kopf über Wasser gehalten und sich mit ihren Miniaturen einen Namen gemacht. Es gab keinen vernünftigen Grund auf der Welt, warum sie nicht nach Ledshire gehen und Mrs. Constantine malen sollte. Im Gegenteil – es sprach alles dafür. Das alte Mädchen war nämlich eine Berühmtheit. Es wäre eine Ehre, sie zu malen, und das Geld konnte sie auch gut gebrauchen. London war wie ein Backofen. Plötzlich hatte sie das Gefühl, es nicht länger ertragen zu können. Zwei Zimmer und der Blick auf eine Reihe grauer Häuser. Beim bloßen Gedanken an das Straßenpflaster im August taten ihr die Füße weh. Ihre zusammengeballte Hand entspannte sich. Wenn sie diesen Auftrag annahm, würde es dort einen Garten geben – Gras, Bäume, Schatten. Was machte es schon aus, ob sie Charles traf oder nicht? Sie konnten »Hallo!« sagen und mit dem fortfahren, was sie gerade taten. Sie waren einander nicht länger wichtig. Sie waren nicht mehr verheiratet.

Ein Taxi kam die Straße herauf und hielt vor Nr. 10. Eine hochgewachsene Frau stieg aus. Stacy sah einen kleinen schwarzen Hut, das Flattern eines geblümten Sommerkleides – das war alles. Sie trat vom Fenster zurück und wartete. Der erste Blick hatte ihr nun doch nichts verraten.

Lady Minstrell rauschte in das Zimmer wie ein Schiff unter vollen Segeln. Wenn sie nicht genug Geld gehabt hätte und so vernünftig wäre, sich einer hervorragenden Schneiderin anzuvertrauen, wäre sie einfach nur eine große, grobknochige Frau. So jedoch war sie eine imposante Erscheinung – einen Meter achtzig groß, mit einer Fülle von grauen Fäden durchzogener, dunkler Haare und hübschen Gesichtszügen. Stacy fühlte sich schmächtig und unbedeutend neben ihr. Lady Minstrell sprach mit dem sorgfältig eingeübten Tonfall der Klasse, in die sie hineingeheiratet hatte. Ihre Stimme war völlig makellos, wenn ihr auch jede Individualität fehlte.

»Miss Mainwaring, ich bin so froh, daß Sie sich mit mir treffen konnten. Briefe sind so unbefriedigend, finden Sie nicht auch? Und ein Telefongespräch erscheint mir immer so einseitig.« Ohne Hast ließ sie sich nieder, richtete ihre dunklen Augen auf Stacy und fuhr fort, als habe es keine Unterbrechung gegeben. »Wie ich Ihnen bereits zu erklären versuchte, ist dies kein gewöhnlicher Porträtauftrag. Meine Mutter hat sich stets geweigert, sich malen zu lassen. Natürlich wurde sie viel fotografiert, als sie noch auf der Bühne stand, aber nur in ihren Rollen. Es ist noch nie ein privates Foto von ihr gemacht worden, und meiner Schwester und mir ist natürlich sehr daran gelegen, daß – daß –«, sie machte eine kleine Handbewegung. »Sicher wissen Sie, was ich meine.«

»Aber natürlich«, antwortete Stacy. Ihre Stimme klang kühl und unbeteiligt. Vor drei Jahren wäre das noch anders gewesen. Sie konnte selbst den Unterschied hören. Sie haßte es, und doch erfreute es sie auch. Wenn du keine Rüstung trägst, wirst du verletzt, aber manchmal fühlt sich die Rüstung steif und unerträglich an.

Lady Minstrell fuhr fort: »Meine Mutter hat einige Ihrer Arbeiten in einer Ausstellung gesehen. Darunter war auch die Miniatur eines alten Mannes – Professor Langton. Sie gefiel ihr sehr gut, und als sie nach Hause kam, sagte sie: ›Ihr drängt mich immer, daß ich mich malen lasse. Also, wenn ihr diese junge Frau dafür gewinnen könnt, würde es mir nichts ausmachen.‹« Wieder machte sie diese kleine Handbewegung. »Ich hoffe, Sie halten mich nicht für zu unverblümt, aber meine Mutter ist ein Original, und so redet sie nun einmal. Es würde nichts bringen, wenn Sie hinführen, um sie zu malen, und glaubten, sie sei wie andere Leute. Das war sie nie und wird sie nie sein.«

Stacy mußte lachen. »Ich würde sie nicht malen wollen, wenn sie das wäre.«

»Wollen Sie sie malen? Ich hoffe es so sehr.«

»Sie wecken tatsächlich den Wunsch in mir.«

»Gott sei Dank! Genau das habe ich gehofft. Es ist nämlich eine so günstige Gelegenheit. Meine Mutter ist wirklich sehr interessiert daran. Wissen Sie, meine Mutter ist immer noch voller Energie. Wenn Sie nein gesagt hätten, wäre sie imstande, in die Stadt zu kommen und sich nicht aus diesem Stuhl zu rühren, bis sie Sie überredet hätte. Es ist also viel weniger ermüdend, wenn wir zu einer Einigung kommen. Also, wie ist es? Wann können Sie kommen?«

Eine kleine Stimme in Stacy sagte: »Ich kann nicht –«

Aber es war nur eine schwache Stimme, die völlig erlosch, als sie sich befahl, kein Narr zu sein. Sie fühlte einen gewissen Triumph, als sie mit Lady Minstrell das Honorar vereinbarte und verabredete, in zwei Tagen nach Burdon zu kommen.

»Es ist elf Kilometer von Ledlington entfernt. Wir holen Sie vom Zug um drei Uhr fünfundvierzig ab.«

3

Als Lady Minstrell gegangen war, ging Stacy hinunter und lieh sich eine Karte von Ledshire. Colonel Albury im Erdgeschoß hatte Karten von der ganzen Welt. Als er noch ein Auto gehabt hatte, war er die meisten Straßen mit Höchstgeschwindigkeit entlanggerast. Jetzt, da er nicht mehr fahren konnte, verbrachte er einen Großteil des Tages damit, die Karten zu studieren, Entfernungen zu berechnen und zu überlegen, wo man Benzin sparen konnte, indem man einen Abhang im Leerlauf hinuntersauste. Stacy hatte keine Lust, in diese Berechnungen verwickelt zu werden, daher war sie sehr froh, Mrs. Albury zu erwischen, die ihr die Karte gab, ohne viel zu fragen, weil sie schnell wieder zurück mußte zu ihrer Wäsche oder zum Kochen oder Putzen, was ihre ganze Zeit beanspruchte.

Zurück in ihrem Zimmer faltete Stacy die Karte auseinander und legte sie auf ein Möbelstück, das bei Tag ein Sofa und bei Nacht ihr Bett war. Gewiß, sie hatte zwei Zimmer, aber das Hinterzimmer war zu eng und zu heiß, um dort zu schlafen.

Sie breitete die Karte aus und kniete sich hin, um sie zu betrachten. Da waren Ledlington, elf Kilometer davon entfernt Ledstow und jenseits davon die geschwungene Küstenlinie. Burdon war nicht eingezeichnet, aber der Name des Ortes war Hele, und der war ebenfalls elf Kilometer von Ledlington entfernt. Sie fand ihn fast sofort, auf der entgegengesetzten Seite von Ledstow. Sie hielt die Luft an. Also war die Küste etwa zweiundzwanzig Kilometer weit entfernt. Warne lag direkt an der Küste. Selbst wenn Charles dort war, konnte sie leichten Herzens nach Burdon reisen. Zweiundzwanzig Kilometer war doch recht weit. Außerdem, weshalb sollte Charles in Warne sein? Er konnte es sich doch unmöglich leisten, in Saltings zu leben.

Sie dachte einen Augenblick über das große graue Haus nach, das zwischen den alten Bäumen stand, die es vor den Kanalwinden schützten. Sie fragte sich, ob es verkauft, vermietet oder in Wohnungen aufgeteilt worden war, und überlegte, ob es Charles etwas ausmachen würde, wenn das so wäre. Er würde es auf jeden Fall niemals zeigen. Er zeigte niemals irgend etwas. Vielleicht weil es nichts zu zeigen gab. Er bot der Welt ein lachendes Gesicht und bezauberte sie ganz nach Belieben. Aber ob er sich aus irgendwas etwas machte, hatte sie nie gewußt, und sie würde es auch nie erfahren.

Stacy stand schnell auf. Sie wurstelte die Karte zusammen und feuerte sie auf einen Stuhl auf eine Art und Weise, die Colonel Albury hätte rotsehen lassen. Auch wenn sie ein geborener Narr war, so verrückt war sie doch nicht, daß sie angesichts einer Karte anfing zu heulen und an Charles zu denken. Es war doch für sie ohne Belang, was ihm oder Saltings widerfuhr. Sie würde nach Burdon fahren, um die alte Myra Constantine zu malen, und Burdon war zweiundzwanzig Kilometer von Warne entfernt.

Sie sorgte dafür, daß sie den Rest des Tages sehr beschäftigt war. Es gab viel zu tun, wenn sie in zwei Tagen abreisen sollte. Sie erledigte alles mit einem solchen Elan, daß sie völlig ermüdet ins Bett sank und einschlief, sobald ihr Kopf das Kissen berührte. Und dann träumte sie natürlich von Saltings.

Es war ein außergewöhnlich lebhafter Traum. Sie ging an den Klippen entlang. Es gab tatsächlich einen Pfad auf den Klippen. Sie hatte ihn immer gehaßt, weil der Abhang so steil ins Meer abfiel und der Weg so schmal war, aber im Traum war er noch schmaler. Zum Meer hin war ein jäher Abgrund, und zur Landseite erhob sich statt der leichten Böschung, die oft nicht mehr als mannshoch war, eine turmhohe Mauer. Es war sehr hell, aber sie konnte weder das Meer noch die Oberkante der Mauer sehen. Sie hörte, wie die Wellen über den Sand krochen und ins Meer zurückschwappten. Sie hörte den landeinwärts wehenden Wind gegen die Mauer anpeitschen, aber sie konnte weder die Flut sehen noch den Wind spüren. Sie mußte geradeaus gehen. Weshalb, wußte sie nicht, aber sie war gezwungen dazu, ihr blieb keine Wahl. Die Mauer bildete Colonel Alburys Karte mit all den darauf verzeichneten Orten, Straßen und Flüssen – sie stand aufrecht. Jeder ihrer Schritte war eingezeichnet. An Saltings war sie bereits vorbei gekommen, und jeden Augenblick würde der Weg sie nach Warne führen. Dort würde der Weg enden, weil die Klippen sich zum Dorf hin senkten. Bald würde es abwärts gehen, und sie könnte die Bäume sehen, die Warne House schützten, und die Dächer der Dorfhäuser. Irgend etwas stimmte aber nicht – der Weg ging weiter und weiter und führte nirgendwo hin. Eine Stimme rief von weit oben: »Wohin, Stacy, wohin?«, und sie antwortete: »Nach Warne.« Die Stimme erwiderte: »Geh nicht. Ich warne dich. Geh nicht nach Warne.« Dann verstummte die Stimme, und sie sah Charles, wie er ihr auf dem engen Pfad entgegenkam. Sie würden sich treffen, wenn keiner von ihnen umkehrte. Sie konnten nicht umkehren, weil der Weg auf eine jener schmalen Linien in Colonel Alburys Karte geschrumpft war, weniger als zwei Fußbreit. Charles lächelte sie an wie früher, und sie fiel mit dem Gesicht auf die knisternde Karte und erwachte.

Einen Augenblick lang wußte sie nicht, wo sie war. Eigentlich hätten Felsen da sein müssen und das Meer. Aber sie waren verschwunden, Charles war verschwunden und ihre Rüstung ebenfalls. Sie steckte ihr Gesicht ins Kopfkissen und weinte.

4

Stacy saß im Zug und war in Hochstimmung. Sie hatte alle Hindernisse beiseite geräumt, und jetzt war sie unterwegs. Sie hatte ein Recht, sich zu freuen. Noch heute morgen hatte Edith Fonteyne am Telefon zu ihr gesagt: »Aber, meine Liebe«, mit mindestens sechs Ausrufezeichen, als Stacy ihr erzählt hatte, daß sie nach Burdon führe, um eine Miniatur von Myra Constantine zu malen. Auf die Ausrufungszeichen folgte ein Keuchen.

»Das kannst du doch nicht tun!«

»Warum nicht?«

»Meine Liebe!« Edith keuchte noch immer. »Also, wenn es dir nichts ausmacht ...«

»Was sollte mir etwas ausmachen?«

»Also, ich hätte gedacht ...«

Stacy verlor die Geduld.

»Denk lieber nicht!« rief sie und schmiß den Hörer auf. Edith war zwar ihre Cousine, aber kaum jemand brachte es fertig, sie so zu verärgern. Was sie wirklich wollte war, Stacys Hand zu halten und ihr zu sagen. »Vertrau dich mir an.« Es war nicht das erste Mal, daß Stacy den Hörer hingeknallt hatte. Gewöhnlich tat es ihr hinterher leid, weil Edith sie kannte, seit sie ein Baby gewesen war, und nur freundlich zu ihr sein wollte. Aber heute empfand sie es als Triumph. Sie hatte Edith ebenso untergekriegt wie ihre eigenen bösen Vorahnungen und diesen verfluchten Traum.

Jemand hatte Stacy einmal gesagt, daß es ihre größte Schwäche sei, Dinge in aller Eile zu tun. Sie konnte sich nicht erinnern, wer es war, wahrscheinlich Ediths Mutter, die alte Agatha Fonteyne. Ja, genau. Stacy konnte hören, wie sie sagte: »Du bist immer in zu großer Eile, meine Liebe. Wenn du etwas siehst, das dir gefällt, mußt du es sofort haben. Dieses Kleid, mit dem du vorige Woche nach Hause gekommen bist – völlig unpassend und unpraktisch, aber du mußtest losstürmen und es kaufen, ohne dir Zeit zu lassen zum Überlegen. Und jetzt diese Heirat …«

Genau das hatte sie gesagt, ein Werben wie ein Wirbelwind und eine Blitzhochzeit. »Heirate in Eile, und du bereust es in Muße«, und so weiter. Charles war genau wie das Kleid unpassend und unpraktisch. Er hatte einen alten Kasten am Hals, nur den Sold von der Armee, kaum sonstiges Einkommen, aber einen teuren Geschmack und viel mehr Charme, als gut für ihn war. Zuviel für Stacy, die ihn in Eile geheiratet hatte und es bereute, noch ehe die Flitterwochen vorüber waren.

Ihr Gesicht glühte vor plötzlichem Zorn. Schon wieder Charles! Tauchte noch dazu in Gesellschaft von Agatha Fonteyne auf! Sie dachte an die beiden und mußte lachen. Und schon war sie wieder zufrieden mit sich.

Als sie in Ledlington ankam, waren viele Leute auf dem Bahnsteig, einige stiegen aus, andere ein, da der Zug nach Ledstow weiterfuhr. In der Menge, die sie überragte, wirkte Lady Minstrell sogar noch eindrucksvoller als in Stacys Wohnung. Sobald sie Stacy am Fenster erblickte, kam sie auf sie zu, traf sie an der offenen Tür, stieg mit einem gemurmelten Gruß in den Zug ein und machte es sich auf dem Eckplatz bequem.

»Ich hoffe, es macht Ihnen nichts aus, wir fahren weiter nach Ledstow. Ich hatte keine Zeit, Sie zu informieren.«

Bevor Stacy irgend etwas sagen oder tun konnte, außer sich völlig ratlos zu fühlen, beförderte ein Gepäckträger zwei Koffer in das Abteil, gefolgt von einem Obstkorb. Als Stacy fragte: »Ledstow?«, half er gerade drei Kindern die Stufen hinauf und hievte dann eine sehr stämmige Frau hinein. Die Kinder wollten jemandem auf dem Bahnsteig winken, und als die stämmige Frau endlich ihr Gesicht abgewischt hatte, stellte sie sich hinter ihre Kinder und winkte auch.

Stacy rückte so nahe wie möglich zu Lady Minstrell. Ihr Mund war trocken. Noch einmal sagte sie »Ledstow?« und dann so etwas wie »Ich kann nicht ...«

Die Kinder riefen einer Gruppe ausgewählter Verwandter Abschiedsgrüße zu. Lady Minstrell hob ihre Stimme und sagte: »Meine Mutter ist nach Warne gefahren.«

Es war wie in einem Alptraum. Sie konnte unmöglich nach Warne gehen, aber gleich würde der Zug losfahren. Ach, Unsinn. Er würde sie nicht weiter als bis nach Ledstow bringen. Dort brauchte sie nur auszusteigen und nach London zurückzukehren. Selbst jetzt konnte sie noch aussteigen. Sie erhob sich gerade, als ein Gepäckträger rief: »Gestatten Sie?«, mit einer Hand die Tür aufriß, mit der anderen die Kinder zurückschubste und so einer drahtigen Frau in mittleren Jahren Platz machte, damit sie hineinspringen konnte. Als er hinter ihr die Tür zugeknallt hatte und rief: »In Ordnung, George!«, ruckte der Zug an, daß die Kinder quietschten und kicherten. Der Neuankömmling räumte zwei von ihnen vom Eckplatz gegenüber Lady Minstrell, setzte sich und sagte heiter:

»Hallo, Milly! Schön, dich zu sehen. Wohin fährst du?«

Lady Minstrell antwortete: »Warne. Mama hatte plötzlich einen Drang dahin. Du weißt ja, wie sie ist.« Sie wandte sich Stacy zu. »Dies ist Miss Mainwaring, die wir zu einem Besuch überredet haben. Sie wird eine Miniatur anfertigen. Miss Mainwaring, dies ist unsere Freundin Miss Dale. Du kennst Miss Mainwarings Arbeiten doch sicher, Dossie. Mama bewundert sie so sehr, daß sie nachgegeben hat und bereit ist, ihr zu sitzen.«

Theodosia Dale betrachtete Stacy eingehend. Sie kannte nämlich nicht nur ihre Arbeiten, sondern wußte alles über sie. Sie wußte, daß sie Charles Forrest geheiratet und dann verlassen hatte und daß sie jetzt geschieden waren. Wenn es irgend etwas über irgend jemanden zu wissen gab – sie wußte es.

Unglücklicherweise war sie während Stacys kurzem Aufenthalt in Saltings als Mrs. Forrest nicht zu Hause gewesen. Sonst hätte sie sicherlich herausgefunden, warum die Flitterwochen so katastrophal geendet hatten. Natürlich war das Mädchen Charles Forrest auf die Schliche gekommen – das verstand sich von selbst. Aber was sie genau entdeckt hatte, schien niemand zu wissen. Es gab viele Geschichten, aber sie war sich nicht sicher, ob auch nur eine einzige von ihnen der Wahrheit entsprach. Lilias Grey? Unsinn! Sie war seine Adoptivschwester, und obwohl sie offensichtlich verrückt nach ihm war, war Theodosia bereit, ihren Filzhut zu verspeisen, falls Charles in Lilias verliebt war, oder es jemals gewesen war. Natürlich war es völlig idiotisch gewesen, das Mädchen, das er geheiratet hatte, nach Saltings zu bringen, solange Lilias noch dort war und ein Haufen Verwandter obendrein. Wahrscheinlich dachte er, sie würden die besten Freunde. Männer sind so. Unglaublich dämlich.

Während ihr diese Gedanken durch den Kopf gingen, musterte sie Stacy scharf, die ihr gegenüber neben Milly Minstrell saß. Die Kinder prügelten sich um ein Stück Schokolade – sehr schlechtes Benehmen –, und zwei von ihnen schrien wie am Spieß. Eine Unterhaltung war im Augenblick ganz unmöglich. Sie saß steif aufrecht da in ihrem stahlgrauen Tweedkostüm – übrigens dieselbe Farbe wie ihr üppiges Haar –, ihren dicken Wanderschuhen und ihrem vernünftigen Hut und sah Stacy Forrest an, die sich jetzt wieder Miss Mainwaring nannte. Nicht sehr groß, in keiner Weise auffällig. Brünette Haare, aus denen man das beste gemacht hatte – die Mädchen gaben heutzutage ihr ganzes Geld für den Friseur aus. Ziemlich weit auseinander stehende graue Augen. Hübsche Wimpern ohne diese klebrige Tusche. Klare, blasse Haut und Lippenstift in einer vernünftigen Farbe. Ein adrettes blaues Leinenkleid. Das Mädchen sah wie eine Dame aus. Gute Hände und Füße, gute Fußgelenke. Aber warum Charles Forrest sich in sie verguckt haben sollte, konnte man sich nicht vorstellen. Keine besondere Figur – einfach zu dünn. Wahrscheinlich aß sie nie anständig. Mädchen waren genauso dämlich wie Männer, nur auf eine weniger abstoßende Art. Diese – wie hieß sie noch gleich – Stacy? Lächerlich! Wahrscheinlich aß sie in Snackbars, thronte dabei auf einem Barhocker, wo ihre Füße über dem Boden baumelten. Verrückt!

Das Geschrei der Streithähne war verklungen. Die dicke Frau fächelte sich mit ihren schwarzen Lederhandschuhen Luft zu, und alle drei Kinder beschmierten sich die Gesichter mit Schokolade. Lady Minstrell redete weiter, als sei sie nie unterbrochen worden.

»Mama ist nun einmal so. Wenn sie etwas möchte – dann sofort.« Sie wandte sich Stacy zu. »Ich hätte Sie über die Änderung unseres Planes informiert, wenn Zeit dazu gewesen wäre. Meine Mutter hat sich plötzlich in den Kopf gesetzt, daß sie lange genug in Burdon gewesen sei und daß sie jetzt Seeluft brauche. Also packte sie heute morgen und fuhr nach Warne. Sie hat es mir noch nicht einmal mitgeteilt. Ich kam herunter und stellte fest, daß sie weg war. Und da war es schon zu spät, Sie anzurufen. Daher dachte ich, es sei das beste, in Ihren Zug zu kommen.«

Stacy war amüsiert, ärgerlich, erleichtert – alles gleichzeitig. Sie wollte gerade sagen: »Aber dann –«, als Lady Minstrell ihr ins Wort fiel.

»Nein, nein, es bleibt bei den Sitzungen. Meine Mutter ist wie immer nach Warne House gefahren.«

Stacys Hand, die auf ihrem Schoß lag, krampfte sich zusammen. Lewis Bradings Haus! Und sie sollte dorthin fahren, dort bleiben, womöglich als sein Gast, und Mrs. Constantine malen! Schnell trat ihr sein Bild vor Augen, dünn und grau, Abneigung im Blick, ein Stück seines berühmten Schmucks, das sie sich ansehen sollten, in der Hand – den Saphirring, der Marie Antoinette gehört hatte.

Theodosia Dale lehnte sich ein wenig vor und bemerkte trocken. »Warne House ist in einen Country Club umgewandelt worden.«

Stacy dachte: Sie kennt mich. Sonst hätte sie das nicht gesagt.

Und schon fuhr Lady Minstrell fort: »Es gehörte einem Mr. Brading, einem Freund von uns. Aber es war viel zu groß für ihn. Daher war es ein sehr kluger Entschluß zu verkaufen. Er hat den Anbau behalten, den er für seine Sammlung errichten ließ. Er lebt dort, nimmt aber alle seine Mahlzeiten im Club ein. Das spart ihm viel Mühe. Der Anbau ist natürlich völlig abgeschlossen mit Stahltüren, Stahlgittern und all diesen Dingen. Seine Sammlung ist nämlich immens wertvoll – Juwelen von historischem Interesse. Das ist eines der Dinge, die meine Mutter nach Warne ziehen. Sie liebt edle Juwelen, und einige von Mr. Brading sind sehr erlesen. Der Anbau ist wirklich wie ein Tresor, aber ich hätte nicht gern so viel wertvolles Zeug um mich.«

Miss Dale lachte kurz auf. »Nicht gern! Den Hals in die

Schlinge stecken nenne ich das. Lewis wird noch ermordet werden. Und was nützt ihm dann dieser ganze Dreck?«

Lady Minstrell war schockiert. »Dossie!« sagte sie, aber Miss Dale schüttelte nur den Kopf.

»Briefmarkensammeln ist viel besser. Ein Mann, der wegen Juwelen den Verstand verliert – das ist doch die Höhe!«

Stacy fand ihre Sprache wieder: »Ich fürchte, ich kann keine Miniatur von Mrs. Constantine in einem Hotel anfertigen. Das ist einfach nicht möglich.«

Sie sah, wie Miss Dales Augen sardonisch aufblitzten. Dann legte Lady Minstrell ihre Hand auf Stacys Arm.

»Oh, sagen Sie das bitte nicht. Es war doch alles so schwierig! Aber lassen Sie es mich erklären. Es ist kein Hotel, es ist ein Club, und meine Mutter hat dort ihre eigene Zimmerflucht. Es fällt Ihnen gar nicht auf, daß Sie nicht in einem Privathaus sind.«

Theodosia beobachtete sie. Das Mädchen würde gern aus der Angelegenheit herauskommen, aber Milly ließ sie nicht. Die alte Myra würde ihr die Hölle heiß machen, wenn sie ohne die Künstlerin in Warne auftauchte. Nachdem sie sich vierzig Jahre strikt geweigert hatte, sich auch nur fotografieren zu lassen, hatte Myra jetzt grundlegend ihre Meinung geändert und wollte unbedingt gemalt werden. Wenn jetzt die Malerin im letzten Augenblick einen Rückzieher machen würde, käme das dicke Ende noch nach.

Sie beobachtete, wie Milly beschwichtigend auf das zögernde Mädchen einredete. Dann waren sie in Ledstow. Myra Constantines Chauffeur stand auf dem Bahnsteig, die Hand an der Uniformmütze, und sagte: »Der Wagen wartet draußen, Mylady.«

5

Im Auto sagte Stacy sich, daß sie sich wie ein hypnotisiertes Kaninchen benommen hatte. Aber was, um alles in der Welt, hätte sie tun können? Es war unmöglich, immer weiter nein zu sagen, ohne einen Grund anzugeben. Genauso unmöglich war es, alles zu erklären in Gegenwart der interessiert lauschenden Theodosia Dale, einer fetten Frau und dreier Schokolade essender Kinder. Schnell versuchte sie, sich selbst zu beschwichtigen. Es war doch viel besser, es so zu machen. Sie würde nach Warne House fahren, den Fall in aller Ruhe Mrs. Constantine vorlegen und am nächsten Morgen wieder abreisen. Es würde ihr schon nicht weh tun, die Nacht in Lewis Bradings Haus zu verbringen. Sie brauchte ja nicht zum Dinner zu gehen. Das war viel besser und würdevoller als eine Szene auf dem Bahnsteig.

Lady Minstrells Stimme drang durch ihre Gedanken.

»Dossie und ich waren zusammen in der Schule. Ihr Vater war der Rektor. Sie hat ein kleines altes Haus im Dorf und weiß alles über jeden. Ich habe sie gebeten, heute abend zu kommen. Meine Mutter weiß auch gern über alles Bescheid.«

Stacy fiel nichts ein, was sie hätte sagen können.

Lady Minstrell redete weiter – Schulzeit, Dossies gutes Herz, Dossies scharfe Zunge.

»Sie ist wirklich die beste Freundin auf der Welt, aber man muß sie kennen. Sommer wie Winter trägt sie nie etwas anderes als diese dicken Jacken und Röcke. Ich weiß nicht, wie sie das aushält bei dieser Hitze. So, wir kommen jetzt nach Warne. So ein hübsches Dorf. Wirklich schade, daß Dossie in Ledstow zum Tee eingeladen war, sonst hätten wir sie mitnehmen können, aber es gibt auch einen ganz bequemen Bus. Sehen Sie, das ist Warne House, halb den Hügel hinauf auf der anderen Seite zwischen den Bäumen. Es ist wirklich ermüdend, bei dieser Hitze zu reisen, finden Sie nicht auch? Wir werden beide froh sein über einen Tee.«

Stacy merkte, daß sie etwas mehr als eine Tasse Tee brauchte, um die Ankunft in Warne House zu verkraften. Lewis Brading gehörte zu der Art von Cousins, die man hinnehmen mußte. Sie und Charles hatten damals mit ihm zu Abend gegessen. Sie waren an einem Sommerabend von Saltings hinübergefahren, zwischen den Bäumen eingebogen – so wie jetzt –, und gerade, als sie das Haus sehen konnten, hatte Charles die Hand vom Steuer genommen und ihr leicht die Wange getätschelt.

»Kopf hoch, Liebling, morgen wird es dir einerlei sein. Also, was ist los?«

»Er mag mich nicht.«

Sein flüchtiges Lächeln blitzte auf, spitzbübisch und charmant.

»Er mag niemanden sehr. Was einmal sein Herz war, ist jetzt mit der Sammlung vollgestopft. Für nichts anderes ist mehr Platz.«

»Wie grausig.«

Sie hörte, wie er lachte. »Kopf hoch! Auf der Welt muß es die verschiedensten Leute geben.«

Blitzartig stand diese Szene vor ihr: sie beide – warm und glücklich und voller Mitleid für Lewis Brading, der draußen in der Kälte stand. Der tiefe Schnitt, weil Stacy zwei Tage später auch draußen in der Kälte war – jener bitteren Eiseskälte, die das Herz tötet.

»Da sind wir«, sagte Lady Minstrell erleichtert. »Wir gehen sofort zu meiner Mutter. Sie sehnt sich danach, Sie zu sehen.«

Von Mrs. Constantines Wohnzimmer aus hatte man über die Baumwipfel hinweg einen Blick aufs Meer, das unglaublich blau und ruhig unter dem wolkenlosen Himmel dalag. Mrs. Constantine saß im größten Sessel am Fenster, ihre Füße ruhten auf einem bestickten Fußschemel. Hübsche Füße waren es, und sie war übermäßig stolz auf »das einzige Hübsche, das ich je besessen habe – kein Wunder also«. Stacy bemerkte sie vor allem anderen – hübsche, elegante Füße in schönen eleganten Schuhen. Dann sah sie die formlose Figur und das schlaue, häßliche Gesicht mit flachen Zügen, einem großen Kinn, breitem Mund und erstaunlich glänzenden Augen.

Auf den ersten Blick fühlte sie sich an eine Kröte erinnert – der große, buckelige Körper, der vorstehende Kopf, der breite Mund und die Augen, die zwar nicht hervorquollen wie bei einer Kröte, die sie aber an irgend etwas erinnerten ...

Plötzlich fiel es ihr ein: »Die, gleich der Kröte, häßlich und voll Gift, Ein köstliches Juwel im Haupte trägt.« Myra Constantines Augen waren voll schwarzen Feuers, wie das berühmte Juwel. Ihre Stimme war fast so tief wie die eines Mannes:

»Also, Milly? Guten Tag, Miss Mainwaring.« Sie reichte ihr die Hand, die sich kräftig und stark anfühlte. »Ich stehe nicht auf, weil das nämlich ein ziemliches Theater ist. Kommen Sie, setzen Sie sich und sehen Sie mich genau an. Ich bin ein häßlicher alter Teufel, aber Sie haben sicher die Nase voll davon, nur niedliche Schönheiten zu malen. Die Mädchen sind sich alle viel zu ähnlich, besonders heutzutage. Kleidung, Figur und Teint – alles genau geplant, kontrolliert und in Massen produziert. Het, klingle bitte nach dem Tee!« Sie winkte. »Meine Tochter Hester.« Mit einer Grimasse fügte sie hinzu: »Miss Constantine.«

Stacy schüttelte einer hochgewachsenen, schlaffen Frau die Hand. Sie hatte ein wenig Ähnlichkeit mit Lady Minstrell, aber nicht viel – sie wirkte älter, unterwürfig, eingeschüchtert, farblos und ohne Individualität. Stacy warf ihr einen Blick zu und wurde sich bewußt, daß niemand sie länger betrachten würde, solange ihre Mutter im selben Raum war. Selbst wenn sie scharlachrot getragen hätte und Myra schwarz, wäre sie nicht aufgefallen. Es war jedoch Myra, die sich in einer weiten Jacke aus kirschroter Seide über einem fröhlich geblümten Kleid präsentierte. Sie richtete ihre strahlenden Augen auf Stacy.

»Also, was ist? Werden Sie mich malen?«

Jetzt war der Augenblick gekommen, an dem sie erklären mußte, daß sie nicht bleiben konnte, daß es ganz unmöglich für sie sei. Myra Constantine hatte sie aber ziemlich deutlich gefragt, ob sie zu häßlich sei zum Malen, und wenn sie jetzt antwortete: »Ich muß zurück in die Stadt«, dann bedeutete das soviel wie »Ich kann niemanden malen, der so häßlich ist«. Und das wäre nicht wahr. Sie war nämlich ein wundervolles Objekt – genau wie sie war, in jener roten Jacke, mit ihren struppigen weißen Haaren, die grotesk in die Höhe standen. Die Künstlerin in Stacy gewann die Oberhand. Ihre Augen glänzten, als sie sich vorbeugte und in höchst überzeugendem Ton sagte:

»Oh, darf ich? Ich würde es liebend gern tun. Sie sind wundervoll zu malen!«

Myra Constantine kicherte. »So ist es richtig! Und jetzt werden wir beide uns einmal unterhalten.« Sie wandte den Kopf einen Augenblick zur Seite. »Milly, du und Het, ihr könnt ja im Salon Tee trinken. Ich möchte mich mit Miss Mainwaring unterhalten.«

Die große, eindrucksvolle Lady Minstrell kam herbei, legte ihrer Mutter die Hand auf die Schulter und sagte: »Ja, Mama« wie ein gehorsames kleines Mädchen. Als der Tee kam, verließen sie und ihre Schwester das Zimmer.

Mrs. Constantine nahm die Sache in die Hand. Es war eine sehr üppige Mahlzeit. Wenn sie gerade keinen Tee ausschenkte, aß sie mit Appetit. Beides ließ sie kaum zum Luftholen kommen.

»Mir braucht man nur einen ordentlichen Tee zu machen. Tee habe ich schon immer sehr gemocht, und das wird wohl auch in Zukunft so bleiben. ›Eure Cocktails könnt ihr behalten‹, sage ich immer, wenn man mir damit kommt. ›Ich bleibe bei einer schönen Tasse Tee.‹« Sie warf Stacy einen boshaften Blick zu. »Ordinäres altes Weib, nicht wahr? Ich kann gewöhnlich reden, ich kann aber auch vornehm reden, wenn ich möchte.« Stimme und Haltung änderten sich blitzartig. »Sie haben gewiß eine schrecklich heiße Fahrt gehabt, Miss Mainwaring. Lassen Sie uns von diesen appetitlichen Sandwiches nehmen und über das Wetter plaudern.« Mit einem Grinsen ließ sie sich zurückfallen. »Bitte – ich kann genauso reden wie die Minstrells, wenn ich nur möchte. Millys Familie, wissen Sie, vollkommen wohlerzogen und verdammt langweilig. Sie hat sich ihnen völlig angepaßt. ›Ja, Mama. Nein, Mama, Liebe Mama, es ist Zeit für dein Nickerchen.‹« Die Nachahmung war perfekt.

»Tja!« sagte Myra Constantine heftig. Dann fügte sie hinzu: »Sie ist eine gute Tochter und Het genauso. Das Problem mit mir ist nur, daß ich Langeweile nicht ausstehen kann.«

Während sie eine Tasse fast kochenden Tees hinunterstürzte, erforschten ihre schwarzen Augen Stacys Gesicht. »Ob du wohl etwas taugst?« schienen sie zu fragen. »Wirst du mich amüsieren? Ich weiß es nicht, aber ich werde es herausfinden. Kann ich dich schockieren? Das weiß ich auch noch nicht, aber wir werden sehen.«

Sie setzte ihre Tasse ab und goß sie wieder voll.

»Noch nicht fertig?«

Stacy antwortete: »Er ist mir noch zu heiß.« Sie erwiderte den fragenden Blick der großen strahlenden Augen. Am liebsten hätte sie gesagt: »Reden Sie doch weiter.«

Gesagt oder ungesagt, Myra Constantine erfüllte ihren Wunsch, diesmal mit einer scharfen Frage: »Also, was wissen Sie über mich?«

»Sie sind Myra Constantine …«

»Ja, und?«

»Die größte Varietékünstlerin, die es je in diesem Lande gab.«

Myra nickte. »Ich hab' sie alle geschlagen«, sagte sie. »Dabei stamme ich aus einem Slum. Der Vater ein Trinker, die Mutter drangsaliert und abgearbeitet – sieben Kinder so schnell hintereinander, wie es nur ging. Vierlinge waren damals noch nicht erfunden worden, sonst hätte sie die wohl auch gekriegt, die arme Mum. Zu neunt in einer Souterrainküche – die Kinder wurden irgendwie mit durchgeschleppt.« Sie lachte kurz auf. »Milly oder Het wären dort geblieben. Aber ich bin rausgekommen, habe mir den Weg ins Theater freigeboxt. Können Sie sich mich als Elfe vorstellen? So habe ich angefangen. ›Haltet das Kind nur ja hinten. Die ist ja häßlich wie eine Vogelscheuche‹, sagte der Inspizient. Also kam ich in die letzte Reihe und schnitt den Kindern, die sich über mich lustig machten, Grimassen. Etwa so.« Der breite Mund verzog sich, so daß die bemerkenswert starken, weißen Zähne zu sehen waren. Die Augen rollten zu einem gräßlichen Schielen nach innen, und die Ohren wackelten furchterregend.

»Ich kann es noch immer«, meinte Myra Constantine selbstzufrieden. »Nachdem drei Kinder einen hysterischen Anfall bekommen hatten, zerrten sie mich heraus und fragten mich, was ich getan hätte. Also machte ich es noch einmal. Old Sim Purcell sah es, er kam zufällig vorbei. Er nahm die Zigarre aus dem Mund und sagte: ›Baut sie als Witznummer ein, verdammt noch mal! Sie braucht ja nicht mal ein Kostüm.‹ Und so machten sie es. Ich hopste herum und schnitt Grimassen. Nach einer Weile wurde die Nummer als eine Art Imitation des Elfentanzes ausgebaut. Brachte das Publikum jedesmal völlig aus dem Häuschen. Das war also mein Start. Dort habe ich gelernt, daß es sich auszahlt, häßlich zu sein, solange man nur häßlich genug ist.« Sie machte eine Pause. Nachdenklich fügte sie hinzu: »Ich war verdammt häßlich. Nehmen Sie noch eine Tasse Tee, meine Liebe?«

In Stacys Augen stand ein Lachen. Sie bat: »Fahren Sie fort«, und reichte ihr die Tasse.

Myra Constantine grunzte.

»Ich werde Ihnen noch viel erzählen. Selbst wenn ich es versuchte, könnte ich nicht aufhören zu reden, aber ich versuche es gar nicht. Ich dreh' mich immer nur wie ein Karussell im Kreis. Warum haben Sie Charles Forrest sitzenlassen?«

Stacy fühlte sich, als hätte sie eine Ohrfeige bekommen. »Oh –«, machte sie. »Sie wissen es!« Was man so sagt und im selben Augenblick bemerkt, wie idiotisch es sich anhört. Sie hatte die volle Tasse in der Hand. Sie mußte sie absetzen, weil sie zitterte.

»Aber natürlich weiß ich es! Deshalb habe ich mir ja Ihr Zeug angesehen. Ich sagte zu Het: ›Ein Mädchen, das Charles Forrest sitzenlassen kann, hat Mumm. Ich werde mir mal ihre Sachen ansehen.‹ Und als ich sie sah, gefielen sie mir. Dieser alte Mann, den Sie gemalt haben – wie ein alter Straßenköter, der über einem Knochen die Zähne fletscht. ›Tüchtig‹, sagte ich sofort zu Het. ›Wenn dieses Mädchen mich malen würde, hätte ich nichts dagegen.‹ Und sie antwortete wie immer: ›Oh Mama –‹ Also rief ich Milly an und trug ihr auf, alles zu arrangieren. Soviel steht fest, meine Mädchen tun, was man ihnen sagt. Werden Sie mir jetzt erzählen, warum Sie ihn verlassen haben?«

Stacy hatte ihr Gleichgewicht wiedergefunden. Sie nahm ihre Teetasse. »Haben Sie wirklich gedacht, ich täte das?«

Myra kicherte. »Man weiß nie.«

Stacy bekam einen roten Kopf. Diesmal weil sie ärgerlich war. »Ich wäre nie gekommen, wenn ich gewußt hätte, daß Sie in Warne sind. Ich hätte von Ledstow direkt in die Stadt zurückfahren sollen.«

»Warum haben Sie es nicht getan?«

»Miss Dale war da und der Chauffeur. Ich dachte ...«

Die schwarzen Augen machten sich über sie lustig. »Ja?«

»Ich hatte vor, herzukommen und es Ihnen zu erklären.«

»Aber jetzt sind Sie doch dafür, mich zu malen.«

»Ich habe mich hinreißen lassen.«

Die eckigen häßlichen Hände klatschten, ein großer Diamant funkelte. Der breite Mund grinste. »So kam ich dorthin, wo ich jetzt bin – ich habe sie hingerissen. Das ist besser, als sich von ihnen kaltstellen zu lassen, mein Wort drauf. Einmal fing jemand an zu zischen – eine abgekartete Sache. Soll ich Ihnen sagen, was ich tat? Stampfte mit dem Fuß auf und rief: ›Seid doch keine verdammten Narren! Ich bin viel besser, als ihr glaubt! Ich werde es euch zeigen!‹ Und ich habe es ihnen gezeigt. Sie haben mir zugejubelt, bevor ich fertig war.« Sie wechselte zu einem leutseligen Gesprächston. »Also, werden Sie es zulassen, daß die Sie davonjagen?«

»Ich sehe nicht, wie ich bleiben könnte.«

Myra zuckte mit den Achseln. »Wie Sie möchten. Der Auftrag wäre eine gute Werbung – Sie wissen das genausogut wie ich. Kneifen Sie, wenn Sie wollen – Sie haben doch ein genauso gutes Recht hier zu sein wie jeder andere auch, nicht wahr?«

Stacy ließ sich wieder hinreißen – gegen ihren Willen. Sie versuchte krampfhaft, wütend zu bleiben, aber es nützte nichts. Sie wollte Myra Constantine in ihrer kirschroten Jacke malen – sie wollte es mehr als irgend etwas während der letzten drei Jahre. Sie streckte die Hände aus und sagte: »Es ist nicht fair. Ich sollte gehen. Aber ich werde es nicht tun. Ich muß Sie malen.«

6

Sie gingen zusammen zum Dinner hinunter und saßen an einem Tisch am Fenster. Es war der beste Tisch mit der besten Aussicht. Man konnte über den Rasen schauen zu einer Lücke in den Bäumen, die den Rahmen bildeten für das hyazinthenblaue Meer, und man konnte den ganzen Raum überblicken und jeden beobachten, der kam und ging oder an den anderen Tischen saß und sich unterhielt. Niemand trug Abendgarderobe, nur leichte Sommersachen.

Theodosia Dale kam herein und setzte sich zu ihnen. Ihren schwarzen Filzhut hatte sie abgesetzt, aber sie trug noch immer das stahlgraue Tweedkostüm. Niemand konnte behaupten, daß es ihr besonders stand, aber es war so sehr Teil von ihr geworden, daß es schwerfiel, sie sich in anderer Kleidung vorzustellen. Daß sie einst in einem rosa Tüllabendkleid in diesem Raum getanzt hatte, gehörte zu den unglaublichen Dingen, die der Verstand nicht fassen will, aber viele Anwesende erinnerten sich noch daran, daß sie erwartet hatten, sie als Herrin von Warne House und Gattin von Lewis Brading zu sehen. Er hatte ihr einen Ball gegeben und einen berühmten Rubin als Verlobungsring fassen lassen. All das war sehr lange her.

Sie kam durch den Raum, nickte hin und wieder, glitt auf einen Stuhl und bestellte mit einer Handbewegung die Suppe ab. Nachdem sie die Karte überflogen hatte, meinte sie, daß es ihr egal sei, was sie nehme, Hauptsache, es sei kalt.

»Hummermayonnaise«, bestellte Myra beim Kellner. »Ja, für alle – außer für Miss Constantine. Ich weiß nicht, wo sie ihren schwachen Magen her hat. Gott sei Dank genieße ich mein Essen immer. Als Kind habe ich nie genug bekommen. Nichts macht mehr Appetit auf Hummer als eine überstandene Hungerszeit.«

Lady Minstrell sagte: »Aber liebste Mama!«, als Lewis Brading den Raum betrat und zu einem kleinen Tisch an der Wand ging. Myra winkte. Er sah zu ihnen, verbeugte sich förmlich und setzte sich hin.

Theodosia Dale hatte überhaupt nicht darauf geachtet. Sie schälte ihren Hummer aus dem Panzer. Wenn er zu ihrem

Tisch gekommen wäre, hätte sie sicher »Hallo, Lewis!« gesagt, ohne sich bei ihrer Beschäftigung stören zu lassen. Wenn man in einem Dorf lebt, muß man das Gefühl überwinden, daß es peinlich ist, jemanden zu treffen, den man einmal heiraten wollte.

Stacy wußte nicht, ob er sie erkannt hatte oder nicht. Er wirkte kühl und gelangweilt, aber das war er ja immer, außer wenn er über seine Sammlung sprach. Er sah genauso aus wie wohl schon in den letzten fünfundzwanzig Jahren, hager, aufrecht und ziemlich vornehm. Er hatte nicht die geringste Ähnlichkeit mit Charles. Er war zwar ein dunkler Typ wie alle Forrests, und seine Mutter war eine geborene Forrest, aber vom Charme der Forrests hatte er nichts abbekommen. Er sah aus, als habe er einen Schürhaken verschluckt, und Schürhaken sind ganz und gar nicht bezaubernd. Sein Blick war über sie geglitten, als sei sie gar nicht vorhanden. Was hatte sie denn erwartet? Daß er auf sie zueilen und sagen würde: »Hallo, Stacy – wie wundervoll!«? Sie mußte unwillkürlich lachen.

Myra Constantine sah von ihrem Salat auf, den sie in Mayonnaise ertränkt hatte, und gluckste.

»Er ist zum Lachen, nicht wahr? Denken Sie nur an all die Frauen auf der ganzen Welt, die ihr Augenlicht geben würden für die Diamanten und die anderen Dinge, die er nebenan unter Verschluß hat – und selbst kann er nichts davon tragen.«

»Aber liebste Mama!« rief Lady Minstrell.

Hester Constantine sprach nur zweimal. Sie pickte in ihrem Essen und ließ einen Großteil auf dem Teller zurück. Einmal bat sie um Salz und einmal um Essig.

Theodosia Dale redete viel. Sie legte eine komplette Liste aller Geburten, Verlobungen, Hochzeiten und Sterbefälle vor, mit Zusatzinformationen darüber, wer mit wem warum nicht klarkam, was sie gesagt und getan hatten und was ihre Freunde darüber dachten.

Mittendrin kam eine Gruppe von vier Personen durch die

Tür an der linken Seite und ging zum leeren Tisch rechts von ihnen. Es waren zwei Frauen und zwei Männer. Eine Frau und ein Mann waren Stacy unbekannt. Sie sah rotes Haar, ein schwarzes Kleid, eine Perlenkette; breite Schultern, Sonnenbrand, leuchtend blaue Augen und ein gutmütiges Wesen. Und Lilias Grey, ihr hellblondes Haar hoch aufgetürmt, ihr zartes, zerbrechliches Aussehen, und hinter ihr der hochgewachsene dunkle, häßliche Charles. Lilias war weißgekleidet. Sie sah viel besser aus als vor drei Jahren – besseres Make-up, bessere Kleidung, besser gepflegt. Niemand hätte vermutet, daß sie drei Jahre älter war als Charles. Ihr weißes Kleid, ihre weiße Haut, ihr blondes Haar, ihre scharlachroten Lippen verschwammen vor Stacys Augen zu einem Nebel. Als er sich legte, sah sie Charles. Es war wie früher. Es war unerträglich, daß er genauso aussah wie immer.

Er sagte: »Hallo, Lewis!«, als er an Lewis Bradings Tisch vorbeiging. Dann winkte Myra Constantine ihm zu, und er kam direkt zum Fenster herüber.

Myras Stimme war im ganzen Raum zu hören.

»Das ist aber nett! Was machst du denn hier? Müßt ihr bei der Armee nichts mehr tun?«

»Wir bekommen manchmal Ausgang, wenn gerade kein Krieg ist.« Dann sah er an ihr vorbei und sagte in einem ganz normalen freundlichen Ton: »Hallo, Stacy!«

Für einen Augenblick war ihr, als schnappe eine Falle mit ihren Stahlzähnen zu. Aber dann war sie zu wütend, um irgend etwas anderes zu spüren, weil Myra Constantine ihr die Falle gestellt hatte und sie hineingetappt war wie ein Kaninchen. Also, wenn sie dachten, sie würde ihnen zeigen, daß es ihr etwas ausmachte, dann sollten sie sich wundern. Sie sah Charles an und sagte in beiläufigem Tonfall: »Hallo, Charles, wie geht's?« Das war alles.

Er antwortete »Prächtig«, dann wandte er sich ab und setzte sich zu Lilias Grey.

»Also, wenn das keine Überraschung ist!« meinte Myra Constantine. Sie blickte auf Theodosia Dale. »Wußtest du, daß er hier ist, Dossie?«

Miss Dale nickte munter. »Ist vor zwei Tagen angekommen. Er hat Urlaub.«

Myra rief zum anderen Tisch hinüber: »Wo wohnst du, Charles?«

»Oben in Saltings. Ich habe dort eine Wohnung.«

Myra entgegnete: »Aber natürlich. Man muß ja irgendwo seine Sachen lassen.« Dann führte sie die Unterhaltung an ihrem eigenen Tisch fort. »Das haben sie gut hingekriegt, diese Wohnungen in Saltings – zwei, drei, vier Zimmer und eine Küchenzeile. Du zahlst und hast dann die Wahl. Miss Grey hat eine Drei-Zimmer-Wohnung.« Wieder hob sie die Stimme: »Wie groß ist deine Wohnung, Charles – zwei oder drei Zimmer?«

Das Lächeln, durch das seine Häßlichkeit attraktiver wurde als das gute Aussehen anderer Männer, traf Stacy ins Herz. So war es schon immer, und sie vermutete, daß es auch so bleiben würde. Das hatte nichts zu tun mit Liebe oder Respekt oder auch nur Sympathie – es war ein rein physischer Reflex. Einfach Charles.

Er rief zurück: »Zwei Zimmer, aber ganz fürstlich. Und Küche und Bad obendrein.«

Lady Minstrell sagte: »Aber liebste Mama!«

7

Später wurde in der früheren Bibliothek getanzt. Die Bücher waren noch da, große, hübsch eingebundene Ausgaben wie Gibbons »Aufstieg und Niedergang des Römischen Reiches« und die »Encyclopaedia Britannica«, die Serien der viktorianischen Klassiker – Scott, Trollope, Charles Reade, Dickens, Thackeray und so weiter. Kein Staubkörnchen lag auf den Büchern, dazu wurde Warne House zu gut geführt, aber seit etwa fünfzig Jahren hatte niemand mehr einen Band herausgenommen, um ihn zu lesen.

Stacy, deren Absicht es eigentlich gewesen war, sich nach oben davonzustehlen, stützte Myra Constantine auf einer Seite, Lady Minstrell hielt ihren Arm auf der anderen Seite. Hester Constantine dagegen war es gelungen, der Gesellschaft zu entkommen.

Myra wog an die hundert Kilo. Sie war nicht völlig lahm, aber sie neigte – wie sie selbst sagte – dazu, an den Knien einzuknicken. Als Verdauungsspaziergang mußte man langsam mit ihr auf der Terrasse auf und ab gehen, danach wollte sie beim Tanzen zuschauen.

Auf zwei Seiten des Raumes befanden sich zwischen den Regalen Fenster in tiefen Erkern mit bequemen Sesseln. Kaum hatten sie den von Mrs. Constantine ausgesuchten Erker erreicht, als sie einen Mann begrüßte, der auf sie zukam.

»Moberly, Sie wollte ich sehen! Wohin wollen Sie?«

Er war dünn, ein wenig gebeugt, dunkel und hatte ziemlich eingefallene Wangen. Seine Gesichtszüge waren ansprechend, aber die Fältchen um Augen und Mund waren zu tief für jemanden seines Alters – dreißig oder fünfunddreißig, vielleicht auch fünf Jahre älter. Mit vierzig sollte ein Mann noch nicht solche Falten haben. Wenn er sprach, gewann man den Eindruck, daß er es erst hatte lernen müssen, angenehm zu plaudern.

»Was kann ich für Sie tun, Mrs. Constantine?«

»Ich breche Miss Mainwaring noch den Arm. Sie können kommen und mir helfen, mich hinplumpsen zu lassen. Eines Tages wird noch einmal eine dieser Bänke unter mir zusammenbrechen. So – das ist schon besser. Milly ist ja daran gewöhnt, Miss Mainwaring aber nicht.«

Mr. Moberly erledigte seinen Teil mit Geschick. Vielleicht machte er es ja nicht zum ersten Mal. Als er sich wieder aufrichtete, packte Myra ihn am Ärmel.

»Tanzen Sie?«

»Forrest bat mich, zu ihm zu kommen, aber ich muß noch etwas für Mr. Brading erledigen, und wie ich sehe, sind sie auch schon zu viert.«

»Ist im letzten Moment angekommen, ein Freund von Charles, heißt Constable. Sie haben am Tisch neben uns gesessen, daher weiß ich das. Kein Grund, sauer zu sein. Er wurde nicht vor morgen erwartet.«

»Ich versichere Ihnen, Mrs. Constantine –«

Sie lachte gutmütig. »Nicht nötig. Wenn Sie eine Partnerin suchen, hier ist Miss Mainwaring.«

Stacy meinte zuckersüß: »Ich fürchte, ich tanze nicht.«

Sie hätte genausogut nichts sagen können. Myra entschied nämlich: »Natürlich tanzen Sie! Sie wollen doch nicht den ganzen Abend herumsitzen und mit einer fetten alten Frau plaudern. Milly und ich geben ein wunderbares Paar Mauerblümchen ab.«

»Aber Mama ...«

Myra redete weiter, ohne sie zu beachten. »Sie sollen sich nicht damit herausreden können, daß Sie nicht ordentlich vorgestellt worden sind. Dies ist Mr. James Moberly, Lewis Bradings Sekretär. Er weiß alles über Diamanten, Smaragde, Rubine, Saphire und Perlen. Macht einem den Mund wäßrig, nicht wahr? Also los – gehen Sie tanzen!«

»Wenn ich um das Vergnügen bitten darf ...«, sagte James Moberly.

Er konnte ja nicht anders, und wenn sie keine Szene machen wollte, blieb auch Stacy kaum eine Wahl. Sie war hin- und hergerissen zwischen blinder Wut und dem Bedürfnis zu lachen, als sie auf das Parkett ging. Sie hoffte, daß er ihre Gefühle erwiderte und sah ihn an. Sein Blick war höflich und besorgt.

»Wohnen Sie bei Mrs. Constantine, Miss Mainwaring?«

»Ich bin hergekommen, um sie zu malen. Ich male Miniaturen.«

»Das muß sehr interessant sein.«

Mr. Moberly war ein ganz ordentlicher Tänzer, mehr aber auch nicht. In seiner Gesellschaft konnte man nicht mühelos dahingleiten. Charles und Lilias, die miteinander tanzten, schwebten förmlich. Und ich tanze besser als Lilias – viel besser, dachte Stacy gehässig. Laut erkundigte sie sich nach der Sammlung und erfuhr, daß einige interessante Stücke hinzugekommen waren.

Zum zweiten Mal kamen sie an Charles und Lilias vorbei. Sie lachten gerade über eine Bemerkung von Charles. Gemeinsam schwebten sie davon, erhitzt und vergnügt.

Stacy langweilte sich zu Tode. Was interessierte es sie, ob Lewis Brading die fehlenden Glieder entdeckt hatte, die aus dem Albany-Collier herausgelöst worden waren, als es 1868 gestohlen worden war? James Moberly erzählte ihr mit ernster Stimme alle Einzelheiten, und wenn er ernst wurde, tanzte er nicht einmal mehr passabel.

»Da lagen sie zwischen allem möglichen Krimskrams auf einem Tablett in einem Juweliergeschäft auf dem Lande. Auf einem Schild stand: ›Alles auf diesem Tablett ein Shilling Sixpence.‹ Dort lagen nur eine schmale Schleife und einige Glieder. Das Collier hat ein Muster aus Liebesknoten. Es war die Form der Schleife, die meine Aufmerksamkeit erregt hatte. Ich ging hinein und fragte, ob ich mir das Tablett einmal anschauen könne. Hinter der Theke stand eine ältere Frau, und ich sah gleich, daß sie keine Ahnung hatte. Das Geschäft hatte ihrem Vater gehört, der vor kurzem gestorben war. Das Zeug auf dem Tablett war Ramsch. Er hatte ihn bei seinem letzten Gelegenheitskauf zusammen mit einer Uhr erstanden. Seine Tochter meinte, daß sich Uhren immer gut verkaufen ließen. Natürlich habe ich die Schleife gekauft. Zu Hause habe ich sie dann Mr. Brading gezeigt. Noch nie habe ich ihn so aufgeregt gesehen. ›Das Albany-Collier!‹ sagte er sofort. Und als ich es herausholte, war es ohne Zweifel das fehlende Stück.« Er kam aus dem Takt und trat Stacy auf den Fuß. Er sagte: »Ich bitte vielmals um Entschuldigung!« und redete weiter über die Sammlung. Auch der längste Tanz geht einmal zu Ende. Aber nachdem das Eis nun einmal gebrochen war, hatte Mr. Moberly unglücklicherweise nicht das Verlangen, sich von seiner Zuhörerin zu trennen. Gerade als Stacy das Gefühl hatte, sie könne es nicht länger ertragen, kam Charles Forrest zu ihnen.

»Hallo, Moberly!« sagte er. »Sie sind also gekommen. Und Stacy hat sich Ihrer erbarmt. Jetzt können wir ja ein bißchen tauschen. Den nächsten Tanz tanzen Sie mit Lilias. Jack Constable scheint völlig abgehoben zu haben, seit er Maida gesehen hat.« Er wandte sich Stacy zu. »Das rothaarige Mädchen heißt Maida Robinson. Sie ist neu in Saltings. Ihr gehört die Wohnung neben der von Lilias. Sie ist eine Art Witwe, ob eine grüne Witwe oder eine echte, weiß ich nicht genau. Sie sollten besser versuchen, Jack Constable auszustechen, James.«

Gehorsam ging James Moberly quer durch den Saal. Charles blickte ihm einen Augenblick nach und murmelte: »Weiter mit dem Tanz und laß die Freude grenzenlos sein«, dann drehte er sich wieder um.

»Tanzt du mit mir, Stacy?«

Daß sein Manöver darauf abzielte, war offensichtlich. Sie verspürte ein angenehmes Glühen, als sie antwortete: »Ich glaube nicht.«

Er zog die Augenbrauen hoch. »Zu lahm? Ich habe gesehen, wie er dich getreten hat. Komm mit! Denk nur daran, wie amüsant es für alle ist. Verbreite ein bißchen Glück im Vorübergehen! Ich glaube kaum, daß unsere Schritte schlechter zusammenpassen als früher.«

Als die Musik begann, ruhte seine Hand auf ihrer Taille. Sie nahmen den Rhythmus auf und schwebten gemeinsam dahin wie früher. Sie hörte ihn vorsichtig aufatmen.

»Zwei Seelen, ein Gedanke. Du schlägst noch immer alle.«

Sie sah ihn ernst an. »Das sagst du doch jeder, mit der du tanzst.«

Seine Mundwinkel zuckten. »Mit Variationen. Nur ist es in deinem Fall auch die Wahrheit.«

»Das ist wohl eine der Variationen.«

Er schüttelte den Kopf. »Aber nein, mein Liebling, das ist die Originalmelodie. Alles übrige tue ich nur, wenn ich mich beliebt machen will. Jedermanns erste gesellschaftliche Pflicht. Man sagt, daß ich sie ganz gut erfülle.«

Sie erwiderte: »O ja«, und blickte immer noch so ernst.

Sie glitten durch die Länge des Raumes, bevor er fragte: »Was tust du hier?«

Sie errötete. Und das machte sie wütend, weil es keinen einzigen Grund auf der Welt dafür gab. Sie erläuterte mit, wie sie hoffte, gelangweilter Stimme: »Ich male eine Miniatur von Mrs. Constantine. Natürlich dachte ich, sie sei in Burdon. Ich war schon dabei, in Ledlington auszusteigen, als Lady Minstrell in den Zug kam und erklärte, daß ihre Mutter es sich plötzlich in den Kopf gesetzt habe, nach Warne zu fahren.«

Charles nickte. »Sie kommt oft hierher. Ich glaube, sie besitzt die meisten Aktien an dem Club. Der läßt sich auch vorzeigen, viel besser als Burdon, das bei den heutigen Personalproblemen nicht bewirtschaftet werden kann. – Du bist noch einmal gut davongekommen.«

»Wenn ich es gewußt hätte, wäre ich nicht gekommen, und ich hatte auch nicht vor zu bleiben, aber im Zug konnte ich das nicht erklären, weil andere Leute dabei waren. Und als ich Mrs. Constantine schließlich sah, hätte ich alles dafür gegeben, sie zu malen.«

»Sie ist ja auch eine erstklassige Reklame, oder bin ich zu prosaisch?«

Unwillkürlich blitzten ihre Augen vor Belustigung auf. Das Lachen beschränkte sich auf ihre Augen, aber natürlich wußte er, daß es dasein würde. Sie wies ihn zurecht: »Das bist du. Es ist ein unglaubliches Glück, so ein Motiv zu bekommen.« Dann, nach einer unmerklichen Pause: »Ich wußte nicht, daß du hier sein würdest.«

»Du kannst mich als Zugabe betrachten. Du bist doch ein Glückspilz. Na ja, da du und ich schon einmal hier sind, sollten wir uns übers Geschäft unterhalten.«

»Wir haben kein Geschäft, über das wir reden könnten.«

»Du vielleicht nicht, aber ich. Laß uns ein Stelldichein verabreden. Wie wäre es morgen in Ledlington zum Tee? Da gibt es ein Café, wo die Einrichtung aus dem sechzehnten Jahrhundert in fast völlige Finsternis getaucht ist und die Teebrötchen noch ganz gut sind. Wenn du den Bus um Viertel nach zwei nimmst und an der Haltestelle nach dem Bahnhof in Ledstow aussteigst, lese ich dich auf. Es sei denn, ich hole dich hier ab, was natürlich viel einfacher wäre, aber nicht so recht zu einem heimlichen Tête-à-Tête paßt.«

Wieder stieg ihr vor Verblüffung die Röte ins Gesicht. »Nein, das wirst du nicht.«

Seine krumme Augenbraue ging hoch. »Nicht den Hauch eines Skandals? In Ordnung, Liebling, dein Wunsch und so weiter. Die erste Haltestelle hinter Ledstow.«

Stacys Röte ließ nach. »Wir haben nichts zu besprechen.«

»Meine Süße, wir sind bis jetzt ja noch nicht einmal zum Luftholen gekommen. Ich könnte wochenlang so weitermachen, ohne mich zu wiederholen. Da brauchst du gar nicht mitzuhalten. Hat Salomon nicht gesagt, eine schweigende Frau sei wie ein goldener Apfel in einem silbernen Rahmen?«

»Nein, hat er nicht!« rief Stacy verärgert. »Das hast du gerade erfunden.«

»Kann sein. Aber welch profunde Wahrheit. Und so schlicht. Ich rede, und du sitzt dabei und ißt Teebrötchen.«

»Nein!«

»Ich glaube, du solltest besser kommen. Ich habe dir nämlich wirklich etwas zu sagen. Ich warte an der ersten Haltestelle.«

Die Musik endete. Stacy fühlte sich beraubt. Sie hätten tanzen sollen und nicht reden. Ihre Schritte waren im Gleichklang. Der sanfte, gleitende Rhythmus hätte sie wenigstens für diese paar Minuten davontragen sollen. Aber sie würde nicht wieder mit ihm tanzen. Abrupt sagte sie: »Ich gehe jetzt hinauf. Ich möchte nicht mehr tanzen.«

Charles ließ die Hand auf ihrem Arm. »Jack Constable muß aber auch noch an die Reihe kommen. Er kann Maida nicht für sich allein beanspruchen. Die möchte ich mir auch einmal näher anschauen. Ich verliebe mich immer in Rotschöpfe, besonders in die mit den grünen Augen. Sie ist doch wirklich attraktiv, nicht? Mir ist nur nicht so ganz klar, in welchem Zustand Robinson sich im Moment befindet – ob er schon verblichen ist, noch irgendwo lauert oder dazu verbannt worden ist, nur Unterhalt zu zahlen. Lotse Jack von ihr weg und gib mir eine Chance, das herauszufinden. Übrigens, wie nennst du dich? Sagte Myra nicht ›Miss Mainwaring‹ zu dir?«

»Ja.«

»Ganz schön verrückt!« Er blickte auf ihre linke Hand und stellte fest, daß sie keinen Ring trug. »Du hast deinen Ring also abgenommen?«

»Vor drei Jahren.«

Er führte sie am Arm über das leerer werdende Parkett. Bei ihren letzten Worten erreichten sie Maida und Jack Constable. Charles, der Stacy immer noch festhielt, ergriff Jacks Arm.

»Hier, Jack, ich möchte dir Stacy Mainwaring vorstellen. Sie tanzt traumhaft. Möchtest du mit mir tanzen, Maida?«

8

Major Constable war ein netter Kerl und tanzte verwegen.

»Sehen Sie mal, ich zeige Ihnen einen neuen Schritt zu dieser Melodie. Ganz amüsant – habe ich in Chile gelernt. Einmal habe ich da auf einem Fest mit der Ballkönigin getanzt. Ihren Freund hat das so aufgebracht, daß er mir ein Messer in den Leib rammte.«

»Warne muß doch schrecklich langweilig für Sie sein – keine neuen Schritte, keine Freunde mit Messern.«

»Aber ein viel besseres Parkett.«

Er hatte die Gelegenheit verpaßt zu sagen: »Eine viel bessere Partnerin.« Plötzlich wurde ihm das klar. Er schlüpfte sehr geschickt zwischen zwei Paaren hindurch und meinte: »Ich habe wohl mein Stichwort verpaßt. Nehmen Sie es als gesagt. Sie sind wirklich eine bessere Partnerin als die Freundin des Messerstechers.«

Wider Willen war Stacy amüsiert, aber sie ermahnte sich aufzupassen. Er war einer von der schnellen Truppe. »Danke«, sagte sie in einem leicht frostigen Ton. Um das Thema zu wechseln – nicht aus einem anderen Grund –, fügte sie hinzu: »Kennen Sie Charles schon lange?«

Wenn ja, wäre es seltsam, daß sie noch nie von ihm gehört hatte.

Es kam heraus, daß sie sich zusammen in der Wüste herumgetrieben hatten – Tobruk, Hell Fire Corner, Alamein und so weiter. Er lobte Charles in den höchsten Tönen und begann ihr Geschichten über ihn zu erzählen – die Art Geschichten, die sie vor drei Jahren dazu gebracht hatten, sich in ihn zu verlieben – und meinte schließlich: »Ein sehr flotter Bursche. Und immer ein Scherzchen auf Lager. Ein Jammer nur um das Mädchen, an das er gebunden war.«

»Vielleicht sind Mädchen ja immer ein ziemlicher Jammer.«

Er lachte. »Na ja, Charles mag Mädchen nun einmal. Sie war nicht die erste und wird nicht die letzte sein.«

Bei einer Unterhaltung mit Jack Constable mußte man ständig das Thema wechseln. Stacys Gesicht hatte sich auf anziehende Weise gerötet. Sie erkundigte sich, ob er in Saltings übernachtete. Das war der Fall.

»Ich bin dem alten Charles neulich in der Stadt über den Weg gelaufen und habe mich selbst eingeladen. Ich muß sagen, er lebt ganz gut davon, daß er das Haus in Wohnungen umgewandelt hat. Ein Glück, daß er das Kapital dazu hatte.«

Stacys Herz schien auszusetzen. Aber er hatte kein Kapital, er hatte überhaupt kein Geld. Das war doch das Problem.

»Ich dachte, er hätte Saltings verkauft.«

Jack Constable schüttelte den Kopf. »O nein, das hat er viel günstiger für sich geregelt. Er hat die Familiendiamanten oder so etwas verkauft und den Erlös in den Umbau gesteckt. Da hat er ganze Arbeit geleistet. Haben Sie es sich schon einmal angesehen?«

»Ich bin erst heute nachmittag angekommen.« Aufs neue wechselte sie das Thema. »Apropos Diamanten, haben Sie die Brading-Sammlung gesehen?«

Er lachte. »Hört sich an wie etwas, für das heute niemand mehr genug Geld hat. Wer ist das, und was ist damit los?«

Sie ließ sich bis zum Ende des Tanzes über die Sammlung aus.

Danach gelang es ihr fortzukommen. Sie redete noch einmal kurz mit Mrs. Constantine, der sie ›Gute Nacht‹ sagen wollte und die sie zunächst zum Bleiben bewegen wollte. Schließlich meinte sie aber: »Schon gut, schon gut – gehen Sie und schlafen Sie gut. Morgen ist auch noch ein Tag, nicht wahr? In einer Show, bei der ich mitgespielt habe, war so ein kleiner jüdischer Klavierspieler, der das immer auf Deutsch sagte: ›Morgen ist auch noch ein Tag.‹« Ihr Akzent war schrecklich britisch. »Hört sich komisch an, nicht? Also gut, meine Liebe, fort mit Ihnen! Morgen können Sie mein Bild anfangen. Um halb zehn, wenn Ihnen das recht ist.«

Bevor sie den Raum verließ, sah Stacy sich noch einmal um. Jack Constable tanzte mit Lilias, und Charles hielt das rothaarige Mädchen in seinen Armen. Lewis Brading lehnte an der Wand und beobachtete sie.

Ihr Zimmer war das kleine am Ende von Mrs. Constantines Suite. Eigentlich war es der Ankleideraum des größeren Zimmers nebenan. Hester Constantine schlief dort. Myras Schlafzimmer und Ankleideraum lagen gegenüber. Das Wohnzimmer, das wie Stacys Schlafzimmer Blick aufs Meer hatte, befand sich auf der anderen Seite. Von Stacys Zimmer konnte man auch den Anbau sehen.

Als Stacy sich zum Schlafengehen fertiggemacht hatte, zog sie die Vorhänge zurück und sah hinaus. Erst in einer halben Stunde würde es ganz dunkel sein. Sie hatte es nicht eilig, schlafen zu gehen. Sie blickte zum Anbau hinüber und auf die dunklen Bäume, die ihn umgaben. Elektrisches Licht und eine hervorragende Klimaanlage erübrigten das Bedürfnis nach Licht und Luft von draußen. Sogar die unbeschwerte Stacy von vor drei Jahren hatte das als ziemlich schrecklich empfunden. Und damals hatte Lewis Brading noch nicht dort gelebt. Jetzt tat er das, auf jeden Fall schlief er dort – er und auch sein humorloser Sekretär, der ihr auf die Füße getreten war. Meine Güte – was für ein Verein!

Sie grübelte weiter über Lewis Brading nach, weil sie nicht an Charles denken wollte. Zwischen ihnen war es Abneigung auf den ersten Blick gewesen, und sie fragte sich, warum. Die meisten Leute mochten sie doch. Und Charles hatte sie geliebt. Hatte er das wirklich? War sie tatsächlich jemals das Thema oder nur eine der Variationen, mit denen er sich amüsierte? Jedenfalls hatte er keine der anderen geheiratet. Mein Gott, bist du darauf etwa stolz? Warum willst du alles wieder ausgraben – jetzt, da du endlich davon losgekommen bist?

Jack Constables Stimme kam ihr in den Sinn: »Er hat ganze Arbeit geleistet, ... die Familiendiamanten verkauft.« Plötzlich sah sie in einem schrecklichen Bild Charles mit den Diamanten in der Hand, und ihr Herz schien stillzustehen. Wie oft konnte man sterben?

Es war furchtbar, wie es sie wieder überfiel. Sie nahm ein Buch, das sie für den Zug gekauft hatte, und begann laut zu lesen. Wenn man still liest, kann man dabei nachdenken, nicht aber, wenn man laut liest. Das war eines der Dinge, die sie vor drei Jahren herausgefunden hatte. Lange schon hatte sie das nicht mehr tun müssen, aber heute abend war es wieder so weit. Sie stand da im leichten Luftzug, der vom Fenster kam, und hörte, wie ihre Stimme monoton weiterlas ohne Sinn und Verstand. Das war auch nicht nötig. Es war einfach ein Schutzwall gegen die Gedanken.

Endlich legte sie das Buch mit einem tiefen Seufzer weg. Der Wind vom Meer hatte aufgefrischt, sie fror in ihrem dünnen Nachthemd. Ihre Füße fühlten sich wie Eis an, und sie war todmüde. Es war zu dunkel geworden, um weiterzulesen. Nur der Gang zum Anbau war erleuchtet. Sie kroch ins Bett, deckte sich bis zum Kinn zu und war fast sofort eingeschlafen.

Als sie wach wurde, wußte sie nicht, wie lange sie geschlafen oder was sie geweckt hatte. Gerade war sie noch in einem tiefen traumlosen Schlaf versunken, und plötzlich war sie hellwach und stützte sich auf ihren Ellenbogen auf. Einen Moment lang horchte sie, dann stand sie auf und ging zum Fenster. Der Wind war kalt, alles war dunkel. Aber es sollte doch nicht dunkel sein. Warum eigentlich nicht? Der Mond schien nicht. Der Himmel war dunkel, der Hügel, die Bäume. Der Anbau war dunkel, weil er ja keine Fenster hatte. Aber der Gang sollte doch erleuchtet sein. Myra Constantine hatte darüber gesprochen: »Es gibt nur einen Eingang – eine Stahltür wie bei einem Safe. In dem Gang brennt die ganze Nacht das

Licht, das ist kein einfaches Vorhaben für einen Einbrecher.« Natürlich wußte sie das schon vor drei Jahren. Lewis Bradings Vorkehrungen gegen Einbrecher waren allgemein bekannt.

Stacy runzelte die Stirn. Der Gang war erleuchtet gewesen, als sie zu Bett gegangen war. Jetzt war er es nicht. Und dann hörte sie von unten ein schwaches Geräusch. Es hörte sich an, als sei eine Tür geschlossen worden – leise und vorsichtig, aber der Türschnapper hatte geklackt. Sie war sich sicher, daß es genau dieses Geräusch war, und sie war sich auch sicher, daß es von der Tür zwischen Haus und Gang kam. Jemand hatte die Tür zugezogen – direkt unter ihrem Fenster. Kurz darauf ging das Licht im Gang wieder an – er war völlig leer.

Dieses Mal war Stacy nicht sicher, zumindest nicht ganz sicher. Sie dachte, die Stahltür zum Anbau habe sich bewegt, als das Licht anging. Sie glaubte, daß auch sie geschlossen wurde. Aber sie war sich unschlüssig.

9

Die Sitzung am nächsten Morgen verlief sehr gut, das Morgenlicht war nicht schlecht, und Myra Constantine befand sich in Höchstform. Die Autobiographie, die mit neun Familienmitgliedern und einer Souterrainwohnung in den Slums begonnen hatte, wurde farbig fortgeführt. Manchmal hörte Stacy zu, manchmal rauschten die Worte an ihr vorbei, während sie den Ausdruck dieser dunklen, häßlichen Gesichtszüge und die bissige Gehässigkeit, das Satyrfunkeln, das wilde Vergnügen, die abwechselnd aus ihren großen schwarzen Augen blitzten, studierte.

Bei jedem Wechsel des Ausdrucks wollte sie: »Halt!« schreien und wünschte zwischen Freude und Verzweiflung: Wenn ich sie nur so erwischen könnte!

»Schade, daß die Mädchen nicht nach mir kommen, nicht wahr? Als ich das einmal zu Tom Hatton sagte, meinte der: ›Die armen kleinen Teufel – warum sollten sie?‹ ›In Ordnung, Tom‹, antwortete ich. ›Schönheit geht nicht unter die Haut. Du hast ja eine gehörige Portion davon abbekommen, aber ich habe das bessere Leben.‹ Er hat sich zu Tode getrunken ... O nein, er war nicht ihr Vater. Ich heiratete, als ich siebzehn war. Constantine ist mein richtiger Name. Sid war ein Büroangestellter. Ein wohlerzogener junger Bursche ohne Geld und mit schlechter Gesundheit. Bekam eine Erkältung und starb, als ich noch keine zwanzig war. Er ließ mich mit zwei Kindern zurück. Het ist ihm wie aus dem Gesicht geschnitten.«

Ihr Gesicht war voller Tragik. Stacy wartete, und einen Augenblick später verzogen sich die Falten zu einem Lachen, die Augen zwinkerten unverschämt.

»Danach habe ich nicht wieder geheiratet, und wenn sie etwas von mir wollten, habe ich sie ausgelacht und ihnen gesagt, daß ich eine ehrbare Witwe sei und ihnen dankbar wäre, wenn sie sich daran erinnern würden.« Sie warf den Kopf zurück und gluckste. »Natürlich hab' ich sie nicht abgehalten. Wissen Sie, wer mich gebeten hat, mit ihm eine Spritztour nach Paris zu machen, als ich schon weit über fünfzig war? Also, vielleicht sollte ich es Ihnen besser nicht sagen. Aber die Männer sind immer hinter mir her gewesen, das ist eine Tatsache.«

Stacy hob die Hand. »Wenn Sie so bleiben könnten, Mrs. Constantine ...«

Noch bevor sie zu Ende gesprochen hatte, veränderte sich der Ausdruck wieder. Der große Mund verzog sich zu einem Lachen.

»Ich kann das einfach nicht, meine Liebe. Sie hätten Ihr Gesicht sehen sollen! Dachten Sie, ich meinte Ihren Charles?«

Stacy lachte mit, wenn auch ihr Ärger beinahe die Oberhand gewann. »Er ist frei, wenn Sie ihn haben wollen.«

»Nein danke, meine Liebe. Und was das Freisein anbetrifft

– was meinen Sie damit eigentlich? Er mag Sie noch immer, das fällt einem auf, wenn er Sie ansieht.«

Stacys Stimme hörte sich etwas distanziert an. »Charles sieht jede so an. Das heißt nichts. Er selbst sagt das.«

»Wie Sie meinen«, erwiderte Myra Constantine. »Sie brauchen mir ja nicht zu glauben, wenn Sie nicht wollen, aber in solchen Dingen täusche ich mich nie. Ich erinnere mich noch genau: Als Henry Minstrell seine Besuche begann, sagte ich zu Milly, daß er um sie anhalten würde, und sie meinte, daß er im Leben nicht daran dächte. ›Jemand sollte aber besser darüber nachdenken‹, sagte ich ihr. ›Er wird dich einfrieren und verbiegen, bis du zu seiner Familie paßt. Das ist nicht, was ich mir unter einem lustigen Leben vorstelle, aber es ist deine Sache. Du solltest dich langsam entscheiden, ob es das ist, was du möchtest.‹ Und das tat sie.« Mit einem Ruck warf sie den Kopf zurück. »Mein Gott – ich wäre binnen einer Woche gestorben! Aber sie ist Sids Tochter, nicht meine. Ihr gefällt es ganz gut. Ihr einziges Problem ist, daß sie keinen Jungen hat, nur zwei Mädchen, die aufs Internat gehen.« Sie wischte jeglichen Ausdruck aus Gesicht und Stimme. »Ja, Großmama – nein, Großmama.« Sie klatschte die Hände zusammen und zog die Schultern hoch. »Kein Blut in ihnen, nur hübsche Manieren – der arme Sid, wie er leibte und lebte, mit etwas glänzender Minstrellpolitur! Aber ich habe es schon öfter gesagt, als ich zählen kann, was soll's, solange man glücklich ist?«

Man konnte die Sitzung durchaus als gelungen bezeichnen. Aber welchen dieser flüchtigen Gesichtsausdrücke sollte Stacy auf Elfenbein bannen? Ein Dutzend Skizzen warf sie aufs Papier, sah sie verzweifelt an, und entwarf ein weiteres Dutzend. Myra war höchst zufrieden mit ihnen.

»Ich bin doch ein häßlicher alter Teufel. Richtig aus dem Leben gegriffen. Machen Sie einfach weiter, und es wird schon kommen. Das wird ein Volltreffer. Aber jetzt gehen Sie und amüsieren Sie sich für den Rest des Tages.«

Bevor sie diesem Rat folgen konnte, wurde sie ans Telefon gerufen. Ein bißchen war sie überrascht, denn sie konnte sich nicht vorstellen, wer sie hier aufgespürt haben könnte – außer Charles.

Es war nicht Charles. Die Art Stimme, die einen an eine Hornbrille und eine intelligente Stirn denken läßt, fragte: »Spricht dort Miss Mainwaring?«

Stacy erkannte sie sofort. Tatsächlich hätte sicher ein Großteil der englischen Öffentlichkeit sie erkannt, da sie normalerweise im Rundfunk Ankündigungen verlas, vielleicht nicht bei den allerwichtigsten Gelegenheiten, aber in der täglichen Tretmühle.

»Tony! Woher um alles in der Welt weißt du, daß ich hier bin?«

Mr. Anthony Colesfoot seufzte: »Das ist doch elementar, mein lieber Watson. Du hattest gesagt, daß du nach Burdon fährst. Von der Auskunft erhielt ich die Nummer. Und dort sagte man mir, daß du in Warne House seist.«

»Und wo bist du?«

»Eine Tante von mir lebt in Ledstow. Ich habe drei Tage frei und bin jetzt bei ihr. Ich wollte dir vorschlagen, heute abend mit mir essen zu gehen. In Ledlington gibt es, glaube ich, ein Lokal, dessen Essen einen nicht direkt umbringt.« Er sprach in einer sanften, schleppenden Art und unterbrach sich, um zu husten. »Ich bitte um Entschuldigung, wie man am Radio sagt. Ich muß ständig husten, deshalb bin ich auch hier. Was hälst du davon, wenn ich dich um sieben abhole? Ein Fahrzeug werde ich auftreiben.«

Stacy zögerte. »Also, das ist sehr nett von dir, Tony. Sieh mal, ich gehe heute nachmittag aus und weiß nicht genau, wann ich zurück sein werde. Ich muß mich dann noch umziehen. Ich glaube, halb acht wäre besser.«

»Viertel nach sieben.«

»Na gut.«

Sie drehte sich gerade um, als das Telefon wieder klingelte. Wahrscheinlich war es für jemand anders, aber da Tony vielleicht noch in der Leitung war, hob sie den Hörer ab und hörte Lilias Grey: »Kann ich Miss Mainwaring sprechen?«

Vor dem Namen machte sie eine bedeutsame kleine Pause. Mit einem Gefühl, als hätte sie einen Schritt rückwärts gemacht, und einer, wie sie selbst bemerkte, schrecklichen Stimme antwortete Stacy: »Am Apparat.«

Sie hörte ein unwillkürliches »Oh!« und dann: »Hier ist Lilias Grey.«

»Guten Tag, Lilias.«

»Oh, guten Tag.«

Lilias zwitscherte förmlich, ein sicheres Zeichen, daß sie nervös war. Mit jedem Satz wurde ihre Stimme höher und süßer.

»Meine Liebe, ich habe ja kein Wort mit dir geredet gestern abend. Beim Dinner war es nicht möglich, und danach warst du plötzlich verschwunden. Aber ich möchte dich so gerne sehen und dir zeigen, was wir in Saltings getan haben.«

Das »wir« war ein kleiner Pfeil mit Widerhaken, der das Blut zum Fließen brachte. Aber Stacy hatte auch einen Pfeil auf Lager.

»Ja, Charles hat es mir erzählt.«

»Ach ja? Wie schön, daß wir alle Freunde sein können, und welche Erleichterung, nicht wahr? Das macht alles viel einfacher, findest du nicht? Es ist so viel zivilisierter. Deshalb dachte ich auch, ich könnte dich einfach anrufen. Ich möchte dir gern meine Wohnung zeigen und alles, was wir hier gemacht haben. Könntest du nicht heute zum Tee kommen?«

»Heute nachmittag kann ich leider nicht. Ich gehe aus.«

»Mit Charles? Aber natürlich – wie dumm von mir! Wie wäre es denn mit Samstag? Er wird nicht hier sein, fürchte ich – irgendeine langweilige Geschäftsangelegenheit. Aber wenn du mit mir vorlieb nimmst ...«

Stacy schnitt dem Telefon ein Gesicht wie ein wütendes Kind: »Das wäre sehr schön.«

»Dann also um halb fünf. Du weißt ja, wo man aus dem Bus aussteigen muß. Während der Ferien geht alle zwanzig Minuten einer.« Sie legte auf.

Stacy stampfte mit dem Fuß auf, sah den Hörer, als wäre er eine Schlange, und legte ihn voller Verachtung auf. Vielleicht war Lilias eine Schlange, vielleicht aber auch nicht. Die bloße Tatsache, daß sie in Charles verliebt war, machte sie noch nicht dazu. Adoptivschwester hin und her, sie war schon immer in Charles verliebt gewesen. Beide hatten Wohnungen in Saltings. Und Lilias sagte: »Wir.« Warum, um alles in der Welt, hatte sie zugesagt, zum Tee zu ihr zu gehen? Wenn es einen Ort auf der Welt gab, von dem sie sich fernhalten sollte, dann war es Saltings. Wenn man auf die Folter gespannt worden ist, geht man doch hinterher nicht hin und trinkt Tee in der Folterkammer. Es war eine Tatsache, daß sie nicht den Mumm hatte, einfach zu sagen. »Ich will diesen Ort nie wiedersehen – oder dich.« Weil Lilias nämlich zugesehen hatte, wie sie gefoltert worden war. Freundlich? Mitleidig? Bedauernd? Auf keine dieser Fragen hatte Stacy jemals eine Antwort finden können. Jetzt war es sowieso egal. Was zählte, war, daß Lilias dort gewesen war und sie unter der Folter gesehen hatte.

Und trotzdem – trotzdem würde sie morgen nach Saltings fahren. Lilias würde ihr zeigen, »was wir getan haben«, an dem Ort, der eigentlich ihr Zuhause mit Charles hätte sein sollen. Warum nur?

Tief aus dem Bauch kam die Antwort: »Weil ich ein Narr bin, weil ich mich nicht fernhalten kann.«

10

Stacy nahm den Bus um Viertel nach zwei nach Ledstow. Sie trug ein bedrucktes Leinenkleid in Grau- und Blautönen. Auf dem Kopf hatte sie nur ihr dichtes, wirklich schönes brünettes Haar. Brünettes Haar kann tatsächlich sehr attraktiv sein. Stacys schimmerte und glänzte, und außerdem war es lockig. Ihr Haar war das einzige unzweifelhaft Schöne an ihr. Sie wußte genau, daß sie weder Gesichtszüge oder einen Teint besaß, mit denen sie einen Anspruch gehabt hätte, als Schönheit zu gelten. Sie hatte eine hübsche Haut und ganz ausdrucksvolle graue Augen. Die hatten manchmal, wenn sie sie selbst nicht sah, einen bezaubernden Ausdruck – jung, empfindsam, bewußt und sehr süß. Über den Rest – Stirn, Nase, Wangen, Kinn – ließ sich nicht viel sagen. Sie waren einfach da. Der Mund war rot und nicht zu schmal. Wenn sie lächelte, sah man ihre schönen weißen Zähne. Nein, für ihre Haare konnte sie wirklich dankbar sein.

Zu diesem Schluß war sie gekommen, nachdem sie ungewöhnlich lange ihr Spiegelbild in dem nicht sehr schmeichelhaften Clubspiegel betrachtet hatte. Ihr Eindruck machte langsam dem beunruhigenden Gefühl Platz, daß es verrückt von ihr war, sich mit Charles zu treffen, und der felsenfesten Überzeugung, daß sie sich nicht davon hätte abhalten lassen.

An der ersten Haltestelle hinter der Stadt stieg sie mit weichen Knien aus. Charles mußte dem Bus gefolgt sein. Er fuhr neben sie, bevor sie auch nur zehn Meter gegangen war, stieß die Tür seines Autos auf und sagte: »Hallo, Liebling!«

Das war nicht der alte schäbige Wagen aus ihren Flitterwochen, sondern ein brandneuer Armstrong. Charles tat sich selbst etwas Gutes, wie Jack Constable gestern abend gesagt hatte. Er schien richtig obenauf zu sein. Und plötzlich war sie bei ihm, sie waren gemeinsam obenauf, und alles war wundervoll – die warme Sonne, eine Brise vom Meer, und sie beide fuhren ins Blaue. Natürlich würde es nicht andauern. Es war nur ein Zwischenspiel im Geschäft des Lebens, ein Ausbruch aus der üblichen Gestalt und Substanz der Wirklichkeit, die auf einmal keinen Bezug mehr hatte zu Vergangenheit oder Zukunft, nicht gegenständlicher war als ein Traum. Es war egal, was sie sagten oder taten, weil es nicht wirklich gesagt oder getan wurde. Die Last der Verantwortung war verschwunden ebenso wie die Bürde der Entscheidung. Alles in ihr entspannte sich.

Charles Forrest meinte: »Wir können den Wagen hier oben stehenlassen und ins Wakewell Cove hinuntergehen. Dorthin kommen nicht viele Leute. Es ist gefährlich, dort zu baden, und der Pfad sieht steiler aus, als er ist.«

Er war immer noch steil genug. Sie strauchelten, Stacy rutschte aus, Charles fing sie auf, sie lachten, und er schimpfte sie aus: »Du paßt ja nicht auf, wo du hingehst.«

»Das tue ich wohl!«

»Es sind diese unpraktischen Schuhe.«

»Ich wußte doch nicht, daß ich an einen Strand gehen würde. Du hattest Ledlington gesagt.«

Charles legte ihr den Arm um die Schulter und schüttelte sie leicht und neckend: »Männer waren schon immer Betrüger!«

Der Strand war voller Muscheln und Kiesel – das Meer war weit draußen und keine Menschenseele in Sicht.

»Erst die Arbeit, dann das Vergnügen«, meinte Charles. »Erst unterhalten wir uns hübsch über Alimente, und wenn du davon richtig Appetit bekommen hast, gehen wir Teebrötchen essen im ›Cat and Mouse‹.«

Stacy saß auf dem zerfurchten Kieselstrand. Sie wühlte darin und hielt Muschelschalen und kleine durchscheinende Steine in der Hand. Eine der Muscheln war wie eine kleine Kappe aus Purpur und Perlmutt. Stirnrunzelnd betrachtete sie

sie und entgegnete: »Das ist Unsinn. Es gibt nichts, worüber wir reden könnten.«

Charles hörte sich faul und amüsiert zugleich an. »Denk doch einmal nach, Liebling. Das entscheidende Wort ist Alimente. Das mußt du wohl überhört haben. Es eröffnet unzählige Möglichkeiten für ein Gespräch.«

Stacy betrachtete weiter die Muschel. »Ich bin an keinem von ihnen interessiert.«

Er summte leise: »›No, I will not walk, no, I will not talk. No, I will not walk nor talk with thee.‹ Komm schon, laß dich doch von dem gesegneten Wort Alimente überreden.«

Er sah, wie ihr das Blut zu Kopfe stieg. Hastig erwiderte sie mit ärgerlicher Stimme: »Es gibt keine Alimentenfrage! Du hast nicht mich verlassen – ich habe dich verlassen.«

»Und du würdest es morgen wieder tun – eine sehr angemessene Einstellung! Du gehst in die Luft wie immer. Jetzt lachen wir und fangen noch einmal von vorne an. Ich verdiene 'ne Menge an Saltings. Die Wohnungen sind gut angekommen, und die Leute reißen sich um sie. Sehr angenehm und gewinnbringend und eine nette Abwechslung gegenüber dem Rätselraten von früher, als ich nicht wußte, wovon ich die nächsten Raten und die Einkommensteuer bezahlen sollte. So weit, so gut. Ich hätte gern, daß du dir das einmal ansiehst. Es ist dir wohl entfallen, aber ich habe dich mit all meinen weltlichen Gütern ausgestattet.«

Stacy richtete sich glühend vor Zorn auf. »Es scheint deiner Aufmerksamkeit entgangen zu sein, daß wir geschieden sind.«

Ein irritierender Blick traf sie. »Meinst du? Du erinnerst mich doch ständig daran. Also, um zur Sache zu kommen – ich möchte, daß du dreihundert im Jahr bekommst.«

»Charles! Das werde ich natürlich nicht annehmen!«

In ganz ernstem Ton entgegnete er: »Mir wäre wohler, wenn du es tätest.«

Stacys rechte Hand schloß sich um die kleine Muschel und zerbrach sie. »Ich kann das unmöglich. Das solltest du wissen.«

Er lächelte. »Mach weiter! Rede es dir vom Herzen! Da ist doch noch viel mehr, und ich weiß alles auswendig. ›Ich kann selbst für meinen Unterhalt aufkommen! Eher verhungere ich, als dein Geld anzurühren!‹«

»Oh!« Sie rauchte vor Zorn.

Charles lächelte weiter auf seine charmante Art und Weise. »In einem Melodram ist das sicher sehr wirkungsvoll, aber das ist nicht dein Fall. Man braucht dafür blitzende Augen, klassische Gesichtszüge und eine griechische oder römische Nase. Mit einer so kleinen verunglückten Nase wie deiner ...«

»Das ist sie nicht!«

»Aber definitiv. Ich sage überhaupt nichts gegen sie. Mir hat sie immer gefallen. Ich hätte zum Beispiel nie jemanden mit einer klassischen Nase geheiratet. Ich würde deine als angenehme Nase für eine Komödie oder für den häuslichen Herd beschreiben. Aber nicht dafür geeignet, Zeilen vorzutragen vom ›Weiche-von-mir-Schurke‹-Schlag.«

Ihr Mund zuckte, ein Grübchen erschien, und sie brach in ein verärgertes Lachen aus.

Charles meinte: »So ist es schon besser. Es ist immer schade, wenn man sich selbst fehlbesetzt. Und das könnte dir leicht passieren, wenn du mich nicht zur Hand hast, um dich zu warnen, dir zu drohen oder dir zu befehlen. Du mußt auf dich aufpassen.«

»Aber Charles!«

»Bestimmt, meine Süße. Wir werden es nicht Alimente nennen, wenn du das lieber nicht möchtest, Zuwendung hört sich viel weniger nach Scheidungsgericht an, nicht wahr? Sie wird vierteljährlich auf dein Konto eingezahlt.«

»Nein, wird sie nicht! Ich mache keine Witze. Ich kann das unmöglich annehmen.«

Charles saß dort und schlang die Arme um die Knie. Mit einer gewissen Zurückweisung in der Stimme antwortete er: »Ganz recht – man sollte niemals Witze machen über Geld. Ich würde nicht im Traum daran denken. Und du auch nicht, wenn du wüßtest, wie viele Nächte ich mir damit um die Ohren geschlagen habe, Formulare auszufüllen, bevor ich Saltings in Wohnungen umwandeln durfte. Eine echte Schufterei, die mich gewaltige geistige Anstrengung gekostet hat. Weißt du, die Leute, die diese amtlichen Formulare entwerfen, sind an die Hinterräume der Behörden einfach verschwendet. Sie könnten viel mehr Geld verdienen, wenn sie sich Kreuzworträtsel ausdächten. Dann würden sie auch gelobt und bewundert, statt in Grund und Boden verdammt zu werden, jedesmal wenn ein Formular ausgefüllt werden muß.«

Stacys Grübchen zitterte. »Aber ich werde es nicht annehmen, Charles.«

Er ließ seine Knie los und griff mit einer plötzlichen Bewegung nach ihren Handgelenken. »Jetzt hörst du mir einmal zu!«

»Ich kann dir auch ganz gut zuhören, ohne von dir festgehalten zu werden. Charles – das tut weh!«

»Das sollte es auch. Das Geld wird jedes Quartal auf deine Bank eingezahlt werden. Damit kannst du auf den Putz hauen, du kannst es auch über die Waterloo Bridge schmeißen, an die schuldlos Armen verschwenden oder einfach auf der Bank liegen lassen – das ist mir scheißegal. Aber du kannst mich nicht davon abbringen, es zu zahlen. Du brauchst deinen Stolz nicht meines Seelenfriedens wegen strapazieren. Wenn du mit den Miniaturen genug verdienst, kannst du dreihundert leicht verachten. Aber wenn die Malerei mal keine Konjunktur hat, wäre es ganz angenehm für mich zu wissen, daß du noch etwas zu beißen hast.«

»Charles, laß mich los!«

Sofort nahm er seine Hände weg, lachte und meinte: »Du

hast keine Verletzungen, mein Liebling. Und jetzt laß uns über etwas anderes reden.«

Sie schüttelte den Kopf. »Ich kann es nicht verhindern, daß du das Geld einzahlst ...«

»Genau.«

»Aber ich werde es nicht anrühren.«

»Das ist deine Angelegenheit. Laß uns damit aufhören und über mich reden. Interessiert es dich überhaupt zu hören, daß ich kurz davor bin, enterbt zu werden?«

»Wie?«

»Nein, nicht Saltings. Das habe ich für den Rest meines Lebens am Hals. Es betrifft meine ›Großen Erwartungen‹. Ich glaube, Lewis denkt an Heirat.«

»In seinem Alter?«

»Er ist erst fünfundfünfzig. Und er war eigentlich nie ein so vertrockneter Knochen, wie er aussieht. Vor ungefähr zwanzig Jahren war er mit Dossie Dale verlobt. Ich habe gehört, daß sie sich getrennt haben, als er entdeckte, was Dossie für ein herrschsüchtiges Naturell hat. Sie ist eine von der Sorte ›Oberhand oder Untergang‹. Dann hatte er natürlich diese Affäre mit Myra Constantine. Sag bloß nicht, daß du fast vierundzwanzig Stunden hier bist und sie dir noch nicht alles darüber erzählt hat. Er machte ihr unsittliche Anträge und schlug ihr inoffizielle Flitterwochen in Paris vor. Sie sagte ihm, sie sei weit über fünfzig, und wenn er zehn Jahre jünger wäre, sei er alt genug, um eine anständige Frau zu erkennen, wenn er eine sähe. Danach ging er sogar so weit, sie um ihre Hand zu bitten. Sie brach in Gelächter aus und meinte, wenn sie wieder hätte heiraten wollen, hätte sie das während der letzten dreißig Jahre mindestens zwanzigmal tun können. Sie blieben dennoch gute Freunde, und das gereicht Myra zur Ehre. Lewis gehört nämlich zu denen, die leicht etwas übelnehmen, aber sie hat es nicht dazu kommen lassen.«

»Und wen will er jetzt heiraten?«

»Du hast das rothaarige Mädchen gestern abend gesehen?«

»Natürlich. Du meinst doch nicht etwa –«

Er nickte. »Sie heißt Maida Robinson und ist, wie du gesehen hast, rothaarig. Ihre Augen sind ausgesprochen einladend, und sie hat Lewis mehr oder weniger da, wo sie ihn haben will. Bis gestern abend war der Status von Robinson noch zweifelhaft, aber während unseres dritten Tanzes hat sie mir ohne Umschweife anvertraut, daß sie seit einem Jahr von ihm geschieden ist. Es steht also nichts im Wege, daß sie Lewis erobert.«

»Aber gestern abend haben sie sich doch überhaupt nicht beachtet.«

»Ein Streit unter Liebenden, mein Liebling. Vielleicht hast du beobachtet, daß sie mich liebevoll angesehen hat?«

»Warum sollte sie?«

»Sie hat Lewis gezeigt, daß es noch andere gute Fische im Meer gibt. Maida beherrscht ihre Sache. Lewis war bereit, ihr aus der Hand zu fressen, als sie endlich mit ihm tanzte. Er lernt jetzt seinen Platz kennen. Er kann sie anbeten, und sie kann seine Sammlung anbeten. Ich hoffe nur, er hat genug Geistesstärke, um sie davon abzuhalten, die Marsden-Rubine zu tragen. Sie wird es natürlich wollen – alle rothaarigen Frauen sind verrückt nach Scharlachrot. – Jemand muß ihr erzählt haben, daß Dossie sie auf dem Ball, den er ihr zu Ehren gab, als sie verlobt waren, getragen hat. Angeblich bringen sie Unglück. Eine Tänzerin ist erstochen worden, während sie sie trug, ein Mädchen namens Lisa Canaletti, im Paris des zweiten Kaiserreichs. Ein dutzend Jahre später kaufte George Marsden sie. Seine Frau besaß sie zwanzig Jahre lang, bis sie bei einem Autounfall getötet wurde. Dann gingen sie in den Besitz ihrer Tochter über – sie starb bei einem Luftangriff. Danach lag das Collier auf einer Bank, bis Lewis es kaufte. Der mittlere Rubin ist sehr schön, und die Geschichte des Schmucks gefiel ihm.«

»Charles, was ist diese Sammlung wert?«

Er lachte. »Eine ganze Menge! Aber wir werden sie nicht bekommen.«

Wenn er »wir« sagte, fühlte sie sich, als hätte jemand ihr Herz berührt. Aber er wollte nichts Besonderes damit ausdrücken, überhaupt nichts. Sie hörte ihn sagen: »Die Steine haben einen beträchtlichen Marktwert. Und dann gibt es noch andere morbide Typen außer Lewis, die Phantasiepreise zahlen für ein Stück, an dem eine Geschichte hängt.«

Plötzlich erinnerte sich Stacy an etwas. Sie fragte: »Ist es nicht gefährlich, all das Zeug zu besitzen?«

Charles runzelte flüchtig die Stirn. »Alle sagen das schon seit Jahren, aber nichts ist passiert. Natürlich war das Zeug während des Krieges nicht da, aber er hat es so bald wie möglich zurückgeholt. Der ganze Anbau ist wie ein Tresor, und die besonderen Stücke liegen noch zusätzlich in einem Safe. Keine Fenster, nur ein Eingang und die ganze Nacht über Licht im Gang. Das sollte sicher genug sein.«

Schnell sagte Stacy: »Letzte Nacht ging das Licht aus.«

»Unsinn!«

»Wirklich, Charles.«

Sie erzählte ihm, wie sie das Klicken der Tür gehört hatte. «Ich hörte es, sah aus dem Fenster, und der Gang war völlig dunkel.«

»Bist du sicher?«

»Natürlich bin ich sicher. Und während ich noch hinsah, ging das Licht wieder an. Ich glaube sogar, daß die Tür zum Anbau gerade geschlossen wurde. Sie bewegte sich noch.«

»Wie spät war es?«

»Ich weiß es nicht. Spät. Sehr spät. Ich hatte schon lange geschlafen.«

Charles fing an zu lachen. »James Moberly kam gerade nach Hause, nachdem er herumgesumpft hatte! Er mußte durch das Haus gehen, weil es keinen anderen Weg zum Anbau gibt, und er löschte das Licht, um neugierigen Blicken zu entgehen.«

»Ich bin nicht neugierig! Ich habe einfach hinausgeschaut. Und, Charles, er kann nicht durch das Haus gekommen sein, weil die Haustür verriegelt wird, nachdem der letzte Gast gegangen ist. Das weiß ich, weil ich mich heute erkundigt habe, falls ich einmal zum Essen ausgehen will. Ich fragte, ob ich einen Schlüssel haben könne. Sie sagten ja, aber ich müsse vorher Bescheid sagen, sonst würde die Tür verriegelt.«

»Vielleicht hat er ja Bescheid gesagt.«

»Nein, ich habe nämlich gefragt, ob letzte Nacht jemand aus war, und sie sagten, nein, alle seien um zwölf zu Hause gewesen.«

Charles sah sie gespannt an. »Du bist ein kleiner Schnüffler, nicht wahr, meine Süße?«

Sie errötete. »So war es gar nicht. Ich wollte nur herausfinden, wie das mit dem Schlüssel ist.«

»Falls ich dich einlade, mit mir auszugehen. Wie vorsorglich!«

»Falls ich ausgehen will. Und dann ergab sich der Rest ganz einfach. Charles, ich hatte nicht den Eindruck, daß jemand aus dem Haus kam und durch den Glasgang in den Anbau ging, wirklich nicht.«

»Was glaubst du denn?«

»Es ist nur ein flüchtiger Eindruck, aber ich dachte, daß jemand aus dem Gang ins Haus ging.«

»Aber du hast doch gesagt, die Anbautür habe sich bewegt, als das Licht wieder anging.«

Sie nickte. »Ja, ich weiß. Ich dachte, da wäre jemand an der geöffneten Tür und wartete, daß die Person im Gang ins Haus gelangte, dort die Tür schloß und dann das Licht wieder anmachte.«

Charles sah sie genau an.

»Aber du hast niemanden gesehen?«

»Nein.«

»Es hätte auch anders herum sein können: Jemand kam aus dem Haus, ging in den Anbau und drehte das Licht an, sobald er drinnen war, nicht wahr?«

Sie zögerte, bevor sie antwortete: »Ich glaube schon.«

»In dem Fall war es wahrscheinlich James Moberly oder Lewis selbst.«

»Aber warum war dann der Gang dunkel? Wenn alles in Ordnung war, meine ich.«

»Es war hellichter Tag, als sie ins Haus kamen, und sie vergaßen, es anzumachen. Selbst Lewis ist ein Mensch. Man kann es nicht vom Haus aus einschalten. Das war früher so, aber als Lewis das Haus verkaufte, ließ er das ändern. Die Schalter sind alle im Anbau.«

Stacy legte eine Hand an die Wange, die sich noch stärker gerötet hatte. »Dann war es so, wie ich sagte, weil das Licht an war, als ich ins Bett ging. Draußen war es noch nicht ganz dunkel, aber der Gang war hell erleuchtet. Nur jemand im Anbau konnte danach das Licht ausgeschaltet haben.«

Charles runzelte die Stirn und sah weg. »James war wohl unerlaubt abwesend«, meinte er kurz angebunden. »Vermutlich ist gar nichts dabei. Aber ich werde Lewis erzählen, daß das Licht aus war.«

11

Später, als sie auf dem Weg nach Ledlington waren, meinte Charles nebenbei: »Wer ist der unglückliche Knabe?«

»Was meinst du damit?«

»Das Objekt deiner Generalstabsarbeit wegen des Schlüssels – der gegenwärtige Freund – der Mensch, der sich heute mit dir amüsieren will.«

»Du hast doch gesagt, daß du das seist.«

»O nein, du hast mit deiner Stabsarbeit angefangen, bevor ich kam. Du brauchst keine Hemmungen zu haben. Ich bin ganz Ohr. Wer ist er?«

Stacy fragte: »Warum nennst du ihn unglücklich?«

Die Worte purzelten ihr heraus, und kaum waren sie gesagt, da wußte sie, daß Charles einen Punkt gemacht hatte. Er tat es leicht und lässig und lächelte sich dabei im Rückspiegel an.

»Mitgefühl für einen Leidensgenossen, Liebling.«

Sie preßte die Lippen zusammen. Sie hätte sich lieber die Zunge abbeißen sollen, ehe sie ihm so eine Vorlage geboten hatte.

Die unbefangene Stimme redete weiter. »Willst du ihn für immer behalten? Du mußt mir Bescheid sagen, wenn der Termin feststeht. Es wäre wohl kein guter Geschmack, wenn ich zur Hochzeit käme, aber ein kleines Präsent wäre vielleicht nicht schlecht. Für die Wohnungen bekomme ich ein hübsches Topfset zu Großhandelspreisen. Die Wohnungen sind nämlich alle möbliert, weißt du. Das ist viel lukrativer, und du kannst die Leute wieder loswerden, wenn du sie nicht magst. Wie wäre es mit einem Set in Gußaluminium, mit einem Dampftopf extra, dazu ein paar angemessene Zeilen auf einer Karte an einer silbernen Schleife – ›Danke für die Erinnerungen‹ oder so etwas?«

Sie war fast zu wütend zum Sprechen, aber sie wollte ihm nicht wieder die Oberhand lassen. »Das hört sich entzückend an. Ich werde daran denken, wenn du an der Reihe bist. Du wirst sehr bald heiraten, nehme ich an?«

»Ich glaube schon. Macht es dir etwas aus, mir zu verraten, wen ich heiraten soll? Das wüßte ich gerne.«

Stacy sah ihn von der Seite an. Er starrte mit mörderischem Blick geradeaus auf die Straße nach Ledlington. Charles im Zorn war ein sehr häßlicher, finsterer und erheiternder Anblick. Stacy war sehr erheitert.

»Lilias, nehme ich an.«

Das Auto schleuderte quer über die Straße. Charles fluchte, steuerte entgegen und brach in Gelächter aus.

»Noch so ein Witz, und wir landen im Graben. Lilias –«

»Du brauchst mir nicht zu sagen, daß sie deine Schwester ist, das ist sie nämlich nicht. Deine Mutter hat sie adoptiert. Das ist etwas ganz anderes. Selbst der Erzbischof von Canterbury würde euch morgen trauen.«

»Ich glaube nicht, Liebling. Er hat so seine Ansichten über Scheidung.«

»Auf jeden Fall ist sie nicht deine Schwester.«

»Du sagst es. Aber es gibt noch etwa zwanzig Millionen anderer Frauen in England, die auch nicht meine Schwestern sind. Fast jede von denen wäre wahrscheinlicher als Lilias. Wenn du aufgewachsen bist mit dieser Bruder-und-Schwester-Geschichte, dann geht dir das in Fleisch und Blut über.« Er lachte wieder. »Was glaubst du, was sich in einem Kinderzimmer alles abspielt? Um alles hat man sich schon gezankt, alle Flunkereien gehört, was für einen Sinn hätte es da zu heiraten?«

Hinter seinem scherzenden Ton verbarg sich etwas, sie wußte aber nicht genau was. Hastig erwiderte sie: »Ich habe dich nie belogen.«

»Dazu hattest du auch nicht viel Zeit, mein Liebling. Das Leben ist voller verpaßter Gelegenheiten. Macht nichts, das Meer ist voller Fische.«

»Ich lüge nie!«

»Ein Erziehungsfehler. Aber es ist nie zu spät, sich zu bessern.«

Er bog in den Marktplatz ein und hielt neben der Statue von Sir Albert Dawnish. Das erste der berühmten Quick Cash Stores hatte das Licht der Welt erblickt in einem der alten Häuser, auf die er mit seiner feisten Hand deutete. Man sagt, daß er von allen Statuen in Großbritannien am schäbigsten angezogen sei. Er mochte bequeme Anzüge, und so hatte ihn der Bildhauer mit heroischem Realismus dargestellt. Aber Ledlington ehrt sein Angedenken, tanzt in dem Saal, den er erbaut hat, und läßt seine Söhne voller Hoffnung an den Wettbewerben um die von ihm gestifteten Stipendien teilnehmen.

Charles schloß den Wagen ab, faßte Stacy am Ellenbogen und führte sie über das Kopfsteinpflaster zum ›Cat and Mouse‹. Nur dieser Name war neu – gerade zwanzig Jahre alt. Auf dem schmiedeeisernen Schild krümmte eine wilde grünäugige Katze ihre schrecklichen Krallen über einer kleinen, zusammengekauerten Maus. Zur Zeit Jakobs I. war dieses Haus eine Seidenhandlung gewesen. Die großen Damen des Landes hatten hier changierende Seiden und feinsten Lyoneser Samt gekauft. Jetzt konnte man Tee trinken. So viele der kleinen Zimmer, wie es sicherheitstechnisch möglich war, waren in einen großen Raum umgewandelt worden.

Hinsichtlich der Düsterkeit hatte Charles nicht übertrieben, aber er schlängelte sich mit einiger Sicherheit durch die Tische und erreichte das andere Ende des langgestreckten Raumes. Orangefarbene Vorhänge und Palmen in Kübeln sorgten hier für Ungestörtheit. In jeder abgeschirmten Nische waren eine harte Holzbank, ein Tisch und zwei Stühle. Nur wenn man dünn und beweglich war, kam man um den Tisch herum auf die Bank. Schwaches orangefarbenes Licht lauerte hier und dort zwischen den schwarzen Balken der alten Decke.

Stacy gelang es, sich auf die Bank zu setzen – und war allein. Charles hatte gemurmelt: »Muß die Teebrötchen persönlich aussuchen«, und war verschwunden. Sie dachte darüber nach, was für ein Narr sie gewesen war, ihn auf Lilias zu bringen. Vielleicht hatte sie das getan – vielleicht auch nicht. Wenn Charles leidenschaftlich in Lilias verliebt wäre und vorhätte, sie sofort zu heiraten, dann hätte er sich genauso aufführen können. Sorglose Gleichgültigkeit – das war so seine

Art. Aber der Wagen war ins Schleudern geraten und fast von der Straße abgekommen. Das passierte Charles nicht einfach so. Etwas hatte ihn getroffen, er hatte beinahe die Kontrolle über das Auto verloren. Und dann hatte er gelacht. Sie versuchte sich daran zu erinnern, was sie gesagt hatte.

Da hörte sie hinter einer stoppeligen Palme und einem staubigen orangefarbenen Vorhang eine Stimme: »O ja, Charles wird mitspielen, wenn ich das möchte.« Dann ein hübsches, aufreizendes Lachen.

Wenn Stacy in einer normalen Geistesverfassung gewesen wäre, hätte sie daran gedacht, daß Charles einer der gebräuchlicheren englischen Namen ist. Sie dachte überhaupt nicht nach, sie zog einfach einen Schluß. Es war eine tiefe, rauchige Stimme, wie sie durch den Film so populär geworden war, und sie glaubte, einen rothaarigen Unterton herauszuhören. Ihr Schluß war, daß nur ein billiger Vorhang und ein oder zwei Palmblätter sie von Maida Robinson trennten und daß Maida über Charles Forrest redete. Sie dachte daran, zu husten oder den Tisch zu wechseln, tat aber keines von beidem. Sie hörte ein nicht zu identifizierendes Gemurmel einer männlichen Stimme und dann wieder die Frau: »Das geht schon in Ordnung. Du brauchst dir keine Sorgen zu machen, er wird mitspielen ...« Das nächste Wort wurde durch einen Ausruf unterbrochen: «Du meine Güte! Da kommt er ja! Was sollen wir tun?«

Dieses Mal konnte man die Antwort des Mannes verstehen. »Wir trinken doch nur Tee. Sogar Lewis –«

Sie sagte: »Sei still! Wir gehen. Wir sind ja sowieso fertig.«

Stacy sah von ihrem Platz aus, wie sie aufstanden. Sie hatte vollkommen recht gehabt. Es war Maida Robinson in weißem Leinen. Ihr Haar schimmerte kupfern in dem orangefarbenen Licht. Und der Mann war Jack Constable. Als sie Charles zwischen den kleinen Tischen trafen, grüßten sie ihn vergnügt im Vorübergehen und waren verschwunden.

Charles kam und setzte einen Teller mit Teegebäck auf den Tisch. Stacy fragte sich, was das alles sollte, hielt aber den Mund.

Sie hatte genügend Zeit, sich umzuziehen, bevor Tony Colesfoot sie abholte. Er kam sogar ein bißchen zu spät und tat sich selbst schrecklich leid. Schon lange bevor sie in Ledlington ankamen, war klar, daß der Abend kein Erfolg würde. Im ›Crown and Sceptre‹ beschwerte er sich über die Zugluft aus den hohen Speisesaalfenstern, die oben geöffnet waren und nur mit vereinten Kräften dreier Kellner geschlossen werden konnten. Nachdem sie zweimal den Tisch gewechselt hatten, zog er die Schultern hoch und zitterte ostentativ.

Das Dinner war nicht besonders gut, aber auch nicht schlecht. Tony schüttelte sich noch mehr und berichtete ihr von einer Grippe, die er im letzten Winter gehabt hatte, und erklärte, worin sie sich von der Grippe unterschied, die jetzt gerade im Anzug war, bis er zu dem düsteren Schluß kam, daß es diesmal viel schlimmer werden würde. Er aß nichts, trank drei Tassen schwarzen Kaffee und verkündete um zwanzig nach acht, daß er jetzt besser nach Hause ins Bett ginge.

»Meine Tante hatte ja gesagt, daß ich nicht in der Lage sei auszugehen.«

Stacy konnte Miss Colesfoot nur zustimmen. Allerdings war sie nicht darauf vorbereitet, daß sie ihr die Rolle des Vamps zugedacht hatte, die den armen Tony aus dem Bett gelockt hatte. Aber ein Blick auf die ärgerliche, besorgte Dame, die die Tür öffnete, genügte, um sie davon zu überzeugen, daß genau dies ihre Rolle war.

»Er hätte überhaupt nicht gehen sollen! Ich habe es ihm ja gesagt, aber er meinte, er müßte seine Verabredung einhalten. Höchst gedankenlos, muß ich sagen. Nein, Sie können nichts für ihn tun, Miss Mainwaring. Sofort ins Bett, Tony! Der Wasserkessel steht auf dem Herd. Du bekommst sofort etwas Heißes zu trinken und zwei Wärmflaschen.«

Sie konnte wirklich nichts mehr sagen oder tun. Tony hustete sich halb tot, und Miss Colesfoot, korpulent und furchteinflößend wie sie war, hätte sie mit Vergnügen in heißem Öl gebraten. Stacy war dankbar, daß das Taxi noch auf sie wartete. Sie stieg ein und ließ sich nach Warne House fahren.

12

Sie wollte eigentlich sofort ins Bett gehen, aber als sie in die Eingangshalle kam, herrschte dort reger Betrieb. Offensichtlich kamen die Leute gerade aus dem Wohnzimmer und bewegten sich in Richtung Anbau, geführt von Lewis Brading. Er tat sehr wichtig. Noch bevor Lady Minstrell es ihr sagte, vermutete sie, daß die Sammlung vorgeführt werden sollte.

»Ich weiß nicht, ob Sie sie jemals gesehen haben, aber es lohnt sich. Wunderbare Sachen, an den meisten hängt eine Geschichte. Und Modelle aller wirklich berühmten Juwelen.« Bevor Stacy ihr antworten konnte, rief sie Lewis zu: »Miss Mainwaring ist gerade gekommen. Darf ich sie mitbringen?«

Er drehte sich um, und Stacy blickte in seine kalten, ablehnenden Augen – noch kälter und ablehnender als vor drei Jahren. Er nickte fast unmerklich und sagte: »Sicherlich«, mit seiner heiseren Stimme. Sie gingen alle zusammen durch den Gang. Sie murmelte etwas über ins Bett gehen, nur um von Myra Constantine direkt hinter ihr »Unsinn!« zu hören.

Sie sah sich um, und da war sie, eckig in scharlachrotem Brokat, Jack Constable an einer Seite, ihre Tochter Hester auf der anderen.

Myra meinte herzlich: »Sie haben sie ja schon mal gesehen und ich auch, aber ich kann sie mir immer wieder ansehen. Da habe ich etwas, nach dem mich gelüstet. Ist besser als jedes Aufputschmittel.«

Die Tür an diesem Ende des Glasganges war eine ganz normale Gartentür an der Seite eines Hauses, die obere Hälfte bestand aus Glas, so daß man den Gang in seiner ganzen Länge von der Eingangshalle des Hauses her überblicken konnte. Er war noch nicht erleuchtet, weil es noch taghell war, aber Stacy konnte hören, wie Lewis erklärte: »Ich treffe meine Vorkehrungen. Bei Sonnenuntergang machen wir das Licht an ... Wir? Ach, Moberly oder ich. Ich habe ein Wohnzimmer hier im Haus ... Ja, diese Tür hier rechts. Das war früher schon mein Arbeitszimmer, und ich habe es behalten. Moberly und ich schlafen beide im Anbau ... Nein, dort gibt es keine Fenster, nur eine Klimaanlage.«

Jetzt waren sie im Glasgang. Von seiner Hand baumelte eine feine Stahlkette. Er steckte den daran befestigten Schlüssel in die Tür und öffnete sie. Sie war ganz anders als die, durch die sie gerade gekommen waren – eine grün gestrichene Metalltür, keine Haustür, die Tür zu einem Tresor. Sie gelangten in einen kleinen Flur, und dort befand sich eine zweite ebenso starke Tür.

Lewis erklärte weiter: »Das ganze Gebäude ist garantiert einbruchsicher. Dies ist der einzige Eingang. Der Glasgang war meine Idee. Jeder, der einen Blick auf diese Türen werfen will, macht sich verdächtig. Und das Licht wird von diesem Gebäude hier gesteuert, daran kann man nicht herumpfuschen. Einfach genial, finde ich.«

Die zweite Tür ging auf. Er betätigte einen Schalter, und sie kamen in einen hellerleuchteten Raum. Er war lang und schmal und hatte von der Decke bis zum Boden Vorhänge aus schwarzem Samt. Rundherum standen Glasvitrinen, in der Mitte stand ein langer schmaler Zeichentisch mit einer schwarzen Samtdecke und Stühlen rund herum. Der Effekt war makaber. Der Wechsel vom hellen Sommerabend, wo sich auf dem Blau des Meeres und des Himmels goldenes Licht spiegelte, war so kraß, daß man einen Schock bekam. Es war hell genug in diesem seltsamen Raum, aber die Helligkeit wirkte leblos. Stacys Eindruck von vor drei Jahren wiederholte sich. Jetzt wie damals überlief sie ein Schauer, und sie hatte wie ein Kind das Bedürfnis wegzulaufen. Sie spürte einen Atemzug in ihren Haaren. Charles murmelte in ihr Ohr: »Die Grabkammer.«

Beinahe hätte sie aufgeschrien. Sie hatte ihn nicht hereinkommen hören, sie wußte nicht einmal, daß jemand hinter ihr stand. Sie unterdrückte ihren Schrei, konnte aber nicht mehr verhindern, daß ihr Körper vor Schreck zitterte.

Charles legte ihr die Hand auf die Schulter und flüsterte ihr zu: »Du Dummerchen, du brauchst nicht gleich aus der Haut zu fahren.«

Seine Hand fühlte sich warm an durch das dünne Seidenkleid. Einen Augenblick ließ er sie dort liegen, und für diesen Moment bebte alles in ihr. Wer auch immer Charles war, was auch immer er getan hatte, er brauchte sie nur zu berühren, und die Vergangenheit lebte wieder auf. Der Gedanke kam und verschwand wieder. Ihm nachzusinnen, tat weh.

Lewis Brading fuhr fort mit seiner persönlichen Führung. »Die beiden Türen zur Linken, als wir hereinkamen, führen zu Moberlys Schlafzimmer und Bad. Durch die Tür auf der Längsseite kommt man in einen Flur, von dem mein Schlafzimmer und das Labor abgehen.« Er führte sie zu den Vitrinen. »Hier ist ein sehr interessanter Teil der Sammlung – Modelle berühmter Steine.« Er hielt inne und zitterte, wie immer an diesem Punkt: »Die mir unerreichbar teuer sind.« Sein selbstbewußter Ton beraubte Shakespeares Worte ihrer Poesie und machte sie zum billigen Wortspiel.

Alle drängten sich nach vorn, um zu sehen, wohin er zeigte.

»Dies sind natürlich nur Modelle, ohne das Feuer und die Brillanz der Originale. Der Stern des Südens, 1853 in den Minen von Bogagan von einer armen Negerin gefunden. Er wog, bevor er geschliffen wurde, 254 $^1/_2$ Karat. Wie Sie sehen, ist er leicht rosa gefärbt und muß einer der schönsten Diamanten der Welt sein ... Der Koh-i-noor wog nach den Angaben von Tavernier, der ihn am Hofe Aurangzebs sah, vor dem Schliff 787 $^{1}/_{2}$ Karat. Er ist natürlich nochmals geschliffen worden und gehört jetzt zu den Kronjuwelen, die im Tower liegen ... Hier ist ein Modell des berühmten Diamanten des Radscha von Mattan. Er wurde auf Borneo gefunden und wiegt 318 Karat. Er ist, wie Sie sehen, birnenförmig und ohne Facetten.«

Er fuhrt fort, Diamanten aufzuzählen. Der Nizam. Der Regent, den Napoleon am Heft seines Staatsschwertes trug. Der Sancy, den Karl der Kühne auf dem Schlachtfeld verloren hatte, der dann von einem Schweizer Soldaten gefunden und für zwei Franken verkauft wurde und schließlich aus der Leiche eines treuen Dienstboten geholt wurde, der ihn verschluckt hatte, damit er nicht Dieben in die Hände fiele. Der Pigott. Der Orloff, der die Form eines halben Eies hat und einst das Auge eines berühmten Götterbildes bildete. Der dreieckige Nassac. Der berühmte Hope-Diamant, der so blau ist wie ein Saphir.

All diese Informationen wurden begleitet von Fragen und Bewunderungsschreien.

Myra Constantine gab ihren Kommentar zum Sancy ab: »Also, ich hätte keine Lust, ein Ding zu tragen, das aus einer Leiche kommt. Ich war sowieso noch nie so verrückt nach Juwelen. Hatte nie das Gesicht oder die Figur dafür, vielleicht deshalb. Was wird aus all diesen hübschen Sachen, Lewis?«

Ohne ein Lächeln erwiderte er: »Diesen Teil der Sammlung habe ich dem Museum in Ledlington vermacht. Er ist natürlich von großem Interesse, hat aber keinen besonderen Wert.«

Sein graues Gesicht war ausdruckslos. Ohne weiteren Kommentar ging er zur nächsten Vitrine und referierte über Rubine. Von dort aus zu Saphiren, Smaragden, Topasen, Amethysten, berühmten Gemmen.

Stacy hatte das alles schon einmal gehört. Sie hatte das

schreckliche Gefühl, daß eine Art Zeitsprung stattgefunden hätte, daß sie und Charles wieder dort wären, wo sie vor drei Jahren waren. Das war natürlich purer Unsinn. Niemand konnte die Vergangenheit noch einmal erleben. Sie drehte sich um und sagte zu Charles: »Ich möchte hier raus.«

Seine Augen lächelten in ihre. »Zu viele Erinnerungen?«

»Nein, zu wenig Luft.«

Er lachte ein wenig. »Lewis wird tödlich beleidigt sein, er ist schrecklich stolz auf seine Klimaanlage. Und weißt du, ich möchte gern das richtige Zeug sehen. Er kommt jetzt jeden Moment dazu.«

»Ich möchte nicht ...«

»Liebling, ich verspreche dir, dich aufzufangen, wenn du ohnmächtig wirst.«

Sie sah ganz und gar nicht nach Ohnmacht aus. Ihre Wangen glühten. Abrupt löste sie sich von ihm, als Lewis hinter einen der Samtvorhänge schlüpfte und aus dem Blickfeld verschwand. James Moberly folgte ihm. Ein oder zwei Augenblicke später hörte man eine unsichtbare Tür, und dann kamen die beiden Männer zurück und trugen ein langes, mit schwarzem Samt bedecktes Tablett, auf dem sich die Juwelen häuften.

Dies war ein Augenblick, den Lewis Brading besonders genoß. Er mochte es, wenn seine Gäste den Atem anhielten, und beobachtete gern, wie Ehrfurcht und Gier in die Augen der Frauen traten. Das Ganze war natürlich sehr sorgfältig inszeniert. Diese Colliers, Armbänder, Ohrgehänge und Ringe hatten alle ihren eigenen Platz in seinem Safe, aber wenn er seine Sammlung präsentierte, rief er absichtlich diesen Eindruck von arabischen Nächten hervor.

Charles war wieder an Stacys Seite. »Hier wären Negersklaven angesagt, findest du nicht? James und Lewis sind meinem Gefühl nach eine Fehlbesetzung. Aber einen Sultan wird es geben. Paß auf!«

Ihre Augen folgten seinem Blick. James und Lewis hatten das glitzernde Tablett mitten auf den langen Tisch abgesetzt. Maida Robinson stand ihnen genau gegenüber. Alle hatten sich dorthin begeben, aber sie zog die Blicke auf sich. Ihr schwarzes Kleid verschmolz mit dem Hintergrund. Ihre Arme, ihr Hals, ihr leuchtendes Kupferhaar hoben sich deutlich davon ab. Sie beugte sich vor, stützte die Hände auf den Tisch und ließ die Augen nicht von all jenen funkelnden Steinen. Blitzartig erkannte Stacy die Szene wieder: Die haselnußbraunen Augen waren zu schmalen Schlitzen geworden. Eine Katze beobachtete einen Vogel. Ein grauenhafter Gedanke, der aber im Nu wieder verflogen war.

Maida brach in ein tiefes Lachen aus, hob die Hände und schlug sie sanft zusammen.

»Oh, wie wundervoll! Und jetzt mußt du uns alles darüber erzählen.«

Lewis war nur zu bereit, ihrem Wunsch zu entsprechen.

»Also, wenn Sie sich bitte zuerst hinsetzen – ich glaube, es sind genug Stühle für alle da –, dann kann jeder etwas sehen.«

Dankbar sank Maida auf den Stuhl hinter ihr, zog ihn nahe heran und beugte sich über den Tisch. Nicht die leiseste Spur von Sonnenbrand verdarb die milchweiße Schönheit ihrer nackten Arme. Manche rothaarigen Frauen werden sehr schnell braun und bekommen auch leicht Sommersprossen, auf andere hat die Sonne jedoch überhaupt keine Wirkung. Dazu gehörte auch Maida. Sie konnte den ganzen Sommer am Strand in der Sonne baden, ohne auch nur eine einzige Sommersprosse oder den geringsten Hauch von Bräune. Da Sonnenbrand die Mode war, trug sie manchmal Farbe auf. Aber während der letzten Wochen hatte sie ihre Haut der Natur überlassen und war mit Lewis Bradings Billigung belohnt worden. Bei all diesem schwarzen Samt und dem hellen Licht wirkte sie strahlend schön. Charles schien das auch zu denken. Leichthin sagte er: »Atemberaubend, nicht wahr?« und nahm neben ihr Platz. Sie hatte sich einen Moment umgeschaut. Vielleicht hatte ihr Blick ihn ja eingeladen.

Stacy setzte sich ans Ende des Tisches. Hester Constantine saß zu ihrer Rechten. Ein Ehepaar namens Brown – die Sorte Leute mittleren Alters, die sich jung hält, indem sie in allem mit ihren Kindern mithält – hatte auf der anderen Seite Platz genommen, dann saßen da Charles, Maida, Jack Constable, Lilias Grey, Myra Constantine und Lady Minstrell. All diese Brillanz stand Lilias nicht gut. Die Juwelen und Maidas glühende Vitalität ließen sie abgezehrt und farblos aussehen. Selbst die häßliche alte Myra machte sich besser als sie.

Mit ihrer tiefen Stimme sagte Myra: »Nun komm, Lewis, mach weiter! Laß den Vorhang hochgehen!«

Sie sang die letzten Worte nicht richtig, aber die Melodie des Bajazzoliedes klang durch.

Lewis wandte sich um und machte eine steife kleine Verbeugung vor ihr. »Aber du hast das doch alles schon gehört«, meinte er mißbilligend.

Sie lachte voller Freude, daß sich um ihre Augen die Lachfältchen zusammenrunzelten. »Es gibt nichts Neues unter der Sonne, sagt man. Aber ich werde der alten Dinge nie überdrüssig – alte Lieder, alte Freunde, alte Zeiten. Also hör auf, so bescheiden zu sein und zieh deine Waren unter dem Ladentisch vor.«

Lewis erwiderte: »Wohl kaum unter dem Ladentisch, meine liebe Myra.« Er tauchte mit der Hand in den glitzernden Haufen vor ihm und holte einen Ring hervor. Der eckige Smaragd war eingefaßt von funkelnden Diamanten.

Maida streckte die Hände aus und sagte: »Oh!« Unter einem Dutzend neidischer Augen ließ Lewis ihn in ihre Hand fallen.

»Streif ihn über und laß uns sehen, wie er aussieht.«

Sie schob ihn auf den dritten Finger ihrer linken Hand. Er sah wundervoll aus. Lewis nickte zustimmend.

»Frauen mit deinen Farben sollten immer Smaragde tragen. Sie betonen das Grün ihrer Augen.«

Sie hob ihre langen dunklen Wimpern. »Aber meine Augen sind nicht grün. Man sagt, sie seien haselnußbraun.«

Sie verhielten sich, als seien sie allein. Er antwortete: »Ich habe gesehen, daß sie grün schimmern. Wenn du Smaragde tragen würdest ...«

»Ich habe keine.« Ihr Blick wanderte zurück zu dem Ring.

Lewis hob die Stimme und sprach nicht länger in dem leisen, vertraulichen Tonfall: »Hier haben wir jetzt einen sehr schönen Stein mit einer interessanten Geschichte. Erinnern Sie sich an den Greystairs-Mord? Du doch sicher, Myra.«

Myra Constantine nickte. »Das Mädchen hat förmlich darum gebeten«, erzählte sie. »Neunzehnhundertsiebzehn, nicht wahr? Johnny Greystairs bekam Urlaub, und als er nach Hause kam, fand er seine Frau vor, die mit einem anderen Kerl herummachte. Hat sie beide erschossen und sprang aus dem Fenster des fünften Stockes, als die Polizei die Tür aufbrach. Ich kannte Johnny – nicht für einen Pfifferling Laster in ihm, bis sie ihn um den Verstand gebracht hat. Du willst doch nicht etwa sagen ...«

Lewis Brading nickte. »Ja, das war ihr Verlobungsring. Mein letzter Kauf. Hier ist also etwas, das du noch nicht gesehen hast.« Er beugte sich über den Tisch und zog Maida den Ring vom Finger. »Dieses Armband«, er hob ein etwa fünf Zentimeter breites Band aus massivem Gold, besetzt mit Diamanten und Rubinen, hoch, »ging mit der Birkenhead unter. Vor fünfundzwanzig Jahren kaufte ich es von der Enkelin der Frau, die es damals trug. Und dieses hier ist weder besonders schön noch wertvoll. Es ist nur eine kleine Haarbrosche mit Perlenrand. Mrs. Mannig, die Giftmörderin, trug es auf dem Schafott. Sie wurde in schwarzem Satin gehängt, den daraufhin eine Generation lang niemand mehr tragen wollte.«

Hester Constantine kauerte neben Stacy und meinte mit

zitternder Stimme: »Nicht einmal für viel Geld würde ich eines dieser Stücke jemals tragen.«

Stacy konnte ihr da nur zustimmen. Jedes der Stücke, die Lewis mit so viel Stolz vorführte, hatte eine Geschichte, und jede dieser Geschichten triefte vor Blut und Tränen. Nicht etwa, daß er sie sehr dramatisch vorgetragen hätte. Mord, Vergeltung, Eifersucht, Haß und Rache – seine trockene Stimme machte sie zu etwas Alltäglichem, und das machte es noch schrecklicher, weil wir alle im Alltag leben und uns bewegen. Die großen, die vernichtenden Leidenschaften machen sich sehr gut auf der anderen Seite des Rampenlichtes im unwirklichen Land der Dramen und Romanzen, aber wenn ein Mord von der Bühne herabsteigt und neben dir in der Loge oder im Rang sitzt und mit dir zurückkehrt in deinen eigenen respektablen Vorort, dann verbreitet er nackten Terror, der das Herz erschaudern läßt.

Als Lewis mit seinem Sermon fortfuhr, fühlte Stacy ihr Herz erschauern. Dieses Halsband hatte einem ganz normalen Mädchen aus einem sicheren und angenehmen Zuhause gehört. Sie hatte einen Mann erschossen, weil er sie wegen einer anderen verließ ... Diese funkelnde Schnalle hatte den Umhang einer berühmten viktorianischen Kurtisane zusammengehalten. Sie begann ihr Leben als armes Mädchen im Arbeitsraum einer Putzmacherin. Sie beendete es auf dem verdreckten Stroh eines Schuldgefängnisses. In der Zwischenzeit hatte sie zahllose Frauen ins Unglück gestürzt und ihnen in der Seele weh getan.

»Ich hasse diese Juwelen«, sagte Hester mit zitternder Stimme. Lewis Brading mußte gehört haben, was sie sagte. Er sah sie mit kaltem Groll von der Seite an. Hester schien das kaum zu bemerken, aber Stacy überlief ein Schauer. Lewis Brading hatte etwas an sich ...

Er hatte eine glitzernde Brosche in der Hand.

»Nur wenige Frauen würden dies hier hassen«, meinte er.

»Natürlich stehen Diamanten nicht jedem.« Ein grausamer Blick fiel auf Hester und wanderte zurück zu der juwelenbesetzten Brosche. »Wunderschön, nicht wahr? Die Marziali-Brosche – fünf perfekt zueinander passende vierkarätige Brillanten auf einer Nadel. Ein Hochzeitsgeschenk ihres Mannes für Guilia Marziali aus dem Jahre 1817. Sie trug sie, als er sie und ihren Liebhaber drei Jahre später erstach. Die Affäre erregte großes Aufsehen in Rom, aber da der Graf Selbstmord beging, wurde er nie vor Gericht gestellt. Sie war eine große Schönheit, aus einer noblen sardischen Familie. Seltsam, sich vorzustellen, daß diese leuchtenden Steine in ihrem Blut ertranken.«

Hester Constantine flüsterte: »Nicht!«

Die Browns, die neben ihr saßen, waren der Ansicht, daß sie wirklich nicht gern solche Stücke besäßen.

»Sehr hübsch, muß eine Menge Geld gekostet haben«, meinte Mr. Brown mit seiner kräftigen Stimme. »Aber ich würde meiner Frau nie etwas schenken, an dem solche unangenehmen Erinnerungen hängen.« Worauf Mrs. Brown mit einem Schauder einstimmte: »Und ich würde es nicht tragen, wenn du es doch tätest.«

Maida sah sich einen Augenblick lang zu ihr um. »Wirklich nicht?« Dann warf sie Lewis einen Blick zu. »Wirst du sie beim Wort nehmen? Besser nicht, vielleicht überlegt sie es sich ja noch einmal. Und ich warne dich, rechne nicht damit, daß ich etwas zurückweise, weil jemand, der es trug, ermordet worden ist. Ich bete diese wunderschönen Sachen an.« Ihre Stimme klang wirklich nach Anbetung. Ihre Hände streckten sich nach dem Collier aus, das er gerade ergriff. »Oh, Lewis, laß es mich tragen, bitte, nur für einen Moment!«

Er ließ es sie nehmen und das Schloß einrasten. Diamanten, die in einem feinen Flechtwerk zu Rosen verbunden waren, die Blumen stilisiert, jede mit einem Smaragd in der Mitte.

Stacy blickte sie an und konnte nicht wegschauen. Sie hörte, wie Lewis sagte: »Also, damit wurde niemand ermordet. Es gehörte meiner vielfachen Urgroßmutter, Damaris Forrest, einer Hofdame der Königin Anne. Sie war schön, sie war tugendhaft, sie lebte bis zu einem gesegneten Alter und starb, beweint von ihrer großen Familie. Alle Frauen der Familie Forrest waren hübsch und gut.«

Lewis konnte den Vortrag für seine Vorführung auswendig. Wort für Wort hatte er dasselbe gesagt, als er vor drei Jahren die Kette herausgeholt hatte, um sie Stacy zu zeigen, und Charles hatte sie ihr umgelegt. Sie schmeichelte sich nicht, daß sie ihr so gut gestanden hätte wie Maida Robinson, aber sie war zu dem hohen einfachen Spiegel am Ende des Raumes gelaufen und hatte sich bewundert in ihrem weißen Kleid und gesehen, wie die Diamanten und Smaragde unter dem Licht in allen Farben des Regenbogens funkelten. Ihre Augen über den Steinen hatten gestrahlt, ihre Wangen waren rosig vor Glück gewesen, und Charles hatte ausgesehen, als liebte er sie von ganzem Herzen. An dieses Bild erinnerte sie sich, als Maida aufsprang und genau wie Stacy damals zu dem Spiegel eilte, der zwischen zwei Samtvorhängen hing. Und dann war das Bild ausgelöscht von einem anderen, das sie nie würde vergessen können. Zwei Nächte später – Charles stand im Schlafanzug mit dem Rücken zu ihr vor dem Sekretär in seinem Ankleidezimmer. Es brannte nur ein Licht, und Charles stand dort mit der Kette in seiner Hand. Mitternacht, niemand rührte sich, das Nachthemd fiel ihr an einer Schulter herab, ihre nackten Füße auf dem Teppich waren kalt. Und Charles stand dort mit Damaris Forrests Collier in der Hand.

Als sie wieder zu sich kam, hatte sie das Gefühl, der Boden gleite ihr unter den Füßen fort. Weil die Kette hier war. Lewis Brading hatte sie wieder. Sie blitzte an Maidas Spiegelbild am Ende des Raumes.

Maida drehte sich um und seufzte. Mit fließenden Schritten kam sie zu ihrem Platz zurück, ein liebliches Geschöpf voller Vitalität mit Augen so grün wie die Smaragde. Zögernd hob sie die Hände zum Verschluß und ließ das Halsband in ihren Händen baumeln, ihre Augen liebkosten es und mit einer impulsiven Geste warf sie es über den Tisch Lewis Brading zu.

»Oh, nimm es, nimm es! Schnell, sonst bringe ich es nicht über mich, es herzugeben.«

Auf ihre Extravaganz reagierte er mit einem fast unmerklichen Lächeln.

»Es steht dir«, meinte er.

Stacy sah, wie sich ihre Blicke trafen. Sie dachte: Es wird nicht lange dauern, dann hat sie es für immer.

Lewis hielt den Rest seines Vortrages. Aber Stacy kam nicht über das Forrest-Collier hinweg. In Gedanken war sie drei Jahre zurück, und sie fragte sich, was sie getan hatte.

13

Es war eigenartig, in das Tageslicht hinauszukommen. Nur für eine Stunde waren sie im Anbau gewesen, und über dem Meer schien immer noch die Sonne. Charles brachte Maida zu seiner eigenen Verwunderung nach Hause. Wie es eben manchmal so kommt: Er hatte es gewiß nicht geplant, aber es war passiert. Jack Constable war mit Lilias zusammen, und sie hatten Charles dazu gebracht, ihnen sein Auto zu überlassen. Es war alles ganz glatt gegangen: »Charles, Liebling, wenn ich nicht etwas frische Luft bekomme, falle ich noch in Ohnmacht. Und ehrlich, wenn mich nicht jemand nach Hause bringt, zieht es mich zu diesen Smaragden zurück wie eine Motte ans Licht, und dann wird man mich zerschmettert an dieser gräßlichen Stahltür finden. Zu schrecklich für den armen Lewis. Ich möchte natürlich die Party nicht auflösen. Lilias, Jack, ihr alle – ich kann einfach nicht mehr aufnehmen. Es war zu wundervoll. Ich fühle mich wie die Königin von Saba – bin völlig erschöpft, nachdem ich so viele herrliche Stücke gesehen habe.« Sie rannte mit ausgestreckten Armen zu Lewis zurück, der auf der Schwelle des Anbaus stand, und redete mit leiser, rauchiger Stimme auf ihn ein. Gesprächsfetzen drangen zu Stacy herüber. »Du verstehst meine Gefühle doch?« Dann ein Murmeln und: »Eine wirklich gute Gelegenheit. Ich werde es ihm sanft beibringen. Du bleibst hier und packst deine himmlischen Sachen weg.« Ein abschließendes Tuscheln, bevor sie aufbrach, um sich bei Charles unterzuhaken, und rief: »Laß uns rausgehen an die Luft! Es sieht so herrlich aus!«

Zusammen gingen sie weg.

Lewis trat zurück und schloß die Tür. Stacy ging in ihr Zimmer hinauf.

Der Klippenpfad nach Saltings verläuft genau so, wie Stacy ihn in ihrem Traum gesehen hatte, nur die hohe Mauer gibt es nicht. Er dreht und windet sich an den Klippen entlang und fällt manchmal steil und schwindelerregend zum Strand ab. Bei Flut sieht man auf das Wasser hinunter, bei Ebbe auf Felsen. Die Böschung auf der Landseite ist selten höher als dreieinhalb Meter. Hier und da ist die Böschung zu einer Bucht ausgehöhlt, in die man sich sogar setzen kann. Ein angenehmer Spaziergang für einen Sommerabend.

Charles fragte sich, warum er von den anderen getrennt und regelrecht abtransportiert worden war. Sicher nicht, um Lewis eifersüchtig zu machen, da Maida sich Mühe gegeben hatte, ihn zu beschwichtigen. Er wollte sie jetzt ihr Spiel spielen lassen.

Gerade erzählte er ihr eine Geschichte, die immer gut ankam, als sie abwinkte und meinte: »Charles, ich möchte mit dir reden.«

Ein Drama? Es war ihr Spiel. Er hätte es vorgezogen ... Ihm blieb keine Zeit, seinem Gedanken nachzugehen, weil sie unverhofft damit herausrückte: »Lewis hat mich gebeten, ihn zu heiraten.«

Er nickte ernst. »Wem von euch soll ich gratulieren?«

»Ich habe nicht ja gesagt – noch nicht.«

»Dann gratuliere ich vielleicht besser ihm.«

Sie brauste auf. »Wie kannst du nur so ein Biest sein? Aber mich bringst du nicht in Wut.«

»Ein bewunderungswürdiger Entschluß. Dann werde ich dir helfen – ich gratuliere euch beiden.«

»Wozu?«

Er zog seine krummen Augenbrauen hoch. »Zu deiner Zurückhaltung, deinem Zögern, oder was es auch immer ist.«

»Charles, du bist ein Ekel!«

»Weil ich darauf hinweise, daß ihr euch vermutlich verdammt unglücklich machen werdet?«

»Warum sollten wir?«

Er sah sie ein wenig spöttisch an:

»Du kannst nicht von Smaragden leben, oder?«

»Man kommt schon ganz schön weit mit Smaragden«, entgegnete Maida Robinson.

»In dem Fall ist das deine Beerdigung.«

Als ob das Wort sie an etwas erinnert hätte, meinte sie eifrig: »Er hat ein Testament zu meinen Gunsten gemacht.«

Charles lächelte. »Dieses Mal gratuliere ich dir wirklich.«

Rasch wechselte sie die Farbe. »Ich hatte das nicht geplant. Es ist aus einer Eingebung des Augenblicks entstanden. Ich wollte selbst ein Testament machen und hatte eins von diesen Formularen. Ich fragte ihn, ob er es bezeugen würde, aber als er sah, daß ich ihm etwas hinterlassen wollte ...«

»Ein wahrer Kunstgriff!«

Sie prahlte: »Ja, nicht wahr? Jedenfalls sagte er, er könne das nicht, da er eine betroffene Partei sei. Ja, und es endete damit, daß er mich bat, ihn zu heiraten. Er nahm das Formular, füllte es aus und bestimmte, daß alles an mich fallen wird. Er sagte, er würde zwei Leute seine Unterschrift bezeugen lassen – irgendwo außerhalb des Clubs, damit kein Gerede entsteht.«

Charles warf ihr einen rätselhaften Blick zu.

»Aber es ist noch nicht unterschrieben. Ich bin überrascht, daß du das Eisen nicht geschmiedet hast, solange es heiß war.«

Ihre Augen funkelten vor Triumph. »Oh, er wird es schon unterzeichnen. Er ist verrückt nach mir. Es ist sowieso nur eine Geste. Er wird ein ordentliches Testament machen, wenn er nächste Woche seine Anwälte trifft. Das ist jetzt, wie gesagt, nur eine Geste, für den Fall, daß er vom Bus überfahren wird oder so etwas. Es ist doch besser, sicherzugehen, nicht wahr?« Sie warf den Kopf zurück und sah ihn an. »Also?«

»Also was?«

»Hast du nichts zu sagen? Macht es dir nichts aus? Willst du nichts dagegen unternehmen?«

Er lächelte sie charmant an. »Ich könnte dich natürlich über die Klippe stoßen, das wäre ein Ausweg.«

Ihre Stimme wurde sanft, sie sah ihm in die Augen. »Vielleicht gibt es noch einen anderen Weg.«

Charles verfluchte alle rothaarigen Frauen mit grünen Augen. *»Les yeux verts vont à l'enfer.«* Leichthin sagte er: »Ich kenne keinen.« Dann in einem ganz anderen Ton: »Sieh mal, Maida, dies ist deine Show, und ich will mich da nicht einmischen. Lewis kann heiraten, wen er will, und er kann sein Geld und die verdammte Sammlung hinterlassen, wem er möchte. Wenn du ihn magst, dann heirate ihn. Die Smaragde werden dir sehr gut stehen. Wenn du ihn aber nicht magst, würde ich dir raten, noch einmal nachzudenken. Ich kenne Lewis schon lange, und du wirst ihn nicht ändern. Sobald der erste Überschwang vorüber ist, nimmst du nur noch den zweiten Platz hinter der Sammlung ein. Mit der ist er nämlich wirklich verheiratet. Jede Frau bedeutet für ihn nur eine vorübergehende

Ablenkung. Er hat schon vorher Affären gehabt, aber er kommt immer zu dem zurück, was er wirklich liebt. Ich sage dir ganz aufrichtig: Ich glaube nicht, daß er fähig ist, etwas anderes zu lieben. Er wird weiter in seinem Mausoleum leben mit seinen leichenschänderischen Juwelen, und du bist nur eine weitere Dienerin. Er hat James Moberly, den armen Teufel. Aber James kann keine Juwelen tragen – du kannst es. Einen Diener, um das Zeug zu pflegen, eine Dienerin, die es präsentiert. Ich erinnere mich, glaube ich, daß die weiblichen Gefangenen in einem römischen Triumphzug mit Juwelen beladen waren. Das wäre mehr oder weniger dein Platz in Lewis' Weltbild.«

Sie ließ ihre Augen nicht von ihm. Es waren wirklich sehr schöne Augen, groß und voller Licht, weder grau noch braun noch grün. Sie erinnerten an das grünliche Farbspiel von Wasser an einer seichten Stelle. Sie sagte: »Charles ...«

Er wandte den Blick von ihr ab. An den Schläfen brach ihm leichter Schweiß aus. »Ich habe dich gewarnt.«

Sie hatten sich die ganze Zeit nicht vom Fleck gerührt. Die Sonne stand jetzt sehr tief. Eine kleine kühle Brise wehte vom Meer herüber. Es war wohltuend. Er ging weiter, und sie hielt mit ihm Schritt.

Nach einem Augenblick sagte sie wie ein nörgelndes Kind: »Was nützt es, mich zu warnen? Irgend etwas muß ich doch haben. Du schlägst ja nichts anderes vor.«

»Ich bin nur ein Zuschauer, der das meiste vom Spiel sieht.«

»Aber nicht mitspielt?« Ihre Stimme ließen die Worte zu einer Einladung und einer Liebkosung werden.

Charles entgegnete: »O nein, er spielt nicht mit. Er hat sein eigenes Spiel. Man sollte sie nicht vermischen.«

Sie lachte verärgert. »Dann kann ich nur deine Cousine sein, Liebling!«

14

Stacy ging in ihr Zimmer und schloß die Tür ab. Dann stand sie unentschlossen da. Die Zeit verging. Schließlich trat sie zum Fenster und setzte sich hin. Das Fenster ging auf den Anbau und den Hügel hinaus, in den er hineingebaut war. Nur wenig Luft kam herein. Sie hätte gern die Brise vom Meer gespürt, aber sie gelangte nicht bis hierher.

Plötzlich bemerkte sie, daß ihr kalt war. Sie hätte gern die Luft auf der Haut gefühlt, aber sie fror. Sie holte einen Mantel und zog ihn dicht um sich, aber die Kälte, die sie schüttelte, kam von innen. Sie hatte ihre Ehe beendet wegen Damaris Forrests Collier. Weil Charles es gestohlen hatte. Weil sie nicht mit einem Dieb verheiratet sein konnte. Aber jetzt hatte Lewis Brading es zurück. Charles mußte es zurückgegeben haben. Vielleicht hatte Charles es zurückgelegt, und Lewis hatte den Diebstahl nie bemerkt. Aber das machte keinen Unterschied. Was zählte, war das, was sie wußte, was sie über Charles wußte. Und Charles war ein Dieb. Langsam, schmerzhaft, voller Anstrengung konnte sie wieder hören, wie Lilias sagte: »Er hat das schon immer getan, aber man hat es nie herausgefunden. Wir haben es geregelt – wir haben die Dinge zurückgegeben. Meiner Mutter hat es das Herz gebrochen, und jetzt bricht es meines. Deshalb wollte ich ihn nicht heiraten. Er hätte überhaupt nicht heiraten sollen. Ich hoffte, du würdest es nie erfahren.« Sie mußte sich anstrengen, um die Worte zu verstehen, weil sie so leise und abgehackt gesprochen wurden. Sie hatte sich anstrengen müssen, damals vor drei Jahren im Zwielicht, als Lilias sich von ihr abwandte und sagte: »Er hat es schon immer getan.«

Wenn sie zurückblickte auf jene junge, unreife Stacy, war das wie der Blick auf eine Fremde. Man lebte nicht mit einem Dieb zusammen. Charles war ein Dieb – sie konnte nicht weiterleben mit Charles. Sie konnte ihn nicht sehen, sie konnte es ihm nicht sagen, sie konnte überhaupt nicht darüber reden. Wenn sie nur daran dachte, stieg ihr die Schamröte ins Gesicht. Sie mußte weg, sofort weg von hier. Ihr Körper wollte jedoch bleiben. Man konnte seinen Körper dazu bringen, das zu tun, was man ihm sagte. Sie konnte ihre Hand dazu bringen, ein Stück Papier zu nehmen und zu schreiben. »Ich habe einen fürchterlichen Fehler gemacht. Ich hätte dich nicht heiraten sollen. Ich kann nicht darüber reden. Versuche nicht, mich zur Rückkehr zu bewegen. Ich kann nicht.«

Trotzdem hatte er es versucht. Zuerst wütend: »Was soll der Unsinn?« und so weiter bis zu: »Laß uns wenigstens darüber reden«, und am Schluß: »Gut – ganz wie du möchtest. Ich werde dich nicht wieder fragen. Auf die Scheidung müssen wir drei Jahre warten.«

Sie hatte sich versteckt, sie hatte keinen der Briefe beantwortet, nicht wirklich beantwortet, sie hatte lediglich immer wieder geschrieben: »Ich kann niemals zurückkommen.« Sie wußte genau, daß sie das nicht durchhalten konnte, wenn sie Charles jemals wieder von Angesicht zu Angesicht gegenüberstünde. Wenn er sie ansähe, wenn er sie berührte, würde sie nachgeben – und sich selbst und ihn auf ewig verachten. Man kann nicht mit einem Dieb zusammenleben.

Sie saß da und schaute auf sich selbst und Charles und Lilias. Jeder von ihnen hatte einen festen Kern, etwas was nicht geändert werden konnte. Sie vermutete, daß jeder solch einen Kern hatte. Sobald man mit jemandem zusammenlebte, lernte man diesen Kern kennen. Wenn man nun herausfand, daß es kein festes Stück, sondern Treibsand war? Das war ihr mit Charles passiert. Lilias? Sie war sich nicht sicher. Vielleicht war ihr Kern die Empfindungen für Charles, weil sie schon immer gewußt hatte, daß er ein Dieb war, und sie ihn trotzdem liebte. Stacy konnte das nicht. Plötzlich fühlte sie sich klein und niederträchtig.

Was für einen Zweck hatte es, darüber nachzudenken? Es war vorbei. Keine fünf Minuten wäre sie hiergeblieben, wenn es nicht vorüber wäre. Hör auf nachzudenken, hör auf zu analysieren. Es ist Vergangenheit, es ist vorbei, es ist tot. Charles' Gesicht trat ihr so lebhaft vor Augen, daß sie fast aufgeschrien hätte. Seine Augen lächelten.

Noch lange saß sie da. Als es dunkler wurde im Raum, verselbständigten sich ihre Gedanken, trieben ein wenig fort, kamen zurück, trieben weiter fort und nahmen sie mit in einen Traum. Sie wußte nicht, was es war oder wie lange er sie festhielt, aber sie wachte auf, weil ihr etwas Furcht einflößte. Einen Augenblick lang wußte sie nicht, wo sie war. Der Raum war dunkel, und ihr war kalt. Sie zitterte in ihrem Mantel. Sie war nahe am Fenster eingeschlafen und hatte einen schrecklichen Traum gehabt, aber sie konnte sich nicht erinnern. Die Angst war zurückgekommen, aber nicht die Erinnerung.

Sie stand auf und trat zum Fenster, um hinauszusehen. Gerade als sie dort war, ging das Licht im Glasgang unter ihr an. Sie starrte es an. Als sie aufgewacht war, hatte es nicht gebrannt. Alles war völlig dunkel. Wenn das Licht angewesen wäre, hätte sie den Widerschein hier in ihrem Zimmer bemerkt. Sie trat zurück zu dem Stuhl, von dem sie aufgestanden war. Der Schein des Ganges folgte ihr. Er warf das Muster des Fensters quer über den Boden, er berührte ihre Brust, ihre Hände, ihre Füße. Er war nicht dort gewesen, als sie aufgewacht war.

Sie dachte, jemand aus dem Anbau sei ins Haus gekommen, und ging zur Tür. Es war kein vernünftiger Gedanke, aber er setzte sich in ihrem Kopf fest. Sie öffnete die Tür und sah auf den dunklen Gang, der zum schwach erleuchteten Treppenabsatz führte. Ohne nachzudenken, ging sie auf das Licht zu. Wenn jemand aus dem Anbau käme, müßte er durch den Flur unter diesem gehen. Er würde in die Eingangshalle kommen, falls er nicht ins Billardzimmer oder in Lewis Bradings Arbeitszimmer ging.

Sie war schon auf dem Treppenabsatz, bevor sie an das Arbeitszimmer dachte, und plötzlich hatte sie das Gefühl, sich zum Narren zu machen. Sicher kam Lewis oder James Moberly aus dem Anbau. Jeder der beiden könnte im Arbeitszimmer etwas zu erledigen haben. Sie runzelte die Stirn, stand mit der Hand auf dem Geländer da und spähte in die Halle hinunter. Dort brannte ebenfalls ein Licht. Die Treppe schwang sich in einem leichten Bogen herauf. Falls James Moberly oder Lewis Brading im Haus etwas zu tun hatten, warum sollten sie das Licht im Glasgang aus- und wieder einschalten? Darauf gab es nur eine Antwort, weil es nur einen Grund gab: die Person, die den Gang benutzte, wollte nicht gesehen werden. Aber nur Lewis oder James konnten den Lichtschalter betätigen.

Als sie so weit gegangen war, hörte sie ein Geräusch von unten. Jemand ging unten den Flur entlang. Sie blickte über das Geländer hinunter und sah Hester Constantine in die Halle kommen. Im ersten Augenblick hatte Stacy sie nicht erkannt. Sie war im Nachthemd, ihre bloßen Füße in Hausschuhen, das Haar fiel ihr offen um die Schultern. Sie hatte eine prachtvolle bestickte Stola um sich geschlungen. Die leuchtenden Farben der Vögel und Blumen reflektierten das Licht, scharlachrote Fransen hingen auf den Boden.

Stacy starrte sie ungläubig an. Die Stola gehörte natürlich Myra. Aber diese Frau mit dem aufgelösten Haar und dem verträumten Gesicht, war das wirklich Hester? Auf jeden Fall sah sie zehn Jahre jünger und zwanzig Jahre besser aus. Sie lächelte träge und machte den Eindruck einer Frau, die zufrieden ist.

Geschwind huschte Stacy in ihr Zimmer zurück und schloß die Tür.

15

Der Morgen war klar und schön – blauer Himmel, blaues Meer, es versprach, heiß zu werden. Nichts deutete darauf hin, daß dieser Tag sich von irgendeinem anderen Tag unterscheiden würde – ein Freitag im August mit Aussicht auf schönes Wetter und ein warmes Wochenende. Der Club würde voll sein. Zum Baden war es geradezu ideal, auf den Hartplätzen konnte man Tennis spielen – die übliche Routine eines Urlaubsortes in der Hochsaison.

Stacy lag zwischen Schlafen und Wachen, die Gedanken wurden träge angespült, kamen und gingen wie treibender Seetang. Smaragde und Maidas rotes Haar. Lilias mit dem gequälten Gesichtsausdruck, den sie gestern abend hatte. Charles setzte sich neben Maida und ging mit ihr nach Hause. Lewis wie etwas Graues, das unter einem Stein hervorgekrochen kam – sie konnte Lewis Brading genausowenig ausstehen wie er sie. Hester Constantine, in Myras leuchtende Stola gehüllt.

Mit Mühe raffte sich Stacy auf, setzte sich hin, warf ihr Haar zurück und begann, über die Miniatur nachzudenken. Um zehn würde Myra ihr sitzen. Die Sitzung gestern schien schon ewig her zu sein. Sie mußte gegen das Gefühl ankämpfen, daß ihr die Miniatur nicht mehr so wichtig war wie noch gestern. Sie war verdrängt worden, in den Hintergrund gedrückt, überschwemmt durch all diese Leute und das, was sie dachten und fühlten. Drei Jahre lang hatte sie die Menschen aus ihrem Leben verdrängt. Sie hatte sich von ihnen zurückgezogen, nicht darauf geachtet, was sie sagten oder taten, und hatte alle ihre Gedanken, ihr Interesse, ihre Energie auf die Arbeit gerichtet. Jetzt stürmten die Dinge, die sie ausgesperrt hatte, auf sie ein. Sie zählten wieder. Ihrer Arbeit, die nicht länger wichtig zu sein schien, galt nur noch ein kaltes, indifferentes Gefühl.

Aber alles, was an jenem Freitag in Warne House geschah, sollte von Bedeutung sein. Die kleinste Kleinigkeit, jedes Detail, der genaue Augenblick, in dem jeder kam und ging, ob sie Briefe schrieben oder erhielten, ob sie telefonierten – alles würde wichtig sein bis hin zur kleinsten Nuance eines Gesichtsausdrucks, bis zum Wenden des Kopfes und dem Tonfall der Stimme. Aber Stacy wußte das nicht. Vielleicht wußte es niemand, obwohl das möglicherweise in Zweifel stand.

Unbestritten war jedoch, daß Lewis Brading zum Eingangstor hinuntermarschierte und dann mit dem Bus um neun Uhr dreißig nach Ledstow fuhr und von dort aus noch die elf Kilometer weiter nach Ledlington. Um Viertel nach zehn betrat er seine Bank, wünschte, den Direktor zu sprechen, und unterzeichnete in seiner Gegenwart und der eines Bankangestellten das Testament, mit dem er Maida Robinson zur Alleinerbin einsetzte. Er war wegen dieser Sache sehr liebenswürdig und guter Dinge, er lachte und meinte, daß man ihm bald gratulieren könne.

»Aber im Augenblick ist alles vertraulich. Es ist nur ein Notbehelf für den Fall eines Falles.« Er lachte wieder. »Ich werde bald meine Anwälte treffen. Das Museum wird trotzdem einen Teil meiner Sammlung erhalten. Es ist nur – also, man weiß ja nie, was passieren wird.«

Der Bankdirektor war herzlich, die ganze Angelegenheit in der Tat sehr erfreulich.

Lewis Brading nahm den nächsten Bus zurück. Um halb elf war er mit James Moberly in seinem Arbeitszimmer. Man hörte einen Teil ihrer Unterhaltung. Um fünf nach halb zwölf ging er in den Anbau hinüber und führte einige Telefongespräche. Um ein Uhr kam er zum Lunch in den Speiseraum, und etwa eine halbe Stunde später kehrte er in den Anbau zurück. Einen Augenblick blieb er bei James Moberly, der allein aß, stehen und sagte: »Sie nehmen sich besser den Nachmittag frei. Ich brauche Sie nicht.« Ein halbes Dutzend Leute hörte dies, aber niemand hatte anscheinend Mr. Moberlys Antwort mitbekommen. Möglicherweise war er auch der Ansicht, daß es nichts zu sagen gab. Man beobachtete, daß er müde und blaß aussah und auch, daß er sein Essen kaum anrührte.

Etwa um halb zwei ging er in den Anbau zurück, nur einige Minuten nach Lewis Brading. Es ist nicht möglich festzustellen, ob sie sich trafen, und wenn ja, was zwischen ihnen vorfiel. James Moberly sollte später unter Eid aussagen, daß sie sich nicht begegnet waren, daß er nur in den Anbau ging, um ein Buch zu holen, und unverzüglich wieder in den Club kam und ins Arbeitszimmer ging, wo er den Rest des Nachmittags verbrachte.

Nachdem der Lunch in Warne House abgeräumt worden war, hatte das Personal zum größten Teil frei, obgleich sich immer jemand im Büro aufhielt und ein Kellner gerufen werden konnte. Jener Nachmittag war heiß. Miss Snagge aus dem Büro hätte gern mit Mrs. Constantine getauscht, die – wie jeder wußte – direkt nach dem Mittagessen zu Bett ging und wie ein Baby schlief. Ihre Töchter waren froh darüber. Lady Minstrell verschwand mit einem Buch im Garten. In dem alten Sommerhaus auf dem Hügel würde es angenehm sein. Ihr Lieblingsplatz. Man konnte kilometerweit über das Meer sehen, und eine wohltuend kühle Brise kam vom Wasser. Das weiße Kleid mit den großen schwarzen Punkten ging aus der schattigen Eingangshalle und strahlte im hellen Glanz der Sonne draußen. Lady Minstrell war sehr gut gekleidet, irgendwie unauffällig, aber mit der Art Flair, das man nur bekam, wenn man sehr viel dafür bezahlte.

Edna Snagge hatte eine liebenswerte Veranlagung. Sie beneidete andere Leute nicht, aber sie wäre gern heute abend mit ihrem Freund in so einem Kleid ausgegangen – nur die Punkte vielleicht in Marineblau, weil man ja nur einmal jung ist, und Schwarz ist ein bißchen langweilig, wenn man zweiundzwanzig Jahre alt ist und keinen Todesfall in der Familie zu beklagen hat.

Mr. und Mrs. Brown gingen mit Handtüchern und Badesachen durch die Eingangshalle. Miss Snagge hätte auch gern ein bißchen gebadet – nicht so bald nach dem Lunch, aber etwa um halb vier. Mrs. Brown winkte ihr zu und meinte: »Würden Sie nicht gern mitkommen?« Es war natürlich nicht ihre Absicht, es ihr so unter die Nase zu reiben, Mrs. Brown war nicht gemein, jeder wußte das. Das war einfach ihre Art – so wie sie Kleider trug, die zu jugendlich und ein wenig zu eng für sie waren. Sogar für ein junges Mädchen wäre dieses pinkfarbene Leinen etwas zu viel des Guten. Seltsam, daß immer die falschen Leute zu diesem knalligen Pink griffen. Also, ein hübsches marine ...

Ihr Gedankengang wurde unterbrochen, als Mrs. Robinson und dieser Major Constable, der in Saltings übernachtete, hereinkamen. Das rote Haar glänzte in der Sonne, die die glatte, cremeweiße Haut unberührt ließ. Maida kam in die Eingangshalle, so kühl und frisch, als käme sie gerade aus einem schattigen Garten und wäre nicht den heißen Klippenpfad von Saltings entlanggewandert. Major Constable sah man dagegen die Hitze an – hochrot im Gesicht war er. Das ließ seine Augen um so blauer erscheinen. Miss Snagge bewunderte ihn. Er hatte so eine nette, freundliche Art. Kein Getue, und er wurde auch nicht frech wie einige andere.

Maida Robinson kam an die geöffnete Tür des Büros.

»Ich gehe in den Anbau zu Mr. Brading. Seien Sie ein Engel und sagen Sie ihm über das Haustelefon Bescheid. Ich habe keine Lust, im Glasgang zu stehen und zu schmoren, bis er kommt, um die Tür zu öffnen. Mr. Moberly ist nicht da, oder?«

Edna Snagge antwortete: »Ich habe ihn nicht weggehen sehen.«

»Ach so. Bitte rufen Sie Mr. Brading an.« Sie wandte sich

zu Major Constable um. »Was willst du machen, Jack? Es wird nicht lange dauern. Ich weiß nicht, weshalb Lewis mich sehen wollte.«

Jack Constable lachte.

»Will er dich nicht ständig sehen?«

Sie schnitt ihm ein Gesicht. »Sei nicht albern! Auf jeden Fall werde ich ihm sagen, daß wir Tennis spielen gehen und dann baden. Das tut er beides nicht, also kann er sich nicht beschweren. Ich laufe schnell und finde heraus, was er möchte, und bin gleich wieder zurück. Ich kann ihm ja sagen, daß ich mit ihm zu Abend esse – das wird ihn ruhighalten.«

Sie redeten mit einer sorglosen Gleichgültigkeit, obwohl Edna Snagge jedes Wort mitanhören konnte. Sie hätte genausogut ein Stuhl, ein Tisch oder eine Fliege an der Wand sein können. Schlechte Manieren nannte sie das. Wenn ihre nicht besser gewesen wären, hätte sie den Kopf geschüttelt, als sie den Hörer des Haustelefons abnahm und im Anbau anrief.

Maida Robinson sagte: »Also, bis dann«, und verschwand in ihrem weißen Kleid um die Ecke.

Mr. Brading kam ans Telefon. Das bedeutete, Mr. Moberly war fort. Mr. Brading hätte sich nicht selbst die Mühe gemacht, wenn sein Sekretär dagewesen wäre.

Miss Snagge sagte: »Ich rufe Sie vom Büro aus an, Mr. Brading. Mrs. Robinson bat mich darum. Sie ist auf dem Weg zum Anbau.«

Sie legte auf und schaute in die Halle. Major Constable hatte eine Zeitung zur Hand genommen und las sie im Stehen. Sie dachte, wenn sie Maida Robinson wäre, würde sie Mr. Brading – Geld hin oder her – laufenlassen, solange Burschen wie der da in der Nähe wären. Diente bei einer Kommandoeinheit, hatte jemand erzählt. Schrecklich, was diese Männer durchmachten, sprangen aus Flugzeugen ab und all so was. Auch nur daran zu denken, gab einem das Gefühl, innen völlig leer zu sein. Major Constable mußte furchtbar tapfer sein.

Und Major Forrest natürlich auch. Eine Schande, daß er auf diese Art und Weise geschieden worden war. Sie wußte nicht, wie ein Mädchen so etwas fertigbrachte. Er hatte etwas an sich, das gab einem das Gefühl, alles für ihn tun zu müssen, worum er bat. Seltsam, daß die Frau hierherkam und sich wieder Miss Mainwaring nannte und daß sie anscheinend ganz freundschaftlich miteinander umgingen. Also, bei diesen Scheidungen wußte man ja nie genau. Da gab es immer Sachen, die nicht herauskamen.

Major Constable legte die Zeitung weg, ging durch die Halle, bis er in den Glasgang schauen konnte, und kam dann wieder zurück. Dieses Mal stellte er sich ans Bürofenster und fragte lachend:

»Wenn Sie sagen, es dauert nur einen Augenblick, wie lange ist das dann im allgemeinen?«

Miss Snagge blieb zurückhaltend. »Das hängt davon ab.«

»Wovon?«

»Mit wem ich spreche.«

Er lachte wieder. »Also angenommen, Sie sprächen mit Mr. Brading?«

Ihre Stimme klang ein wenig distanziert: »Mr. Brading redet nicht mit dem Personal.«

Er schaute zur Bürouhr, einer jener großen alten Wanduhren, die so genau gehen.

»Also, sie ist sieben Minuten weg. Das reicht doch, um zu sagen, daß man Tennisspielen geht, und zurückzukommen, oder?«

Während er noch sprach, kam Maida um die Ecke. Sie blickte auf ihr Handgelenk und meinte: »O Jack, ich habe meine Tasche vergessen. Lauf und hol sie! Ich rufe Lewis an und sage ihm, daß du kommst.«

Er lachte, zog eine Schulter hoch und meinte im Davongehen: »Warum vergessen Frauen bloß immer ihre Taschen?«

Maida lachte auch. »Das stimmt, nicht wahr?« sagte sie zu

Edna Snagge. »Aber unsere Kleidung hat nicht so viele Taschen wie die der Männer. Wenn ich rundherum zugepflastert wäre mit den Dingern, brauchte ich auch keine Handtasche.« Sie lachte heiser. »Oder ich glaube doch. Ich könnte nicht gut einen Badeanzug irgendwo hineinstopfen, nicht wahr? Das ruiniert doch die Figur, ganz zu schweigen davon, daß man verdammt naß würde.« Während sie redete, kam sie ins Büro hinein. »Ich will nur eben mit Mr. Brading sprechen. Ist dies das Haustelefon? Was muß ich tun? Oh, ich glaube, ich weiß es. Es geht doch so, oder? ... Hallo, hallo! ... Habe ich es wirklich richtig gemacht? Es passiert nichts ... O ja, jetzt kommt er ... Hallo, hallo! Bist du das, Lewis? ... Hör mal, Liebling, ich habe meine Tasche vergessen ... Ja, auf dem Tisch. Jack ist unterwegs, um sie zu holen. Geh doch eben und laß ihn herein ... Oh, tatsächlich? Wie schrecklich von mir! Sei mir nicht zu böse. Ich werde es nicht wieder tun ... Also, Lewis, wirklich! ... Nein, ich glaube nicht, daß du so mit mir reden solltest. Jeder macht einmal einen Fehler – selbst du ... Nein, das würdest du wohl nicht. Aber als du in meinem Alter warst ... O Lewis, nein! Das habe ich nicht so gemeint. Ist Jack da? Weil ich es nämlich nicht sehr nett finde von dir, mit mir zu schimpfen, wenn er zuhört ... Oh, er ist schon zurückgegangen? Dann lege ich besser auf. Also, bis bald, Liebling. Bleib brav. Bis heute abend.«

Sie legte den Hörer auf und drehte sich in gespieltem Entsetzen zu Edna um: »Er brauchte ihn nicht hereinzulassen, weil ich die Tür offengelassen hatte! Ich bin allein hinausgegangen, weil Lewis beschäftigt war, und ich vermute, ich habe das elende Ding nicht fest genug oder nicht richtig ins Schloß gezogen. Meine Güte – ich hoffe, er hat das bis heute abend wieder vergessen! Es ist nämlich das schlimmste Verbrechen der Welt, wissen Sie. Haben Sie gehört, was er gesagt hat? Glauben Sie, er hörte sich wirklich wütend an? Wir werden einen lustigen Abend haben, wenn er das ist!«

Edna Snagge schüttelte den Kopf. »Ich habe kein einziges Wort verstanden, nur die Stimme gehört.«

Maida lachte und zuckte mit den Achseln. »Was soll's?« meinte sie. »Männer werden viel häufiger ärgerlich als wir und denken auch nicht daran, es zu verbergen. Jedenfalls glaube ich nicht, daß Lewis wirklich wütend war. Er will nur, daß ich gehörig beeindruckt bin von der Heiligkeit seiner Sammlung. Haben Sie sie gesehen?«

»Nein, Mrs. Robinson.«

Maida meinte nachdenklich: »Es sind einige wunderhübsche Stücke dabei. Smaragde – ich bete sie an. Was ist Ihr Lieblingsstein?«

Edna Snagge überlegte. »Ich weiß nicht – man muß bedenken, was man vorhat. Ich meine, es gibt die verschiedensten Anlässe und Gelegenheiten und was dann angemessen ist ...«

Maida griff das Wort mit einem Lachen auf. »Angemessen! Meine Güte – wie langweilig das klingt!«

Während sie sprach, kam Major Constable hereingeschlendert. Eine große weiße Plastiktasche baumelte an seiner Hand.

»Richtig?« fragte er.

Maida brach in Gelächter aus. »Liebling! Sie kann doch nicht von Lewis oder James Moberly sein, oder? Meine Badesachen sind da drin. Komm jetzt!«

Edna beobachtete, wie sie ins Sonnenlicht hinaustraten und einen Moment stehenblieben, um ihre Tennisschläger am Portal abzuholen. Sie dachte darüber nach, welchen Ring sie gern hätte, wenn sie sich wirklich mit Bill Morden verlobte. Wenn man verlobt war, trug man den Ring die ganze Zeit, und man mußte überlegen, ob er zu den anderen Sachen paßte. Meistens trug sie Blau. Sie sah an ihrem adretten Leinenkleid mit den großen weißen Knöpfen herunter. Marineblau oder Königsblau oder eines dieser hübschen Taubenblaus – das sah immer sehr stilvoll aus, und ein Saphir paßte zu allem. Wenn sie sich mit Bill verlobte, wollte sie einen Saphirring haben.

16

Kurz vor drei schritt Lilias Grey die Stufen hinauf und kam in die Eingangshalle. Sie trug ein blaues Kleid und eine dunkle Sonnenbrille mit weißem Rahmen. Das Licht fing sich in ihrem Haar, als sie stehenblieb, um ihren Sonnenschirm abzustellen. Edna Snagge, die gerade aufblickte, sah sich in ihrer Überzeugung bestätigt, daß Hellblau eine heikle Farbe war. »Solange man jung genug ist, es zu tragen, sieht man damit aus wie eine Pralinenschachtel, aber wenn man in die Jahre kommt, sieht es sehr auf jugendlich getrimmt aus.« Jeder wußte, daß Miss Grey ein bißchen in die Jahre kam. Hübsch war sie natürlich, aber nicht mehr ganz jung. Eine Sonnenbrille machte einen auch älter.

In der Halle nahm Lilias sie ab. Das machte einen großen Unterschied – man sah die Farbe auf ihren Wangen –, so daß sie fast wieder im Pralinenschachtelalter war. Als sie die Sonnenbrille in ihrer Handtasche verstaut hatte, kam sie zum Bürofenster und sagte: »Guten Tag, Miss Snagge. Ich bin auf dem Weg zum Anbau. Mr. Brading erwartet mich.«

Dann ging sie weiter und bog in den Flur ein.

Das Büro war, wenn man hereinkam, links. Es war von der Eingangshalle abgetrennt worden, hatte einen Empfangsschalter an der Frontseite und Holzvertäfelung rund herum. Glücklicherweise hatte das Büro bei der Aufteilung auch eines der Fenster neben der Eingangstür abbekommen, so daß man Licht und Luft bekam. Der Flur zweigte an der entgegengesetzten Seite der Halle ab, aber ein ganzes Stück entfernt. Sobald Miss Grey um die Ecke bog, war sie außer Sicht.

Edna Snagge dachte weiter über Bill Morden nach. Er verdiente nicht schlecht, sie aber auch nicht. Wenn du einmal eigenes Geld gehabt hast, was für ein Gefühl ist es dann, jemanden um jeden Penny bitten zu müssen? Natürlich konnte sie weiterarbeiten, aber das hatte sie nicht wirklich vor, wenn sie verheiratet war. Sie wollte ein Heim und Kinder haben, mindestens ein Pärchen, einen Jungen und ein Mädchen. Nicht zu schnell natürlich, aber es war auch nicht gut, zu lange zu warten. Schließlich wollte man sie haben, solange man noch jung genug war, daß es auch Spaß machte. Sie fing an, über Namen nachzudenken. Bill würde den für den Jungen aussuchen wollen, aber ein Mädchen hatte das Recht auf etwas Hübsches. Nicht zu modisch, aber schon ein bißchen was anderes. Denise zum Beispiel oder Celia. Celia Morden – das hörte sich nach gutem Stil an. Sie mochte Celia lieber als Denise – oder doch nicht? Sie spielte mit dem Gedanken an zwei Mädchen, Zwillinge.

Es war zehn Minuten nach drei, als Lilias Grey durch die Halle zurückkam. Sie hatte die Sonnenbrille wieder aufgesetzt. Sie ging geradewegs durch, schnappte sich ihren Sonnenschirm und stieg die Stufen hinunter, wo sich das Licht wieder in ihren Haaren fing.

Als Edna, die ihr nachgesehen hatte, sich wieder umdrehte, stand Hester Constantine auf der Treppe. Sie trug ein neues Kleid, das sie in Ledlington gekauft hatte, geblümte Seide, nicht sehr passend und etwas zu knallig für sie mit all diesen Farben. Es war schwierig, sie anzuziehen. Man müßte sie erst dazu bringen, sich aufrechter zu halten, bevor irgend etwas gut an ihr aussähe. Ihre Haare waren auch nicht schlecht, wenn nur jemand ihr zeigen würde, wie sie sich frisieren mußte. Sie kam die Treppe herunter, streckte den Kopf vor und sah zu Tode geängstigt aus. Sie ging vielleicht zum Billardraum oder ins Arbeitszimmer oder in den Anbau. Wo immer sie auch hinging, sie sah schrecklich besorgt aus und kam nicht wieder.

Etwa zehn Minuten später rannte Charles Forrest die Stufen herauf und rief: »Hallo, Edna! Wie geht's?«

Edna war gerade dabei gewesen, ihre Küche zu planen. Sie

wünschte sich einen von diesen Schränken ... alles nach dem neuesten Stand ... und einen Kühlschrank. Sie zuckte ein wenig zusammen und meinte: »Oh, Sie haben mich erschreckt!«

Er lachte. »Geschlafen – oder nur geträumt? Ist Mr. Brading da?«

»Soweit ich weiß. Er ist richtig beliebt heute nachmittag – die ganze Zeit gehen Leute bei ihm aus und ein.«

»Ist jetzt jemand da?«

»Nein, falls nicht Miss Constantine bei ihm ist, aber es ist wahrscheinlicher –« Sie brach ab und bekam einen roten Kopf.

Charles lachte und sagte. »Still, kein Wort!« Und dann: »Unglücklicher James!«

»Major Forrest, ich habe kein Wort gesagt!«

»Ich auch nicht, vergessen Sie's! Jedem das Seine. Ja, ja, es ist eine traurige Welt, und wir müssen sie nicht noch trauriger machen. Wie geht es Bill? Gehen Sie heute abend mit ihm aus?«

»Vielleicht.«

»Er hat Glück. Sagen Sie ihm das. Bleiben Sie sauber!«

Pfeifend ging er davon.

Die Brise, die durch das Fenster hereingekommen war, hatte sich gelegt. Edna nahm ihre Puderdose heraus und puderte sich die Nase. Sie wünschte, sie hätte es getan, bevor Major Forrest vorbeigekommen war. Total glänzend, diese Nase, und sie würde im Handumdrehen wieder glänzen, wenn das so weiterging und es von Minute zu Minute heißer wurde.

In Ledstow war es noch gute fünf Grad heißer als auf dem Hügel. Die Hitze brannte vom Himmel herunter und stieg vom Pflaster auf, aber kein Lufthauch regte sich. Die Polizeiwache mit den Fenstern auf der Südseite bekam ihren gehörigen Anteil davon ab und noch etwas mehr. Die Ziegel an der Außenmauer waren heiß wie eine Ofentür, und drinnen ... Constable Taylor wußte nicht, wann es ihm jemals heißer gewesen war. Er war ein großer junger Mann mit rosigem Gesicht. Seine

Uniform saß enger als noch vor sechs Monaten. Er knöpfte ein oder zwei Knöpfe auf, legte seinen Füllhalter weg und lehnte sich im Stuhl zurück. Er hatte nicht die Absicht einzunicken. Er hätte nicht einmal zugegeben, daß er es tat. Es war ein heißer Nachmittag, und er hatte vielleicht einmal seine Augen geschlossen. Er dachte an seine Kürbisse. Ohne Zweifel würden sie die von Jim Halloway dieses Jahr übertreffen. Eine viel hübschere Sorte. Und sie wuchsen immer noch.

In dem Augenblick, als er die Augen schloß, hatten die Kürbisse alle Gesichter. Der größte hatte einen gelben Schnurrbart wie der Superintendent. Und einen richtig wilden Gesichtsausdruck. Da war ein kleiner grüner mit stechenden Augen wie die alte Ma Stevens. Sie hatte eine kleine Glocke in ihrer knochigen alten Hand, und als sie damit klingelte, mußte er an etwas Böses, nein, etwas Schönes denken. Mit einem Ruck öffnete er die Augen, und die Kürbisse waren verschwunden. Der Raum war etwas verschwommen, aber keine Kürbisse und keine Ma Stevens waren da, nur die Glocke klingelte immer noch. Nachdem er ein paarmal mit den Augen gezwinkert hatte, war es ihm klar. Es war das Telefon, und es klingelte wie verrückt. Er nahm den Hörer ab, unterdrückte ein Gähnen und sagte: »Hallo!«

Eine vertraute Stimme fragte: »Ist das die Polizeiwache Ledstow?«

Constable Taylor schmerzte der Kiefer von der Anstrengung, nicht wieder zu gähnen. »Polizeiwache Ledstow«, das hätte er als erstes sagen sollen, nachdem er den Hörer abgenommen hatte. Er sagte es nun mit dem Gefühl, daß es sich platt anhörte. Die Stimme, die ihm vertraut schien, war die von Major Forrest. Er verstand nicht, wieso er sie nicht sofort erkannt hatte – nach all dem Krickett, das sie zusammen gespielt hatten.

Seine langsamen Gedankengänge wurden abrupt unterbrochen.

»Hier spricht Major Forrest aus dem Anbau von Warne House. Es hat einen Unfall gegeben. Mr. Lewis Brading hatte einen Unfall. Ich rufe Dr. Elliott an, aber ich fürchte, es hat keinen Zweck. Er ist tot.«

Constable Taylor fand seine Sprache wieder. »Welche Art Unfall, Sir?«

Charles Forrest antwortete: »Er ist erschossen worden«, und knallte den Hörer auf.

17

Miss Silver hatte die Gewohnheit, ihre Briefe zu öffnen, bevor sie die Zeitungen las. Während des Krieges hatte es Zeiten gegeben, in denen sie von ihrer üblichen Routine abgewichen war, aber außer unter dem Druck einer nationalen Notlage beschäftigte sie sich mit ihrer Korrespondenz, bevor sie auch nur die Schlagzeilen überflog. An diesem Samstagmorgen war es in London sogar noch heißer als in Ledstow. Das Thermometer in ihrem Schlafzimmer maß bereits 24 Grad Celsius, sicher würde es mittags an die 30 Grad erreichen.

Sie nahm ihre Briefe und sah sie durch – einer von ihrer Nichte Ethel Burkett, einer von Ethels Schwester Gladys, eine selbstsüchtige junge Frau, für die sie keine große Zuneigung empfand, ein weiterer in einer Handschrift, die sie schon einmal gesehen hatte, aber nicht gleich identifizieren konnte, abgestempelt in Ledstow. Ihre Augenbrauen zogen sich mit einem leichten Runzeln zusammen. Es war Mr. Bradings Handschrift. Er hatte eine Verabredung getroffen und sie vor etwa vierzehn Tagen besucht. Sie hatte keinen günstigen Eindruck von ihm gewonnen, o nein, überhaupt nicht.

Sie legte diesen Brief beiseite und öffnete den von Ethel Burkett.

»Liebste Tante Maud,
der Schal ist einfach wundervoll ...«

Miss Silvers Augen ruhten zärtlich auf dem Blatt. Die liebe Ethel, immer so liebevoll, so dankbar. Und der Schal war wirklich nichts Besonderes – aus den Resten von Ethels letzten beiden Pullovern und ein oder zwei Strampelhosen, die sie für die kleine Josephine gestrickt hatte. So ein hübsches, gesundes kleines Mädchen, und so lieb, obwohl sie drei Brüder hatte, die sie verwöhnten.

Sie wandte sich wieder dem Brief zu und las mit Besorgnis, daß Josephine eine Erkältung gehabt hatte – »So unangenehm bei diesem Wetter« –, und mit Erleichterung, »ich freue mich sagen zu können, daß sie es völlig überstanden hat und wieder frische Farbe bekommt.« Die Jungen genossen ihre Ferien – Ethels Mann war der Direktor einer Bank in den Midlands –, aber »wir hoffen, daß wir im September vierzehn Tage an die See fahren können. Mary Loftus hat uns vorgeschlagen, die Häuser zu tauschen. Sie muß sich um diese lästige Angelegenheit mit Onkel James' Möbeln kümmern. Und, liebstes Tantchen, du mußt dir die Zeit freihalten und vom 2. bis zum 17. September zu uns kommen. Liebe Grüße von uns allen, Ethel.«

Miss Silver hüstelte erfreut. Vierzehn Tage am Meer mit der lieben Ethel und den Kindern – wie außerordentlich erfreulich. Sie mußte sich bemühen, die Zeit freizuhalten.

Mit viel weniger Herzlichkeit wandte sie sich Gladys' Brief zu. Gladys schrieb nur, wenn sie etwas wollte, und sie dachte immer an sich. Den ganzen Krieg hindurch war es ihr gelungen, diese Einstellung beizubehalten. Sie hatte einen vermögenden Mann mittleren Alters geheiratet, weil sie es verabscheute, ihren Lebensunterhalt selbst zu verdienen. Anfänglich überwogen die Vorteile. Aber mittlerweile war die Einkommensteuer so hoch, die Lebenshaltungskosten ebenfalls und eine Haushaltshilfe nahezu unerschwinglich, daß

Gladys wieder arbeiten mußte – kochen, putzen, polieren. Die Vorteile waren verschwunden, die Nachteile blieben. Der Ehemann war jetzt zehn Jahre älter als bei der Eheschließung, und sie fühlte sich schlecht behandelt. »Es ist ja nicht so, daß ich keine Stellung bekommen könnte und eine gute noch dazu. Du würdest staunen, wenn du wüßtest, wieviel Geld einige dieser Mädchen verdienen. Und man müßte nicht kochen und putzen und so etwas. Ich bin ja nur ein unbezahltes Dienstmädchen ...«

Miss Silver las den Brief mit tiefer Mißbilligung. Das war nicht der Brief einer Dame. Und das Postskriptum! Um dem ganzen die Krone aufzusetzen, hatte Gladys geschrieben: »Wenn du das nächste Mal verreist, ruf' mich doch an. Ich könnte kommen, auf die Wohnung aufpassen und ein bißchen ins Theater gehen. Andrew läßt mich nur ungern abends ausgehen.«

Miss Silver preßte die Lippen zusammen, als sie den Brief hinlegte.

Lewis Bradings Umschlag öffnete sie mit einem Gefühl der Abneigung. Sie mochte ihn nicht – überhaupt nicht.

»Eigeninteresse – es gibt kein stärkeres Motiv« – eine wirklich schockierende Feststellung! Und wie er seinen unglücklichen Sekretär behandelte! Sehr gefährlich und hart an der Grenze zur Erpressung. Sie faltete den Brief auseinander und las:

»Sehr geehrte Dame,
ich schreibe Ihnen, um Sie zu bitten, Ihren Entschluß noch einmal zu überdenken. Es hat weitere Entwicklungen gegeben. Die Angelegenheit ist vertraulich, und ich möchte zum gegenwärtigen Zeitpunkt nicht zur Polizei gehen. Der Country Club ist sehr angenehm. Ich habe ein Zimmer für Sie reservieren lassen, und muß Sie bitten, unverzüglich zu kommen. Ihr Honorar können Sie selbst bestimmen. Wenn Sie

mich anrufen und mir mitteilen, mit welchem Zug Sie ankommen, werde ich dafür sorgen, daß Sie in Ledstow abgeholt werden.

Hochachtungsvoll,
Lewis Brading«

Miss Silver saß da und starrte auf das Blatt. Ein seltsames Schreiben – förmlich und präzise. Aber die Zeilen neigten sich nach unten und die Unterschrift war verschmiert. Der Brief war unter einem plötzlichen Impuls in aller Eile geschrieben worden. »Ihr Honorar können Sie selbst bestimmen …« Etwas war geschehen, oder er befürchtete, daß etwas geschehen würde. Sie begann die verschiedenen Möglichkeiten durchzuspielen. Sie könnten vielleicht interessant sein. Aber sie mochte Mr. Brading nicht.

Sie legte den Brief hin und schlug die Morgenzeitung auf. Der Name, an den sie gerade dachte, stand in einer dicken Schlagzeile oben auf der Seite:

DIE BRADING-SAMMLUNG
MR. LEWIS BRADING ERSCHOSSEN AUFGEFUNDEN

Sie rief: »Du meine Güte!« und las, was die Zeitung darüber zu berichten hatte. Das war zwar eine ganze Menge, bot aber nicht viel Anhaltspunkte. Die Geschichte füllte zwei ganze Spalten, aber es wurde mehr geschrieben über die Sammlung als über Mr. Bradings plötzlichen Tod. Sein Cousin Major Forrest, der mit ihm verabredet gewesen war, hatte ihn erschossen in seinem Labor gefunden. Er war quer über den Tisch gefallen, an dem er gerade saß. Ein Revolver lag neben ihm auf dem Boden. Major Forrest hatte sofort die Polizeiwache in Ledstow angerufen und einen Arzt holen lassen, aber er war schon tot.

Nachdem sie kurz nachgedacht hatte, wählte Miss Silver die

Vermittlung und gab die Privatnummer des Chief Constable von Ledshire durch. Um diese Zeit am Morgen würde es, so hoffte sie, möglich sein, ohne Verzögerung eine Verbindung zu bekommen. Tatsächlich mußte sie kaum warten, bis eine vertraute Stimme: »Hallo!« sagte.

»Hier ist Miss Silver, Randal.«

Am anderen Ende der Leitung spitzte Randal March die Lippen zu einem lautlosen Pfiff. Danach sagte er: »Also, da bin ich. Was kann ich für Sie tun?«

»Geht es dir gut? Rietta auch? Und dem Baby?«

»Hervorragend. Also, was gibt es?«

»Der Brading-Fall.«

»Und wie sind Sie da reingeraten?«

Solch eine Ausdrucksweise hätte sie in ihrem Schulzimmer nie geduldet. Mit einem Hüsteln tadelte sie ihn.

»Mein lieber Randal!«

»Ja, ja, was ist denn?«

»Vor zwei Wochen wandte sich jemand an mich ...«

»Wer?«

»Mr. Brading.«

»Warum?«

»Er war beunruhigt. Er wollte, daß ich nach Warne komme, aber ich weigerte mich.«

»Nochmals warum?«

Dieses Mal war das Hüsteln mißbilligend. »Der Fall reizte mich nicht.«

»Also?«

»Das ist noch nicht alles, Randal.«

Er lachte kurz auf.

»Das habe ich mir gedacht.«

»Heute morgen bekam ich einen Brief von ihm.«

»Was?«

»Der Brief ist in Ledstow um zwei Uhr dreißig abgestempelt. Du siehst also ...«

»Was schrieb er?«

»Daß es neue Entwicklungen gegeben habe. Daß er ein Zimmer für mich in Warne House hat reservieren lassen. Daß ich von jedem Zug, mit dem ich heute käme, abgeholt würde. Und daß ich mein Honorar selbst bestimmen könne.«

March pfiff laut. »Und wie werden Sie darauf reagieren?«

Mit nachdenklicher Stimme antwortete sie: »Ich habe mich noch nicht entschlossen. Ich glaube, Major Forrest ist der Testamentsvollstrecker seines Cousins.«

»Hat Brading Ihnen das gesagt?«

»Ja, Randal.«

»Während des ersten Gespräches, als Sie den Fall ablehnten?«

»Ja.«

»Ist Ihnen der Gedanke gekommen, daß er vorhersah – wie soll ich es sagen –, was sich jetzt ereignet hat?«

Sie hüstelte. »Ich würde es nicht ganz so kraß ausdrücken. Er traf gewisse Vorkehrungen.«

Es entstand eine Pause. Randal runzelte die Stirn. Dann meinte er. »Ich würde Sie gerne sehen.«

Wieder dieses schwache Hüsteln. »Ich dachte, ich sollte vielleicht Major Forrest anrufen. Wenn er es wünscht, könnte ich übers Wochenende nach Warne House fahren. Ohne seine Billigung ist Mr. Bradings Auftrag hinfällig. Ich habe dann keine offizielle Funktion.«

March sagte: »Ich verstehe. Sagen Sie mir Bescheid, wenn Sie herkommen. Ich möchte gern mit Ihnen sprechen.«

Miss Silvers Anruf erreichte Charles Forrest im Arbeitszimmer seines Cousins in Warne House. Sie hatte entschieden, daß es wahrscheinlicher war, ihn dort anzutreffen als unter seiner eigenen Adresse, die sie sowieso erst hätte erfragen müssen. Mr. Bradings Telefonnummer war dagegen auf seinem Briefpapier angegeben.

Als sie die Vermittlung erreicht hatte, sagte man ihr:

»Das ist Mr. Bradings Nummer. Wir stellen alle Gespräche in den Club durch.«

Miss Silver bedankte sich und wartete.

Als nächstes hatte sie Edna Snagge am Apparat.

»Major Forrest? Ja, er ist hier. Ich verbinde Sie.« Im Arbeitszimmer nahm Charles Forrest den Hörer ab. Eine gouvernantenhafte angenehme Stimme wiederholte seinen Namen in einem fragenden Ton. Er antwortete: »Am Apparat.«

Er hörte ein schwaches Hüsteln. »Mein Name ist Maud Silver. Ich weiß nicht, ob Ihnen das etwas sagt.«

Charles Gesichtsausdruck wechselte von träger Gleichgültigkeit zu gespannter Aufmerksamkeit. Er erwiderte: »O ja.«

»Darf ich fragen, in welchem Zusammenhang?«

»Mein Cousin hinterließ einen Brief – ich nehme an, Sie haben es gehört?«

»Ich habe die Morgenzeitung gelesen.«

»Er wollte, daß Sie gerufen werden, falls etwas passiert. Er hat Sie vor etwa vierzehn Tagen besucht?«

»Ja.«

»Er wollte, daß Sie herkommen. Sie weigerten sich. Er schien beeindruckt gewesen zu sein. Er sagte, Sie hätten ihn gewarnt, daß er einen gefährlichen Kurs eingeschlagen habe.«

Miss Silver hüstelte. »Ich fürchte, er hat meine Warnung mißachtet.«

»Er kam nach Hause und schrieb mir einen Brief, den ich gerade gefunden habe. Er riet uns, Sie zu konsultieren, falls die Dinge seiner Kontrolle entglitten.«

Miss Silver rief: »Du meine Güte!« Dann fügte sie hinzu: »Heute morgen erhielt ich einen Brief von Mr. Brading. Er drängte mich, nach Warne zu kommen. Er schrieb, er habe ein Zimmer für mich reserviert, und daß er mich an jedem Zug abholen lassen würde, der mir angenehm erschiene.«

»Heute?«

»Ja, Major Forrest.«

Die Falten auf Charles' Stirn wurden noch tiefer. Was, um Himmels willen, hatte Lewis vorgehabt, und welche Rolle spielte eine Privatdetektivin, die sich wie eine altmodische Gouvernante anhörte? Natürlich mußte er sie treffen, und wenn Lewis ein Zimmer für sie gebucht hatte, konnte sie genausogut auch kommen. Der Schlamassel war so groß, daß eine ältere Dame mehr oder weniger auch nichts ausmachte. Vielleicht könnte sie auch für ein oder zwei dringend benötigte falsche Fährten sorgen. Auf jeden Fall konnte sie unmöglich etwas schlimmer machen, als es schon war. Mit diesen Überlegungen im Hinterkopf sagte er: »Ich würde mich sehr freuen, wenn Sie übers Wochenende kommen könnten, Miss Silver. Welcher Zug wäre Ihnen recht?«

18

Miss Silver kam mit dem gleichen Zug in Ledstow an wie Stacy drei Tage zuvor. Charles Forrest beobachtete auf dem Bahnsteig ungläubig, wie sie ausstieg. Niemand sonst war da, der die Person hätte sein können, die er abholen sollte, aber Miss Silver fand er unglaublich. Unglaublich war, daß heutzutage jemand wie sie kam, um Nachforschungen über den Tod von Lewis Brading anzustellen. In der Kinderstube hatte man ihm unaufhörlich eingeflößt: »Jedes zu seiner Zeit und an seinem Platz.« Miss Silver gehörte in ein vierzig Jahre altes Fotoalbum. Der ziemlich flache, zerknautscht aussehende Hut war das genaue Ebenbild eines Hutes, den Lewis' Mutter zu jener Zeit auf einer Hochzeit getragen hatte. Es war ein schwarzer Strohhut mit einigen Schleifenbändern hinten und einem Sträußchen aus Reseda und Stiefmütterchen auf der linken Seite. Der hochgeschlossene Spitzeneinsatz am Hals stammte aus derselben Zeit, aber das Kleid aus grauer Kunstseide mit seinen verwischten Mustern in Mauve und Schwarz wich von dieser Mode ab, da es um die Taille bequemer saß und etwa fünfzehn Zentimeter über dem Boden endete. Jedoch die schwarzen Florgarnstrümpfe, die so sichtbar wurden, und die schwarzen Schnürschuhe paßten sehr wohl in diese Zeit. Eine Holzperlenkette lag doppelt um ihren Hals. An der linken Seite des Kleides war mit einer goldenen Zuchtperlenbrosche ihre Brille befestigt. Dann hatte sie noch eine weitere Brosche aus geschnitztem Holz in Form einer Rose mit einer irischen Perle in der Mitte.

All diese Einzelheiten nahm Charles als Teile eines unglaublichen Ganzen wahr. Er konnte einfach nicht fassen, daß es jemanden wie sie außerhalb von Familienfotoalben gab, aber da war sie – stieg aus dem Zug aus mit einem kleinen abgenutzten Koffer in der einen und der Handtasche und einem geblümten Strickbeutel in der anderen Hand.

Heute war es sogar noch heißer als gestern. Es war eine Erleichterung, die Stadt hinter sich zu lassen und auf die offene Landstraße hinauszufahren. Dann, und erst dann hüstelte Miss Silver auf ihre Art und fragte: »Was haben Sie mir über Mr. Bradings Tod zu erzählen?«

Charles fuhr etwa hundert Meter weiter, bog in eine kleine Straße ein und hielt unter einer großen schattigen Eiche an. Dann meinte er: »Wenn wir uns unterhalten wollen, können wir es auch kühl haben. Sie wollen etwas über Lewis' Tod wissen. Er rief mich gestern etwa um halb eins an und bat mich, zu ihm zu kommen – nur das und sonst nichts. Er schlug halb vier vor. Tatsächlich war ich aber schon früher dort. Das Mädchen im Büro sagte, er sei allein, also ging ich durch –« Er hielt inne, blickte sich zu ihr um und sagte: »Ich weiß nicht, inwieweit Sie über die Räumlichkeiten informiert sind.«

»Mr. Brading hat sie mir eingehend beschrieben.«

»Dann ist Ihnen klar, daß jeder, der in den Anbau ging oder aus ihm kam, durch die Eingangshalle des Clubs und am Büro vorbeigehen mußte – das heißt, wenn er nicht durch ein Fenster im Billardraum oder im Arbeitszimmer geklettert ist.«

»Wäre das möglich?«

»Ich denke schon. Jedenfalls sagte das Mädchen im Büro, er sei allein, und ich ging durch. Zum Anbau führt ein Glasgang mit einer sehr starken Stahltür am Ende, die er immer verschlossen hielt. Von der Sammlung wissen Sie sicher.«

»O ja.«

»Also, als erstes fiel mir auf, daß die Stahltür nicht verschlossen war. Sie stand einen Spalt offen. Wenn man hereinkommt, ist da ein kleiner Flur und eine zweite sehr starke Tür. Die war weit geöffnet. Ich ging in den großen Raum, in dem er immer seine Sammlung vorführt, und rief. Niemand antwortete. Dem Eingang gegenüber befindet sich eine Tür, die in einen Flur führt, von dem drei Räume abgehen – Lewis' Schlafzimmer, ein Bad und ein Labor. Ich rief wieder. Die Labortür war offen.«

Miss Silver hüstelte. »Ein wenig oder weit offen?«

»Im rechten Winkel zum Türpfosten. Ich ging hinein und sah Lewis. Dort ist ein Tisch, an dem er sich Notizen macht – über seine Experimente, wissen Sie. Es ist ein alter Schreibtisch mit Schubladen auf beiden Seiten. Wenn man hereinkommt, steht er rechts mit Blick zur Tür. Ich sah Lewis sofort. Er saß am Tisch und war mit dem Oberkörper quer über ihn gefallen. Ich ging zu ihm und stellte fest, daß er mit einem Schuß direkt hinter die rechte Schläfe erschossen worden war. Sein rechter Arm hing herunter. Dort lag ein Revolver, als sei er ihm aus der Hand gefallen. Die zweite Schublade auf der rechten Seite war aufgezogen. Ich wußte, daß er dort einen Revolver aufbewahrte. Ich dachte, er hätte Selbstmord begangen. Ich glaubte, er hätte nach mir geschickt und die Türen offen gelassen, damit ich ihn finden konnte. Eine der weniger angenehmen Pflichten eines Testamentsvollstreckers!«

Ihn traf ein eindringlicher Blick voller Intelligenz. Miss Silver hüstelte. »Sie sagten, Sie dachten, Mr. Brading habe Selbstmord begangen.«

Charles Forrest antwortete. »Die Polizei ist nicht der Ansicht.«

»Können Sie mir sagen, weshalb?«

Sie sahen sich unverwandt an.

Charles sagte mit einer Stimme, die zu seinem Stirnrunzeln paßte: »Ich könnte schon. Aber können Sie mir einen Grund nennen, warum ich das sollte?«

Sein Stirnrunzeln und seine Stimme schienen Miss Silver eher auf Konzentration als auf Vorbehalte hinzuweisen. Wäre es anders gewesen, hätte sie ihm wohl kaum geantwortet, wie sie es tat. »Sie kennen mich nicht.«

»Nein.«

»Sie haben daher keinen Grund, mir zu vertrauen.«

Er schwieg zunächst, dann: »Mein Cousin tat es offensichtlich. Und er vertraute Leuten nicht leicht. In seinem Brief zitiert er Randal March, der gesagt habe, man könne Ihnen vertrauen.«

Miss Silver nickte. »Ich muß Ihnen sagen, Major Forrest, daß ich diesen Fall vor vierzehn Tagen abgelehnt habe, weil ich Mr. Bradings Verhalten nicht billigen konnte. Es erschien mir gefährlich und vom moralischen Standpunkt nicht zu rechtfertigen.«

Charles zog eine seiner dunklen Augenbrauen hoch. »Ging es um den armen alten James?«

»Er teilte mir einige Informationen über seinen Sekretär, Mr. James Moberly, mit.«

Charles warf schnell ein: »James könnte keiner Fliege etwas zuleide tun, das kann ich Ihnen versichern. Als junger Mann geriet er in schlechte Gesellschaft und wurde wie ein Dummkopf hereingelegt. Lewis hat das jahrelang wie ein Damoklesschwert über ihn gehalten. James arbeitete wie ein Sklave und mußte obendrein seine Seele verkaufen. Er ist nicht in der

Lage, für sich selbst einzustehen – so ist er wahrscheinlich hineingeraten –, und er ist überhaupt nicht fähig zur Gewalt.«

Ein kleines Lächeln spielte um Miss Silvers Lippen. Dann wurde sie wieder ernst. »Mr. Brading sprach davon, Ihnen Informationen über Mr. Moberly zukommen zu lassen in einem Fall wie diesem. Ihren Worten entnehme ich, daß Sie diese Informationen erhalten haben.«

Charles ließ sich einen Moment Zeit. »Ich sagte bereits, daß er den Menschen nicht leicht vertraute. Armer alter James – vermutlich hatte er eine ganze Akte über ihn. Nein, die habe ich noch nicht bekommen. Ich nehme an, die Rechtsanwälte haben sie. Und wenn die Polizei Wind davon bekommt, dann kommt das dicke Ende noch nach.«

Miss Silver hüstelte. »Aber Sie wußten ...«

»Lewis machte Andeutungen darüber, und James erzählte mir den Rest. Was ich wissen muß, ist, wie stehen Sie zur Polizei? Wenn sie weiter die Ansicht vertritt, daß es kein Selbstmord war, wird es von Verdächtigungen nur so wimmeln. Ich möchte wissen, wo ich stehe. Rede ich vertraulich mit Ihnen, oder wird alles, was ich Ihnen sage, weitergeleitet? Ich möchte wissen, woran ich bin.«

Miss Silver sah ihn an. »Ich bin froh, daß Sie auf diesen Punkt zu sprechen kommen. In einem Mordfall darf ich kein Beweismaterial vor der Polizei verheimlichen. Ich kann in einem Mordfall nicht nur privaten Interessen dienen. Ich habe mich schon mit vielen solcher Fälle befaßt und immer im Einklang mit der Polizei gearbeitet, aber ich stehe nicht in Diensten der Polizei. Bei einem Mord habe ich wie in jedem anderen Fall nur das eine Ziel, die Wahrheit ans Licht zu bringen. Nur die Schuldigen haben das zu fürchten, die Unschuldigen werden beschützt.«

Wieder zog er in charakteristischer Weise die Augenbraue hoch und sagte: »So einfach ist das für Sie?«

»Im Prinzip ja. Was anscheinend diese Tatsache verschleiert, ist, daß so viele Leute etwas zu verbergen haben. Eine Untersuchung in einem Mordfall hat mit dem Jüngsten Gericht gemeinsam, daß alle Geheimnisse enthüllt werden. Nicht jeder kann dem mit Gleichmut entgegensehen. Nicht nur der Mörder versucht verzweifelt, seine Gedanken und Taten zu verbergen. Werden Sie mir jetzt sagen, Major Forrest, warum die Polizei glaubt, daß dies ein Mordfall sein könnte?«

Mit immer noch gerunzelter Stirn meinte Charles: »Ja, ich werde es Ihnen erzählen.«

Er hatte unbekümmert dagesessen mit der Hand auf dem Steuerrad. Jetzt lehnte er sich zurück in den Winkel zwischen Fahrersitz und Tür. Etwas war in ihm vorgegangen. Die altmodische kleine Gouvernante aus dem Familienalbum saß in der gegenüberliegenden Ecke, ihr Haar sehr adrett, der Hut ein wenig verbeult, die Hände in den schwarzen Zwirnhandschuhen ordentlich gefaltet auf ihrer schäbigen Tasche mit der angelaufenen Schnalle. Dort saß sie, und so sah sie aus. Aber er verspürte die starke Wirkung ihrer Intelligenz, die respekteinflößend war. Wenn das alles gewesen wäre, hätte er es schon erstaunlich genug gefunden. Aber das war keineswegs alles. Ihm wurde ihre Integrität, ihre Freundlichkeit, eine Art wohlwollender Autorität bewußt. Genauer konnte er es nicht ausdrücken. Es ließ sich nicht in Worte fassen, aber es war da. Viele von Miss Silvers Klienten hatten in der Vergangenheit ähnliche Erfahrungen gemacht. Aber das konnte er nicht wissen. Er wußte nur, daß es eine Erleichterung sein würde, zu reden, seine Gedanken zu formulieren, sie aus einem anderen Blickwinkel zu betrachten.

Sie hatte gewartet, jetzt lächelte sie ihn ermutigend an.

Er sagte: »Lewis hatte keinen Grund, Selbstmord zu begehen. Ich gebe es jetzt so wieder, wie es sich der Polizei darstellt. Er hatte viel Geld, war nicht krank und dachte daran zu heiraten. Das wußten Sie nicht?«

»Nein.«

»Das wußte er vor vierzehn Tagen selbst nicht. Man hätte nicht gedacht, daß er so leicht den Kopf verlieren würde. Aber das zeigt nur wieder, daß man nichts vorhersagen kann. Sie ist ein hübscher Rotschopf, etwa fünfundzwanzig, mit einem geschiedenen Ehemann im Hintergrund und einer Wohnung in meinem Haus, Saltings. Ich habe es aufgeteilt und vermiete es jetzt – das einzige, was man heutzutage mit großen Häusern machen kann. Ihr Name ist Maida Robinson. Am Tage vor seinem Tod, das heißt vorgestern, bat Lewis sie, ihn zu heiraten.«

Miss Silver hüstelte. »Hat er Ihnen das erzählt?«

»Nein, sie. Er zeigte seine Sammlung einer ganzen Gruppe aus dem Club. Danach ging ich mit ihr nach Hause, und sie erzählte es mir. Sie erzählte mir auch, daß er ein Testament zu ihren Gunsten gemacht hat.«

Miss Silver rief: »Du meine Güte!« Dann fragte sie: »Ist das Testament gefunden worden?«

»Ja und nein. Er fuhr gestern nach Ledlington und unterschrieb ein Testament, wie Maida mir anvertraute. Sie sagte, daß er dafür ein Formular verwendet habe. Seine Unterschrift wurde vom Direktor seiner Bank und einem Bankangestellten bezeugt. Es wurde auch davon gesprochen, daß man ihm bald gratulieren könne, aber nicht über den Inhalt des Testamentes, das nicht aufzufinden ist, es sei denn, man hält etwas verbranntes Papier in einem Aschenbecher für seinen letzten Willen. Nur eine Ecke war unverbrannt, aber auf der stand nichts. Das Papier entspricht den Testamentsformularen, die in einem Schreibwarengeschäft in Ledlington verkauft werden. Maida kaufte dort eines – wie sie sagte, für sich. Sie fragte Lewis deswegen um Rat, und es endete damit, daß er und nicht sie es benutzte.«

Charles' Stimme war äußerst unverbindlich, aber Miss Silver gewann trotzdem einen Eindruck.

In weniger vorsichtigem Ton fuhr er fort: »Ich nehme an, die Polizei vertritt die Theorie, daß die Vernichtung des Testamentes ein ziemlich starkes Motiv für den Mord sein könnte.«

Miss Silver sagte forsch: »Man könnte genausogut argumentieren, daß Mr. Brading das Testament vernichtete und dann Selbstmord beging aufgrund einer Enttäuschung, die mit seiner geplanten Hochzeit zusammenhing.«

Charles sagte: »Ich glaube nicht, daß die Polizei viel davon hält. Offengestanden kann ich mir nicht vorstellen, daß Lewis sich wegen einer Frau erschießen würde – niemand, der ihn kannte, könnte das. Er war kein solcher Holzklotz, wie er aussah. Er hatte schon vorher Affären. Ich behaupte ja nicht, daß es ihn wegen Maida nicht schwer erwischt hätte, aber ich kann mir einfach nicht vorstellen, daß er sich erschossen hat. Und damit vertraue ich Ihnen ziemlich weit, denn wenn es Mord ist, stehe ich natürlich ziemlich weit oben auf der Liste der Verdächtigen. Ich habe ihn gefunden, und ich hatte den besten Grund, sein neues Testament zu vernichten, weil ich im alten als Haupterbe angegeben war. Die Polizei liebt solche Motive – genau, klar und ungeschminkt. Und sie sind sich ziemlich sicher, daß es Mord ist wegen der Fingerabdrücke auf dem Revolver. Sie stammen von Lewis, aber sie befinden sich nicht an den richtigen Stellen. Sie glauben, daß sie erst nach dem Tod angebracht wurden. Das ist ein alter Trick, um Selbstmord vorzutäuschen. Man schließt die Hand der Leiche um den Revolver, aber das ist eine heikle Angelegenheit für den Mörder. Wenn man gerade jemanden erschossen hat, ist die eigene Hand wahrscheinlich nicht ganz ruhig, und außerdem muß man sich höllisch beeilen.« Seine Stimme wurde kalt und hart. »Ich kann mir vorstellen, daß es eine ganz schöne Arbeit ist, die Abdrücke an den exakt richtigen Stellen anzubringen, man kann leicht abrutschen. Die Polizei sagt, daß diese Abdrücke verrutscht sind. Deshalb ist sie sicher, daß es Mord ist.«

19

Als ob er alles gesagt hätte, was er im Augenblick sagen wollte, drehte Charles Forrest sich um, startete den Wagen und fuhr rückwärts aus der kleinen Straße. Für den Rest der Fahrt sprachen weder er noch Miss Silver. Sie hatte in der Tat auch eine Menge nachzudenken.

Als sie durch die Eingangshalle von Warne House gingen, kam Stacy gerade die Treppe herunter. Sie war auf der untersten Stufe angelangt, als Charles näher kam. Da war es nur natürlich, daß er kurz anhielt und mit ihr sprach. Jeder beiläufige Bekannte hätte dasselbe getan. Aber Miss Silver spürte sofort, wie die Atmosphäre sich veränderte. Es wurden nur wenige, einfache Worte gewechselt. Charles Forrests ziemlich düsterer Blick ruhte auf dem Mädchen in Weiß. Sie war blaß und hielt einen Sonnenschirm mit einem grünen Streifen in der Hand, der, wie er erkannte, Myra Constantine gehörte.

Er fragte: »Gehst du aus?«

Stacy antwortete. »Ja.« Und fuhr fort: »Lilias hat mich zum Tee eingeladen. Sie möchte, daß ich komme.«

Nicht die Worte, wohl aber Stimme und Verhalten zeigten, daß sie vertraut miteinander waren. Das Zusammentreffen war so kurz gewesen, daß es beide kaum aufhielt. Stacy ging weiter und spannte ihren Sonnenschirm am Eingang auf.

Miss Silver suchte das Zimmer auf, das Lewis Brading für sie reserviert hatte.

Als sie zehn Minuten später wieder herunterkam, wartete Charles auf sie. Er nahm sie mit ins Arbeitszimmer und bot ihr Tee an. Zwischen der ersten und der zweiten Tasse fragte sie ihn nach Stacy.

»Ein sehr charmantes Mädchen – sehr anmutig. Wohnt sie hier?«

Charles hatte sich gefragt, warum Wasser so lange braucht,

bis es kocht, und Tee so lange, um wieder abzukühlen. Bei ihrer Frage empfand er den Schluck, den er gerade getrunken hatte, als noch heißer als zuvor. Na ja, wenn er nichts Schlimmeres erklären mußte als Stacy. Mit sorgsam bedachter Haltung sagte er: »Das ist Stacy Mainwaring, die Miniaturistin. Sie malt zur Zeit unsere lokale Berühmtheit, die bekannte Myra Constantine. Wir waren verheiratet, sind jetzt aber geschieden – wegen nichts Schlimmerem als böswilligem Verlassen. Trotzdem sind wir noch ziemlich gute Freunde. Es lohnt sich, Myra zu malen. Und Stacy bringt es Ansehen.«

Er erzählte Geschichten über Myra und gab Miss Silver einen unterhaltsamen Bericht über die anderen Leute im Club, bis sie ihren Tee getrunken hatte. Dann nahm er sie mit in den Anbau und führte sie herum.

»Die Polizei ist fertig hier. Sie können überall hingehen, alles anfassen und so viel fragen, wie Sie möchten.«

Sie fragte sehr viel, wie er genau hereingekommen war, wo er gestanden hatte, was er gesehen hatte.

Charles ging alles noch einmal durch, wie er es schon so oft getan hatte. Wenn er die Einzelheiten jetzt nicht auswendig konnte, würde er sie nie lernen. Mit jeder Wiederholung wurde die Sache weniger wirklich.

Als er geendet hatte, fragte sie: »Sie kamen kurz vor halb vier an?«

»Etwa um zwanzig nach drei.«

»Und Sie gingen direkt durch?«

»Ja.«

»Und er war tot, als Sie ihn fanden. Wie lange war er schon tot?«

»Ich bin kein Arzt.«

»Sie haben im Krieg gedient. Wie lange war er tot?«

»Ich weiß es nicht.«

»Aber Sie könnten eine Vermutung wagen.«

Er schüttelte den Kopf. »Ich bin doch kein Narr.«

Sie sah ihn die ganze Zeit an. Sie stand dabei neben dem Tisch, an dem Lewis Brading gestorben war, eine Hand darauf gestützt. Glas und Metall funkelten in dem grellen Licht, das von oben auf das Labor und seine Ausrüstung fiel, und ließ jeden Gegenstand klarer und schärfer erscheinen als bei Tageslicht. Sie hüstelte und fragte: »Wann kam die Polizei?«

»Ich glaube, um Viertel vor vier. Aber das sind auch keine Experten, wissen Sie. Der Arzt, den ich anrief, war unterwegs, und der Polizeiarzt kam erst um vier. Er ist nicht bereit, die Todeszeit auf eine halbe Stunde genau zu beschwören. Es war ein sehr heißer Tag.«

»Genau.«

Sie ging um den Tisch herum und stand vor ihm. Lewis Bradings Stuhl war zurückgezogen. Auf dem Tisch herrschte Ordnung: Löschpapier, Stiftablage, Notizblock, ein Ständer für Schreibpapier und Umschläge, ein großer flacher Metallaschenbecher, der stark verfärbt war, eine Streichholzschachtel. Auf beiden Seiten des Schreibtisches waren Schubladen. Die dunkelgrüne Lederablage auf dem Tisch hatte einen dunklen Fleck.

»Zeigen Sie mir, wie er dalag, als Sie ihn fanden?« fragte Miss Silver.

Das ist gespenstisch, schoß es ihm durch den Kopf. Sie bemerkte, daß sein dunkles Gesicht blaß wurde. Ohne ein Wort tat er, worum sie ihn gebeten hatte. Er setzte sich auf den Stuhl, beugte sich vor, bis sein Kopf auf dem ominösen Fleck ruhte, ließ dann seinen rechten Arm hinunterhängen, so daß die Hand fast den Boden berührte. Als es vorbei war, brach sie das Schweigen, unter dem diese Pantomime vorgeführt worden war.

»Wo befand sich die Waffe?«

Er antwortete kurz: »Genau unter seiner Hand. Als ob er sie fallengelassen hätte.«

»War es sein eigener Revolver?«

»Also – ja ...«

Er hatte so lange gezögert, daß sie auf diesem Punkt beharrte. »Das hört sich nicht überzeugend an, Major Forrest.«

Er hob die Hand und ließ sie wieder sinken. »Ihnen entgeht nicht viel. Es ist so. Ich hatte zwei – ein Paar. Ich gab Lewis eine davon.«

»Wie lange ist das her?«

»Irgendwann letztes Jahr. Er hatte ein ziemlich antiquiertes Ding. Ich sah es eines Tages, als die Schublade aufstand, und riet ihm, sich etwas anzuschaffen, das auf dem neuesten Stand ist. So ist das gekommen.«

»Und wo bewahrte er die Waffe auf – in welcher Schublade?«

Er sagte: »Die zweite auf der rechten Seite.« Dann, als sie sie herauszog: »Sie ist jetzt nicht da. Die Polizei hat sie.«

Sie hüstelte. »Wie viele Leute wußten, daß Mr. Brading einen Revolver in der Schublade aufbewahrte?«

Er lachte kurz. »Ich wußte es, James wußte es – jeder könnte es gewußt haben. Er war ziemlich stolz darauf, wissen Sie. Er machte einiges Trara darum, daß er bewaffnet war. Sein eigenes Museumsstück hatte er noch in seinem Schlafzimmer.«

Miss Silver schloß die Schublade, warf einen weiteren Blick auf den Tisch und meinte: »Dieser Metallaschenbecher da – ist dort das Testament verbrannt worden?«

Er nickte. »Ja.«

»Wo war der genau, als Sie Mr. Brading tot auffanden?«

Er deutete auf das entfernte Ende des Tisches.

»Dort drüben, am Rand, wenige Zentimeter von der Ecke.«

»Außerhalb Mr. Bradings Reichweite?«

»Solange er normal am Tisch saß, ja. Ich glaube jedoch, daß er ihn berührt haben könnte, wenn er sich weit nach vorn gebeugt hätte. Aber er hätte nie auf solche Art ein Papier verbrannt.«

»Und die Streichhölzer, wo waren die?«

»Direkt neben dem Aschenbecher.«

»Links oder rechts?«

Er stand ihr gegenüber, der Tisch war zwischen ihnen.

»Zu Ihrer Linken, von mir aus gesehen rechts.«

Sie meinte ernst: »Ich brauche das nicht extra zu betonen, nicht wahr? Wer auch immer dieses Formular verbrannt hat, stand an der Rückseite des Schreibtisches, wo Sie jetzt sind. Falls es Mr. Brading war, scheint es schwierig, einen Grund dafür zu finden. Es ist ganz sicher, daß er es nicht tat, solange er normal am Tisch saß.«

»Genau.«

Es entstand eine kleine Pause. Dann setzte sie sich, zog den Stuhl an den Tisch heran, bis sie es bequem hatte, nahm den Notizblock und wählte einen Bleistift aus. Nachdem sie das getan hatte, warf sie Charles einen fragenden Blick zu und sagte sehr ruhig: »Wollen Sie sich nicht hinsetzen, Major Forrest? Ich möchte mir ein paar Notizen machen. Sie sagen, Mr. Brading erschien zum Lunch und kehrte dann in den Anbau zurück. Hat ihn danach noch jemand lebend gesehen?«

Charles hatte sich einen hohen Holzschemel zurechtgeschoben. Mit lang ausgestreckten Beinen lehnte er mehr dagegen, als darauf zu sitzen. Seine Haltung wirkte entspannt.

»Oh, eine ganze Reihe von Leuten. Edna Snagge zufolge – das ist das Mädchen im Büro – hatte Lewis eine regelrechte Prozession von Besuchern. Wie ich bereits erwähnte, mußten sie alle durch die Halle kommen.«

»Können Sie mir sagen, wer sie waren und wann sie kamen?«

Er suchte etwas in seiner Tasche. »Da haben wir es, aus erster Quelle – Edna ist sehr systematisch. Lewis kam um halb zwei vom Lunch zurück, und James Moberly folgte ihm wenige Minuten später. James sagt, daß er sich nur ein Buch geholt habe, dann sofort ins Arbeitszimmer ging und dort blieb.

Lewis hatte ihm den Nachmittag freigegeben. Das ist, denke ich, unbestreitbar. Leute im Speisezimmer hörten, wie Lewis sagte, daß er ihn nicht mehr brauche. So viel zu James. Um halb drei dann kam Maida Robinson, Lewis' Rotschopf, mit einem Burschen namens Constable. Er hat mit mir in einer Kommandoeinheit gedient, und er platzte dieser Tage für ein langes Wochenende herein. Er und Maida wollten zuerst Tennis spielen und dann baden gehen. Ich nehme an, Maida wollte Lewis sehen, um ihm beizubringen, daß sie den Nachmittag mit einem anderen Freund verbringen wollte, aber daß sie natürlich mit ihm zu Abend essen würde und er nicht denken solle, sie würde jemals einen anderen lieben.« Er lächelte gewinnend. »Das ist im wesentlichen, was Maida mir verraten hat. Ich verbürge mich für nichts, was ein Rotschopf sagt, aber es klingt ganz wahrscheinlich. Jetzt hören Sie gut zu. Maida geht allein zu Lewis, während Constable sich in der Halle die Beine in den Bauch steht. Etwa zehn Minuten später kommt Maida zurück. Sie sagt, sie habe ihre Tasche hier draußen vergessen und schickt Constable los, um sie zu holen. Während er weg ist, geht sie ins Büro und verärgert Edna ziemlich, weil sie das Haustelefon benutzt, um Lewis zu sagen, daß Constable unterwegs zu ihm sei. Edna hört sie reden, sie kann aber nicht verstehen, was Lewis sagt. Aber er scheint verärgert gewesen zu sein, weil Maida die Stahltür nicht richtig geschlossen hatte, als sie hinausging, und Jack Constable gerade hereinspaziert kam. Das ist doch wichtig, weil sich auch jemand anders auf diesem Wege Zugang verschafft haben könnte – aus dem Billardzimmer zum Beispiel. Es ist nicht sehr wahrscheinlich, aber immerhin möglich.«

Miss Silver hüstelte. »Sie sagen vom Billardzimmer? Nicht aus dem Arbeitszimmer?«

Charles sah ihr direkt in die Augen. »James Moberly war im Arbeitszimmer, und er brauchte nicht auf diesem Wege hereinzukommen, er hatte seinen Schlüssel.«

Sie neigte den Kopf. »Bitte fahren Sie fort.«

»Constable war keine fünf Minuten fort. Er kam mit der Tasche zurück, und er und Maida gingen. Sie spielten nicht Tennis, weil es ihnen zu heiß war, sondern gingen baden. Damit wären wir bei Viertel vor drei. Kurz vor drei Uhr kam Lilias Grey und wollte Lewis sehen. Sie ist meine Adoptivschwester. Meine Eltern adoptierten sie, als sie vier Jahre alt war, weil sie keine Kinder hatten. Und dann kam ich – schlechtes Timing. Sie ist unverheiratet und hat eine Wohnung in Saltings. Sie sagt, sie wollte Lewis wegen einer geschäftlichen Angelegenheit sprechen. Soweit ihre Geschichte. Sie sehen, wie die Dinge immer stärker eingegrenzt werden. Sie sagt, sie ging zum Anbau, und behauptet ebenso wie Jack Constable, daß sie die Stahltür offen vorgefunden habe. Nun schwört Jack aber, sie geschlossen zu haben, was auch wahrscheinlich ist, nachdem Lewis so getobt hatte, weil Maida sie offengelassen hatte. Aber zehn Minuten später findet Lilias sie wieder geöffnet vor. Sie sagt, sie dachte, Lewis hätte sie für sie geöffnet. Ich nehme an, das stimmt, weil er anscheinend nichts darüber geäußert hat, als sie hereinspazierte. Sie sagt, etwa zehn Minuten lang hätten sie über Geschäftliches gesprochen. Einige Wertpapiere, die meine Mutter ihr hinterlassen hatte, sollen zur Auszahlung kommen, und sie wollte wissen, wie Lewis über eine Neuinvestition dachte. Er riet ihr, sich an Staatsanleihen zu halten, und sie sagte, sie wolle darüber nachdenken. Dann ging sie. Sie kann sich nicht daran erinnern, ob sie die Tür geschlossen hat oder nicht. Sie ist eine ziemlich unsichere Person. Um zehn nach drei verließ sie den Club, und als sie hinausging, kam Hester Constantine die Treppe herunter und ging den Flur entlang in diese Richtung. Sie ist Myras unverheiratete Tochter, eine bäurische Person in den späten Dreißigern, und niemand könnte einen Grund nennen, warum sie Lewis hätte ermorden wollen. Sie sagt, sie sei ins Arbeitszimmer gegangen. James war da, wie er ja sagte, und sie unterhielten sich. Etwa zehn Minuten später trat ich auf und fand Lewis tot vor.

Miss Silver sah auf den Notizblock mit ihrer ordentlichen Handschrift.

»Ihr Freund Major Constable – das ist er doch?«

Charles nickte.

»Er und Mrs. Robinson verließen den Club um Viertel vor drei. Um zwanzig nach drei fanden Sie Mr. Brading tot auf. Sie wollen keine Meinung dazu abgeben, wie lange er schon tot war, obwohl ich glaube, daß Sie sich eine solche Meinung gebildet haben. Miss Grey sagt, er habe gelebt, als sie ihn verließ. Wenn das der Fall ist, konnte er, als Sie ihn fanden, nicht länger als fünf Minuten tot sein. Der Mörder hätte natürlich darauf gewartet, daß Miss Grey fort war, bevor er riskierte, von der Schußwaffe Gebrauch zu machen. Hat jemand den Schuß gehört?«

Charles schüttelte den Kopf. »Der Anbau ist schalldicht – besonders dieser Raum, der in den Hügel gebaut ist.«

Miss Silver hüstelte. »Dann gibt es folgende Möglichkeiten, Major Forrest. Wenn alle die Wahrheit sagen, wurde Mr. Brading zwischen Miss Greys Weggang und Ihrer Ankunft erschossen – bloße zehn Minuten. Während dieser Zeit kam niemand durch die Eingangshalle außer Miss Constantine. Sie hätte Zeit gehabt, diesen Raum zu erreichen, Mr. Brading zu erschießen und dann ins Arbeitszimmer zu gehen. Wie lautet Mr. Moberlys Aussage über diesen Punkt?«

»Er sagt, sie kam um zehn nach drei ins Arbeitszimmer und blieb dort, bis ich alle alarmierte.«

Miss Silver sah ihn sehr direkt an. »Und was sagt sie?«

»Oh, sie sagt, sie seien zusammen gewesen. Beide sagen das.«

Miss Silver hüstelte. »Sind sie befreundet?«

Er zögerte. »Hester hat nicht viel Zeit für Freunde. Myra hält ihre Familie ganz schön auf Trab.«

»Die clevere, brillante Mutter und die unterdrückte Tochter. Keine ungewöhnliche Situation und eine voller gefährlicher Möglichkeiten.«

Charles lachte. »Also ich kann mir genausowenig wie sonst jemand einen Grund vorstellen, aus dem es Hester auf Lewis abgesehen haben könnte.«

Miss Silver blickte auf ihren Notizblock. »Lassen wir Miss Constantine einmal beiseite und nehmen immer noch an, alle hätten die Wahrheit gesagt – was sehr ungewöhnlich ist in einem Mordfall –, dann betreffen die auffälligsten Hinweise die Tür. Ich stelle mir vor, daß es nicht Mr. Bradings Gewohnheit war, sie offen zu lassen.«

»Die innere Tür war möglicherweise offen, wenn er da war. Die äußere aber nie.«

»Das war auch mein Eindruck aus der Art, wie er bei seinem Besuch vor vierzehn Tagen darüber sprach.«

Charles nickte. »Es gibt nur zwei Schlüssel. Er hatte einen und James den anderen. Falls Lewis etwas zustoßen sollte, säße James in der Patsche, deshalb konnte er ihm den Schlüssel anvertrauen. Sonst niemandem. Meiner Meinung nach ist es äußerst unwahrscheinlich, daß Lewis die Tür offengelassen hat.«

»Und doch wurde sie offengelassen.«

»Von Maida, die in aller Eile weglief, um Schwimmen zu gehen.«

Miss Silver hüstelte. »Das ist unser erster Hinweis darauf, daß sie offengelassen wurde, aber nicht der letzte. Nachdem Mrs. Robinson herausgekommen war, ging Major Constable zurück, um ihre Tasche zu holen. Er sagt, daß er die Stahltür um Viertel vor drei schloß, aber Miss Grey fand sie zehn Minuten später geöffnet vor. Sie sagten, man könne sich nicht darauf verlassen, daß sie sie schloß, als sie zehn nach drei wegging. Und Sie selbst fanden sie offen vor, als Sie zwanzig Minuten nach drei ankamen. Wir wissen somit, daß die Tür offen war für ein oder zwei Minuten, nachdem Mrs. Robinson den Anbau verlassen hatte und bevor Major Constable kam, um ihre Tasche zu holen. In dieser Zeit ging niemand durch die Halle außer Major Constable selbst. Aber es wäre möglich gewesen, durch das Billardzimmer in den Anbau zu gelangen und sich dort zu verstecken – in Mr. Moberlys Zimmer, dem Bad oder einem der anderen Räume. Weit wahrscheinlicher ist, daß jemand sich versteckt haben könnte, während die Tür später offenstand. Miss Grey fand sie kurz vor drei geöffnet vor und Sie um zwanzig nach drei. Wir wissen nicht, wer sie öffnete, was bedeutet, daß wir nicht wissen, wie lange sie offenstand. Major Constable irrt sich vielleicht, wenn er glaubt, sie geschlossen zu haben. Sie schließt, wie ich bemerkt habe, mit einer Feder. Er war in Eile. Möglicherweise hat sie die ganzen zehn Minuten, bis Miss Grey kam, offengestanden und, nachdem sie gegangen war, weitere zehn Minuten bis zu Ihrer Ankunft. Das wissen wir nicht. Alles, was wir wissen, ist, daß während dieser Zeit nur Miss Constantine durch die Halle ging.«

Charles runzelte die Stirn.

»Möglicherweise war jemand im Billardzimmer.«

»Wirklich, Major Forrest? Als wir gerade an der Tür vorbeikamen, habe ich versucht, sie zu öffnen, aber sie war abgeschlossen.«

Charles sagte einen Moment lang gar nichts. Sein Gesicht verhärtete sich. Er schloß die Lider, bis sie fast die Augen bedeckten. Plötzlich stand er auf, fuhr mit den Händen tief in die Taschen und sagte abrupt: »Das schlägt dem Faß den Boden aus.«

Miss Silver sah ihn an. Ihr Kopf war ein wenig zur Seite geneigt. Sie hatte den Ausdruck eines unscheinbaren, aber intelligenten Vogels, der gerade einen Wurm entdeckt hat.

»Die Tür war gestern verschlossen?«

Er antwortete, ohne sie anzublicken: »Der Raum wird renoviert. Es gab Schwierigkeiten mit dem Material, eine Verzögerung übers Wochenende. Die Männer hatten ihre Sachen hiergelassen.«

»Dann waren die Fenster gestern wohl zu und die Tür verschlossen?«

»Möglicherweise.«

»Das ist ein Punkt, den man nachprüfen kann.«

Sie riß das Blatt ab, auf dem sie ihre Notizen gemacht hatte, legte den Bleistift zurück auf die Ablage, glättete das Löschpapier und stand auf.

»Danke schön, Major Forrest.«

20

Stacy nahm den Bus nach Saltings. Von der Haltestelle mußte sie nur noch ein paar Schritte gehen, aber die Sonne brannte auf die schattenlose Landstraße nieder, und sie war froh über den Schirm, den Myra Constantine ihr aufgedrängt hatte – ein großes altmodisches Ding, staubfarben mit knallgrünem Rand.

Die Bäume um Saltings herum kamen in Sicht. Sie bog in das Tor ein. Bei dieser Rückkehr kam sie sich wie ein Gespenst vor. Geistergeschichten hatten alle den falschen Blickwinkel. Es ging immer darum, wie schrecklich es für die Lebenden war, heimgesucht zu werden, daß man eine Gänsehaut bekam, einem die Haare zu Berge standen und der Mut einen verließ. Aber wie erging es den armen spukenden, körperlosen Wesen, die zurückgekommen waren, um herumzugeistern, wo sie einst geliebt hatten und geliebt worden waren, und jetzt erwartete sie nicht mehr als Schaudern und Erstaunen? Sie fühlte sich selbst wie ein Gespenst, als sie zu der Front des Herrenhauses kam und die Stufen hinaufstieg.

Die Haustür stand weit offen. Die Eingangshalle war verändert worden. Es lagen keine Teppiche mehr auf dem Boden, die Waffen vom Kaminsims waren verschwunden. Ein Aufzug war geschickt ins Treppenhaus eingepaßt worden. Nur einige der alten Porträts waren geblieben, die die Szene düster betrachteten.

Sie sah sich um. Charles hatte eine der Parterrewohnungen. Sie fand seinen Namen und kam dann geschwind zur Treppe zurück. Diese automatischen Aufzüge mochte sie nicht besonders. Außerdem hatte sie es nicht eilig. Drei Jahre mußte sie überbrücken. Dies war ihr Zuhause gewesen – nein, Stacy Forrests Zuhause. Aber sie war nicht mehr Stacy Forrest. Sie war wieder Stacy Mainwaring. Ihr wurde ein bißchen schwindelig, als ob die Zeit zusammengeschoben worden sei, als ob sie an zwei Plätzen gleichzeitig sei, als ob heute nicht heute, sondern etwas Fremdes und Unzeitiges sei.

Sie erreichte den oberen Treppenabsatz und fand die Tür mit Lilias Greys Namen. Als sie die Hand zur Klingel hob, wurde ihr schon geöffnet, und Lilias sagte: »Du bist spät dran. Komm doch herein. Es ist schrecklich heiß, nicht wahr?«

Stacy hatte sich gefragt, was sie sagen würde und was Lilias sagen würde, aber alles war ganz einfach. Sie brauchte gar nicht zu reden – es sei denn, man zählte das wenige mit, was man zu jemandem sagte, der kaum innehielt, um Luft zu holen. Lilias wollte ihr die Wohnung zeigen, über die Wohnung sprechen, ihr erzählen, wie geschickt Charles gewesen war, wie geschickt der Architekt gewesen war.

»Sieh mal, das war das Schlafzimmer meiner Mutter, aufgeteilt in Schlafzimmer und Wohnraum, die immer noch groß genug sind. Ich mache mir nichts aus sehr großen Räumen, du etwa? Vorher war es so ein riesiger Raum, aber natürlich erinnerst du dich daran. Und ich habe von beiden Fenstern den Blick aufs Meer. Das Ankleidezimmer ist aufgeteilt worden in Küche und Bad. Du erkennst es kaum wieder, oder?«

Nein, sie hätte es nicht wiedererkannt. In dem Raum, der jetzt Lilias Wohnzimmer war, hatten sie und Charles geschlafen. Dort draußen in dem geteilten Ankleidezimmer war jetzt die Küchenspüle, wo sein Sekretär gestanden hatte. Sie hatte ihn in der Nacht beobachtet und gesehen, wie er mit Damaris Forrests Halsband in der Hand dastand. Sie verspürte eine unerträgliche Abscheu. Eine Tragödie, der ein Spülbecken aufgezwungen worden war!

»Hübsch, nicht wahr?« meinte Lilias Grey.

Die Unterhaltung lief in dieser Art weiter, während Lilias den Tee machte, ihr Gurkensandwiches anbot und die charmante Gastgeberin spielte. Stacy konnte sich nur sagen, daß sie es sich selbst zuzuschreiben hatte. Sie hätte nicht herkommen sollen, aber da sie nun einmal hier war, mußte sie auch als williger Gast erscheinen. Während sie sich darum bemühte, begann sie, sich zu fragen, warum Lilias sie hergebeten hatte, was hinter diesem fast fieberhaften Gesprächsfluß steckte. Er war übertrieben, genau wie Lilias' Make-up: die blauen Augen strahlten, auf den Wangen war Farbe, der Lippenstift war gekonnt aufgetragen, aber es war alles ein bißchen zuviel des Guten, und Lilias sah so alt aus, wie sie war.

Das war das erste, was Stacy nachdenklich stimmte. Das zweite war, daß nach etwa einer halben Stunde Lewis Brading noch nicht erwähnt worden war. Schließlich brachte sie den Namen selbst ins Gespräch, nachdem sie ihre Tasse abgestellt und auf ein hastiges »Möchtest du nicht noch etwas Tee?« »Nein, danke« geantwortet hatte. Sie würde nicht einfach dasitzen und Lilias davonkommen lassen, als sei nichts geschehen. Sie wartete auf die erste kleine Pause und sagte: »Das ist eine schreckliche Sache mit Lewis.«

Lilias wurde bleich. Auf der plötzlich schneeweißen Haut stach das Rouge hervor. Mit einem Schaudern meinte sie: »Laß uns nicht darüber reden. Du weißt nicht, wie das ist – der Polizei begegnen zu müssen und eine Aussage zu machen!«

Gerade noch hatte sie gesagt, daß sie nicht darüber reden wolle, aber schon floß ihre ganze nervöse Energie in diesen neuen Kanal. Sie rang die Hände in ihrem Schoß. Ihr helles Haar leuchtete wie ein Heiligenschein.

»Ich habe ja immer gesagt, daß etwas Schreckliches passieren würde. Diese ganzen Juwelen waren zu wertvoll.«

»Wurde denn etwas gestohlen?« An ihrer Stimme merkte man, wie überrascht Stacy war.

»Oh, ich weiß nicht. Die Polizei sagt einem ja nichts. Sie stellen einfach ihre dämlichen Fragen. Und ich war doch kaum da. Ich ging einfach hinein – die Tür stand offen, weißt du. Ich wollte Lewis fragen, wie ich etwas Geld anlegen sollte, das meine Mutter mir hinterlassen hat. Eine Hypothek, die abgezahlt worden war, und ich dachte, er wüßte etwas Gutes. Aber er sagte nur: ›Leg es in Staatsanleihen an.‹ Du weißt ja, wie er war. Er war wirklich fast unangenehm, und ich wünschte, ich wäre nicht zu ihm gegangen, also blieb ich nicht lange.« Sie rang die Hände. »Bloß weil er tot ist, hat es doch keinen Zweck zu behaupten, er sei anders gewesen, als er in Wirklichkeit war. Als ich herauskam, war ich tatsächlich sehr aufgebracht.«

Stacy fragte sich, warum in aller Welt Lilias Lewis Brading um Rat gefragt hatte. Er gehörte nicht zu den Leuten, die jemanden zu einer Investition ermutigten, besonders nicht eine adoptierte Verwandte, die er nicht besonders mochte. Sie faßte das nicht in Worte, aber ihre nächste Frage kam dem recht nahe: »Warum hast du nicht Charles um Rat gefragt?«

Lilias machte eine ruckhafte Bewegung. Schnell sagte sie: »Oh, das könnte ich nicht – nicht wenn es um Geld geht.«

Stacy spürte, wie ihr das Blut zu Kopf stieg und ihre Wangen glühten. Es war, als hätte sie einen unvorsichtigen Schritt getan, und jetzt spürte sie, wie der Boden unter ihr nachgab und Brandgeruch durch die gebrochene Erdkruste aufstieg. Sie hatte nicht vorgehabt, jemals wieder diesen Boden zu betreten. Ihr ganzes Gesicht brannte.

Lilias beugte sich vor und sagte mit leiser, furchtsamer Stimme: »Ich habe solche Angst.«

Stacys Fingernägel gruben sich in die Handfläche. »Warum?«

Lilias begann zu zittern.

»Warum?« fragte Stacy noch einmal. Obwohl sie zwei Tassen Tee getrunken hatte, waren ihre Lippen wie ausgedörrt.

Die großen blauen Augen unter den getuschten Wimpern starrten sie an. Lilias sagte: »Wegen Charles.«

»Warum?« Sie schien über dieses Wort nicht hinauskommen zu können.

Die blauen Augen waren voller Angst. In einem Flüstern kamen die Worte: »Wenn er es getan hat ...«

Etwas tief in Stacy sagte: Unsinn! Eine sehr tröstliche Reaktion war das. Sie probierte aus, wie es sein würde, wenn sie es laut sagte. Ihre Stimme war fest und stark, und es hörte sich gut an. »Unsinn!«

Lilias erschauderte. Sie redete weiter in diesem albernen gruseligen Flüsterton. »O Stacy. Ich habe solche Angst. Deshalb mußte ich dich sehen. Nur als du kamst, schien es, als könnte ich nicht darüber reden. Aber ich muß mit jemandem reden. Ich werde noch verrückt, wenn ich es nicht tue.«

Stacy war überrascht von ihren eigenen Gefühlen. Etwas in ihr sagte immer weiter: Unsinn! Sie sah Lilias an und fühlte sich viel älter und erfahrener als die Stacy von vor drei Jahren. Sie dachte ganz leidenschaftslos, daß es sicher eine gute Idee wäre, einen jener altmodischen Schlafzimmerwaschkrüge voll mit kaltem Wasser über die hellen Haare, die Wimpern, das Make-up und alles übrige auszukippen. Lilias verursachte sich selbst eine Gänsehaut – vielleicht. Jedenfalls brauchte sie Stacy nicht dazu. Vor drei Jahren, ja, aber nicht heute. Nicht mehr. Stacy setzte sich aufrecht hin und sagte so kühl wie möglich: »Du redest wirklich Unsinn, Lilias. Du solltest besser aufhören.«

Lilias schloß die Augen. Die langen dunklen Wimpern waren feucht. Mit erschöpfter Stimme meinte sie: »Ich sage es nur dir. Ich muß mit jemandem reden. Es macht doch nichts, wenn nur du es hörst.«

Es hatte keinen Zweck, darüber nachzudenken, Wasserkrüge über Leute auszukippen, wenn keine Krüge da waren. Stacy versuchte das beste mit ihrer Stimme: »Was soll das? Wenn du etwas zu sagen hast, dann sag es, los!«

Die Wimpern klappten hoch. »O Stacy – ich meinte doch nicht –«

»Das ist auch besser so. Es ist nicht gut, so etwas irgend jemandem gegenüber zu behaupten.«

»Ich würde das niemandem sonst sagen. Es ist nur – Charles ... Er ist alles für mich, schon immer gewesen. Es ist völlig egal, was er getan hat. Er bedeutet mir alles.«

»Lilias ...«

»Ich muß mit jemandem reden. Ist es da nicht besser, wenn ich mit dir spreche? Denn selbst jetzt würdest du ihm doch kein Leid antun wollen.«

Stacy antwortete: »Nein, ich würde ihm nichts tun wollen.«

»Dann laß mich mit dir reden. Vergangene Nacht habe ich nicht geschlafen. Ich konnte immer nur denken: ›Stell dir vor, es war Charles, oder stell dir vor, sie glauben, er war es.‹«

»Warum?«

In einem Ansturm nervöser Energie erklärte Lilias es ihr. »Verstehst du denn nicht – du warst doch sonst nicht so dumm! Ich kam um zehn nach drei heraus und Lewis lebte. Er saß an seinem Tisch und lebte. Charles kam nur zehn Minuten später, und er sagte, er habe ihn tot vorgefunden. Wenn Lewis sich nicht selbst umgebracht hat, wer hat ihn dann getötet? Charles sagt, daß die Polizei nicht an Selbstmord glaubt. Ich verstehe nicht genau, aus welchen Gründen, aber sie glaubt es nicht. Wer hat ihn umgebracht? Und warum? Es ist angeblich nichts gestohlen worden, es wurde auch kein Versuch unternommen, den Tresor aufzubrechen. Wer würde das auch tun mitten am Tag, wo die ganze Zeit Leute kamen und gingen? Ich ging um zehn nach drei, Charles kam um zwanzig nach drei. Es war einfach nicht genug Zeit. Und wenn er nicht wegen dieser elenden Sammlung umgebracht wurde, weshalb dann?«

Stacy hob eine Hand. Es war eigenartig zu spüren, wie kalt sie war. »Also Lilias – jetzt hör aber auf! Du kannst nicht beides haben. Du hast damit angefangen, daß du immer geglaubt hast, etwas Schreckliches würde geschehen – wegen der Sammlung. Und dann sagst du, niemand habe versucht, etwas zu stehlen, und am Nachmittag käme sowieso niemand auf die Idee. Schließlich fragst du, warum er umgebracht worden ist, wenn nicht wegen der Sammlung. Du argumentierst von beiden Seiten aus und erreichst damit einen Zusammenstoß in der Mitte. Du solltest dich entscheiden, wie du es haben möchtest, und dann dabei bleiben.«

Lilias schlug die Hände zusammen. »So ist es doch gar nicht! Natürlich müssen wir das sagen – das über die Sammlung, meine ich. Wir müssen das alle sagen und dabei bleiben, daß jemand sich versteckt hat und hineingelangte, als die Tür offenstand. Maida und Jack Constable müssen die Tür offengelassen haben. Es muß einfach so gewesen sein. Und wir müssen sagen, daß ein Dieb hereingekommen ist, sich versteckt und Lewis erschossen hat. Und als Charles kam, hat er sich wieder versteckt.« Sie riß die Augen weit auf und starrte vor sich hin. »Oh, es könnte so gewesen sein, nicht wahr? Wenn wir weiter sagen ...«

»Warum tust du es dann nicht? Du hast doch damit angefangen, und dann hast du es dir anders überlegt und gemeint, niemand würde versuchen, am hellichten Tag die Sammlung zu stehlen. Warum hast du das gesagt?«

Lilias Augen flossen über. »Weil es wahr ist. Weil ich nur mit dir geredet habe. Der erste Teil war nur, was wir sagen müssen wegen Charles. Lewis wurde nicht wegen der Sammlung erschossen.«

»Weißt du, warum er getötet wurde?«

»Jeder weiß es, wenn er darüber nachdenkt. Er wollte Maida heiraten. Er hatte ein Testament zu ihren Gunsten gemacht – auf einem dieser dämlichen Formulare. Ich sage dir, ich habe es gesehen, als ich dort war. Es lag auf dem Tisch. Er beobachtete, wie ich es anschaute, und sagte mit seiner äußerst unangenehmen Stimme: ›Du scheinst interessiert daran zu sein. Das ist mein neues Testament. Ich fürchte, Charles wird es nicht gefallen.‹«

»Hat er dir auch gesagt, daß er vorhatte, Maida zu heiraten, und was in dem Testament stand?«

»Aber natürlich – auf eine schrecklich höhnische Art! Deshalb bin ich nicht geblieben. Begreifst du nicht, was passiert sein muß? Wenn er mit Charles so gesprochen hat – und das hätte er – also, der Revolver war in der Schublade.«

»Wußtest du, wo er war?«

»Jeder wußte, wo er war. Lewis wollte, daß jeder es wußte. Er ließ immer die Schublade absichtlich offenstehen. Verstehst du nicht, wie es passiert sein muß? Charles sah das Testament – und dann den Revolver ...«

Stacy erwiderte: »Ich finde, du redest Unsinn.«

Lilias hatte jetzt wieder genug Farbe bekommen. Sie leuchtete unter dem Rouge hervor und ertränkte es. Ihre Augen blitzten. Mit heller klarer Stimme sagte sie: »Und wer verbrannte das Testament? Es war doch für niemanden außer Charles von Bedeutung. Warum sollte sonst jemand es verbrennen?«

»Ist es verbrannt worden?«

»Aber natürlich! Hat Charles dir das nicht erzählt?«

»Ich habe ihn nicht gesehen. Er hat gar nicht mit mir gesprochen.«

»Das würde er auch nicht erzählen, er würde es niemandem

erzählen. Die Polizei sagte es mir. Das Testament wurde in einem Metallaschenbecher verbrannt. Sie wollten wissen, ob ich es gesehen habe, ob es verbrannt war, als ich da war. Und das war es nicht. Wer hat es verbrannt?«

Stacy meinte nüchtern: »Ich weiß es nicht. Ich weiß aber wohl, daß du Unsinn redest, und wenn du dir etwas aus Charles machst, mußt du damit aufhören. Ich nehme doch an, du willst niemandem etwas in den Kopf setzen?«

Die Farbe und damit auch das Feuer in Lilias waren verschwunden. Mit einem schnellen nervösen Schaudern drehte sie sich um, legte ihre Arme über die Rückenlehne des Stuhls und beugte ihren Kopf darüber. Ihre Schultern zuckten. Langsam und heftig begann sie zu schluchzen.

Es war bestimmt an die dreißig Grad im Schatten, aber Stacy war es noch nie kälter gewesen. Zum Teil entsprang die Kälte der Furcht. Aber mit dem gesegneten Wort »Unsinn!« sperrte sie die Furcht aus. Zum Teil war es Zorn – ein kalter Zorn, der wirkungsmächtiger ist als heißer. Zum Teil war es einfach eine Reaktion auf all diese Hysterie. Einige Augenblicke später sagte sie: »Reiß dich, um Gottes willen, zusammen! Wenn du irgendein echtes Gefühl für Charles hast, tust du das.«

Lilias schluchzte weiter, aber sie fand auch wieder Worte. Nichts würde Lilias je am Reden hindern.

»Ich würde alles für Charles tun – das weißt du. Um nichts in der Welt würde ich ihn verletzen. Habe ich nicht all die Jahre geholfen, alles zu vertuschen? Oh, du weißt nicht, wie das war, sonst wärst du jetzt nicht so unfreundlich!«

Das konnte ewig so weitergehen. Ein Thema mit Variationen, und die Variationen waren unendlich. Als es wirklich unerträglich wurde, ging Stacy ins Badezimmer und kam mit einem trockenen Handtuch und einem feuchten Waschlappen zurück. Sie bewegte Lilias dazu, sich aufzusetzen und ihre Augen zart und halbherzig abzutupfen. Die Verwüstungen waren nicht so schrecklich, und Stacy hatte ihr Ziel erreicht: Das Schluchzen verebbte zu einem Luftholen und auf die überstürzten Worte folgte jetzt ein Seufzer: »Ach, es tut mir so leid – aber du verstehst doch? Ich konnte es allein nicht mehr ertragen, und du bist doch zuverlässig. Oh, ich gehe und mache mich ein wenig zurecht!«

Notgedrungen mußte Stacy warten. Ihr »Ich breche wohl lieber auf« war weggewischt worden mit einem »Es dauert nur einen Augenblick«.

Der Augenblick verlängerte sich zu etlichen Minuten, bis Lilias zurückkam, ein wenig blaß, ein wenig traurig, aber sie hatte sich unter Kontrolle. Sie sagte Stacy, daß ihr das Gespräch gutgetan habe.

»Man übertreibt die Dinge einfach, wenn man ganz allein hier sitzt und nichts zu tun hat, als nachzudenken. Du wirst doch mit niemandem darüber reden? Du wirst es Charles doch nicht sagen?«

»Ich nehme kaum an, daß ich ihn sehen werde.«

Lilias seufzte ganz schwach. »Vielleicht doch. Er geht viel in den Club.«

Der kalte Zorn in Stacy machte sich wieder bemerkbar. »Es wäre mir wirklich zuzutrauen, daß ich zu ihm gehe und sage: ›Lilias hat mir gerade erzählt, daß sie glaubt, du hättest Lewis erschossen und sein Testament verbrannt!‹«

Die blauen Augen füllten sich mit Tränen. »O Stacy!«

Stacy verdrängte ihren Zorn erneut. Für heute hatte sie genug Szenen erlebt – mehr konnte sie nicht ertragen. Jetzt mußte sie nur noch davonkommen. Sie sagte: »Tut mir leid, Lilias, aber du hast es herausgefordert. Ich bin nicht diejenige, die einfach Dinge behauptet hat. Auf Wiedersehen.«

21

Stacy kam in die Eingangshalle. Es war vorbei. Es war ihre eigene Schuld gewesen, sich darauf einzulassen. Sie hätte ja nicht herkommen müssen. Aber sie hatte zugelassen, daß Saltings sie wie ein Magnet anzog, und sie verdiente, was sie bekommen hatte. Jetzt war alles vorbei, und sie brauchte nicht mehr daran zu denken. Aber eine schrecklich kleinliche Stimme flüsterte ihr zu: »Du wirst noch oft daran denken müssen.«

Sie trat auf die Stufen hinaus und spürte die Sonne. Einen Moment lang stand sie da und fragte sich, ob sie Myra Constantines Schirm aufspannen sollte. Sie mochte das grelle Licht nicht, aber ihr war immer noch kalt. Während sie noch zögerte, bog ein Auto in das Tor ein und fuhr zwischen den Bäumen herauf. Ihr Herz machte einen Satz. Charles war der letzte Mensch auf der Welt, den sie jetzt sehen wollte. Oder etwa doch nicht?

Bevor sie sich entschließen konnte, war er aus dem Auto ausgestiegen und rannte die Stufen herauf. Kein Lächeln, keine Begrüßung, nur eine Hand auf ihrem Arm und ein schnelles: »Ich habe gehofft, daß ich dich erwischen würde.«

»Ich wollte gerade gehen.«

»Du kannst nicht gehen. Ich möchte mit dir reden. Komm mit – du hast meine Wohnung noch nicht gesehen. Ich habe das Billardzimmer, den Anrichteraum des Butlers und einige von den Dingern, die die Makler Wirtschaftsräume nennen – alles sehr geräumig. Adams hat gute Arbeit geleistet, finde ich. Komm mit!«

Sie wurde wieder durch die Halle geführt. Charles öffnete eine Tür, sie gingen hinein, und die Tür schloß sich hinter ihnen. Ihr blieb keine Zeit, über Mr. Adams Fähigkeiten nachzudenken. Es gab eine Art Diele, ein Stück Flur, eine weitere Tür und einen Teil des ehemaligen Billardzimmers mit zwei

Fenstern zum Garten. Erst dort kam sie dazu, zu wiederholen: »Ich sollte wirklich gehen.«

Worauf Charles erwiderte: »Nein.« Er ging zum Fenster und blickte hinaus. Als er so dastand mit dem Rücken zu ihr, wurde Stacy sich der atmosphärischen Strömungen, der Gefühle und Emotionen bewußt. Sie hatte das panische Verlangen wegzulaufen, aber ihre Beine rührten sich nicht. Ihre Zunge ebensowenig. Sie stand einfach da.

Dann war der Augenblick vorüber. Charles wandte sich um und meinte: »Das ist alles ein ziemliches Durcheinander. Es tut mir leid, daß du da hineingeraten bist, aber so ist es nun mal.«

Zu ihrer großen Erleichterung fühlten sich Beine und Zunge wieder normal an. Sie sagte: »Wenn es etwas gibt, was ich tun kann ...«

Charles hatte seinen finsteren Gesichtsausdruck. Nicht den von der wütenden Art, sondern den, der bedeutete, daß er nachdachte. Er sagte: »Ja, es gibt etwas. Du hast doch die Frau gesehen, die bei mir war, als ich in den Club kam und du gerade fortgingst?«

»Diese kleine gouvernantenhafte Person?«

»Ja. Lach nicht. Sie ist ein Privatdetektiv. Setz dich, und ich erzähle es dir. Lewis suchte sie vor vierzehn Tagen auf.«

Als sie nebeneinander auf dem Sofa saßen, wurde Stacy bewußt, daß sie keine Minute länger mehr hätte stehen können. Ihr Kopf fühlte sich völlig leer an.

»Lewis?«

Charles bestätigte: »Ich weiß, es ist unglaublich, und sie ist unglaublich. Aber es ist geschehen. Lewis suchte sie auf, weil er beunruhigt war. Er bat sie herzukommen. Sie mochte ihn nicht und kam deshalb nicht. Heute morgen erhielt sie einen Brief von ihm, in dem er sie nochmals bat zu kommen. Sie legte den Brief hin, nahm ihre Zeitung und las die Schlagzeilen. In der Zwischenzeit hatte ich auch einen Brief von Lewis gefunden. Er lag in der obersten Schublade seines Schreibtisches. Dort hieß es, Miss Silver sollte gerufen werden, falls irgend etwas passierte.«

»Charles!«

Er nickte. »Er war beunruhigt. Hatte er Vorahnungen? Ich weiß es nicht, du weißt es nicht, niemand weiß es. Er hatte durch Randal March, unseren Chief Constable, von Miss Silver gehört. Sie war seine Gouvernante.«

»So sieht sie auch aus.«

»Ich weiß. Aber sie hat Lewis beeindruckt. Sie beeindruckt einen wirklich irgendwie. Sie zeigte mir seinen Brief, und stell dir vor, sie hat ihn sogar so sehr beeindruckt, daß er ihr sagte, sie könne ihr Honorar selbst benennen. Was sagst du dazu?«

Wie er erwartet hatte, sah Stacy ihn ungläubig an. »Lewis soll ihr das angeboten haben?«

»Hat er.«

Die Tatsache, daß Lewis Brading kaum jemals einen Pfennig für etwas ausgab, das nichts mit seiner Sammlung zu tun hatte, war beiden bewußt. Sie schwiegen.

Dann fuhr Charles fort: »Sie hat etwas an sich. Nachdem ich ihr Tee angeboten und sie durch den Anbau geführt habe, bin ich selbst ein Anhänger von ihr geworden. Aber ich sage dir das alles aus folgendem Grund. Ich möchte, daß du ihr erzählst, was du auch mir erzählt hast – darüber, daß du aufgewacht bist und nachts Dinge gehört hast.«

Stacy sah ihn erschreckt an: »Charles, das kann ich nicht!«

»Warum?«

»Weil es doch nichts damit zu tun haben kann, daß Lewis Brading erschossen worden ist.«

»Warum kann es das nicht? Genau das erzählte er nämlich Miss Silver bei seinem Besuch. Er sagte, er schliefe zu fest und wache mit dem Gefühl auf, daß jemand im Anbau gewesen sei. Es war alles recht vage, aber er dachte, er sei betäubt worden. Das paßt ins Bild.«

Stacys erschreckter Gesichtsausdruck wich einer Miene voller Kummer. Sie meinte: »Ja, aber ... Charles, ich glaube, es ist etwas ganz anderes. Da gibt es etwas, was ich dir nicht anvertrauen kann. Es wäre, glaube ich, nicht fair.«

»In Ordnung, Liebling, sei ruhig weiter hübsch fair. *Fais se que dois, advienne que pourra* und so weiter. Laß den Mörder davonkommen, weil du nicht imstande bist, etwas wiederzugeben, was du eigentlich nicht wissen solltest! Aber du kommst doch und besuchst mich in der Todeszelle, nicht wahr? Oder dürfen geschiedene Frauen das nicht? Das müssen wir herausfinden.«

»Bitte nicht!«

Er zog die Augenbrauen hoch. »Ich würde auch lieber darauf verzichten. Aber so ist es nun mal – falls du die Tatsache übersehen haben solltest, daß ich der gegebene, erstklassige Verdächtige bin, der Polizei ist das sonnenklar. Sie ist erst in einem frühen Ermittlungsstadium, und die Beamten waren recht höflich, aber sie glauben, daß ich es getan habe. Wenn du also etwas weißt und es nicht speziell darauf abgesehen hast, mir eins auszuwischen ...«

Erregt rief sie: »Charles!«

Seine Haltung veränderte sich. »Etwas, das Miss Silver erwähnte, ist mir besonders aufgefallen. Sie sagte, die meisten Leute hätten etwas zu verbergen. Und bei einem Mordfall würde nicht nur der Mörder versuchen, etwas zu vertuschen. Du kannst dir vorstellen, wie das die Dinge kompliziert. Wenn es etwas gibt, das du weißt, etwas, das du mir nicht erzählt hast ...«

»Da war es noch nicht geschehen. Paß auf, ich werde dir erklären, was es war, dann siehst du selbst, daß es unmöglich etwas mit dem Tod von Lewis zu tun haben kann.«

»Ja, du solltest es mir besser erzählen.«

Sie saß kerzengerade in ihrer Sofaecke, die Hände lagen in ihrem Schoß. Sie trug keine Ringe. Ihren Ehering hatte sie abgelegt. Sein Blick streifte kurz den entblößten Ringfinger. Sie redete schnell und mit leiser Stimme: »Ja, ich werde es dir erzählen. Es war eine ganz andere Sache. Ich habe herausgefunden, was es ist, nachdem ich mit dir gesprochen hatte. Ich hörte das Geräusch wieder, zumindest wachte ich aus einem ziemlich fürchterlichen Traum auf und glaubte, daß es mich aufgeweckt hat. Ich stand auf und sah aus dem Fenster. Das Licht ging draußen im Glasgang an. Es brannte nicht, als ich erwachte, aber plötzlich war es an. Ich dachte, jemand sei aus dem Anbau ins Haus gekommen. Charles, das hört sich wie Unsinn an, aber dieses Gefühl hatte ich beide Male.«

Er schüttelte den Kopf. »Das Licht kann nur im Anbau ein- und ausgeschaltet werden.«

»Ich weiß. Darüber will ich gar nicht streiten. Ich erzähle dir nur, was ich gedacht habe, weil ich deshalb nämlich zur Treppe ging und hinunterschaute.«

»Und?«

»Ich sah Hester Constantine.«

»Mein armes Kind! Du warst wohl noch im Traum. Kein Wunder, daß es ein Alptraum war!«

»Charles, ich meine es ernst.«

»Du meinst also wirklich, daß du gesehen hast, wie Hester Constantine aus dem Anbau kam?«

»Ich weiß nicht, ob sie aus dem Anbau kam oder von James Moberly. Sie könnten im Arbeitszimmer gewesen sein. Er muß das Licht an- und ausgeschaltet haben – es sei denn, du könntest dir vorstellen, es war Lewis.«

»*Honi soit qui mal y pense* – ich kann es nicht. Hester Constantine! Ich glaube nicht!«

»Dann war es James Moberly. Sie sah ganz anders aus, das arme Ding – strahlend und glücklich. Und sie hatte eines von Myras Tüchern um, eine leuchtendbunt bestickte Stola. Sie – Charles, wenn jemand so aussieht, ist kein Irrtum möglich. Es ist schrecklich mitleiderregend – diese beiden armen Menschen. Myra sagt, Lewis habe James immer wie Dreck behandelt, ihm gehöre nicht einmal mehr seine eigene Seele. Sie erkannte nicht, daß es bei Hester genauso war. Wenn sie sich nun aneinanderklammerten und versuchten, ein bißchen glücklich zu sein –« Sie streckte ihm ihre Hände entgegen. »Charles, begreifst du nicht, wie grausam es wäre, wenn wir sie der Polizei übergäben?«

Er sagte: »Armer alter James!« Er fuhr fort: »Wir werden sie nicht der Polizei übergeben, wenn wir es verhindern können. Aber es wird wohl ein Showdown geben. Es hängt mehr daran, als du glaubst. Wenn James die Lichter an- und ausgeknipst hat und nachts Leute in den Anbau gelassen hat – gar nicht davon zu reden, daß er seinen Arbeitgeber betäubte –, wird er erklären müssen, worum es dabei ging, und er kann damit anfangen, es Miss Silver und mir anzuvertrauen.«

Stacy meinte: »Ich fühle mich schrecklich.«

Er nahm ihre Hände, hielt sie für einen Moment fest und ließ sie dann wieder los. »Ein schönes frauliches Gefühl, mein Liebling. Aber ich habe nicht vor, mich in Handschellen abführen zu lassen, weil ich zu feinfühlig bin, James ein paar klare Fragen zu stellen.«

Stacys Stimmung schwankte plötzlich. Zu Lilias hatte sie »Unsinn!« gesagt, und ihr war danach, wieder »Unsinn!« zu sagen, aber ein kalter Hauch von Angst streifte sie jetzt. Sie wußte nicht, wie ernst es ihm war, aber wenn es ihm überhaupt ernst war …

Charles sagte: »Ich möchte wirklich nicht wegen Mordes verhaftet werden, wenn ich es verhindern kann.« Bevor sie irgend etwas sagen konnte, meinte er: »Wir sind ein bißchen morbide, nicht? Wie war der Besuch bei Lilias?«

»In Ordnung.«

Er lachte.

»So schlimm war es? Mein armer Liebling, ich hatte gleich den Eindruck, daß du etwas mitgenommen aussiehst.«

22

Während sich Charles und Stacy in Saltings unterhielten, stieg Randal March aus dem Auto, ging in die Eingangshalle von Warne House und erkundigte sich nach Miss Maud Silver. Edna Snagge fand, daß er sehr gut aussah. Sie konnte Charles Forrest mit seinem dunklen, häßlichen Charme bewundern und ebenso einen völlig anderen Typ wie Randal March mit seinem blonden Haar, seinen blauen Augen, seinem gesunden Aussehen. Sie fand, Miss Silver könne sich wirklich glücklich schätzen, daß die beiden einer nach dem anderen zu ihr kamen, obwohl sie doch – soweit sie wußte – nichts an sich hatte, was die Männer anziehen konnte. Sie ging Miss Silver suchen und erhielt von ihr eine huldvolle Erklärung: »Mr. March? O ja, gewiß. Er ist ein alter Schüler von mir. Wie freundlich und aufmerksam, mich zu besuchen.«

Edna sagte: »Ich habe ihn in das kleine Schreibzimmer geführt. Dort sind Sie ungestört.«

Sie erhielt ein strahlendes Lächeln.

Das kleine Schreibzimmer befand sich auf der Schattenseite des Hauses. An kalten, dunklen Tagen war es verschrien als ein düsteres Loch. An einem heißen Abend wie diesem hatte es seine Vorteile, war aber nie ein beliebter Rückzugsort. Miss Silver dachte, daß hier ihre Unterhaltung wohl nicht gestört würde.

Sie traf den Chief Constable an, wie er mit dem Rücken zu einem schwarzen Marmorsims stand. Die Uhr paßte zum Kamin, wurde aber durch kleine goldene Türmchen etwas aufgelockert. Ein schattenhafter Stich, der vermutlich eine berühmte Schlacht darstellte, hob sich kaum von der Tapete ringsherum ab.

Die Begrüßung verlief äußerst herzlich, danach erkundigte sie sich nach seiner Mutter – »Ich war so besorgt, als ich hörte, daß sie sich erkältet hatte« – und seinen Schwestern Margaret und Isabel.

Heute war es schwer zu glauben, aber Randal March war ein zarter kleiner Junge gewesen, und aus diesem Grunde war er mit seinen Schwestern zu Hause erzogen und auch sehr verwöhnt worden. Nachdem er zwei Gouvernanten mit Erfolg vergrault hatte, betrachtete er Miss Silver bei ihrer Ankunft als weiteres Kanonenfutter. Der Dorfarzt hatte die Ansicht vertreten, daß es ihm schaden würde, wenn man ihm nicht seinen Willen ließe. Miss Silver hatte voller Sympathie allen Ausführungen von Mrs. March zugehört, strich sie dann aber sofort wieder aus ihren Gedanken und machte sich daran, die heitere Disziplin, die sie für gewöhnlich in ihrem Schulzimmer aufrechterhielt, auch hier einzuführen. Randal fand für seine Energie ein interessanteres Ventil als Ungezogenheit. Er entwickelte großen Respekt für scine Lehrerin, der bis zum heutigen Tag fortbestand. Obwohl sie sich selber nie gestattete, Lieblinge zu haben, und sich immer eingehend nach seinen Schwestern erkundigte, war es eine uneingestandene Tatsache, daß ihre Zuneigung zu Randal spontaneren Charakters war.

Nachdem das Vorgeplänkel vorüber war, setzte sie sich, nahm ihr Strickzeug heraus und enthüllte einen drei Zentimeter breiten Streifen aus blaßrosa Wolle, was darauf hinwies, daß ein Babyjäckchen in Arbeit war.

Randal nahm ihr gegenüber Platz und sagte: »Also?«

Sie hüstelte. »Also, Randal?«

Er lachte. »In Ordnung, ich fange an. Ich möchte gern Bradings Brief sehen.«

Sie zog ihn aus ihrem Strickbeutel – ein Umstand, den er typisch fand.

Er beugte sich vor, um ihn von ihr entgegenzunehmen und überflog die wenigen Zeilen. Danach sah er auf und fragte:

»Was meinte er mit Entwicklungen?«

»Ich habe keine Ahnung.«

Er saß stirnrunzelnd da und betrachtete den Brief einen Augenblick lang. Dann sagte er: »Sie haben ihn nur einmal gesehen?«

»Ja, das war alles.«

»Würden Sie mir erzählen, was er Ihnen sagte?«

Sie strickte schnell. Der Streifen aus blaßrosa Wolle drehte sich hin und her. Es dauerte einen Augenblick, bis sie ihm antwortete.

»Ja, ich muß nachdenken.«

Mit einer wörtlichen Genauigkeit, der er, wie er wußte, vertrauen konnte, gab sie Lewis Bradings Worte und ihre eigenen wieder. Als sie fertig war, meinte er kühl:

»Es scheint so, als habe er es herausgefordert. Wissen Sie, das sieht sehr schlecht für Moberly aus. Es paßt auch. Vielleicht möchten Sie sich ja einige Notizen machen. Hier ist eine Zeittafel der gestrigen Ereignisse bis zum Schluß.« Er griff zur Seite, um einen Bleistift und Papier von dem kleinen Schreibtischchen neben sich zu nehmen.

Das Strickzeug wurde hingelegt, der Bleistift ergriffen. Er zog ein Bündel Papier aus seinem Aktenkoffer, fischte ein Blatt heraus und meinte: »Das ist es. Brading nahm den Bus um neun Uhr dreißig nach Ledlington. Um zehn Uhr fünfzehn ging er in die Southern Bank, bat darum, zum Direktor geführt zu werden, und unterzeichnete ein Testamentsformular, was vom Bankdirektor und einem Angestellten bezeugt wurde. Er sprach davon, daß man ihm bald gratulieren könne. Eine Dame namens Maida Robinson sagte aus, er habe sie am Abend zuvor gebeten, ihn zu heiraten.«

Miss Silver nickte. »Major Forrest hat mir von Miss Robinson erzählt. Er hat mir auch eine Zeittafel gegeben, die Mr. Bradings Besucher gestern nachmittag auflistet.«

»Das klärt einiges, dann brauche ich Ihnen nur noch den Morgen zu schildern. Brading kam um elf Uhr dreißig hierher zurück. Er ging in sein Arbeitszimmer – Sie haben es gesehen, vermute ich?«

»Ja.«

»Dort hielt er sich etwa eine halbe Stunde auf. James Moberly war bei ihm. Einer der Kellner bekam einen Teil ihrer Unterhaltung mit. Er schmückte das Ganze etwas aus. Er behauptete, er wollte Brading einige Briefe bringen, die mit der zweiten Post gekommen waren, konnte sich aber nicht entschließen hineinzugehen, weil sie sich stritten. Natürlich gibt es nicht den geringsten Zweifel, daß er die erhobenen Stimmen gehört hatte und dann absichtlich lauschte. Er hat vielleicht die Tür sogar ein bißchen geöffnet, sie geht sehr leicht auf. Jedenfalls ist er bereit zu schwören, daß er hörte, wie Moberly sagte: ›Ich kann und werde das nicht länger ertragen.‹ Er sagt, Brading lachte auf eine widerliche Weise und entgegnete: ›Ich fürchte, das werden Sie müssen.‹ Moberly antwortete: ›Das werde ich nicht und damit basta!‹ Brading lachte wieder und fragte, was er denn tun wolle, und Moberly erwiderte: ›Sie werden schon sehen.‹ Danach schien dieser Kellner, Owen, wohl genug gehört zu haben, denn er klopfte und ging hinein. Er sagt, Brading saß am Tisch und Moberly stand am Fenster und sah hinaus. Moberly gibt zu, daß es eine Auseinandersetzung gegeben habe.« March legte das Blatt, von dem er vorgelesen hatte, hin und griff nach einem anderen. »Hier ist seine Aussage – alles sehr verschwommen und harmlos, wie Sie sehen werden. Er sagt: ›Ich war um elf Uhr dreißig im Arbeitszimmer, als Mr. Brading hereinkam. Ich nahm die Gelegenheit wahr, ihm zu sagen, daß ich meine Stelle kündigen wolle. Dies geschah nicht aufgrund persönlicher Unstimmigkeiten oder Unzufriedenheit auf einer Seite, sondern weil ich festgestellt habe, daß meine Gesundheit unter den unnatürlichen Lebensbedingungen, die er für notwendig erachtete, leidet. Ein großer Teil meiner Arbeit muß im Anbau erledigt werden, und ich muß auch dort schlafen. Der

Mangel an Luft und Licht beeinträchtigt meine Gesundheit. Mr. Brading war aufgebracht und sagte, er wolle mich nicht gehen lassen. Was Owen belauscht hat, ist im Kern richtig, aber wir haben uns nicht gestritten. Er war verärgert über meine Kündigung, und ich beharrte auf meinem Standpunkt. Um fünf vor zwölf ging Mr. Brading in den Anbau. Ich wartete ein oder zwei Minuten und folgte ihm dann. Ich hatte meinen eigenen Schlüssel, daher konnte ich mir selbst aufschließen. Ich konnte seine Stimme im Schlafzimmer hören. Er telefonierte, also blieb ich, wo ich war, das heißt in dem Flur, von dem sein Schlafzimmer und das Labor abgehen. Da ich am Ende des Flures war, konnte ich nicht verstehen, was er sagte. Als er auflegte, hatte ich vor, zu ihm zu gehen, aber er verlangte eine weitere Nummer. Ich konnte nicht hören, welche Nummer es war, sondern nur den Tonfall der Stimme. Ich fand, er hörte sich wütend an. Ganz am Ende des Gespräches hörte ich, wie er sagte: ›Das solltest du besser.‹ Diese Worte klangen sehr heftig. Dann legte er auf. Ich ging zu ihm und teilte ihm mit, daß ich meine Kündigung nicht zurückziehen könne, daß ich aber selbstverständlich bleiben würde, bis er einen passenden Ersatz gefunden habe. Darauf kehrte ich ins Arbeitszimmer zurück und ging von dort aus zum Lunch. Als er sein eigenes Mittagessen beendet hatte, kam er an meinen Tisch, blieb einen Augenblick stehen und sagte, ich könne den Nachmittag frei haben, da er mich nicht mehr benötige.‹«

March blickte einen Moment auf. »Offensichtlich aßen sie alle hier im Club. Ich fragte ihn, ob sie gewöhnlich an getrennten Tischen saßen, und er bejahte das, sie hätten beide unterschiedliche Zeiten und zögen es vor, unabhängig zu sein. Das Personal bestätigte dies. Also, ich mache jetzt weiter. Viel ist es nicht mehr.«

Er kam zu James Moberlys Aussage zurück. »›Ich verließ den Speisesaal ein wenig später und ging in den Anbau hinüber, um ein Buch aus meinem Zimmer zu holen. Die Stahltür war wie üblich verschlossen, und ich benutzte meinen Schlüssel, um sie zu öffnen. Als ich einige Minuten später zum Club zurückging, vergewisserte ich mich, daß sie hinter mir geschlossen war, wie ich es immer tue. Sie verriegelt sich selbsttätig, wenn sie zugezogen wird. Ich bin völlig sicher, daß ich sie verschlossen zurückließ. Ich ging ins Arbeitszimmer und verbrachte den Nachmittag mit Lesen. Ich hörte die Uhr drei schlagen. Etwa zehn Minuten später öffnete Miss Constantine die Tür. Als sie sah, daß ich allein war, kam sie herein. Wir saßen da und unterhielten uns, bis Major Forrest Alarm schlug. Wir waren die ganze Zeit zusammen. Keiner von uns hat den Raum verlassen.‹«

Miss Silver hüstelte. »Das Fenster des Arbeitszimmers geht auf den Anbau hinaus. Hast du gefragt, ob Mr. Moberly den Glasgang sehen konnte und ob er einen von Mr. Bradings Besuchern bemerkte?«

»Ja, ich habe mich danach erkundigt, aber das bringt uns nicht weiter. Er sagt, Leute kamen und gingen, aber da er las, habe er nicht besonders darauf geachtet. Die einzige Person, die er sah, war Major Constable. Er sagt, er hörte jemanden rennen, blickte auf und sah ihn im Glasgang. Er rannte aus dem Anbau und trug etwas Weißes in der Hand.«

Miss Silver strickte munter. »War Mrs. Robinsons Tasche weiß?«

»Ja, so ein großes weißes Plastikding. Sie hatte ihre Badesachen da drin. Ich denke, es ist ganz klar, daß Constable auf dem Rückweg war, nachdem er die Tasche geholt hatte, als Moberly ihn sah. Sie sagen, Forrest gab Ihnen all diese Informationen über Kommen und Gehen?«

»Ja, er war sehr hilfsbereit.«

»Also, Moberly sagte, er sah niemanden, bis Miss Constantine hereinkam, und danach haben sie sich unterhalten.«

»Was sagt Miss Constantine?«

»Daß sie bis drei Uhr bei ihrer Mutter war, in ihr Zimmer ging, um sich zurechtzumachen, und die Treppe herunterkam, gerade als Lilias Grey den Club verließ. Miss Constantine ging in das Arbeitszimmer und verbrachte die Zeit dort im Gespräch mit Mr. Moberly, genau wie er sagt.«

Miss Silvers Nadeln klapperten. »Als ich Major Forrest fragte, ob sie Freunde seien, erwiderte er, er glaube nicht, daß Miss Constantine viel Zeit für Freunde habe. Das Arbeitszimmer war Mr. Bradings Raum. Falls sie es nicht vorher wußte, konnte sie nicht erwarten, Mr. Moberly dort allein vorzufinden. Wußte sie, daß er dort allein sein würde? Galt ihr Besuch ihm oder suchte sie Mr. Brading? Es war sein Arbeitszimmer.«

March machte eine ungeduldige Bewegung. »Ist das von Bedeutung?«

Sie sah ihn milde an. »Vielleicht, Randal.«

»Sie sagen beide, daß sie zwischen drei Uhr zehn und drei Uhr dreißig zusammen waren. Es ist natürlich möglich, daß einer oder beide nicht die Wahrheit sagen. Ich würde sogar so weit gehen zu sagen, daß es für Moberly nicht besonders gut aussieht. In dem Fall könnte Miss Constantine lügen, um ihn zu beschützen, oder sie hat einfach die Zeiten durcheinandergeworfen. Sie machte mir den Eindruck einer ziemlich unsicheren Person.«

Miss Silver meinte nachdenklich: »Das wäre nicht so einfach. Die Zeit, zu der Miss Grey ging, wurde von Miss Snagge im Büro festgehalten, ebenso die Zeit von Major Forrests Ankunft zehn Minuten später. Es wäre schwierig für Miss Constantine durcheinanderzuwerfen, ob Mr. Moberly im Arbeitszimmer war, als sie dort hinkam, und während der folgenden zehn Minuten dort blieb. Ich nehme an, du willst meine Aufmerksamkeit auf die Tatsache lenken, daß Mr. Moberly während dieser Zeit die Gelegenheit gehabt hätte, in den Anbau zu gehen und Mr. Brading zu erschießen?«

March nickte. »Miss Grey zufolge lebte Brading um drei Uhr zehn noch. Laut Forrest war er um drei Uhr zwanzig tot. Miss Constantine und James Moberly waren angeblich während der zehn Minuten dazwischen im Arbeitszimmer. Edna Snagge sagt aus, daß in dieser Zeit niemand durch die Halle gegangen ist. Da Sie immer alles wissen, wissen Sie sicher auch, daß der einzige andere Raum, der von diesem kleinen Flur abgeht, das Billardzimmer, den ganzen Tag abgeschlossen war.«

Miss Silver hüstelte. »Ja, Major Forrest hat das freundlicherweise überprüft.«

»Miss Peto, die Managerin, sagt, es gebe nur einen Schlüssel, und den habe sie. Die Zimmerschlüssel sind nicht austauschbar. Ich habe sie alle ausprobiert. Es gibt keinen, der in die Billardzimmertür paßt. Wir haben also folgende Situation: Lewis Brading lebt um drei Uhr zehn und ist tot um drei Uhr zwanzig. In der Zwischenzeit hat eine von sechs Personen ihn getötet – Miss Grey, James Moberly, Miss Constantine, Charles Forrest, Edna Snagge oder er selbst. Einige von ihnen können wohl kaum ernsthaft als Mörder in Erwägung gezogen werden. Ich nehme Brading selbst als ersten. Der Tod sollte wie ein Selbstmord aussehen, aber Crisp war von Anfang an mißtrauisch – Inspector Crisp aus Ledlington, sicher erinnern Sie sich an ihn. Er ist wachsam wie ein Terrier auf der Rattenjagd, und sobald sie die Fingerabdrücke vom Revolver hatten, sagte er, damit stimmte etwas nicht. Es ist äußerst schwierig, von einer toten Hand einen natürlich wirkenden Fingerabdruck zu bekommen. Der Mörder hat es versucht, aber nicht geschafft.«

Miss Silver sagte: »Du meine Güte!«

March lachte kurz. »Lewis Brading scheidet also aus. Jetzt nehmen wir eine der unwahrscheinlichen Personen, nämlich Edna Snagge. Alle Zeitangaben hängen von ihren Beobachtungen und Aussagen ab. Sie hätte den Gang hinuntergehen können und – vorausgesetzt, Miss Grey ließ die Stahltür offen – den Anbau betreten, das Labor durchschreiten und Lewis Brading erschießen können. Es gibt nur keinen vernünftigen Grund auf der Welt, warum sie das getan haben sollte. Ich glaube nicht, daß wir sie in Erwägung zu ziehen brauchen. Sie ist ein gutes, anständiges Mädchen, das dabei ist, sich mit einem guten, anständigen jungen Mann zu verloben. Sie wurde in Bradings Testament nicht bedacht, und sie hatte nicht mehr mit ihm zu tun als irgend jemand sonst im Haus. Sie hatte kein greifbares Motiv, und ich habe sie nur erwähnt, weil es theoretisch möglich gewesen wäre, daß sie es getan hat.«

Die Nadeln klapperten. Miss Silver sagte: »Ganz genau.«

»Dann haben wir Miss Grey, die auch kein Motiv zu haben scheint. Wir haben uns mit Mr. Bradings Rechtsanwälten in Verbindung gesetzt. Sie hatte keinen Vorteil von seinem Testament. Charles Forrests Mutter adoptierte sie, als sie noch keine eigenen Kinder hatte. Bradings Mutter war eine Forrest, dann ist sie also eine Cousine, aber Sie wissen ja, wie sich solche Dinge entwickeln. Sie und Brading lebten dreißig Jahre lang praktisch Tür an Tür in einem dieser Verhältnisse, in denen weder Vertrautheit noch Meinungsverschiedenheiten herrschen – vielleicht waren sie nie so vertraut miteinander, daß es zu Meinungsverschiedenheiten kommen konnte. So etwas sieht man alle Tage. Sie kannten sich ewig, haben sich aber nie genug aus dem anderen gemacht, um sich zu streiten.«

Miss Silver hüstelte. »Eine hervorragende Beschreibung.«

Er lächelte. »Ein Lob aus so berufenem Munde! Also, so weit zu Miss Grey.« Er beugte sich nach vorn, sein Gebaren veränderte sich leicht, und er sagte: »Dann ist da Forrest. Crisp ist ziemlich scharf auf Forrest. Ein sehr eifriger Kerl, dieser Crisp. Er weist darauf hin, daß Forrest ein unzweifelhaftes Motiv hat. Die Finanzen der Forrests sind in Schwierigkeiten geraten, wie bei den meisten Grundbesitzern. Charles ist es gelungen, sich über Wasser zu halten und seine Raten zu zahlen, indem er sein Haus in Wohnungen aufgeteilt und es stückweise vermietet hat. Bradings Vater hat im Handel einen Haufen Geld gemacht. Einiges davon liegt in der Sammlung fest, aber es ist noch eine ganze Menge übrig, und nach dem ursprünglichen Testament bekommt Charles das ganze Geld. Bradings geplante Hochzeit und das neue Testament waren ohne Zweifel ein übler Mißklang. Crisp weist voller Triumph auf das Offensichtliche hin: Brading wurde erschossen, sobald er sich verlobt hatte und sein Testament änderte. Und das neue Testament wurde vernichtet. Er hält das für schlüssig. Ich würde nicht so weit gehen, aber – nun ja – einige Umstände sind verdächtig. Und dann taucht aus dem Blauen heraus diese Geschichte mit Moberlys Vergangenheit auf. Das gibt auch ihm ein Motiv. Crisp wird das natürlich nicht gefallen – das Geldmotiv ist so offensichtlich und einfach.«

Miss Silver zitierte ihren Lieblingsdichter Lord Tennyson: »Und gieren nach Besitz im Geiste Kains.«

»Genau, aber wir sind nicht alle wie Kain. Ein normaler Mensch gerät nicht aus dem Gleichgewicht und begeht einen Mord, weil sein Cousin ans Heiraten denkt. Ich muß zugeben, daß ich Moberlys Motiv für viel stärker halte. Brading hat ihn im Grunde genommen erpreßt. Jahrelang versuchte Moberly von ihm wegzukommen, aber er wurde zum Bleiben gezwungen. Es ist nicht gut, an seine Vergangenheit gefesselt zu sein, mit jemandem zusammenzuleben, der alles darüber weiß und keine Skrupel hat, sein Wissen zu benutzen. Das ist ein starkes Motiv. Ob es stark genug ist, hängt von Dingen wie Moberlys Temperament und Charakter ab und welchen Anreiz er hatte, auszubrechen und neu anzufangen. Ich muß Ihnen offen sagen, daß es meiner Meinung nach Moberly oder Forrest war, wobei die Wahrscheinlichkeit in beiden Fällen gleich groß ist.«

Miss Silver hüstelte. »Major Forrest erklärt mit großem Nachdruck, daß Mr. Moberly keiner Fliege etwas zuleide tun könnte – ich benutze seine eigenen Worte. Er war sich der Tatsache bewußt, daß Mr. Brading etwas gegen ihn in der Hand hatte, und wußte auch, worum es sich handelte. Aber er hätte, glaube ich, nichts gesagt, wenn ich ihm nicht berichtet hätte, was Mr. Brading mir erzählt hatte. Er ist, denke ich, wirklich überzeugt, daß Mr. Moberly nichts mit dem Tod seines Cousins zu tun hat.«

March lachte. »Das wäre er auch, wenn er ihn selbst erschossen hätte. Er könnte ihn erschossen haben und trotzdem nicht wollen, daß ein Unschuldiger dafür gehängt wird. Ich glaube, daß es sich zwischen den beiden die Waage hält. Aber es gibt etwas, das die Waagschale vielleicht auf Forrests Seite herunterdrückt.«

Sie blickte ihn über ihr Strickzeug hinweg an. »Die Vernichtung des Testamentes?«

Er nickte. »Forrest hatte das größte Interesse daran – sogar das einzige offensichtliche Interesse. Aber wenn wir Feinheiten mitbedenken, mag auch Moberly einen Grund gehabt haben, das Testament zu verbrennen. Er könnte zum Beispiel auf Hilfe oder Unterstützung von Forrest gehofft haben, der immer freundlich zu ihm war, wogegen er von Maida Robinson nichts zu erwarten hatte. Das ist keine großartige Theorie, das gebe ich zu, aber ein wohlhabender Charles hätte etwas für ihn tun können.«

»Das ist wahr.«

»Das sind fünf von sechs Leuten. Die letzte ist Miss Constantine. Ich glaube kaum, daß sie eine Hauptverdächtige ist. Sie könnte vielleicht Moberly decken. Im Augenblick gibt es dafür kein Motiv, aber man weiß ja nie. Falls sie wirklich die Wahrheit sagt, wenn sie behauptet, sie und Moberly seien während der alles entscheidenden zehn Minuten zusammen im Arbeitszimmer gewesen, also dann ist Moberly aus allem heraus, und Charles Forrest bleibt übrig. Wir müssen eben weiterwühlen und sehen, was herauskommt.«

»Aus der Sammlung fehlt nichts?«

»Nein, alles ist in Bradings eigener Handschrift katalogisiert. Wir haben es zusammen mit Moberly und Forrest kontrolliert. Nichts fehlt.« Er hielt einen Moment inne und fuhr dann langsamer fort: »In der geöffneten zweiten Schublade des Schreibtisches lag eine Diamantbrosche – ein sehr schönes Stück, fünf große Diamanten in einer Reihe. Sagt Ihnen das etwas?«

»Sind Fingerabdrücke darauf?«

»Nein, da ist ja nicht viel Oberfläche.«

Sie wurde nachdenklich. »Wenn er sich gerade mit Mrs. Robinson verlobt hatte, wollte er sie ihr vielleicht schenken.«

Randals Gesicht verzog sich voller Abscheu. »Ein ziemlich seltsames Geschenk, aber Brading war auch ein seltsamer Mensch. Die Brosche ist wertvoll, aber unangenehme Erinnerungen sind damit verknüpft. Man sollte es kaum glauben ...« Er zuckte leicht mit den Achseln. »Im Katalog ist sie aufgeführt als ›Marziali-Brosche – fünf Brillanten von je vier Karat‹, weiter heißt es: ›Guilia Marziali trug sie, als ihr Ehemann sie und ihren Geliebten am 8. August 1820 erstach.‹

Miss Silver hüstelte. »Mr. Bradings Geschmack war wirklich äußerst morbide.«

Ihre Nadeln klapperten. Der rosa Streifen war beträchtlich gewachsen. Sie fragte: »Ich nehme an, du hast einen Bericht über die Fingerabdrücke erhalten. Kann man ihm irgend etwas Interessantes entnehmen?«

»Haben Sie damit gerechnet?«

»Offen gestanden, nein, Randal.«

Er lachte. »Sie haben recht. Brading hatte am Vorabend einige Leute eingeladen, seine Sammlung zu betrachten. Anwesend waren Myra Constantine und ihre zwei Töchter, Charles Forrest, Lilias Grey, Major Constable, Maida Robinson, ein

Ehepaar Brown – harmlose Leute ohne jegliches Interesse an Brading, die einwandfreie Alibis für die Zeit des Mordes haben –, Brading selbst, Moberly und ein Mädchen, das mit Charles Forrest verheiratet war und sich jetzt wieder Stacy Mainwaring nennt. Ich nehme an, Sie haben von ihr gehört?«

»Ich habe sie kennengelernt.«

»Scheint ein nettes Mädchen zu sein. Um die Scheidung scheint es keinerlei Skandal gegeben zu haben. Sie haben sich einfach getrennt und sind jetzt ganz gute Freunde.«

»Das erzählte Major Forrest mir.«

»Sie war jedenfalls auch mit dabei. Natürlich sind jedermanns Fingerabdrücke überall.«

»Aber nicht im Labor, vermute ich.«

»Nein, aber die meisten berührten die Stahltür, als sie kamen oder gingen, und Tisch und Stühle im großen Raum sind voller Fingerabdrücke von allen. Man kann genau sagen, wer wo saß. Aber das wußten wir bereits. Brading nahm sein Zeug heraus und ließ sie alle um den Tisch Platz nehmen, damit jeder die Juwelen sehen konnte.«

Miss Silver hüstelte. »Wie steht es mit den anderen Räumen? Wie ist es mit dem Labor?«

Er beantwortete die erste Frage auch zuerst.

»In den anderen Räumen sind nur Bradings Fingerabdrücke, Moberlys und die der Putzfrau. Im Labor sind überall die von Brading und Moberly. Constables sind hinten auf dem Stuhl, auf dem nach ihrer Aussage Maida Robinson gesessen hat. Er stand auf der anderen Seite des Schreibtisches Brading gegenüber. Es erscheint ganz natürlich, daß sie dort gesessen hat. Sie sagt, sie vergaß ihre Tasche dort, und da sie auf jener Seite des Tisches lag, ist es sehr wahrscheinlich, daß Constable sich am Stuhl festhielt, um sich nach der Tasche zu bücken. Das ist sein einziger Fingerabdruck. Von Maida Robinson sind keine da und von Lilias Grey auch nicht. Ein Fingerabdruck von Forrests rechter Hand war auf der Schreibtischplatte auf der Rückseite. Er sagt, als er hereinkam, hätte er erst dort gestanden und sich nach vorn gebeugt, um sich zu vergewissern, daß Brading tot war, bevor er um den Schreibtisch herumging und ihn berührte. Auf der Rücklehne von Bradings Stuhl ist ein Abdruck von Forrests linker Hand; einige Abdrücke seiner Rechten sind an der Ecke des Tisches ungefähr dort, wo Bradings Kopf gelegen hatte. Das ist alles.«

»Keine Abdrücke an der Tür?«

»Bradings und Moberlys.«

»Keine von Mrs. Robinson?«

»Nein.«

»Dann muß sie offen gewesen sein, als sie hereinkam.«

»Das ist sehr wahrscheinlich. Er erwartete sie, und Edna Snagge rief ihn vom Büro aus an, um ihm mitzuteilen, daß sie auf dem Weg zu ihm war. Er kam, öffnete ihr die Stahltür und nahm sie mit ins Labor.«

»Waren keine Fingerabdrücke auf dem Aschenbecher, in dem das Testament verbrannt worden ist?«

»Forrest hat Ihnen davon erzählt? Nein, darauf waren keine Abdrücke.«

»Oder auf dem Griff der Schublade, in der er die Waffe aufbewahrte?«

»Nur seine eigenen.«

»Und die Abdrücke auf dem Revolver?«

»Wurden nach seinem Tod gemacht.«

23

Nicht sehr lange, nachdem Randal March sich verabschiedet hatte, fuhr Charles Forrest mit seinem Wagen in Warne House vor. Er und Stacy Mainwaring stiegen aus. Das war alles sehr interessant für Edna Snagge, deren Dienst gerade zu Ende ging. Sie fragte sich, wie das wohl wäre – jemanden zu heiraten, ihn zu verlassen und dann wiederzutreffen, als ob nichts geschehen sei.

Charles führte Stacy ins Arbeitszimmer und ging, um Miss Silver zu suchen. Er fand sie im Schreibzimmer, wo sie am Fenster saß, die kühle Brise genoß und über ihr Gespräch mit dem Chief Constable nachdachte.

Er kam herein und sagte: »Stacy möchte Sie sehen. Das heißt, das ist vielleicht etwas viel gesagt – es gibt etwas, was sie Ihnen meiner Meinung nach berichten sollte.«

Ihn beeindruckte, daß sie ihm keine Fragen stellte, sondern einfach sagte: »Ich bin sehr erfreut, mir alles anhören zu dürfen, was Miss Mainwaring zu sagen hat«, und ihn ohne weitere Umstände ins Arbeitszimmer begleitete.

Stacy, die am Fenster stand, fühlte sich an Unterredungen mit ihrer Schulleiterin erinnert. Ihre Hände waren genauso feucht, sie fühlte sich genauso hohl und leer. Aber dann lächelte Miss Silver sie an, und alles wurde ganz anders. Charles war verschwunden, was die Dinge irgendwie einfacher machte, und als sie sich hinsetzten und Miss Silver ihr Strickzeug herausholte, war es im Arbeitszimmer beinahe gemütlich.

Zu ihrer eigenen Überraschung begann Stacy: »Es gibt etwas ... Charles meint, ich sollte Ihnen davon erzählen ... aber ich weiß nicht ...«

Miss Silver holte ein Knäuel blaßrosa Wolle hervor und wickelte ein Stück ab, damit das Garn nicht an den Nadeln zerrte. Sie fragte: »Haben Sie Angst, jemanden zu verletzen?«

Dankbar sah Stacy sie an. »Ja.« Nach einer Pause fuhr sie fort: »Es könnte sie schrecklich verletzen.«

Miss Silver hüstelte. »Was Sie zu erzählen haben, steht in Verbindung mit Mr. Bradings Tod?«

»Ich weiß nicht ... vielleicht ... Charles glaubt ...«

Miss Silver blickte sie freundlich an. »In einem Mordfall

müssen private Gefühle und Zurückhaltung sehr oft geopfert werden. Wenn Sie etwas wissen, dann sollten Sie, glaube ich, sprechen. Was nicht mit dem Mord zusammenhängt, braucht ja nicht weiterzugehen. Aber vielleicht sind Sie nicht in der Lage zu beurteilen, was ein wichtiger Beweis ist oder sein könnte – und Beweismaterial zurückzuhalten, könnte einen Unschuldigen in den Fall verwickeln.«

Stacy sagte: »Charles ...«, und hielt dann inne. Ihr Blick wanderte von den klappernden Nadeln zu Miss Silvers Gesicht. Ein außerordentliches Gefühl der Sicherheit und Erleichterung überkam sie. Sie erzählte Miss Silver, wie das Licht im Glasgang eingeschaltet wurde, daß sie das Klicken der Tür hörte und beobachtete, wie Hester Constantine in die Stola ihrer Mutter gehüllt durch die Halle kam.

Miss Silver strickte und hörte zu. Schließlich sagte sie: »Major Forrest hatte recht. Das durften Sie nicht verschweigen.«

Stacy meinte: »Die beiden tun mir so leid. Ich glaube nicht, daß sie jemals etwas für sich hatten.«

Miss Silver hüstelte. »Bitte beunruhigen Sie sich nicht. Falls das, was Sie beobachtet haben, nichts mit Mr. Bradings Tod zu tun hat, ist und bleibt es ihre Privatangelegenheit. Und jetzt würden Sie mich vielleicht gern wieder verlassen. Major Forrest sagte, er wollte uns einige Minuten geben und dann Mr. Moberly hierher bringen. Sie möchten ihm vielleicht nicht ...«

Stacy unterbrach sie: »O nein«, und lief davon.

Wenig später kam James Moberly herein, Charles Forrest war hinter ihm. Als Miss Silvers Funktion erklärt wurde, zeigte Moberly keinerlei Überraschung über ihre Anwesenheit. Alles war so verwirrend geworden, so kompliziert, so voller unerfreulicher Möglichkeiten, daß er nicht länger auf Geborgenheit oder Sicherheit hoffte. Die Polizei oder Privatdetektive, Inspector Crisp oder eine ältere Dame, die blaßrosa Wolle verstrickte – das schien ihm alles nichts mehr auszumachen, da er nur noch den völligen Untergang vor sich sah.

Als Charles sagte: »Setz dich, James. Ich glaube, du hast Miss Silver bereits kennengelernt«, nahm er Platz, obwohl er lieber stehen geblieben wäre. Jetzt saßen alle drei, und noch hatte niemand etwas gesagt, das von Bedeutung gewesen wäre. Bald würden sie anfangen. Er vermutete, daß es wieder dasselbe sein würde. In dumpfer Trübsal saß er da und wartete.

Stirnrunzelnd sah Charles ihn an. »Sieh mal, James, ich hoffe, es macht dir nichts aus – um unserer aller willen müssen wir tun, was wir können, um dieser Geschichte auf den Grund zu gehen. Wie ich dir gesagt habe, ist Miss Silver hier, weil sie Privatdetektivin ist. Lewis suchte sie vor vierzehn Tagen auf.«

James Moberly warf ein: »Das hattest du mir aber nicht erzählt.«

»Nein.«

»Warum ging Mr. Brading zu einer Privatdetektivin?«

Miss Silver antwortete mit strenger Miene: »Er war beunruhigt. Er sagte, daß er mehr als einmal fester als normal geschlafen habe, und als er erwachte, hatte er den unbestimmten Eindruck, jemand sei im Anbau gewesen.«

James Moberly sah leichenblaß und zermürbt aus. Sein Gesichtsausdruck war regungslos.

Charles fragte: »Du weißt, was das bedeutet?«

Er zuckte hoffnungslos mit den Achseln. »Daß ich ihn betäubt habe? O ja. Warum sollte ich das getan haben?«

»Das sagte er nicht. Er war beunruhigt. Er bat mich, zu kommen und Nachforschungen anzustellen. Ich weigerte mich. Heute morgen erhielt ich einen Brief von ihm, in dem er mich dringend bat, meine Entscheidung zu überdenken. Abgestempelt war der Brief in Ledstow um zwei Uhr dreißig. Unmittelbar nachdem ich ihn gelesen hatte, erfuhr ich aus der Zeitung von seinem Tod. Später bat Major Forrest mich herzukommen.«

Es trat eine Pause ein. Dann meinte Charles: »Das ist alles verdammt unangenehm, besser machen wir weiter.«

Miss Silver warf ihm einen tadelnden Blick zu. »Mr. Brading argwöhnte, daß nachts jemand in den Anbau gelassen wurde. Ich muß hinzufügen, daß sein Verdacht durch bestimmte Tatsachen bestätigt wurde. Bei zwei Gelegenheiten wurde das Licht im Glasgang, das – soweit ich unterrichtet bin – die ganze Nacht brennen soll, für eine gewisse Zeit ausgeschaltet. Jemand, der aus dem Fenster blickte, bemerkte, daß der Gang dunkel war, und sah, wie das Licht wieder eingeschaltet wurde. Diese Person war durch das Klicken des Türschlosses geweckt worden. Das zweite Mal geschah dies in der Nacht vor Mr. Bradings Tod. Miss Hester Constantine wurde beobachtet, wie sie aus Richtung des Ganges kam.«

James Moberly sagte nichts. Er starrte vor sich hin.

Miss Silver fuhr fort: »Die Person, die Miss Constantine sah, war imstande, alle Einzelheiten ihres Aussehens zu beschreiben. Sie trug ein besticktes Umschlagtuch ihrer Mutter ...«

James Moberly rief: »Halt!« Aber als Stille eintrat, redete er nicht weiter, bis Miss Silver sagte: »Mr. Moberly –«

Er fuhr auf: »Was wollen Sie damit sagen? Was soll das Ganze? Was habe ich mit Miss Constantine zu tun?«

»Das müssen Sie beantworten. Was ich damit andeuten wollte, ist doch ganz klar. Vielleicht sollten wir Miss Constantine bitten, zu uns zu kommen.«

Mit schrecklicher Stimme rief er: »Nein! Bloß das nicht!«

Er starrte nicht länger Miss Silver an, sondern wandte jetzt seinen Blick Charles zu.

»Forrest –«

»Sieh mal, James, das ist jetzt weit genug gegangen. Glaubst du nicht, daß es besser wäre, reinen Tisch zu machen? Es ist eine schlichte Tatsache, daß keiner von uns seine Privatangelegenheiten für sich behalten kann. Wenn du dich mit Miss Constantine getroffen hast, hier oder im Anbau, dann würde mich das normalerweise überhaupt nichts angehen, aber siehst du denn nicht, Mann, wenn du dumm genug warst, sie in den Anbau zu holen ...«

James Moberly hob den Kopf. »Sie ist meine Frau.«

Miss Silver rief: »Du meine Güte!«

Trotzig wiederholte er seine Worte. Er hatte nicht geahnt, daß es so eine Erleichterung sein würde, sie auszusprechen.

»Sie ist meine Frau. Wir haben vor einem Monat in Ledlington geheiratet. Es gab keinen anderen Weg, uns zu treffen. Wir konnten uns kaum sehen. Du weißt doch, wie es war, Forrest. Mr. Brading wollte mich nicht gehen lassen. Aber du darfst nicht sagen, daß ich ihn betäubt habe. Das würde ich nie tun. Er hatte seine eigenen Schlaftabletten. Ich würde ihn doch nicht betäuben.«

Charles lachte. »Mein lieber James! Du hast also eine seiner eigenen Schlaftabletten in dieses abscheuliche Zeug getan, das er abends immer trank – eine gräßliche Mischung aus Malz und Kakao. Das war natürlich keine Betäubung!«

Moberly starrte wieder müde und störrisch vor sich hin. »Es war doch eine seiner eigenen Tabletten.«

Charles hob eine Hand und ließ sie wieder fallen. Er meinte: »Tja, nicht alle werden so feine Unterschiede machen. March bestimmt nicht, fürchte ich.«

Das erschöpfte Aussehen verstärkte sich. »Wirst du die Polizei darüber unterrichten?«

»Mein lieber James, was sollen wir tun – du, ich, jeder von uns? Stell dir vor, wir verschweigen das Ganze, und sie finden es selbst heraus. Schließlich kann man nicht heiraten, ohne daß eine Menge Leute davon erfahren. Wie hast du das bewerkstelligt? ... Im Standesamt in Ledlington? Na bitte, da haben wir es. Bevor dies geschehen ist, ging es niemanden etwas an, aber jetzt – also, es wird zwangsläufig herauskommen, und für dich sieht es viel besser aus, wenn du selbst mit dieser Information herausrückst. Schließlich muß es eines Tages bekannt werden.«

Moberly sagte: »Das verstehst du nicht. Wenn sie wissen, daß Hester und ich verheiratet sind, stehen wir beide unter Verdacht. Wir sagen, wir seien zusammen im Arbeitszimmer gewesen in der Zeit, nachdem Miss Grey das Hotel verließ und bevor du kamst. Zufällig stimmt das auch. Wir waren dort. Ich erzählte ihr gerade, was ich Mr. Brading vor dem Lunch gesagt und was er darauf geantwortet hatte. Sie wußte, wie sehr ich mich bemühte, ihn dazu zu bewegen, mich gehen zu lassen. Ich mußte ihr sagen, daß ich versagt hatte. Das ist die Wahrheit. Aber die Polizei wird das nicht glauben. Weil wir Mann und Frau sind, werden sie glauben, ich könnte in den Anbau gegangen sein und Mr. Brading erschossen haben, und Hester würde bestätigen, daß ich nicht weggegangen sei. Sie könnten sogar behaupten, daß sie ...« Mit einem Stöhnen brach er ab.

Miss Silver hatte sie interessiert beobachtet, ihre Hände waren mit dem Strickzeug beschäftigt, aber ihren Blicken entging keine Nuance des Gesichtsausdrucks. Jetzt hüstelte sie sanft und meinte: »Es stimmt, Mr. Moberly, daß Ihr Alibi für die Zeit des Mordes nicht mehr ganz so stark erscheint, sobald bekannt wird, daß Miss Constantine Ihre Frau ist. Aber es ist ebenso richtig, daß diese Tatsache herauskommen wird, wie Major Forrest sagt, und daß jeder weitere Versuch, sie zu verbergen, zwangsläufig Vorurteile wecken wird. Wenn Sie die reine Wahrheit sagen, wird das meiner Meinung nach auch Überzeugungskraft haben.«

Er schüttelte den Kopf und sagte, ohne sie anzuschauen: »Sie wissen nicht ...«

Charles Forrest warf ein: »Doch, sie weiß es. Lewis erzählte es ihr, als er sie vor zwei Wochen aufsuchte. Er plauderte die ganze Angelegenheit aus – schilderte ihr die Vorgeschichte, und daß ich sein Testamentsvollstrecker sei und die Anweisung erhielte, die Akte an die Polizei weiterzuleiten, falls ihm etwas zustieße.«

James Moberly ließ den Kopf in die Hände sinken. »Das ist das Ende.« Nach einer Pause sprach er weiter. »Hast du die Akte weitergeleitet?«

»Ich habe sie noch gar nicht erhalten. Er ließ sie nicht einfach herumliegen, weißt du. Sie war im Safe seines Rechtsanwalts. Jemand wird am Montag herkommen, und ich schätze, daß ich sie dann bekommen werde. Aber zur Frage, ob sie weitergereicht wird oder nicht – ich hatte das nie vor. Aber jetzt liegt die Sache nicht mehr bei mir. Lewis hat sie mir aus der Hand genommen, indem er Miss Silver aufsuchte.«

Moberly schaute auf, sein Gesicht war teilnahmslos und elend. »Miss Silver, er erzählte Ihnen davon?«

»Ja, Mr. Moberly.«

»Was? Was erzählte er Ihnen?«

»Mr. Brading informierte mich darüber, daß er etwas gegen Sie in der Hand hätte. Und er informierte mich, was das war.«

»Wer weiß es noch?«

»Der Chief Constable.«

James Moberly legte den Kopf wieder in seine Hände. Über die Knie nach vorn gebeugt verharrte er, die langen dünnen Finger fuhren durch das Haar – dunkles Haar, das ihm über die Schläfen fiel, Finger mit Flecken aus dem Labor, in dem Lewis Brading gestorben war. Plötzlich machte er ein ungeduldiges Geräusch, schob die Haare zurück und stand auf. Er wandte sich an Charles.

»Ich muß nachdenken. Ich brauche Zeit. Eine Entscheidung wie diese kann ich nicht in einer Minute treffen – sie betrifft auch meine Frau. Niemand hat bisher je auf sie Rücksicht genommen, aber ich werde das tun. Ich möchte niemanden im Stich lassen, aber ich brauche Zeit zum Überlegen – das mußt du verstehen.«

Charles betrachtete ihn neugierig.

»Niemand versucht, dich zu hetzen.«

Moberly schien das nicht zu hören. Er wiederholte diesmal

heftiger: »Ich brauche Zeit! Es ist ja nicht so, als ob ich nur an mich selbst denken müßte. Du bist mein Freund. Wenn es nur um mich ginge – aber das tut es nicht. Ich muß an Hester denken. Ich kann sie nicht kampflos im Stich lassen. Das mußt du einsehen.«

Charles nickte. Er sagte: »Laß dir so viel Zeit, wie du möchtest«, und sah zu, wie Moberly zur Tür ging und sie mit einem Ruck öffnete.

Einen Moment stand er dort, halb umgewandt, als ob er noch etwas zu sagen hätte, aber schließlich ging er hinaus und ließ die Tür offen. Charles stand auf und schloß sie. Dann kam er zurück und setzte sich auf die Ecke des Schreibtisches.

»Er ist zum Anbau gegangen. Die Tür zum Glasgang klickt, genau wie Stacy gesagt hat. Haben Sie es bemerkt?«

»Ja, Major Forrest.«

Er trommelte mit den Fingern auf den Tisch und sagte: »Armer Teufel! Sie werden ihr Beweismaterial gegen ihn zusammentragen. Er hat eine Vergangenheit. Er hat ein Motiv. Er betäubt seinen Arbeitgeber – denn ich befürchte, die Polizei wird es so nennen. Er heiratet klammheimlich. Und sein Alibi ist jetzt eher dürftig. Trotzdem hat er Lewis nicht getötet.«

Miss Silver sah ihn fragend an: »Warum glauben Sie das, Major Forrest?«

Charles lächelte sie charmant an. »Weil ich darauf wette, daß er glaubt, ich hätte es getan.«

24

Am nächsten Tag, einem Sonntag, besuchte Miss Silver den Morgengottesdienst in der kleinen Kirche, die mitten im Dorf Warne stand – sehr klein, zusammengekauert, alt, mit einem Friedhof rundherum. Seit siebenhundert Jahren stand sie jetzt dort, und einige der Ecksteine waren so alt, daß sie schon lange zerbröselt wären, würden sie nicht von Moos und Flechten zusammengehalten. Drinnen trat ein kleines Mädchen die Blasebälge der altmodischen Orgel, und ein älteres Mädchen holperte durch die Lieder und Hymnen unter den Augen der versammelten Gemeinde, in der sie aufgewachsen war. Alle wußten, daß sie die Lehrerin vertrat, die in Urlaub war. Das Mädchen war pummelig, nervös und nicht älter als siebzehn. Sie wurde rot und röter im Gesicht. Kein freundlicher Vorhang kam dazwischen, um zu verhindern, daß die Gläubigen dies sahen. Aber im großen und ganzen würde das Urteil sicher lauten, daß Doris ihre Sache nicht schlecht gemacht hatte.

Miss Silver fand den Gottesdienst sehr erholsam. Niemand in Warne hatte eine besondere Stimme, aber alle sangen aus vollem Herzen. Die Predigt wurde von einem alten Mann im Plauderton gehalten. Sein Vortrag war von langen träumerischen Pausen durchsetzt, während derer er seine Gemeinde, von der nicht wenige Mitglieder in einen sanften Sabbatschlummer gefallen waren, freundlich betrachtete. All dies war himmelweit entfernt von Mord. Als jedoch alle in den Augustsonnenschein traten, war der Fall Brading allgegenwärtig – er wurde diskutiert, beklagt, betuschelt: »Sie sagen« – »Meine Annie sagt« – »Aus London ist ein Detektiv gekommen« – »Ich persönlich hatte nichts gegen Mr. Brading« – »Also, ich war schon immer der Auffassung, daß diese Sammlung das reinste Gruselkabinett ist« ...

Miss Silver hatte ein sehr scharfes Gehör. Sie schnappte diese und ähnliche Gesprächsfetzen auf, als sie den mit Kopfstein gepflasterten Weg zum überdachten Friedhofstor hinunterging, das zur Dorfstraße führte. Sie war gerade in seinem Schatten, als schnelle Schritte hinter ihr laut wurden und eine muntere Stimme fragte: »Sind Sie Charles Forrests Detektivin?«

Mit einiger Würde drehte sich Miss Silver um. Sie war nicht

groß, strahlte aber Autorität aus – sie konnte Leute beeindrucken.

Nicht aber Theodosia Dale, die in der sengenden Sonne dastand mit ihren dicken Schnürschuhen, dem stahlgrauen Tweedkostüm und dem schwarzen Filzhut und ihre Frage wiederholte: »Sind Sie Charles Forrests Detektivin?«

»Ich heiße Maud Silver. Ich bin eine private Ermittlerin.«

Theodosia nickte. »Das habe ich mir gedacht. Sie wohnen in Warne House. Wir können zusammen hingehen. Ich esse dort zu Mittag.«

Sie gingen auf die Straße. Es war extrem heiß, aber auf Miss Dales Haut zeigte sich keine Spur von Feuchtigkeit. Lewis Brading war ermordet worden, doch sie schien auch davon nicht berührt zu sein. Falls jemand ihr interessierte Blicke zuwarf, konnte er keine Veränderung bei ihr entdecken. Sie war Miss Dossie und sie sah immer gleich aus, sommers wie winters. Auch jetzt sah sie nicht anders aus. Sie marschierte neben Miss Silver her und fragte: »Sie untersuchen Lewis Bradings Tod? Ich hätte gedacht, das sei Aufgabe der Polizei. Egal – ich wage zu behaupten, daß sie sehr inkompetent ist – wie Männer das gewöhnlich sind. Ich höre, es war kein Selbstmord. Niemand hätte mich je dazu bewegen können, das zu glauben. Lewis war nicht so einer. Wenn er etwas wollte, war er dahinter her, bis er es hatte. Er hätte sich nie selbst das Leben genommen. Wie denken Sie über das alles?«

Miss Silver hüstelte. »Ich möchte dazu keine Meinung äußern«, erwiderte sie sanft.

Theodosia nickte. »Mein Name ist Dale – Miss Dale – Theodosia. Meine Freunde nennen mich Dossie. Ich wohne schon mein ganzes Leben hier und bin eine neugierige alte Jungfer. Ich könnte Ihnen nützlich sein, wissen Sie. Es gab einmal eine Zeit, in der Lewis und ich vorhatten zu heiraten. Jemand anders würde Ihnen das erzählen, wenn ich es nicht selbst täte.«

Nachdenklich antwortete Miss Silver: »Ja.« Miss Dale interessierte sie sehr. Sie wußte sicher Dinge, die vielleicht nützlich waren – oder auch verwirrend. Wenn sie schon zusammen zum Club gingen, konnte es nichts schaden, sie reden zu lassen. Wahrscheinlich wäre es sowieso äußerst schwierig, sie davon abzuhalten.

Allem Anschein nach hatte Miss Dale sehr entschiedene Ansichten. »Ich habe Lewis immer gesagt, daß diese Sammlung noch einmal sein Tod sein würde – eine widerliche, morbide Idee, für die er sich schämen sollte. Ich bin noch einmal davongekommen, als ich Verstand genug hatte, die Verlobung zu lösen. Jeder dachte, ich sei verrückt, aber ich wußte, was ich tat. Wer hat ihn getötet?«

»Was glauben Sie denn, wer ihn getötet hat, Miss Dale? Ich bin sicher, daß Sie eine Meinung haben.«

Theodosia schüttelte ungeduldig den Kopf. »Ich wünschte, es wäre so, das ist aber nicht der Fall. Ich kann Ihnen nur sagen, wer es nicht war – Charles Forrest.«

»Wie kommen Sie darauf?«

»Das ist nicht seine Art. Ich kenne Charles seit seiner Geburt. Er hat eine gute Veranlagung. Und noch etwas. Er hat einen starken Familiensinn. Er mochte Lewis nicht, aber er hegte familiäre Empfindungen für ihn. Er hätte sich ein Bein ausgerissen, um ihm in einem Notfall zu helfen. Dasselbe gilt für Lilias Grey. Eine schrecklich ermüdende Person, aber weil seine Mutter sie adoptiert hat, gibt Charles ihr eine Wohnung und versorgt sie mit einem Einkommen, als sei sie seine leibliche Schwester – das ist mehr, als viele Brüder tun würden. Nehmen Sie zum Beispiel diesen unterdrückten Sekretär von Lewis – niemand hätte sich um ihn gekümmert oder ihn wie ein menschliches Wesen behandelt, wenn Charles nicht gewesen wäre. Verstehen Sie, was ich meine, solche Leute werden nicht zum Mörder. Aber ich würde mich nicht wundern, wenn dieser gräßliche Inspector aus Ledlington es versuchen würde, ihm diesen Fall anzuhängen. Das wäre ganz seine Art. Er und

Charles hatten eine Auseinandersetzung wegen einer Geschwindigkeitsbegrenzung. Charles war eingesperrt worden und bekam eine Geldstrafe. Wirklich übel. Crisp ist ein richtiger Wichtigtuer. Übrigens, es gibt etwas, das Sie mir sagen könnten – über den Revolver. Lewis wurde doch mit einem Revolver erschossen, nicht wahr? Wissen Sie, ob es der war, den Charles ihm gegeben hatte?«

»Ich glaube schon.«

»Also, das können Sie genau herausfinden. Das ist eines der Dinge, die ich Ihnen sagen wollte. Die sollen nicht glauben, daß sie Charles da hineinziehen können, weil der Revolver ihm gehörte. Er hatte nämlich ein Paar, und als er Lewis vor etwa sechs Monaten einen davon gab, ritzte er dessen Initialen ein – L. B. Lewis zeigte sie mir – darauf kann ich schwören. Sehen Sie, sie können Charles nicht wegen des Revolvers hineinziehen.«

Miss Silver sagte: »Danke, Miss Dale. Das ist sehr interessant.«

Sie kamen zum Tor von Warne House.

25

Es stellte sich heraus, daß Miss Dale mit Myra Constantine und ihren Töchtern zu Mittag aß. Als Privatperson hätte Miss Silver sicherlich nie die Einladung einer Frau angenommen, die selbst nur Gast war, aber in ihrer Eigenschaft als Detektivin leistete sie keinerlei Widerstand, als Theodosia sie Myra, Lady Minstrell und Hester Constantine vorstellte und danach einfach sagte: »Bitte sie doch, mit uns zu essen, Myra. Es ist zu deprimierend, allein zu essen, nach allem, was passiert ist.«

Miss Silver wurde zwischen Mrs. Constantine in einem gigantischen geblümten Kleid mit leuchtenden Mohn- und

Kornblumen und die blasse, widerstrebende Hester gesetzt, die ihr einen Blick zuwarf wie ein nervöses Pferd, bevor es scheut, und dann auf ihren Teller niederblickte.

James Moberly saß wie immer allein an dem kleinen Tisch bei der Tür. Er und Hester sahen sich nicht an. Jeder der beiden spürte, wie das Elend des anderen, die Furcht des anderen an ihm zerrte. Der Raum war fast leer. Mr. und Mrs. Brown waren eilends abgereist. Die Golfer waren den Tag über unterwegs. Gäste, die über das Wochenende hatten kommen wollen, hatten ihre Buchungen rückgängig gemacht.

Miss Silver war mit kaltem Lachs einverstanden und befand sich bald in einer Unterhaltung mit Myra Constantine.

»Eine schockierende Angelegenheit. Ich hoffe, Sie finden heraus, wer es getan hat, bevor der Club ruiniert ist. Lewis hatte Anteile daran, und ich besitze auch einige. Einfach lächerlich, daß Leute dem Club jetzt die kalte Schulter zeigen. Es ist ja nicht einmal hier passiert. Ich habe Lewis immer gesagt, seine Sammlung gehört in ein Museum, aber er wollte ja nicht hören ...« Sie brach ab, um dem Kellner zuzurufen: »André – etwas von dieser Mayonnaise!«

»Madame ...«

Ihr wurde eine silberne Saucière vorgesetzt. Myra redete weiter.

»Ihr seid knickerig damit, nicht wahr? Dabei sollte es doch langsam jeder besser wissen. Was hat man schon von Lachs ohne reichlich Sauce?« Sie tat sich üppig auf und wandte sich wieder Miss Silver zu. »Das trifft auf alles zu, nicht wahr? Lachs oder das Leben – auf die Sauce kommt es an, und ich mag reichlich davon.« Sie rief über den Tisch: »Na, Miss Mainwaring, jetzt nehmen Sie sich eine ordentliche Portion, und essen Sie! Kein Herumgestochere mit der Gabel! Ich möchte nicht, daß Charles sagt, wir hätten Sie herkommen und dann hungern lassen. Dadurch, daß man nichts ißt, macht man nichts besser. Und was ich Miss Mainwaring sage – zum

Kuckuck, ich kann einfach nicht weitermachen mit diesem Miss-Getue, meine Liebe, es muß Stacy sein und fertig. Was ich dir sage, gilt auch für Hester – sie ißt nicht genug, um eine Fliege am Leben zu halten. Und was das für einen Nutzen haben soll, zu hungern und sich krank zu machen, geht über mein Verständnis. Ganz gleich, was passiert, wir müssen essen, und wenn du dir nichts aus Fisch machst, Het, dann gibt es auch kalten Schinken und Salat, aber das eine oder andere wirst du nehmen, und kein Theater deswegen! André – etwas Schinken für Miss Constantine!«

Hester Constantine hatte überhaupt nichts gesagt. Ein wenig matte Farbe stieg ihr ins Gesicht und verschwand wieder. Als der Schinken gebracht wurde, schnitt sie ihn in sehr kleine Stücke und schob sie unter den Salat.

Miss Silver bemerkte im Plauderton, daß viele Leute an so einem heißen Tag sehr wenig Appetit hätten. Myra spießte eine Scheibe Gurke auf, fügte Salat, Kartoffel und Wasserkresse hinzu, türmte das Ganze auf ein großes Stück Lachs und beförderte es geschickt in ihren Mund.

»Gott sei Dank war ich immer in der Lage, mein Essen zu mir zu nehmen«, meinte sie. »Macht einen Riesenunterschied, wissen Sie. Als ich ein heranwachsendes Mädchen war, hatte ich nicht genug zu essen. Sie würden nicht glauben, wie hungrig ich immer war, und ich mußte zusehen, wie die anderen Mädchen mit ihren jungen Männern zum Essen gingen. Niemand sah mich an – ich war zu häßlich. Und dann –« Sie hob ein Glas mit Wasser und trank in gewaltigen Schlucken. »Dann war ich immer noch häßlich, aber sie begannen mich anzuschauen, und ich ging mit den besten von ihnen zum Essen.«

Lady Minstrell unterbrach ihr Gespräch mit Theodosia Dale und sagte: »Aber liebe Mama!«

Myra gluckste. »Milly, meine Liebe, mach du weiter mit deinem vornehmen und kultivierten Gerede, und ich mache weiter mit meinem. Ich bin nicht vornehm und werde es nie sein. Habe mir nie etwas daraus gemacht, sonst hätte ich es genauso geschafft wie Lottie Loring, die jetzt so hochnäsig und eingebildet ist, daß sie nicht mehr mit Leuten, mit denen sie früher zu tun hatte, auf derselben Straßenseite gehen würde. André – noch ein Wasser!«

Sie wandte sich wieder Miss Silver zu. »Wenn man auf eine bestimmte Weise geschaffen ist und dann versucht, sich selbst umzudrehen, um auszusehen wie jemand anderer, wird man auf ganz fiese Weise verdreht – es geschieht etwas mit einem, so wie mit diesen Schlangenmenschen. Ich weiß das, weil ich es versucht habe. Der arme Sid – das war mein Mann – war kultiviert. Wollte sich nicht in mich verlieben, konnte aber nichts dagegen machen, falls Sie wissen, was ich meine. Und als wir verheiratet waren, war er richtig erschüttert von der Art, wie ich redete, daß ich nie ein H am Anfang eines Wortes aussprach. Also habe ich mich bemüht. Als Milly geboren wurde, wollte er einen hübschen, kultivierten Namen, also nahmen wir Millicent – nett und leicht auszusprechen. Und dann kam Hester, und er wollte einen Namen mit H, damit ich viel Übung bekam. Es war seine Idee, daß es mir in Fleisch und Blut übergehen würde, wenn ich rund um die Uhr alle paar Minuten einen Namen mit H sagen müßte. Also setzte ich mich hin und dachte nach. Ihm gefiel Hermione, aber ich sagte: ›Nein, Sid Constantine! Ich lasse mich doch nicht jedesmal, wenn ich mein eigenes Kind rufe, zur Zirkusnummer machen, das kannst du vergessen. Wenn du ein H haben willst, kannst du es haben, aber ich suche eins aus, vor dem ich mich auch drücken kann. Der Name ist Hester, und wenn ich das H vergesse, weil ich nicht dran denke, dann ist Ester auch ein guter Name – in der Bibel und so, da kannst du gar nichts sagen.‹« Sie lachte tief. »Er war verärgert, aber er hatte nichts zu sagen, darauf habe ich geachtet. Und es war eine gute Übung für mich. Meine Hs kamen so sicher und regelmäßig, daß ich sie Het rufen konnte, bevor sie zwei Jahre alt war, nur war es zu dem Zeitpunkt eigentlich schon egal, weil der arme Sid schon nicht mehr da war.« Sie nahm eine riesige Portion Dessert und rief Stacy über den Tisch zu:

»Kommt Charles heute nachmittag?«

Stacy antwortete: »Ich weiß es nicht.« Sie registrierte verärgert, daß ihr unter Theodosia Dales Augen das Blut ins Gesicht stieg.

»Tja, er und dieser Major Constable müssen doch irgendwo essen. Sie hätten genausogut herkommen und unter Freunden essen können – falls sie nicht oben in Saltings mit Lilias essen. Oder mit Mrs. Robinson. Ich glaube, daß sie genausowenig allein gelassen werden möchte wie die meisten von uns, wenn etwas schiefläuft. Seltsame Idee, Leute allein zu lassen, wenn sie in Schwierigkeiten sind.«

Miss Silver hüstelte leise.

»Manche Leute ziehen das wirklich vor, Mrs. Constantine.«

Myra schüttelte den Kopf.

»Kann ich nicht verstehen. Wenn etwas schiefläuft, braucht man seine Freunde. Und genau dann findet man auch heraus, was für Freunde man hat. Als der arme Sid starb und ich mit zwei Kindern dastand und nicht einmal genug Geld hatte für eine anständige Beerdigung, glauben Sie, da hätte ich meine Freunde nicht gebraucht? Oder herausgefunden, welche die echten waren und welche nicht? Da war ein Mann, von dem ich gar nichts hielt – einer von diesen affigen, hochnäsigen Typen – er schickte mir zwanzig Pfund und wollte nichts dafür, was man nicht von jedem sagen kann.«

Kurz danach wurde Miss Silver zum Telefon gerufen. Randal Marchs Stimme drang an ihr Ohr.

»Es tut mir leid, Sie zu belästigen ...«

»Du belästigst mich nicht, Randal.«

»Das ist sehr nett von Ihnen. Hält sich Forrest im Club auf?«

»Ich glaube nicht.«

Am anderen Ende der Leitung war ein verärgertes Geräusch zu hören. »Ich möchte ihn unbedingt sehen. Er ist nicht in Saltings.«

»Ich glaube, er nimmt nicht dort seine Mahlzeiten ein. Dort gibt es keine entsprechenden Einrichtungen. Vielleicht wollte er heute nicht alle hier treffen. Es ist eine ziemlich große Familienfeier.«

»Ganz recht.«

Miss Silver hüstelte.

»Ich denke, er wird noch kommen. Er erwähnte zufällig, daß er sich mit Mr. Bradings Papieren beschäftigen würde.«

March sagte: »Danke schön. Ich werde vorbeischauen. Es gibt einen kleinen Punkt, über den ich ihn befragen möchte.« Er legte auf.

Charles Forrest kam um etwa drei Uhr in den Club. Er ging direkt ins Arbeitszimmer und setzte sich an den Schreibtisch.

Er war noch keine fünf Minuten dort, als Miss Silver hereinkam, kühl und adrett in ihrer grauen Kunstseide mit dem Muster aus schwarzen Punkten und kleinen malvenfarbenen Blüten. Sie trug ihre Holzperlenbrosche in Form einer Rose und die dazu passende Kette aus kleinen geschnitzten schwarzen Perlen. Da das Wetter warm war, trug sie schwarze Strümpfe aus Garn statt aus Wolle und ein neues Paar Schuhe aus Glacéleder mit Ripsschleifen.

»Ich hoffe, Major Forrest, daß ich nicht störe.«

Charles antwortete: »O nein«, in einem Ton, der »O ja« bedeutete.

»Ich werde Sie nicht lange aufhalten.«

Höflich war er aufgestanden und sah jetzt zu seiner Verärgerung, daß sie vorhatte, sich hinzusetzen. Als sie dies getan hatte, nahm er seinen eigenen Platz nicht wieder ein, sondern lehnte sich halb sitzend gegen den Tisch. Es war die Art Haltung, die nahelegt, daß man keine lange Unterhaltung erwartet. Miss Silver hatte ihren Strickbeutel am Arm. Die Tatsache, daß er dort blieb, ermutigte ihn ein wenig. Die Stricknadeln tauchten ebensowenig auf wie die rosa Wolle.

Sie sagte: »Ich bin nur hergekommen, um Sie zu informieren, daß der Chief Constable mich kurz nach dem Lunch anrief. Er wollte wissen, ob Sie im Club seien. Als ich ihm mitteilte, daß Sie später hier sein würden, sagte er, er käme vorbei und hoffe, Sie anzutreffen.«

Charles runzelte die Stirn. »Was will er denn?«

»Er sagte, einige kleine Fragen seien aufgetaucht. Er hat versucht, Sie in Saltings zu erreichen.«

Die Falten auf seiner Stirn wurden tiefer. »Ich habe Jack Constable mit nach Ledbury genommen. Das ist ein verdorbenes Wochenende für ihn, armer Kerl. Na, ja –« Seine Stimme deutete an: »Ist das alles?«

Miss Silver reagierte auf diese Andeutung. »Es gibt noch etwas, was ich erwähnen möchte. Ich bin von der Kirche zurückgekommen mit einer Miss Dale, Theodosia Dale.«

»Unsere Dossie! Dann gibt es, glaube ich, nichts mehr, was ich Ihnen noch erzählen könnte. Sie weiß alles.«

Miss Silver gestattete sich ein Lächeln. »Sie war sehr mitteilsam und ist, glaube ich, auch eine gute Freundin von Ihnen. Sie nannte mir eine Reihe von Gründen, aus denen es absurd sei, Verdacht gegen Sie zu hegen.«

Seine Augenlider senkten sich, bis Iris und Pupille nur noch ein dunkles Glitzern zwischen den Wimpern waren.

»Muß man ein sehr guter Freund sein, um zu glauben, daß ich Lewis nicht ermordet habe?«

Miss Silver hüstelte. »Es ist sehr unklug, so zu reden. Ich glaube, Miss Dale ist wirklich eine gute Freundin. Die Tatsache, daß sie so außerordentlich indiskret ist, hat dazu geführt, daß ihre Freunde, die an ihre Art zu reden gewöhnt sind, ihren Äußerungen keine große Bedeutung mehr beimessen.«

Charles entspannte sich und lächelte ironisch. »Welch

Lichtblick! Sie ist praktisch die örtliche Regenbogenpresse. Wenn Sie herumrennt und jedem erzählt, ich hätte Lewis nicht erschossen, gibt es binnen vierundzwanzig Stunden niemanden mehr, der glaubt, daß ich es war. Ist das alles, was sie sagt?«

»Keinesfalls. Sie machte eine Aussage über die Waffe. Oder ich sollte vielleicht besser sagen, sie stellte mir eine Frage darüber.«

»Ja?«

»Sie wollte wissen, ob der Revolver, der bei Mr. Bradings Leiche gefunden wurde, derjenige war, den Sie ihm gegeben hatten.«

»Er war es. Das sagte ich Ihnen, Crisp und dem Chief Constable. Und ich nehme an, Sie haben es Dossie bestätigt. Und Dossie kann hingehen und es aller Welt erzählen!«

Miss Silver hustete leicht tadelnd. »Miss Dale schien der Ansicht zu sein, daß Sie dies in Verdacht bringen könnte. Sie meinte, sie könne bezeugen, daß Sie ihm den Revolver gegeben hätten und daß ein weiterer Beweis die Tatsache sei, daß Sie die Initialen L. B. eingeritzt hätten.«

Charles nickte. »Und was soll das beweisen?« Jeder weiß, daß ich ihm den Revolver gab. Jeder weiß, daß er ihn in jener Schublade aufbewahrte. Als ich ihn fand, stand die Schublade offen und der Revolver lag neben ihm auf dem Boden. Ich verstehe nicht, was die Tatsache, daß ich ihn ihm vor über sechs Monaten gab, beweisen sollte.«

Miss Silver stimmte ihm zu: »Ich glaube nicht, daß Miss Dale sehr klar denkt.«

Während sie sprach, öffnete sich die Tür, und Randal March kam herein. Er sagte: »Guten Tag, Miss Silver. – Hallo, Forrest! Ich bin hinter Ihnen her. Ich hoffe, ich störe nicht.«

Charles antwortete: »O nein.« Er hatte sich aufgerichtet. Als March sich hingesetzt hatte, kehrte er zu seiner vorherigen sorglosen Haltung zurück.

Das Fenster stand weit offen, aber es kam keine Brise herein. Die Bücher an den Wänden ringsumher verdunkelten den Raum auf eine Weise, die an einem so heißen Tag nicht unangenehm war. Von ihnen ging ein schwacher Geruch von altem Papier und altem Leder aus, der sehr gut wahrnehmbar war, wenn man das Zimmer betrat, aber bald keine Aufmerksamkeit mehr erregte.

March kam der Gedanke, daß Brading eine Schwäche gehabt hatte für eine besonders düstere Umgebung. Er selber schätzte viel Licht und Luft. Er blickte Charles direkt an und sagte: »Wegen des Revolvers hat sich ein Punkt ergeben. Ich weiß nicht, ob Sie uns dabei überhaupt helfen können. Sie sagen, Sie hätten ihn ihm gegeben. Wissen Sie zufällig, ob er einen Waffenschein dafür besaß?«

Charles hob eine Schulter und ließ sie wieder fallen. »Ich habe nicht die geringste Ahnung. Sie können einen genauso guten Tip abgeben wie ich. Aber wenn ich raten sollte, würde ich sagen, daß es höchst unwahrscheinlich ist.«

»Können Sie mir sagen, warum?«

»Wegen der Art, wie er dachte. Einige Leute sind Pedanten, was die kleinsten Kleinigkeiten des Gesetzes anbelangt. Lewis war das genaue Gegenteil. Reglementierungen verärgerten ihn – er umging sie gern. Meiner Meinung nach hätte er argumentiert, daß es sein gutes Recht sei, seinen eigenen Revolver in seiner Wohnung zu haben, um seinen Privatbesitz zu schützen.«

»Sie glauben also nicht, daß es einen Waffenschein gab?«

»Oh, so weit würde ich nicht gehen.«

»Auf jeden Fall können wir keinen ermitteln. Wenn es einen Waffenschein gäbe, hätten wir die Waffe natürlich identifizieren können. Können Sie mir sagen, ob sie irgendwelche besonderen Kennzeichen hatte?«

Miss Silver saß da, die Hände ruhig gefaltet auf ihrem Schoß. Sie hatte ihren Strickbeutel nicht geöffnet. Sie beobachtete die Gesichter beider Männer genau. Randal war nicht an einem Sonntagnachmittag hergekommen, um Charles Forrest zu fragen, ob sein Cousin einen Waffenschein besaß. Sie schloß daraus, daß sie nicht die einzige Person war, mit der Miss Dale geredet hatte. Sie hatte das Gefühl, daß Charles ein wenig steif wurde, als er sagte: »Was meinen Sie mit besonderen Kennzeichen?«

»Genau was ich sagte. Initialen, zum Beispiel.«

Ungezwungen antwortete Charles: »Ach so, ja.«

»Welche Initialen?«

»Oh, seine eigenen – L. B.«

»Eingraviert?«

»Nein, ich habe sie in den Griff geritzt, als ich ihm den Revolver gab.«

»Da sind Sie ganz sicher?«

»Ganz sicher.«

»Weiß jemand davon?«

»Ich habe keine Ahnung. Jeder könnte es gewußt haben. Ich kann es aber von niemandem mit Bestimmtheit sagen außer ...«

»Außer wem?«

»Ich dachte an James Moberly, aber das ist auch nur eine Vermutung. Darf ich fragen, worauf das alles hinausläuft?«

»Einen Augenblick noch. Sie sagen, Sie brachten Bradings Initialen auf dem Revolver an, den sie ihm gaben. Das war einer eines Paares. Brachten Sie Ihre eigenen Initialen auf dem anderen an?«

»Nein. Ich möchte gern erfahren, was das Ganze soll.«

»Sind Sie völlig sicher, daß Sie auf Bradings Revolver seine Initialen angebracht haben?«

Charles stand auf. »Ist das jetzt der Augenblick, an dem ich sage, daß ich keine weiteren Fragen mehr beantworte außer in Gegenwart meines Anwalts?«

Ernst meinte March: »Sie müssen nicht antworten.«

Charles ging zum Fenster, drehte sich um und kam wieder zurück.

»Ich werde antworten. Natürlich bin ich sicher. Wenn Sie mir den Revolver geben, werde ich Ihnen zeigen, wo ich die Initialen angebracht habe.«

Mit unverbindlicher Stimme sagte March: »Auf dem Revolver, mit dem Brading erschossen wurde, befinden sich keine Initialen.«

Miss Silver rief: »Du meine Güte!«

26

Stacy wartete in der Halle. Sie wollte Charles sehen – unbedingt. Etwas ging vor, doch sie wußte nicht genau, was. Niemand sagte ihr etwas, aber sie spürte all die Dinge, die sie dachten, und es schien ihr, als würden diese Dinge mit jeder Stunde, die verging, immer beängstigender werden. Es war wie unter Deck eines Schiffs, das in einen Sturm geraten ist – man konnte nichts sehen, man wußte nicht, was geschah, aber man spürte die Wucht der Wellen und hörte das Tosen des Windes. Es ging etwas vor. Myras Stimme hinter verschlossenen Türen war lauter und lauter geworden und dann plötzlich verstummt. Hester war aus dem Zimmer gekommen und hatte ausgesehen wie ein Geist, auf dem jemand herumgetrampelt war. Dann war Lady Minstrell hineingegangen, und die Stimme war erneut laut geworden, bis die Wände wackelten und widerhallten. Jenseits des Ganges in ihrem eigenen Zimmer, zwei Türen und einen Gang entfernt, fühlte Stacy sich wie ein Blatt, das dem Wind ausgeliefert ist.

Als dann der Gong zum Lunch ertönte, kam Myra ohne das geringste Anzeichen von Sturm oder Erdbeben heraus – ihr Haar kräuselte sich wild, die Augen funkelten vor Vitalität, ihre Miene war lebhaft, die Stimme vibrierte vor herzlicher Zuneigung, als sie Stacy zurief: »Wir hatten ein wenig Tumult. Ich nehme an, du hast es gehört. Ich hatte schon immer eine weittragende Stimme. Ich erinnere mich, wie Mosscrop einmal sagte, ich könnte die Albert Hall füllen. Schade, daß ich nie die Chance dazu bekam. Aber es hat mir richtig Appetit gemacht auf mein Mittagessen. Niemand soll denken, daß die mich unterkriegen. Het, geh zurück und leg ein bißchen Farbe auf. Du bist nicht die Leiche und brauchst die Rolle auch nicht zu spielen. Milly, sieh zu, daß sie es auch tut! Ich kann heute gut gehen, und Miss Mainwaring hilft mir, wenn es nötig ist. Diese Geschichte werde ich durchstehen, und wer jetzt denkt, er könne mich unterkriegen – also, das haben schon andere gedacht, und die sind eines Besseren belehrt worden.«

Während des ganzen Essens fuhr sie in dieser dominanten Stimmung fort. Von Zeit zu Zeit erkundigte sie sich bei Lady Minstrell, bei der schweigsamen Hester, den zwei Kellnern, der Managerin Miss Peto, Miss Silver und Stacy, ob Charles Forrest im Club erwartet würde, und falls nicht, warum nicht und was er gerade täte? Das Telefon war bemüht worden, um eine entsprechende Information darüber aus Saltings zu erhalten, aber ohne Erfolg. Als Charles etwa um drei Uhr den Club betrat, gab es angesichts der Nachricht, daß er sich mit Miss Silver und dem Chief Constable zu einer Besprechung ins Arbeitszimmer zurückgezogen habe, einen heftigen Zornesausbruch.

Stacy, die ganz gegen ihren Willen dabeigewesen war, war glücklich, diese Gelegenheit zur Flucht ergreifen zu können.

»Mrs. Constantine, ich laufe in die Halle und fange ihn ab, sobald sie herauskommen.«

Da war sie also. Wie lange würde es dauern, bis Myra die Geduld verlor und selbst herunterkam? Sie war imstande, ins Arbeitszimmer einzudringen und Charles unter den Augen der gesamten Polizei loszueisen.

In der Halle standen jeweils zwei oder drei Stühle um kleine helle Tische. Stacy setzte sich dorthin, wo sie die Tür des Arbeitszimmers beobachten konnte. Die Länge des Flures lag in ihrem Blickfeld – der Billardraum zur Linken, das Arbeitszimmer rechts und geradeaus die Tür, die zum Glasgang führte. Sobald Charles herauskam, würde sie ihn sehen. Und falls er zurückblieb, wenn die anderen herauskamen, wäre sie in weniger als einem Augenblick bei ihm. Sie stellte sich vor, wie sie den Flur entlanglief, die Arbeitszimmertür öffnete und hineinging. Aber weiter reichte ihre Phantasie nicht.

Die Augenblicke schleppten sich dahin – wie Regentropfen auf einer Fensterscheibe, die sich unmerklich bewegten, verharrten, weiterkrochen wie Schnecken, sich mit anderen Tropfen vereinten, so das Glas hinunterglitten und nie wiederkehrten.

Als Stacy dort eine, wie es ihr schien, lange Zeit gesessen hatte, rief das Büromädchen nach ihr. Edna Snagge hatte dienstfrei – sie war blaß und pummelig. Stacy wußte nicht, wie sie hieß, aber Edna kannte ihren Namen. Über den Büroschalter hinweg rief sie: »Ein Telefongespräch für Sie, Miss Mainwaring. Sie wissen ja, wo die Kabine ist – am Ende der Halle.«

Stacy stand auf und ging hin.

Als sie in der Telefonzelle stand, konnte sie die Tür zum Arbeitszimmer nicht mehr sehen. Wenn Charles den Flur entlangging, mußte er in ihr Blickfeld kommen, nicht aber wenn er in den Anbau ging. Sie nahm den Hörer und sagte mit ziemlich atemloser Stimme: »Hallo!«

Die Frau, die ihr antwortete, hörte sich nicht sehr freundlich an. Ihr Ton ließ sie an Bombasin und Steifleinen denken. Stacy wußte nicht genau, was Bombasin war, aber die Stimme klang danach.

»Hier spricht Miss Colesfoot. Ist dort Miss Mainwaring?«

Immer noch ein wenig atemlos antwortete Stacy: »Ja.« Einen Augenblick lang war sie nicht im Bilde. Dann fiel es ihr ein. Tony hieß ja Tony Colesfoot. Miss Colesfoot war Tonys Tante, die am Donnerstagabend wegen seiner Grippe ein solches Theater veranstaltet hatte.

Die Stimme hörte sich weiter sehr förmlich an. »Ich rufe für Anthony an. Sie werden sicher froh sein zu hören, daß er eine Temperatur von 37,6 hat.«

»O ja.«

»Der Doktor sagt, er sei sehr zufrieden, und ich kann nur hoffen, daß er nicht zu optimistisch ist. Er sagt, Anthony dürfte einen ruhigen Besucher haben. Wenn Sie also nach dem Tee herkommen würden –«

Stacys Blut begann zu kochen. Tony schien einer weit entfernten Epoche anzugehören, und Miss Colesfoot gehörte nirgendwo hin.

»Es tut mir ja so leid, aber ich fürchte, ich kann es nicht einrichten –« Als sie so weit gekommen war, bekam sie Gewissensbisse, weil Tony immer glaubte, er müsse sterben, wenn ihm nur der kleine Finger weh tat. Hastig sagte sie: »Ich werde sehen, ob ich mir morgen die Zeit nehmen kann. Darf ich Sie dann anrufen?« – und legte auf.

Miss Silver und der Chief Constable kamen gerade aus dem Flur. Wenn sie wegen Miss Colesfoot Charles verpaßt hatte ... Der Gedanke schmerzte so sehr, daß sie sich fragte, was mit ihr geschehen war. Noch vor vier Tagen hatte sie eine Rüstung getragen und sich nicht darum geschert, was ihr oder jemand anderem zustieß, und jetzt war sie völlig schutzlos. Alles schmerzte.

Sie lief den Flur entlang und öffnete die Arbeitszimmertür. Charles stand am Fenster und sah hinaus. Selbst an seinem Hinterkopf konnte sie erkennen, daß er die Stirn runzelte. Sie fragte sich, ob er den Anbau und Lewis Bradings Sammlung verfluchte. Er sah ganz danach aus.

Sie schloß die Tür sehr sanft hinter sich, ging zu ihm und schob ihre Hand unter seinen Arm. Er hatte sie nicht kommen hören. Sein Gesichtsausdruck zeigte, daß er sich allein glaubte. Einen Moment betrachtete Stacy sein Gesicht, bevor sie ihn berührte. Mit dem Stirnrunzeln hatte sie sich geirrt. Er sah offen, ungeschützt, jung aus. Als sie ihn berührte, verschloß sich sein Gesicht wieder.

Er sah auf sie nieder und sagte: »Was gibt es, meine Süße?«

Ihr verrücktes Herz raste. Charles dachte sich nichts dabei, wenn er so etwas sagte. Sie sollte ihm Myras Nachricht überbringen. Statt dessen fragte sie mit ängstlicher Stimme. »Was ist los?«

»Nichts, was du ändern könntest, Liebling.«

»Charles, was ist?«

Er legte den Arm um sie. »Das ist so eine Sache.«

»Erzähl es mir.«

»Lewis wurde nicht mit seinem eigenen Revolver erschossen.«

Bestürzt fragte sie: »Woher wissen sie das?«

»Ich habe seine Initialen in die Waffe geritzt, als ich sie ihm gab. Dossie hat es überall herumerzählt. Sie stand wohl unter dem Eindruck, daß sie mich damit von jedem Verdacht befreien könnte, ich weiß auch nicht, wieso. Jedenfalls brachte sie die Polizei dazu, nach den Initialen zu suchen – und sie waren nicht da.«

»Ist das schlimm?«

»Vielleicht. Ich glaube, die ganze Zeit hatte sich in ihren Köpfen festgesetzt, daß es gar nicht so leicht ist, neben einen Mann zu kommen, der an seinem eigenen Schreibtisch sitzt, die Schublade zu öffnen, in der er seinen Revolver aufbewahrt, und ihn zu erschießen. Mich hat es jedenfalls beschäftigt. Wenn es jemals einen mißtrauischen Kerl auf dieser Welt gab, dann war es Lewis. So konnte es sich nicht abgespielt haben.«

»Jemand könnte einen Revolver mitgebracht, ihn erschossen und seine Waffe mitgenommen haben.«

»Wie hätte das gehen sollen?«

»Charles, könnte es nicht doch Selbstmord gewesen sein?«

»Nein, meine Süße. Die Fingerabdrücke waren an den falschen Stellen. Außerdem –«

Sie drückte sich enger an ihn, als ob sie beide eingeschlossen wären und niemand hören könnte, was sie miteinander sprachen. Tatsächlich hätte sie niemand verstehen können, so leise sprach sie. »Charles, wußtest du es, als du ihn gefunden hast?«

»Daß es nicht sein Revolver war? Ja.«

»Wessen war es?«

»Meiner.«

»Was hast du getan?«

»Ich konnte nichts tun. March holt gerade Crisp ab. Dann fahren wir alle nach Saltings und suchen nach dem anderen Revolver. Ich bin gespannt, ob er dort ist.«

Mit einem angsterfüllten Flüstern sagte sie: »Er wurde erschossen – mit deinem Revolver – mit dem, den du behalten hast?«

»Ja.«

»Wissen sie, daß es deiner war?«

»Ich glaube, das ist ihnen einigermaßen klar.«

»Charles, wer hat es getan?«

»Willst du mich nicht fragen, ob ich es war?«

»Charles ...«

»Nun frag schon.«

»Nein – nein – nein!«

»Ganz bestimmt nicht?«

»Nein!«

Er sagte: »Tja, ja –« Sein Arm fiel von ihren Schultern. Vielleicht hatte er Schritte im Flur gehört, vielleicht, wie sich die Türklinke bewegte. Sie selbst hörte nichts außer dem Klopfen ihres Herzens. Aber als er sich bewegte, drehte auch sie sich um und sah, wie die Tür sich öffnete. Lady Minstrell kam einen Schritt ins Zimmer und sagte:

»Ach, Major Forrest, es tut mir leid, aber könnten Sie hinaufkommen zu Mama? Sie würde Sie gern sprechen.«

27

Als Charles Forrest in Myra Constantines Wohnzimmer kam, saß sie nicht in ihrem großen Polstersessel. Sie war auf den Beinen und stapfte durch den Raum, indem sie sich von Möbelstück zu Möbelstück hangelte, auf jedem ihr Gewicht einen Moment lang ruhen ließ, bevor sie weiterkugelte. Auf gräßliche Weise erinnerte sie an einen Bus, der außer Kontrolle geraten war, einer jener Busse in leuchtenden Farben. Sie hatte am Fenster gerade kehrtgemacht, als er die Tür öffnete. Sie stürmte zurück in die Mitte des Raumes, stieß gegen den Rücken eines Sessels, klammerte sich daran fest und fragte mit einer Stimme wie ein wütender Gong: »Was ist los? Wo bist du gewesen? Warum bist du nicht heraufgekommen, als ich nach dir geschickt habe?«

Myras Wutausbrüche waren legendär. Charles hatte sie schon einmal so erlebt. Eine sanfte Antwort, weit davon entfernt, ihren Zorn abzuwenden, ermutigte sie nur dazu weiterzutoben – man brauchte nur ihre Töchter anzuschauen – Hester, die völlig niedergewalzt worden war, und Milly, die auf ein ständiges »O Mama –« reduziert worden war.

Charles starrte sie an und sagte mit lauter, heftiger Stimme: »Was zum Teufel geht Sie das an? Und was glauben Sie überhaupt, mit wem Sie sprechen?« Dann brach er in Gelächter aus, legte unbefangen einen Arm um sie und meinte: »Kommen Sie und setzen Sie sich, meine Liebe! Nur keine Aufregung, ich bin nicht Hester.«

Einen Moment lang fragte er sich, ob sie ihn ins Gesicht schlagen würde. Dann löste sich ihr starrer Blick, Fältchen vertieften sich in den Augenwinkeln, der große Mund zog sich auseinander, und sie lachte so herzlich, wie sie vorher getobt hatte. Aber als er sie in ihren Sessel befördert hatte, wurde sie ruhig und traurig und brütete dumpf vor sich hin. Sie wirkte dunkel und schwer.

»Hester –« sagte sie. »Deswegen muß ich dich sprechen – wegen Hester. Das ist ein verdammter Schlamassel, nicht wahr?«

Er überlegte einen Moment.

»Sieh mal, Charles«, begann sie, »ich weiß es, und es hat keinen Zweck, so zu tun, als wüßtest du es nicht. Jetzt heißt es, die Karten auf den Tisch zu legen, und es macht mir nichts aus, meine zuerst aufzudecken. Hester hat James Moberly geheiratet. Und du wußtest es und konntest nicht zu mir kommen und es mir sagen – nein! Nennst du das Freundschaft?«

Charles hatte sich rittlings auf einen Stuhl gesetzt und die Arme auf der Rücklehne verschränkt. Er sah sie ungewöhnlich ernst an.

»Ist nicht meine Angelegenheit«, meinte er.

Myra war nicht länger wütend. Ihre Stimme kam schleppend: »Eine üble Sache – du hättest es mir sagen sollen ...«

»Wieso?«

Ihre dunklen Augen blitzten ihn an. »Ich habe es aus ihr herausbekommen. Ich bin kein Narr, ich sehe doch, was vor meinen Augen vor sich geht. Den ganzen Monat lang ist sie schon herumgegeistert wie ein Kaninchen mit Liebeskummer, aber um dir die Wahrheit zu sagen, ich dachte, du wärst es.«

Charles verspürte ein Schaudern des Entsetzens, gefolgt von Erleichterung. Er saß in der Patsche, aber doch nicht in so einer. Das Objekt einer fatalen Leidenschaft Hester Constantines zu sein, hätte das Faß zum Überlaufen gebracht.

Myras großer Mund zuckte. »Mach nur weiter, sag es, wenn du willst! Sie hatte noch nie viel Verstand. Denn sonst hätte sie sich in dich verliebt. Ich selbst hätte mich in dich verlieben können vor dreißig oder vierzig Jahren. Aber Hester, sie muß sich James Moberly aussuchen, ein anderes Kaninchen, das genauso wenig wie sie aufstehen und für sein Recht kämpfen kann. Aber das bedeutet nicht, daß sie niemanden haben, der für sie kämpft. Ich bin kein Kaninchen!«

Schnell blitzte sein dunkles Lächeln auf. »Eher ein wildgewordenes Nashorn.«

Sie brach in Gelächter aus. »O ja, ich hätte mich in dich verliebt, Charles.« Sie zerrte ein knallbuntes Taschentuch heraus und wischte sich über die Augen. »Du solltest mich nicht zum Lachen bringen. Es ist alles verdammt ernst. Hör mir zu. Ich muß dir einiges erzählen. Du wirst es vielleicht nicht mögen, aber es muß einmal gesagt werden, und jemand muß es sich einmal anhören.«

»Also gut – legen Sie los!«

Sie sah ihn aus ihren großen dunklen Augen an. Es war ein herrischer Blick.

»Hester hat keinerlei Kraft zum Kämpfen und Moberly genauso wenig. Aber ich. Er ist Hesters Ehemann und mein Schwiegersohn, und ich werde es nicht zulassen, daß man ihn wegen des Mordes an Lewis beschuldigt, den er nie begangen hat, weil er nicht genügend Mumm für so etwas hat. Ich bin nicht dafür, daß Unschuldige gehängt werden, und wenn der Unschuldige mein Schwiegersohn ist, dann bin ich bereit, Himmel und Hölle für ihn in Bewegung zu setzen. Hast du das kapiert?«

»Es war bewunderungswürdig klar.«

»Es ist mein Ernst.«

»Da bin ich mir ganz sicher. Was wollen Sie unternehmen?«

Sie lehnte sich in ihrem Sessel zurück, legte die Hände auf die Knie und sagte: »Ich werde dir etwas sagen.«

»Nur zu.«

Sie nickte. »Ich bin kein Narr. Lewis hatte etwas gegen Moberly in der Hand, er machte immer solche Andeutungen.

Und James wollte fort von ihm. Er wollte Hester heiraten – Gott weiß, warum, aber er wollte es. Lewis war niederträchtig, und er schikanierte die Leute. Er hatte einen schlechten Charakter. Jeder wird behaupten, James hätte genügend Gründe gehabt, ihn umzubringen. Und er hatte die Gelegenheit. Er hatte zehn Minuten Zeit, nachdem Lilias gegangen war und bevor du kamst. Und nur Hester kann bezeugen, daß er die ganze Zeit bei ihr war und das Arbeitszimmer nicht verlassen hat. Wohlgemerkt, sie sagt die Wahrheit. Ich kenne Het, und ich habe sie in die Mangel genommen. Sie könnte keine Lüge durchhalten, wenn ich sie so bedränge. Sie sagt die Wahrheit. Sie und James waren die ganzen zehn Minuten über im Arbeitszimmer, und er hat mit Lewis' Tod nicht mehr zu schaffen als ich. Aber Hester ist seine Frau – wer wird ihr glauben? Jede Frau würde schwören, ihr Mann sei bei ihr gewesen, wenn es darum geht, ihn in einem Mordfall von Verdacht zu befreien. Ich bin doch nicht von gestern und weiß, wie das aussieht.«

Charles antwortete: »Das ist vollkommen richtig. Aber wenn es ein Trost für Sie ist, ich bin ein ziemlich starker Konkurrent um die Position als Hauptverdächtiger. Lewis wurde mit meinem Revolver erschossen, ich hatte eine bessere Gelegenheit als irgend jemand sonst, und ich bin der einzige Verdächtige, der ein Interesse daran hatte, das Testament zu vernichten, das er zugunsten von Maida Robinson gemacht hatte.«

»Und du glaubst jetzt, deshalb würde ich dich als Mörder in Betracht ziehen? Dossie sagt, alle Männer seien Narren, und manchmal glaube ich, sie hat recht. Du armer Wurm, ich sähe doch lieber James hängen als dich – wenn es nicht um Hester ginge. Ich mag dich – hast du nie begriffen, daß ich dich ehrlich und aufrichtig mag? Ich weiß nicht, warum Leute Töchter haben wollen, besonders solche verschreckten Kaninchen. Ich hätte gern einen Sohn gehabt, und es wär mir lieb gewesen, wenn er so wie du gewesen wäre.«

Mit seltsam gemischten Gefühlen sah Charles sie an. Er war gerührt, bewegt, aber auch ein wenig distanziert – er konnte die ganze Szene mit einer Art von Humor betrachten, die nicht so sehr weit von Tränen entfernt ist. Myra hatte es schon immer vermocht, ihr Publikum auf genau diese Art zu bewegen. Er trat neben sie auf die Bühne, um seine Rolle in der Show zu übernehmen, und die Gefühle, die er in seine Rolle legte, waren echt: »Ich danke Ihnen, meine Liebe. Sie sind clever genug, um zu wissen, daß ich Ihre Gefühle erwidere.«

Ihre großen Augen funkelten. Munter sagte sie: »Und jetzt kommen wir zur Sache. Donnerstagabend, an dem Abend bevor Lewis erschossen wurde, waren wir alle bei ihm, und er zeigte uns diese verdammte Sammlung. Ich hatte sie schon ein paarmal gesehen, daher war ich mehr daran interessiert, die Leute zu beobachten, als mir seine Juwelenschau anzugucken. Ich beobachtete dich, und du warst so damit beschäftigt, diese Maida anzusehen, daß du für niemanden sonst Augen hattest.«

Charles lachte. »Es lohnt sich, sie anzusehen.«

Myra warf den Kopf zurück, wie sie es vielleicht auch mit achtzehn getan hatte. »Oh, sie hat alles, was man braucht – das garantiere ich dir. Und Nerven hat sie.«

»Antwort als richtig erachtet!«

Myra runzelte die Stirn. »Du hast sie angesehen, alle anderen die Juwelen, und ich habe deine Lilias Grey angesehen.«

Seine Augen verengten sich. »Und was haben Sie gesehen?«

»Ich beobachtete, wie sie dich ansah, als du Maida betrachtetest. Sie haßte dich.«

»Maida bedeutet mir nichts.«

Sie gluckste. »Du hast sie ganz gern angeschaut.«

Er lachte. »Wer würde das nicht?«

»Und deine Lilias Grey mochte das überhaupt nicht. Sie wandte sich den Diamanten zu. Dann legte Maida das Forrest-Halsband um und ging stolz zum Spiegel, um sich zu betrachten. Und nach einer Weile, als sie zurückkam, standen wir alle auf und liefen umher. Ich sah, wie Lilias die Brosche stahl.«

Charles erstarrte. Seine Arme, die auf der Rückenlehne des Stuhles lagen, lasteten schwer auf dem Holz. Er zog die Augenbrauen hoch und sagte: »Macht es Ihnen etwas aus, das noch einmal zu wiederholen?«

Myra zappelte in ihrem Sessel. »Hör auf damit! Du hast es gehört. Deine Lilias hat das Ding gestohlen, das Lewis die Marziali-Brosche nannte – das Stück mit den fünf großen Diamanten, das das Mädchen trug, als ihr Ehemann sie und den jungen Mann erstach, mit dem sie etwas hatte.«

»Mir wäre es lieber, Sie würden nicht ständig von ›meiner Lilias Grey‹ redeten. Sie ist meine Adoptivschwester.«

»Schon gut, schon gut – werd bloß nicht wütend! Du kannst sie deine Großmutter, deine alte Tante oder deine Freundin nennen, mir ist das egal. Ich sah, wie sie die Marziali-Brosche nahm und in ihrer Handtasche verschwinden ließ.«

Charles war blaß. Mit harter Stimme fragte er: »Und warum haben Sie nichts gesagt?«

Sie gab ein Geräusch von sich, halb Lachen und halb verächtliches Schnauben. »Du hättest mich wirklich geliebt, wenn ich das getan hätte. Das ganze Ensemble auf der Bühne, und Lilias Grey als Diebin entlarvt. Vorhang!« Voller Verachtung lachte sie. »Ob du es glaubst oder nicht, ich kann mich wie eine Dame benehmen, wenn ich mich bemühe. Für so was habe ich zwar nicht viel übrig, das versichere ich dir, aber wenn ich es möchte, kann ich es auch. Daher ließ ich alle gehen und sagte es Lewis im Vertrauen.«

Ein entsetztes kurzes Schweigen folgte. Charles konnte es kaum ertragen, über diese Ungeheuerlichkeit nachzusinnen, aber man kann die Gedanken nicht einfach abstellen wie ein Radioprogramm. Daher fragte er rasch: »Sie haben es Lewis erzählt?«

Myra warf die Hände hoch. »Aber natürlich habe ich das. Wenn ich es nicht getan hätte, hätte ich doch – wie sagt man gleich – Beihilfe geleistet, nicht wahr?«

»Wie hat er es aufgenommen?«

»Oh, ruhig – sehr ruhig!« Sie gluckste. »Er sagte, er sei nicht überrascht, und ich brauchte nichts weiter zu sagen, er würde sich darum kümmern.«

Ja, das hörte sich ganz nach Lewis an. Charles konnte sich seine Reaktion gut vorstellen – trocken, mit einer ekelhaften Trockenheit wie Streusand, der sich in die Haut bohrte, in die Augen geriet, einen wund rieb. Sein Kinn ruhte auf den gefalteten Armen. Lewis hatte gesagt, er würde sich darum kümmern. Hatte er sich darum gekümmert, und wie? Auf jeden Fall hatte sich jemand um ihn gekümmert.

»Hat er Ihnen eine Vorstellung davon gegeben, was er zu tun gedachte?«

»Darauf habe ich nicht gewartet. Ich hatte genug. Es macht mir nichts aus, wenn Leute Dampf ablassen, daß man sich fragt, wieviel von der Einrichtung sie zerschlagen werden. Es sind die Ruhigen, die mir zusetzen. Ich habe noch nie gern einer Katze zugesehen, die hinter einem Vogel her ist – sanft und hinterhältig. Wenn ich etwas zur Hand gehabt hätte, dann hätte ich es zerschmettert. Lewis konnte auch so sein, wenn er jemanden auf dem Kieker hatte. Ich sage dir eins, ich habe Lilias noch nie besonders gemocht, aber sie tat mir beinahe leid, nachdem Lewis über sie Bescheid wußte. Ich hätte ihr auch ordentlich den Kopf gewaschen, aber Lewis war grausam, falls du weißt, was ich meine, und ich dachte, daß ich nicht gern in ihrer Haut stecken würde.«

»Sagte er, was er vorhatte?«

»Nein. Es ist ziemlich offensichtlich, was er tat. Er rief sie an und bat sie, um drei Uhr am Freitagnachmittag herzukommen und Sie-wüßte-schon-was mitzubringen. Und das tat sie.« Myras Augen blitzten ihn düster an. »Sie kam um drei her. Ich weiß nicht, ob sie die Brosche mitbrachte oder nicht. Mal angenommen, sie brachte etwas anderes mit. Sie sagt, daß er lebte, als sie ihn verließ. Angenommen, er tat das nicht.«

»Ich glaube nicht, daß wir irgend etwas in dieser Art annehmen sollten.«

»Dann wird die Polizei es tun. Glaubst du, ich halte den Mund und lasse sie James den Mord anhängen oder dir? Das werde ich nicht, ein für allemal. Sie hatte ein Motiv, oder etwa nicht? Sie hat die Brosche gestohlen, und er hatte etwas mit ihr vor. O ja. Ich kenne Lewis, ich hätte nicht in ihrer Haut stecken wollen. Angenommen, er drohte mit einer Anzeige. Ich sage ja nicht, daß er es getan hätte, aber das konnte sie nicht wissen. Angenommen, sie dachte, sie sei dran.«

Charles sagte: »Das Testament ist verbrannt worden. Sie hatte kein Motiv dafür.«

Sie schüttelte sich vor Lachen. »Sie hätte wohl liebend gern gesehen, daß Maida das Geld bekam, was? Es ist doch nicht Maidas Fehler, daß jeder wußte, daß sie nach Lewis neuem Testament alles erben sollte. Das Testament lag auf dem Tisch. Wäre Lilias nicht dumm gewesen, wenn sie es nicht angezündet hätte? Wenn du das Geld bekommst, wird sie doch ihren Anteil abkriegen, oder nicht?«

Charles meinte: »Vermutungen sind keine Beweise. Ich glaube, ich habe genug davon.« Er stand auf. »March und Crisp kommen jeden Augenblick und holen mich ab.«

Ihr Gesicht veränderte sich. »Werden sie dich verhaften?«

»Noch nicht. Wir fahren nach Saltings und sehen uns mal um.«

Sie starrte ihn an. »Nach was?«

»Nach dem anderen Revolver. Ich habe keine Ahnung, ob er dort ist oder nicht. Ich bin mir nicht sicher, was mich mehr belasten würde.«

»Ich weiß nicht, worüber du redest.«

»Oh, das ist ganz einfach. Ich hatte zwei Revolver. Als ich

einen davon Lewis gab, ritzte ich seine Initialen hinein. Jeder wußte, daß er ihn in seiner Schublade aufbewahrte. Als er tot aufgefunden wurde, nahmen alle an, daß er mit diesem Revolver erschossen worden sei. Ist er aber nicht. Er wurde mit dem anderen erschossen – demjenigen, den ich behielt. Dank unserer verehrten Dossie ist die Polizei dahintergekommen. Deshalb fahren March und Crisp mit mir nach Saltings, um nach dem anderen Revolver zu suchen – demjenigen, der eigentlich in Lewis' Schublade hätte sein sollen.«

Myra hielt sich an den Lehnen ihres Sessels fest und hievte sich hoch. Sie polterte ein paar Schritte vor und packte ihn.

»Charles, du läßt doch nicht zu, daß du für dieses wertlose Geschöpf vor die Hunde gehst!«

Er antwortete: »Nur die Ruhe, meine Liebe.«

»Du meinst, ich soll die Klappe halten? Aber das werde ich nicht tun! Sie ist es nicht wert, und du brauchst nicht zu denken, daß ich dabeistehe und tatenlos zusehe. Die Beweise gegen dich sind erdrückend, du verdammter Narr! Du brauchst gar nichts zu sagen. Das Mädchen war noch nie offen und ehrlich. Ich erkenne Falschheit auf den ersten Blick, und diese Lilias ist falsch. Es würde mich nicht überraschen, wenn sie deine Ehe zerstört hat.«

Er versuchte, sie in ihren Sessel zurückzubringen. »Myra, ich muß gehen.«

Sie klammerte sich an ihn. »Also Stacy ist wirklich ein nettes Mädchen, nichts Niedriges an Stacy. Genau die Sorte, die leicht eingewickelt wird von jemandem, der niederträchtig ist. Hast sie gern, nicht?«

Sein Mund zuckte. »So lala.«

Sie brach in Gelächter aus und ließ sich in ihren Sessel plumpsen. »Geh mir weg, du Lügner. Ich meine es ernst, du kannst gehen. Und denk daran, was ich dir gesagt habe – es war mein Ernst.«

Er stand an der Tür und hatte die Hand schon ausgestreckt,

um sie zu öffnen, drehte sich aber noch einmal um: »Myra, halten Sie, um Gotes willen, den Mund!«

Sie warf ihm eine Kußhand zu und rief: »Tooraloo!«

28

Randal March kam mit Inspector Crisp, der mit einem kleinen Aktenkoffer auf den Knien neben ihm saß, aus Ledlington zurück. Randal verglich Crisp immer mit einem Terrier. Er machte sich nichts aus der Rasse, aber sie war nützlich. Die Ähnlichkeit sprang ins Auge: das struppige Haar, die gespitzten Ohren, die wachsame Tüchtigkeit. In einer Hinsicht hatte ein Terrier Inspector Crisp gegenüber jedoch einen Vorteil. Er scherte sich nicht um Klassenbewußtsein, wohingegen es den Inspector mit der Überzeugung versorgte, ein Teil seiner Mitbürger sei dabei, ihn unterzukriegen, und wenn er nicht scharf aufpaßte, würde das vielleicht sogar gelingen. Beim Anblick von Charles Forrest, der Warne House gerade mit einer Miene verließ, als habe er es gar nicht eilig, sträubten sich ihm die Nackenhaare. Er sagte: »Ein kaltblütiger Bursche«, mit seiner Stimme, die stets ein klein wenig verärgert klang. Der Chief Constable nickte und sagte: »O ja.« Dann stieg Charles hinten ins Auto ein, und sie fuhren davon.

Saltings lag in der Sonne. Sie stiegen aus dem Auto und gingen zu Charles' Wohnung. Er hätte ein sorgloser Gastgeber mit einigen Freunden sein können.

»Schlafzimmer, Wohnzimmer, Küche, Bad. War früher mal der Billardraum und so was wie Wirtschaftsräume. Eine ganz schöne Arbeit für den Architekten. Adams ist ein cleverer Bursche. Also, es steht alles zu Ihrer Verfügung, Sie können tun, was Sie möchten.«

March fühlte sich nicht besonders glücklich. Es gab Augenblicke, in denen das Polizistendasein seinen Instinkten zuwider lief. Er runzelte die Stirn und fragte: »Wo haben Sie den Revolver aufbewahrt?«

Sie befanden sich im Wohnraum. Charles deutete auf einen Sekretär aus dezent getöntem Walnußholz. Die Klappe war offen, so daß man kleine Fächer sehen konnte. Hinter den rautenförmigen Glasscheiben befanden sich Borde mit bemalten Porzellanvögeln und Figuren – ein Papagei, ein Kanarienvogel, grüne Hänflinge, eine bezaubernde Verkörperung des Fleißes und eine noch bezauberndere der Faulheit mit zerwühlten Löckchen, die schlafend auf einem Porzellanstuhl ruhte, während ein junges Kätzchen mit der Spindel spielte, die ihr aus der Hand gefallen war. Crisp erachtete so was als Schnickschnack. Er hielt um so weniger von Major Forrest, da er solche Dinge besaß.

»In einer dieser Schubladen?« fragte er.

Auf jeder Seite des mittleren Faches war ein elegant gearbeitetes vertieftes Feld. Charles faßte mit einer Hand in die Öffnung, löste eine Halterung am Ende und entfernte das Brett und gleichzeitig eine schmale, senkrecht stehende Schublade.

»Dort war sie immer«, sagte er.

Hastig nahm Crisp ihm die Schublade fort. »Nichts zu sehen«, knurrte er.

Charles lächelte sehr freundlich. »Sie sagen es.«

»Läßt sich die andere Seite genauso öffnen?«

Charles öffnete sie. Einige Papiere waren dort drin, ein Schlüsselbund, aber kein Revolver.

»Er ist nicht da.«

Charles sagte: »Nein. Haben Sie das erwartet?«

»Sie nicht?«

»Nein. Ich bin recht systematisch. Ich habe ihn immer auf der anderen Seite aufbewahrt.«

»Und die Munition?«

»Ich hatte keine.«

»Warum?«

»Ich habe die Waffe seit dem Krieg nicht benutzt.«

»War sie geladen?«

Es gab eine Pause, bevor er antwortete: »Ich weiß es nicht.«

Crisp machte eine ungeduldige Bewegung, ein ungeduldiges Geräusch. »Wirklich, Major Forrest!«

Charles sagte in ruhigem, ausgeglichenem Ton: »Also, ich weiß es nicht. Vielleicht. Ich kam verwundet aus Frankreich nach Hause. Als ich aus dem Krankenhaus kam, war der Krieg vorüber. Mein Gepäck ist hierhergeschickt worden. Ich schob den Revolver zusammen mit dem anderen hinter das Paneel. Ich habe ihn nicht gesehen, bis ich das Paar herausnahm und einen davon Lewis gab. Das ist alles.«

»Einen gaben Sie Mr. Brading, und den anderen behielten Sie. Wo ist der andere Revolver?«

»Ich habe genauso wenig Ahnung wie Sie.«

In den dunklen Augen war ein schwaches Funkeln. Randal March sah es. Er fragte:

»Wann genau haben Sie ihn zuletzt gesehen?«

Charles runzelte die Stirn. »Ich kann es nicht sagen.«

Crisp hakte nach: »Als Sie Mr. Bradings Leiche fanden?«

»Sie meinen, daß er mit meinem Revolver erschossen wurde? Was für eine Antwort erwarten Sie von mir?«

»Ich frage Sie, ob Sie die Waffe erkannten, die neben Mr. Bradings Leiche auf dem Boden lag, als Sie nach Ihrer Aussage ins Labor kamen und ihn tot vorfanden.«

Charles lachte. »Glauben Sie, ich war so verrückt, sie zu berühren? Was hätten Sie gesagt, wenn ich das getan hätte? Ich hatte etwas anderes zu tun. Ich vermute, daß ich es wie jeder andere auch für sicher hielt, daß es sein Revolver war und daß er sich selbst erschossen hat.«

Schnell kam Crisp darauf zurück. »Sie dachten, es war Selbstmord?«

»Ich denke, das war mein erster Eindruck.«

»Bedeutet das, daß Sie Ihre Meinung geändert haben?«

»Ich änderte meine Meinung, als ich von dem Polizeigutachten über die Fingerabdrücke hörte. Es stimmte mit dem überein, was ich über meinen Cousin wußte. Er war nicht der Typ, Selbstmord zu begehen.«

In dem Sekretär gab es drei große Schubladen. Während dieser Fragen und Antworten hatte Crisp die oberste Schublade herausgezogen und durchsuchte ihren Inhalt. Er arbeitete schnell und ordentlich. Er nahm alles heraus und legte es wieder hinein. Dann begann er mit der zweiten Schublade. Als er halb durch war, meinte er: »Der Revolver, mit dem Mr. Brading erschossen wurde, hatte keine Initialen.«

»So habe ich es verstanden.«

»Aber er hatte eine Besonderheit, eigentlich noch auffälliger als die Initialen. Können Sie mir sagen, ob Ihr fehlender Revolver irgendeine Besonderheit hat?«

»Ich weiß nicht, was Sie mit Besonderheit meinen. Er hat eine Schramme am Kolben.«

»Wie kam die dahin?«

»Eine deutsche Kugel.«

»Da sind Sie knapp davongekommen.«

»Mein Vater. Im Ersten Weltkrieg. Die Revolver gehörten ihm.«

»Würde es Sie überraschen zu hören, daß der Revolver, der bei Mr. Bradings Leiche gefunden wurde, eine solche Schramme hat, wie Sie sie beschreiben?«

»Das bedeutet, Lewis wurde mit meinem Revolver erschossen?«

»Ist das wirklich neu für Sie, Major Forrest? Wenn Sie den Revolver neben ihm liegen sahen, hätten Sie auch die Schramme bemerkt, nicht wahr?«

»Vielleicht. Es hängt auch davon ab, auf welcher Seite er lag.«

»Die Seite mit der Schramme lag nach oben. Ich sah sie sofort. Aber erst als wir die Information bekamen, daß Mr. Bradings Initialen auf dem Revolver waren, wurde die Schramme bedeutsam. Sie geben also zu, daß die Initialen auf dem Revolver waren, den Sie ihm gaben, und die Schramme auf dem, den Sie behielten?«

»Das ist keine Frage des Zugebens. Beides sind Fakten und beruhen auf Aussagen, die ich gemacht habe.«

Crisp war mit der zweiten Schublade fertig und schob sie wieder hinein.

Randal March fragte: »Haben Sie irgendeine Vorstellung, wie es dazu kam, daß Ihr Revolver für dieses Verbrechen benutzt wurde?«

»Nicht die geringste.«

Crisp war mit der dritten Schublade zugange. March fragte: »Der Sekretär wird nicht verschlossen?«

»Nein.«

»Und die Wohnung? Sie haben keinen Schlüssel benutzt, als wir hereinkamen. Bleibt die Tür immer unverschlossen?«

»Wenn ich ständig rein und raus gehe, ja. Ich schließe ab, wenn ich den ganzen Tag fort bin oder nach Einbruch der Dunkelheit weggehe. Diese Woche ist sie noch öfter offen gewesen als gewöhnlich. Ein Freund wohnt bei mir, Major Constable. Ich habe ihm oben eine leere Wohnung zur Verfügung gestellt, hier habe ich nur ein Schlafzimmer, aber er konnte jederzeit kommen und gehen, deswegen habe ich natürlich die Tür nicht verschlossen.«

»Ich verstehe.«

Crisp stieß einen durchdringenden Schrei aus. Aus der Ecke der untersten Schublade hatte er etwas herausgezogen, das wie zusammengeknülltes Papier aussah. Als er es in der Hand hielt, bemerkte er, wie schwer es war und daß es einen harten Kern hatte. Er zog an dem Papier und ein Revolver fiel auf den Boden. Sie alle sahen ihn an.

Das Papier war Seidenpapier. Crisp benutzte eine Ecke, um den Revolver aufzuheben. Er hielt ihn vorsichtig an der Mündung fest und betrachtete den Kolben. Dann reichte er ihn dem Chief Constable hin.

»Da hätten wir es, Sir – L. B., so klar wie gedruckt. Ich denke, Major Forrest muß uns erklären, wieso dieser Revolver in seiner Schublade versteckt ist.«

March fragte ihn: »Möchten Sie eine Erklärung abgeben, Forrest? Ich muß Sie darauf hinweisen, daß alles, was Sie sagen, niedergeschrieben und als Beweis gegen Sie verwendet werden kann.«

Das Vorgeplänkel zu einer Verhaftung. Es war also soweit. Er empfand es fast als Erleichterung. Wenn sie ihn festnahmen, mußte er auf jeden Fall nicht mit Lilias reden. Er hätte Zeit nachzudenken, zu sehen, wie sich die Dinge entwickelten. Er würde einen Rechtsanwalt konsultieren. In der Zwischenzeit …

Er sah March an und sagte: »Ich weiß nicht, wie er dahin gekommen ist. Es ist der Revolver von meinem Cousin. Aber ich habe ihn nicht dorthin gelegt.«

Crisp kniete auf dem Boden und öffnete den Koffer, den er mitgebracht hatte. Er nahm ein Blasgerät heraus und stäubte Puder auf den Revolver. Charles sah interessiert zu. Der Puder verteilte sich, hing in der Luft, setzte sich ab. Er lag in einem gleichmäßigen Film auf der metallischen Oberfläche. Crisp blies den Staub wieder weg. Die Oberfläche blieb ohne Spuren. Er drehte den Revolver um und wiederholte das Verfahren. Dasselbe geschah.

Mit angeekelter Stimme sagte Crisp: »Blankgeputzt wie ein Spiegel.«

March fragte: »Ist sie geladen?«

Crisp öffnete den Verschluß.

»Alle Kammern sind voll, Sir. Möchten Sie dazu einen Kommentar abgeben, Major Forrest?«

Charles schüttelte den Kopf.

»Es ist der Revolver meines Cousins. Ich nehme an, er hatte ihn immer geladen.«

Das Telefon klingelte. Charles drehte sich mit einem Achselzucken um, nahm den Hörer ab und hörte ein leichtes vorwarnendes Husten.

»Hier spricht Miss Silver. Ist dort Major Forrest?«

Er sagte: »Ja.«

»Ist der Chief Constable bei Ihnen?«

»Ja.«

»Könnte ich ihn bitte sprechen?«

Mit dem Hörer in der Hand drehte er sich zu March um.

»Es ist Miss Silver. Sie möchte Sie sprechen.«

29

Myra Constantine war beschworen worden, den Mund zu halten, aber es war nicht ihre Absicht, das zu tun. Sobald Charles gegangen war, rief sie im Büro an und verlangte, daß Miss Silver gefunden und darüber informiert werden sollte, daß Mrs. Constantine sie zu sehen wünsche.

Da bekannt geworden war, daß Miss Silver den Club mit der erklärten Absicht verlassen hatte, einen Spaziergang zu machen, gab es eine notwendige Verzögerung – keine über Gebühr ausgedehnte Verzögerung, weil der Spaziergang nicht weiter geführt hatte als bis zum schattigen Ende eines großen, wohlbestückten Gartens, aber doch lange genug, um eine besonders ungeduldige Person aufzubringen.

Als Miss Silver die Nachricht erhielt, erwiderte sie, sie sei erfreut, und begab sich mit ihrem Strickbeutel am Arm zum Wohnzimmer, wo sie erwartet wurde.

»Wie nett von Ihnen, Mrs. Constantine.«

Myra saß in ihrem großen Polstersessel. In ihren Augen funkelte ein kämpferisches Licht. Grimmig meinte sie: »Charles Forrest wäre nicht der Ansicht. Er hat mir gerade gesagt, ich solle meinen Mund halten, aber ich will verdammt sein, wenn ich das tue.«

Miss Silver hüstelte. Sie mißbilligte den Gebrauch einer derben Sprache. Wenn sie nicht zutiefst interessiert gewesen wäre, hätte sie dies bestimmt deutlicher gemacht. Wie die Dinge standen, ließ sie ihrem Interesse die Oberhand, während sie die Mißbilligung in Schach hielt.

Myra nickte heftig. »Wenn Sie sehen, wie jemand versucht, Selbstmord zu begehen, versuchen Sie ihn nicht zu stoppen? Es kommt ja gleich nach Mord, wenn man das nicht tut – das ist meine Meinung. Und wenn Charles nicht mehr Verstand hat, als alles zu vertuschen und sich dadurch in Gott weiß was für einen Schlamassel zu bringen, und das alles für ein Mädchen, das so wertlos ist, wie man nur eines finden kann ...«

Miss Silver hustete wieder. »Das interessiert mich sehr.«

Myra nickte noch heftiger als zuvor. »Das dachte ich mir! Es wurde auch Zeit, daß jemand Charles Forrest davon abhält, einen Narren aus sich zu machen. Wer war noch der Kerl, der immer auf einem halbverhungerten Pferd durch die Gegend ritt und versuchte, Windmühlen mit einer Lanze umzustoßen?«

Miss Silver, die ihr Strickzeug halb aus dem Beutel gezogen hatte, mutmaßte, Mrs. Constantine könnte an Don Quichote denken.

»Genau, das ist er! Der arme Jimmy Downes malte ein Bild von ihm mit Lanze und allem. War vor Ewigkeiten ein Freund von mir – Jimmy, meine ich, nicht dieser Quichote. Netter Kerl. Hat sich selbst zu Tode getrunken. Ich hielt nicht viel von seinen Bildern, aber er sprach gern darüber und über diesen Don Quichote, über den redete er auch viel. Hätte Charles sein können, nur viel älter und halb verhungert – diesen Quichote meine ich, nicht Jimmy.« Sie hielt inne, gluckste und winkte zur Erläuterung mit der Hand. »Ich bin ein bißchen durcheinander, aber so wie Jimmy es erzählte, stolperte dieser Kerl in eine Sache nach der anderen und glaubte, er würde den Leuten helfen, und alles, was er am Ende erreichte, war, sich zugrunde zu richten, und ich werde nicht dabeistehen und zulassen, daß Charles auch so etwas tut. Wenn Leute etwas tun, müssen sie auch dazu stehen und die Verantwortung dafür tragen. Was hilft es ihnen, wenn jemand einspringt und ihnen alles abnimmt, was für sie bestimmt ist? Ich behaupte ja nicht, daß Lilias Grey Lewis Brading erschossen hat, aber ich sage, daß sie am Donnerstagabend, als er seine Sammlung vorführte, eine Diamantbrosche gestohlen hat, denn das habe ich mit eigenen Augen gesehen. Sie nahm sie an sich und ging mit ihr in der Handtasche davon. Und als ich Lewis im Vertrauen davon erzählte, meinte er, ich solle es ihm überlassen, er würde sich darum kümmern.«

»Du meine Güte!«

Die Unterhaltung mit Myra hatte ihre Aufmerksamkeit so stark gefesselt, daß sie bis jetzt ihre Stricknadeln noch nicht in Bewegung gesetzt hatte, sondern sie in der vorschriftsmäßigen Stellung hielt – ein Faden rosa Wolle vom Strickzeug zu ihrem erhobenen linken Zeigefinger gespannt. Nachdem sie »Du meine Güte!« gesagt hatte, holte sie tief Luft und fragte: »Eine sehr hübsche Brosche mit fünf großen Diamanten in einer Reihe?«

Myra starrte sie an. »Mensch! Woher wissen Sie das?«

Miss Silver führte die Nadel in ihrer rechten Hand in eine blaßrosa Masche und begann zu stricken.

»Eine Brosche, auf die diese Beschreibung paßt, wurde in Mr. Bradings Schreibtisch gefunden, in einer offenen Schublade, um genau zu sein. Sie ist, glaube ich, als die Marziali-Brosche bekannt.«

»Dann hat sie sie zurückgebracht! Er rief sie an. Het sagt, Moberly hörte ihn am Telefon reden.«

»Wann war das?«

»Nachdem sie sich im Arbeitszimmer unterhalten hatten. Es war kurz vor dem Lunch am Freitag, dem Tag, an dem Lewis getötet wurde.«

Miss Silver nickte. »Ja, Mr. Brading ging in den Anbau und ließ zwei Gespräche durchstellen. In seiner Aussage behauptet Moberly, daß er ihm folgte, um ihren Streit beizulegen. Mr. Brading telefonierte aus dem Schlafzimmer, und Mr. Moberly sagt, er wartete am Ende des Ganges, wo das Labor ist. Er hörte, wie ein Gespräch beendet wurde und ein weiteres begann. Ich wollte schon mit ihm über diese beiden Telefongespräche reden. Sie scheinen mir große Bedeutung zu haben, und vielleicht möchte er gern seiner Aussage noch etwas hinzufügen. Er bezeichnet Mr. Bradings Ton als ärgerlich und gibt zu, die Worte ›Das solltest du besser‹ gehört zu haben.«

Myra schlug wieder heftig auf den Stuhl.

»Das ist richtig. Sicher hat er mit Lilias gesprochen, ihr gesagt, daß sie nach dem Lunch kommen und die Brosche mitbringen sollte. ›Das solltest du besser!‹« Sie lachte. »Er hatte es auf sie abgesehen. Ich merkte das schon, als ich ihm erzählte, daß sie die Brosche genommen hat. Er war nicht überrascht, wissen Sie, aber er war gemein. Ich kenne Lewis schon lange. Ich war viel älter als er, aber ich vermute, vor zwanzig Jahren hätte ich ihn heiraten können, wenn ich gewollt hätte, aber ich hätte es nicht getan, auch wenn er doppelt soviel Geld gehabt hätte. Er hatte eine hinterhältige Ader. Ich weiß nicht, warum Dossie und er sich getrennt haben, aber sie ist gut davongekommen. Das können Sie mir glauben. Er war kalt und grausam, und es ist meine Überzeugung, daß er die Sache für Lilias Grey sehr unangenehm machen wollte.«

Miss Silver strickte munter. Ihre Nadeln klapperten. Sie sagte: »Grausamkeit gebiert Grausamkeit.«

Myra sah sie an und senkte die Stimme beinahe zu einem Flüstern: »Lewis wurde mit Charles' Revolver erschossen, nicht wahr? Nicht mit dem, den Charles ihm gegeben hatte, sondern mit dem, den er für sich behalten hat.«

»Wer hat Ihnen das erzählt, Mrs. Constantine?«

»Charles, jetzt gerade. Er sagte, die Polizei nähme ihn mit nach Saltings, um zu sehen, ob derjenige mit Lewis' Initialen dort sei.«

Miss Silver hustete mißbilligend. »Es ist ganz und gar nicht ratsam, das zu wiederholen.«

Myra zuckte mit ihren massigen Schultern. »Wer wiederholt es denn? Sie wissen es, ich weiß es – ich denke, wir können unter uns darüber reden. Ich möchte Charles genauso helfen wie Sie. Deshalb sind Sie doch hier, nicht wahr?«

Miss Silver blickte sie streng an. »Ich übernehme keinen Fall, um dieser oder jener Person zu helfen. Ich suche nach der Wahrheit, damit der Gerechtigkeit Genüge geleistet werden kann. Das hilft auch den Unschuldigen.«

Myra lachte ärgerlich. »Und Sie glauben, daß Charles Forrest nicht unschuldig ist? Wenn Sie das tun, wissen Sie verdammt wenig.«

»Mrs. Constantine!«

»Schon gut, schon gut! Sie sollten mich nicht auf die Palme bringen. Jeder, der glaubt, Charles hätte seinen Cousin erschossen, weil er Angst hatte, aus seinem Testament gestrichen zu werden, der ist ein solcher Narr, daß er keine große Hilfe ist bei der Suche nach Wahrheit und Gerechtigkeit.«

Miss Silver lächelte plötzlich ihr charmantes Lächeln, das ihr das Vertrauen unzähliger Klienten eingebracht hatte.

»Sie sind eine sehr gute Freundin, Mrs. Constantine.«

Myra gluckste. »Ich bin nicht so übel. Sehen Sie mal, diese Geschichte mit Lilias – ich erzählte sie Charles, aber man kann sich nicht darauf verlassen, daß er auch Gebrauch davon macht. Deshalb habe ich mich an Sie gewendet. Lilias Grey stahl die Brosche, Lewis rief sie an und forderte sie auf, sie zurückzubringen. Angenommen, das war nicht alles, was er ihr sagte. Angenommen, er drohte ihr, sie anzuzeigen. Er hatte es vielleicht nicht vor, aber vielleicht wollte er ihr Angst einjagen – wenn Sie Lewis gekannt hätten, würden Sie das verstehen. Er wollte sie aus der Fassung bringen. Also, sie war sicher ganz schön aufgeregt. Angenommen, sie nahm Charles' Revolver und kam zu Lewis, der an seinem Tisch saß. Sie hatte die Brosche in der Hand, legte sie hin, er beugte sich vor, um sie in die Hand zu nehmen. Ganz leicht, ihn so zu erschießen. Sie legte die Pistole in seine Hand und hoffte darauf, daß alle es für einen Selbstmord halten würden. Das Testament verbrannte sie, weil es ihr nicht paßte, daß Maida das Geld bekommen sollte. Sie nahm Lewis' Revolver, den mit den Initialen und machte sich davon. Hinterher konnte sie behaupten, daß er lebte, als sie ihn verließ. Was halten Sie von dieser Möglichkeit?«

Miss Silver strickte nachdenklich. »Sie haben die Szene in sehr klarer Weise geschildert.«

Myra machte eine ungeduldige Bewegung. »Wenn man das der Polizei klarmachte, würde Charles Forrest dann noch verhaftet?«

»Nicht ohne weitere Nachforschungen, möchte ich annehmen.«

Mit ruhiger Überlegung griff sie nach dem Knäuel blaßrosa Wolle, spießte die Nadeln hinein und steckte ihr Strickzeug in den geblümten Chintzbeutel.

Myra fand das zum Verzweifeln. Sie fragte: »Was werden Sie unternehmen?«

Miss Silver hüstelte. »Wenn ich Ihr Telefon benutzen dürfte, werde ich mich mit Major Forrest verbinden lassen und herausfinden, ob der Chief Constable bei ihm in Saltings ist.«

Steif und ordentlich stand sie neben dem Tisch, der überhäuft war mit Briefen, Zeitschriften, Büchern aus der Bibliothek, einer Geranie, die aus dem offenen Fenster weggestellt worden war, damit sie keinen Zug bekam, und zwei Vasen mit Schnittblumen. Miss Silver gab die Telefonnummer durch. Mit Erleichterung hörte sie Charles' Antwort und sprach kurz darauf mit Randal March.

»Hier spricht Miss Silver. Ich freue mich sehr festzustellen, daß du noch nicht gegangen bist.«

»Ich hatte es gerade vor.«

»Dann habe ich Glück gehabt. Ich hoffe, daß du dich noch nicht endgültig für ein Vorgehen entschieden hast. Etwas Wichtiges ist ans Licht gekommen. Ich denke, man sollte das ohne Verzögerung in Betracht ziehen, bevor irgendeine Entscheidung getroffen wird.«

Nach einer Pause antwortete er: »Na gut, ich werde vorbeischauen.«

Miss Silver hüstelte. »Du wirst es, glaube ich, nicht bereuen«, sagte sie und legte auf.

30

Randal March betrachtete seine Miss Silver aufgebracht. Seine Zuneigung für sie hatte die Schulzeit überdauert. Sein Respekt für ihren Charakter und seine Wertschätzung ihrer geistigen Fähigkeiten waren mit den Jahren gewachsen, während derer sie von Zeit zu Zeit eng zusammengearbeitet hatten an einigen Fällen, an denen sie beide beruflich beteiligt waren. Es gab aber Augenblicke, in denen ihn ihre Fähigkeit, einem Fall eine völlig neue Wendung zu geben, zur Verzweiflung brachte. Natürlich hatte er nicht den Wunsch, einen Fall abzuschließen, indem er unbequeme Fakten einfach ignorierte. Aber Miss Silvers Talent, unbequeme Tatsachen aufzuspüren, hielt er manchmal für übertrieben.

Ziemlich verwirrt kam er aus Myra Constantines Wohnzimmer und machte sich auf den Weg in Lewis Bradings Arbeitszimmer. Er sah Miss Silver an und meinte: »Sagen Sie, ist das alles in Ordnung?«

Miss Silver strickte seelenruhig. Diese kleinen rosa Jäckchen waren für das zweite Kind ihrer Nichte Dorothy – eine angeheiratete Nichte, die Frau von Ethel Burketts Bruder. Nach zehn Jahren kinderloser Ehe – solch eine schreckliche Enttäuschung – hatte Dorothy im vergangenen Jahr einen kleinen Jungen bekommen, und jetzt hofften sie auf ein Mädchen. Sie sah ihn über die blaßrosa Wolle hinweg an und sagte mit mildem Vorwurf: »Mein lieber Randal!«

»Also, bei diesen Bühnenleuten weiß man nie. Sie können gar nicht anders, als sich selbst und alle anderen in Szene zu setzen. Wenn Mrs. Constantine beobachtete, daß Miss Grey am Donnerstagabend eine Brosche mitnahm, warum hält sie erst drei Tage den Mund und rückt dann im rechten Augenblick damit heraus, als sich herausstellt, daß einer der Hauptverdächtigen ihr Schwiegersohn ist? Ich brauche Ihnen doch nicht zu sagen, daß sich das Ganze sehr stark nach einer Finte anhört.«

»Mrs. Constantine ist sicherlich eine sehr lebhafte und dramatische Persönlichkeit, aber ich bin zu der Ansicht gelangt, daß sie einen genauen Bericht dessen gegeben hat, was sie am Donnerstagabend gesehen hat. Sie ist von schneller Auffassungsgabe und geistig sehr rege. Damit ist für eine genaue Beobachtung gesorgt, und wenn ein Vorfall genau beobachtet wird, ist es wahrscheinlich, daß er auch genau beschrieben wird. Warum sie über den Vorfall nicht früher gesprochen hat? Die Antwort lautet, daß sie darüber sprach, und zwar mit der Person, der eine solche Information zustand. Sie informierte Mr. Brading am Donnerstagabend, daß Miss Grey die Marziali-Brosche mitgenommen habe.«

March hob eine Hand.

»Sie behauptet, sie habe ihn informiert!«

»Ich glaube, es gibt eine Bestätigung für das, was sie sagt. Warum besuchte Miss Grey ihn am Freitagnachmittag? Ich habe Nachforschungen angestellt und herausgefunden, daß sie ihm noch nie auf diese Weise ihre Aufwartung gemacht hat. Sie ist oft im Club. Sie, Mrs. Robinson und Major Forrest essen häufig dort. Miss Grey war mit dabei, als am Donnerstagabend im Anbau die Sammlung vorgeführt wurde, aber es ist nicht bekannt, daß sie jemals Mr. Brading dort allein besucht hätte. Doch am Freitagnachmittag ging sie hin. Mr. Brading ließ an jenem Tag kurz vor dem Lunch zwei Gespräche durchstellen. In Mr. Moberlys Aussage heißt es, daß Mr. Brading sehr verärgert geklungen habe und daß er die Worte gehört habe: ›Das solltest du besser.‹ Ich glaube, es ist keine unfaire Unterstellung, daß er Miss Grey mitgeteilt hatte, ihm sei ihr Diebstahl bekannt und er erwarte von ihr, daß sie die Brosche zurückgebe. Möglicherweise hat er auch gedroht, sie bloßzustellen. Aber – um von Vermutungen zu Tatsachen zu kommen – wir wissen, daß Miss Grey an diesem sehr heißen Freitagnachmittag von Saltings kam, um Mr. Brading zu besuchen. Sie war länger als zehn Minuten mit ihm allein, und wir haben nur ihr Wort dafür, daß er um zehn Minuten nach drei noch lebte. Des weiteren wurde die Marziali-Brosche in der geöffneten zweiten Schublade seines Schreibtisches gefunden. Glaubst du nicht, daß Mrs. Constantines Aussage von diesen Fakten beträchtlich gestützt wird?«

»In Ordnung, sie sagte Brading, daß Miss Grey die Brosche gestohlen hat. Brading rief Miss Grey an und sprach mit ihr darüber. Sie brachte sie zurück und ging wieder fort. Es gibt keinerlei Beweis, daß sie ihn erschossen hat. Warum sollte sie? Es war eine Familienangelegenheit. Er hätte sie nicht bloßgestellt.«

Miss Silver hüstelte. »Ich bin mir nicht so sicher. Er war ein kalter, rachsüchtiger Mann. Wenn du an sein Verhalten bezüglich Mr. Moberly denkst, wirst du wahrscheinlich dieser Einschätzung seines Charakters zustimmen. Hast du bemerkt, daß er nach Mrs. Constantines Eindruck nicht überrascht war, als sie ihm erzählte, Miss Grey habe die Brosche gestohlen? Mir ist besonders aufgefallen, daß sie diese Beobachtung wiederholte, als sie dir die Geschichte erzählte. Das war eine dieser Kleinigkeiten. Ich habe darauf geachtet, und sie kam genau wie zuvor, als sie mit mir geredet hatte.«

Er sah sie ein wenig verwundert an.

»Halten Sie das für wichtig?«

»Aber ja, mein lieber Randal. Wenn Mr. Brading nicht überrascht war, dann, weil er genau wußte, daß Miss Grey diese Schwäche hat. Ich vermute, daß auch Major Forrest nicht überrascht war, als Mrs. Constantine ihm von dem Vorfall erzählte.«

»Wann erzählte sie es ihm?«

»Bevor sie es mir erzählte. Wie ich sie verstanden habe, war er weder verärgert noch überrascht, sondern nur sehr besorgt, daß die Geschichte öffentlich bekannt werden könnte.«

»Und was leiten Sie daraus ab?«

»Daß es nicht das erste Mal ist, daß etwas vertuscht werden muß. Vielleicht ließ Mr. Brading Miss Grey bei dieser Gelegenheit in dem Glauben, daß er nicht bereit sei, den Diebstahl der Brosche zu verschweigen. Möglicherweise fühlte sie sich zu einer Verzweiflungstat getrieben. Ich behaupte nicht, daß es so war. Ich sage nur, daß sie Major Forrests Revolver aus Saltings mitgebracht und Mr. Brading damit erschossen haben könnte.«

»Sie meinen, es wäre theoretisch möglich.«

»Sie wußte sicher, wo die Waffe aufbewahrt wurde. Du sagst, daß Major Forrests Wohnung nicht abgeschlossen war. Sie hätte also Zugang gehabt, Mr. Bradings eigenen Revolver mitnehmen und ihn dorthin tun können, wo er gefunden wurde, in die unterste Schublade des Sekretärs.«

»Ja, sie hätte das alles tun können.«

Sie hüstelte. »Da ist noch ein weiterer Punkt – einer, der mich sehr stark beschäftigt. Miss Grey ist des Diebstahls beschuldigt worden. Sie wurde aufgefordert, das gestohlene Stück zurückzugeben. Sie ist keine Fremde, sondern ein Mitglied von Mr. Bradings Familie. Die Unterhaltung, die stattfand, war sicher äußerst unangenehm. Szenen in einer Familie sind für gewöhnlich nicht nur unerfreulich, sondern auch langwierig. Kannst du dir vorstellen, daß dieses Gespräch nur zehn Minuten gedauert haben soll? Ich bin der festen Überzeugung, daß Mr. Brading es ihr nicht einfach machen wollte. Denk daran, er war nicht überrascht über das, was vorgefallen war. Er sagte Mrs. Constantine, sie könne das ihm überlassen, er werde sich darum kümmern. Du hast gehört, wie sie sagte, daß sie Miss Grey noch nie mochte, daß aber Mr. Bradings Aussehen und Verhalten Mitleid in ihr geweckt habe. Ich bin sicher, Mr. Brading wollte dafür sorgen, daß Miss Grey ihre Tat noch bitter bereute, und ich bin auch sicher, daß er darauf mehr als nur zehn Minuten verwenden wollte.«

»Das ist kein Beweis.«

»Natürlich nicht, Randal. Aber es sollte genug sein, um eine gewissenhafte Suche nach Beweisen zu veranlassen. Eine weitere Befragung Miss Greys ist notwendig, und ich denke, Mr. Moberly sollte wegen dieser Telefongespräche noch ein wenig zugesetzt werden. Bei der Telefonvermittlung hast du natürlich schon nachgefragt?«

»Ja. Es war viel Betrieb, niemand kann sich erinnern.« Er lachte unfroh. »Wissen Sie, Crisp wird kein bißchen erfreut sein. Er dachte schon, der Fall sei gelöst.«

»Du hast Major Forrest nicht verhaftet?«

»Nein, er ist mit Crisp drüben im Schreibzimmer. Ich mußte ihn hierbehalten, falls hierbei nichts herauskommt. Also, gehen wir jetzt und besuchen Miss Grey, oder lassen wir sie herkommen?«

Miss Silvers Nadeln klapperten ganz entschieden. »Mein lieber Randal, mache es, wie du es für richtig hältst. Aber wenn du mich fragst ...«

»Das tue ich. Sie wissen, wie der weibliche Verstand arbeitet, und das kann ich von mir nicht behaupten.«

Sie hüstelte. »Man kann Verstand nicht nach Geschlechtern einteilen. Jedes menschliche Wesen stellt ein individuelles Problem dar. Aber da du mich fragst – ich denke, es wäre gut, wenn du beispielsweise Inspector Crisp losschickst, um Miss Grey zu holen, und sie dann in Mr. Bradings Labor befragst. Wenn man sie bitten würde, dir genau zu zeigen, was sie am Freitagnachmittag tat – welche Bewegungen sie machte, wo sie stand oder saß –, wäre es, glaube ich, möglich herauszufinden, inwieweit sie die Wahrheit sagt. Die Enthüllung, daß der Diebstahl der Brosche bekannt ist, wird sie bis ins Mark erschüttern.«

March stand auf. Er sagte: »In Ordnung. Wir werden es so versuchen.«

»Wirst du Inspector Crisp schicken?«

»Crisp ist bei Forrest. Wir wollten ihn gerade mit auf die Wache nehmen und ihn unter Anklage stellen, als Sie anriefen. Ich bin nicht befugt, ihn aus den Augen zu lassen, bis hierbei etwas Handfestes herauskommt.«

»Du hast ihn doch hiergelassen, als du nach Ledlington gefahren bist, um den Inspector abzuholen.«

»Das war, bevor Lewis Bradings Revolver in Saltings auftauchte, und Jackson hat draußen Wache gestanden. Wenn Forrest versucht hätte, uns ein Schnippchen zu schlagen, wäre er aufgehalten worden. Ich kann Jackson zu Miss Grey schicken.«

Miss Silver räumte gerade ihr Strickzeug fort. Sie hüstelte. »Ich glaube, ich habe ihn gesehen – ein nett aussehender junger Mann. Ich würde es vorziehen, daß du Inspector Crisp schickst.«

»Den niemand als nett beschreiben könnte! Sie sind skrupellos, nicht wahr?«

Sie nahm ihr blaßrosa Knäuel. »Ich will die Wahrheit herausfinden, Randal.«

31

Es gibt Tage, an denen die Zeit sich endlos auszudehnen scheint. Stacy hatte beobachtet, wie der Chief Constable mit Charles fortgefahren war, und mitbekommen, daß Miss Silver Myra Constantines Aufforderung erhielt und in ihrem Wohnzimmer verschwand. Nach einer Ewigkeit hatte sie gesehen, wie das Auto des Chief Constable zurückkehrte. Es hielt an, und drei Leute stiegen aus – March, der die Treppe hinaufging zu Myra und Miss Silver, und aus dem Fond des Wagens Charles und Inspector Crisp. Ihr Herz klopfte. Als sie wegfuhren, hatte der Inspector vorn neben dem Chief Constable gesessen und Charles hinten, aber zurück kamen sie so. Sie zwang sich, der Tatsache ins Auge zu sehen, was das bedeutete – was es bedeuten mußte. Sie ließen Charles nicht mehr allein sitzen. Sie hatten ihn verhaftet oder waren kurz davor. Crisp war dort, um darauf zu achten, daß er nicht flüchtete.

Sie beobachtete, wie sie gemeinsam das Haus betraten, und als sie über das Geländer spähte, sah sie sie durch die Halle in Richtung Schreibzimmer gehen.

Die ganze Zeit über war sie im ersten Stock gewesen und zwischen ihrem eigenen Zimmer und der Treppe auf und ab gegangen. Direkt gegenüber dem Treppenabsatz war ein früheres Ankleidezimmer entfernt worden, um den Flur zu erweitern und Licht und Luft hereinzulassen. Ein hohes Fenster ging zum Portal hinaus und ließ die Brise und das entfernte Glitzern des Meeres herein. Als Stacy an diesem Fenster stand, konnte sie beobachten, wer kam und ging. Wenn sie zur Treppe ging, brauchte sie sich nur auf das Geländer zu lehnen, um zu sehen, was unten geschah. Am Ende des Korridors konnte sie den Glasgang zum Anbau überblicken und die Stimmen hören, die hinter Myras Wohnzimmertür an- und abschwollen. Sie hörte die Stimmen zwar, verstand aber nicht, was sie sagten. Die Geräusche drangen zu ihr, nicht aber die Worte.

Einmal, als sie den Flur zurückging, stand Hester Constantine in ihrer offenen Tür. Sie sah aus wie eine Tote, die sich selbst aus dem Grab gezerrt hatte. Sie hatte den Kopf gesenkt und stützte eine Hand an den Türpfosten. Sie bemühte sich, ein Geräusch aus dem Zimmer jenseits des Flures aufzufangen. Sie und Stacy sahen sich an. Dann hob Hester ihre freie Hand und berührte sie.

»Wer ist dort?«

»Der Chief Constable.«

»Warum?«

»Charles …«

Hester holte tief Luft und trat zurück. Es war ihr egal, ob Charles Forrest gehängt wurde oder nicht. Sie schloß die Tür.

Stacy ging zurück zum Fenster über dem Portal. Dort kam ihr der Gedanke, ins Schreibzimmer hinunterzugehen – dann würde sie Charles sehen. Daran konnte man sie nicht hindern. Selbst wenn er verhaftet worden war, könnte sie vielleicht mit ihm sprechen, und wenigstens würde sie ihn wiedersehen. Es wurde wichtiger für sie als irgend etwas anderes auf der Welt.

Als sich die Tür von Myras Wohnzimmer öffnete und Miss Silver mit dem Chief Constable herauskam, verspürte sie einen stechenden Schmerz, weil sie dachte, sie habe ihre Chance vertan. Starr stand sie in der Nische und hörte, wie Miss Silver sagte: »Wenn du etwas Zeit für mich übrig hast – im Arbeitszimmer wird uns niemand stören.«

Stacy lehnte sich über die Balustrade, um sie zu beobachten, bis sie außer Sicht waren, und lief hinunter. Während die Zeit sich zuvor endlos dahingeschleppt hatte, rann sie ihr jetzt davon – die letzte verbleibende Zeit, in der sie Charles sehen, ihn berühren, mit ihm sprechen konnte. Sie rannte und kam atemlos und mit geröteten Wangen in das Schreibzimmer.

Charles stand mit dem Rücken zu ihr am Kamin und war offensichtlich in die Betrachtung eines düsteren Schlachtgemäldes versunken, das über dem Kaminsims hing. Er hatte Sinn für Zitate und dachte gerade, daß es angemessen durch eine Bibelstelle beschrieben werden könnte, in der von wildem Lärm und blutgetränkter Kleidung die Rede war. Er konnte sich aber nicht an den genauen Wortlaut erinnern.

Völlig leidenschaftslos dachte er, wie seltsam es sei, sich über ein Zitat Gedanken zu machen, während man darauf wartet, zu erfahren, ob man wegen Mordes verhaftet wird. Da hörte er, wie die Tür aufgerissen wurde – er drehte sich um und sah Stacy, die hereinstürmte. Sie stieß die Tür hinter sich zu und kam zu ihm, schnell atmend, mit wechselnder Gesichtsfarbe, die Augen weit aufgerissen und erschrocken.

»Charles!«

Inspector Crisp verließ seine strategisch günstige Position zwischen Tür und Fenster und behielt beide im Auge. Stacy hatte ihn nicht einmal bemerkt. Auch jetzt ignorierte sie ihn. Mit beiden Händen klammerte sie sich an Charles und sah ihn an – aus ihren Augen sprach ihr ganzes Herz.

Mit einem forschen »Entschuldigung, Miss Mainwaring« zwang sich Inspector Crisp ihre Aufmerksamkeit auf.

Stacy sah ihn nicht an und antwortete ihm auch nicht. Leise forderte sie: »Schick ihn weg.«

Daß Charles Stimme nicht ganz sicher war, als er ihr antwortete, lag daran, daß Gefühle in Augenblicken großer Anspannung wechselhaft sind. Die Kluft zwischen Lachen und Weinen wird leicht ohne Absicht überschritten. Er sagte: »Ich fürchte, er wird nicht gehen.«

»Miss Mainwaring ...«

Stacy nahm immer noch keine Notiz von Crisp. Verzweifelt hielt sie sich an Charles fest. »Sie haben dich doch nicht verhaftet?«

Über ihren Kopf blickte er Crisp an, das Ebenbild des wütenden Terriers, der an die Ratte nicht herankommt.

»Strenggenommen wohl nicht. Aber wir befinden uns auf heiklem Gelände. Wie würden Sie das nennen, Crisp? Untersuchungshaft ist ein Ausdruck, den ich dafür in der Zeitung gelesen habe. Oder bin ich auf dem Weg zur Wache, um unter Anklage gestellt zu werden? Das kommt mir auch vertraut vor.«

Dieser Ton trug nicht dazu bei, Crisp milde zu stimmen. Höchst offiziell und förmlich sagte er: »Ich muß Miss Mainwaring ersuchen, den Raum zu verlassen.«

Charles sagte: »Alles zu seiner Zeit. Ich bin ja noch nicht wirklich festgenommen. Ich vermute, daß ich noch einige Rechte habe.« Er senkte die Stimme, daß nur Stacy ihn verstehen konnte. »Du solltest besser gehen, weißt du.«

Ihre Hände klammerten sich an ihn. »Werden sie dich verhaften?«

»Sie haben es vor. Ich schätze, eine falsche Fährte ist ihnen in die Quere gekommen.«

»Miss Mainwaring ...«

Auch weiterhin beachtete Stacy ihn nicht. »Wenn sie – wenn sie es tun, werden sie erlauben, daß ich dich besuche?«

»Möchtest du das?«

»Charles!«

»Eine widerliche, fiese Angelegenheit. Ich sitze an einem Ende des Tisches und du am anderen, und ein Wärter hört zu.«

»Major Forrest, würden Sie freundlicherweise Miss Mainwaring bitten, den Raum zu verlassen. Ich muß meine Pflicht tun.«

»Ich glaube, sie erstreckt sich nicht darauf, sie mit Gewalt hinauszubefördern, nicht wahr? Und bis jetzt scheint uns gütliches Zureden nicht weiterzubringen.« Er ließ die Stimme wieder sinken. »Du solltest wirklich besser gehen, Stacy. Das stellt uns auf eine ziemlich harte Probe, findest du nicht auch?«

»Dich?«

»Ja – mich.«

Sie sagte: »Ich gehe«, und nahm ihre Hände so plötzlich fort, daß er dachte, sie würde die Balance verlieren und hinfallen, aber bevor er sie berühren konnte, hatte sie ihr Gleichgewicht wiedergefunden. Sie war kreidebleich. Mit so schwacher Stimme, daß er sie kaum verstand, sagte sie »Auf Wiedersehen«, dann drehte sie sich um und ging hinaus.

Crisp hielt ihr die Tür auf und schloß sie ziemlich heftig hinter ihr. Niemand konnte behaupten, er habe sie zugeschlagen, aber man hatte den Eindruck. Stacy hatte ihn nicht gesehen, als sie kam, und sie sah ihn nicht, als sie ging. Er hätte ebensogut Luft sein können.

Als er sich umdrehte, stand Charles Forrest wieder mit dem Rücken zu ihm und blickte in die Richtung des Schlachtgemäldes über dem Kamin. Aber diesmal muß man bezweifeln, daß er das Bild auch wirklich sah.

32

Lilias Grey zog die Vorhänge ihres Wohnzimmerfensters zurück. Die Sonne brannte nicht mehr auf die Fenster, und vom Meer kam eine leichte Brise auf. Der Tag war wirklich drückend heiß gewesen, aber in den nächsten ein oder zwei Stunden würde die Luft frischer werden. Sie ging zur Tür und öffnete sie, damit Durchzug entstand. Es war ihr ein Ärgernis, daß man direkt vom Korridor ins Wohnzimmer ihrer Wohnung gelangte. Charles hatte in seiner Wohnung einen netten kleinen Flur. Sie verstand nicht und würde nie verstehen, warum sie nicht auch einen haben konnte. Die Fakten, die Mr. Adams, der Architekt angeführt hatte, konnten ihren Standpunkt nicht beeinflussen. Es war und blieb ihr Kummer. An einem heißen Tag wie diesem war es natürlich ein gewisser Vorteil, wenn man in der Lage war, Durchzug zu schaffen.

Sie kam von der Tür zurück und stellte sich ans Fenster. Es war ein langer Tag gewesen. Charles hatte sie nicht besucht. Sie war verärgert und aufgebracht deswegen. Einen Augenblick hatte sie ihn gesehen, als er in der Halle war auf dem Weg zum Lunch mit Major Constable – das war alles. Selbst das wäre ihr entgangen, wenn sie nicht gehört hätte, wie Major Constable hinunterging, und sie ihm nicht gefolgt wäre, weil sie natürlich sofort vermutete, daß Charles mit ihm zum Essen ausging. Das machte ihr Kummer. Charles hatte sie nicht gebeten mitzukommen. Natürlich hätte sie nein gesagt. Wenn Leute sie in der Öffentlichkeit gesehen hätten so bald nach Lewis' Tod, hätten sie es sicher befremdlich gefunden. O nein, sie wäre nicht gegangen, aber sie wäre gern gefragt worden. Niemand würde sich etwas dabei denken, wenn Charles und Jack Constable in Ledbury zusammen zu Mittag aßen – Männer waren doch so viel freier als Frauen –, aber für sie wäre es unvernünftig, sich vor der Beerdigung in einem Hotel oder einem Restaurant aufzuhalten. Natürlich mußte sie zur Beerdigung gehen. Wie heiß es auch war, sie würde ihr schwarzes Kostüm tragen müssen, weil sie nichts anderes hatte, was dem Anlaß angemessen war. Glücklicherweise war es nicht sehr dick, aber es war Wolle – und das bei diesem Wetter! Aber sie würde es tragen müssen – auch bei der Voruntersuchung.

Die ganze Zeit über ging ihr der Gedanke durch den Kopf, daß die gerichtliche Untersuchung der Todesursache immer näher rückte. Sie würde hingehen, vereidigt werden und ihre

Aussage machen. Wenn sie an diesem Punkt anlangte, schüttelte sich alles in ihr und war verwirrt. Das ängstigte sie an der Voruntersuchung. Sie würde aufstehen müssen in einer Art Verschlag mit Barriere und den Eid von der vorgedruckten Karte, die sie einem hinhielten, ablesen und ihre Aussage machen. Der Raum würde überfüllt sein, und alle würden sie ansehen. Das schwarze Kostüm stand ihr. Es hob ihr helles Haar hervor. Sie konnte den kleinen schwarzen Hut tragen, der es kaum verbarg – nur der schmeichelhafte Sonnenschutz über den Augen, und das Stück Schleier, das die Krempe weicher wirken ließ. Das Bild, das sie von sich selbst hatte, wie sie dastand, war tröstlich – mitleiderregend dünn und blond, bemüht, tapfer zu sein. Dann schüttelte die Angst sie wieder. Angenommen, dieses gräßliche Angstgefühl überkam sie, wenn sie ihre Aussage machte, und die Verwirrung nahm Überhand? Was, wenn ihr nicht mehr einfiel, was sie sagen sollte? Es war alles so ein grauenvoller Schock. Und niemand war bei ihr. Charles kam nicht zu ihr.

Sie starrte aus dem Fenster. Es war keine Wolke am Himmel und kein Schatten auf dem Meer.

Jemand kam die Treppe herauf – ein Mann. Charles? Major Constable? Das Geräusch drang durch die offene Tür. Sie drehte sich um, ging ihm entgegen und sah, wie Inspector Crisp den Treppenabsatz erreichte.

Im Anbau war die Bühne vorbereitet, als Crisp sie hereinführte. Der Glasgang war wie ein Glutofen, genau wie an jenem schrecklichen Freitagnachmittag. Aus all der Hitze und beißenden Helligkeit in den Raum zu treten, den Lewis Brading für seine Sammlung entworfen hatte, bedeutete einen Temperaturunterschied von zehn Grad, und man hatte den Eindruck, in scheinbare Dunkelheit zu fallen. Hoch oben brannte nur eine Lampe, und die schwarzverhängten Wände dämpften das Licht. Lilias Grey hielt den Atem an, stutzte, spürte Crisps Berührung auf ihrem Arm und ging weiter. Er sagte: »Hier entlang, Miss Grey«, und sie kamen in den erleuchteten Flur auf der anderen Seite.

Die Tür des Labors war angelehnt. Crisp öffnete sie und trat zur Seite, um sie einzulassen. Alle Laborlampen brannten. Der Raum schien strahlend hell, wie ein Raum in einem Krankenhaus – weiße Wände und Decke, ein Frösteln in der Luft.

Sie wandte sich nach rechts, als sie hereinkam und sah, daß der Chief Constable hinter Lewis' Schreibtisch ihr entgegenschaute. Er saß, wo Lewis gesessen hatte. Zu seiner Linken hatte eine altmodische kleine Frau mit blaßrosa Strickzeug auf dem Schoß Platz genommen. Das war sicher Charles' Privatdetektivin. Irgendwie war ihr Anblick eine Erleichterung. Das kalte, flattrige Gefühl, das ihr Übelkeit verursacht hatte, ließ nach. Es war lästig, an einem heißen Abend hierhergezerrt zu werden, und als Grund war ihr nur angegeben worden, daß die Polizei einige Aussagen kontrollieren wolle. Aber es gab nichts, weswegen man sich zu ängstigen brauchte. Ihre Nerven spielten ihr nur einen Streich – kein Wunder nach dem Schock, den sie gehabt hatte. Es war alles nur eine Routineangelegenheit, so alltäglich und normal wie die altmodische kleine Gouvernante, die dort saß und blaßrosa Wolle verstrickte.

March sagte: »Kommen Sie herein, Miss Grey. Es gibt da einige Fragen, die ich Ihnen stellen muß. Crisp, sind Sie bereit, sich Notizen zu machen?«

Das flattrige Gefühl kehrte zurück. Albern – es waren nur die Nerven. Randal March war ein gutaussehender Mann. Er war Superintendent in Ledlington gewesen, bevor er Chief Constable wurde. Er sah aus wie ein Landedelmann – groß, blond, auf anziehende Weise gebräunt.

Der Inspector hatte es sich bequem gemacht und ein Notizbuch herausgezogen. Diese Formalitäten machten einen nervös. Aber soweit sie es beurteilen konnte, bestand keine Notwendigkeit dafür. Warum konnte Mr. March sie nicht einfach in ihrem eigenen Wohnzimmer besuchen? Das wäre doch so viel passender. Er sagte ganz höflich, aber mit einer Stimme, die man nur als amtlich bezeichnen konnte: »Also, Miss Grey, ich habe Ihre Aussage hier. Es tut mir leid, Sie zu belästigen, aber es würde uns helfen, wenn Sie das Ganze noch einmal durchgehen. Übrigens, ich weiß nicht, ob Sie Miss Silver schon kennengelernt haben. Sie ist eine Privatermittlerin. Mr. Brading hatte sie aufgesucht, und jetzt vertritt sie Major Forrest. Wenn Sie keine Einwände erheben, hätte ich sie gerne dabei.«

»Nein, nein, natürlich – ich meine, es macht mir überhaupt nichts aus. Charles hat mir von ihr erzählt.«

»Wenn es Ihnen also nichts ausmacht, Miss Grey, hätte ich gern, daß Sie zur Tür zurückgehen und noch einmal hereinkommen. Ich möchte, daß Sie sich vorstellen, ich sei Mr. Brading. Und dann möchte ich, daß Sie dasselbe tun und sagen wie am Freitagnachmittag.«

Miss Silver war Miss Greys Blässe schon aufgefallen, als sie hereingekommen war. Jetzt wurde sie noch bleicher.

»Oh, ich kann nicht … ich weiß wirklich nicht …«

»Ich möchte, daß Sie es versuchen, Miss Grey. Wenn Ihre Aussage korrekt ist, verstehe ich nicht, warum Sie sich dagegen wehren sollten.«

Sie führte ihr Taschentuch zu den Lippen. Hinter diesem leinernen Schutz befeuchtete sie sie.

»Ich werde tun, was ich kann.«

Sie ging zur Tür, immer noch mit dem Taschentuch in der Hand. Als sie sich umdrehte, um den Raum erneut zu betreten, unterbrach March sie.

»Hatten Sie ein Taschentuch in der Hand?«

»Nein – nein – o nein.«

»Wir wollen versuchen, so exakt wie möglich zu sein. Tun Sie es also bitte fort. Hatten Sie diese Tasche?«

»Ja.«

»In Ihrer linken Hand?«

»Unter meinem Arm.«

»Also gut, Sie kamen herein. Was taten Sie dann?«

Sie versuchte sich daran zu erinnern, was sie in ihrer Aussage angegeben hatte. Dort waren die Worte niedergeschrieben. Aber zwischen jenen Worten und ihrer Erinnerung erhob sich ein Bild, das ihr ständig in den Sinn kam. Ihre Lippen waren so trocken, daß sie sie wieder befeuchten mußte. Sie wußte nicht, was sie sagen sollte, aber sie mußte etwas sagen, oder sie würden denken ... sie würden denken ...

Sie kam den halben Weg zum Tisch und stammelte: »Ich weiß nicht – Sie machen mich nervös. Ich nehme an, ich sagte: ›Guten Tag.‹«

»Und Brading?«

»Ich glaube, er auch.«

»Und dann? Was taten Sie dann?«

»Ich kann mich nicht an jede Einzelheit erinnern.«

»Versuchen Sie Ihr Bestes. Zeigen Sie mir, was Sie als nächstes taten.«

Sie legte den Rest des Weges zurück, nervös, zögernd, die Augen auf March gerichtet. Als sie den Tisch erreicht hatte, stand sie da. Ihre Hand schoß vor und umklammerte die Tischecke.

Crisp sah sie scharf an. Er hatte diese Methode für dummes Zeug gehalten, aber jetzt war er nicht mehr so sicher. Er hatte ein gutes Gedächtnis, und er erinnerte sich genau an ihre Aussage. Dort hieß es, sie kam herein, setzte sich an den Tisch und redete mit Mr. Brading über eine geschäftliche Angelegenheit. So verhielt sie sich immer, wenn sie etwas Geschäftliches zu bereden hatte. Jetzt war sie gebeten worden zu zeigen, was sie genau getan hatte, und sie hatte sich nicht einmal umgeschaut, um zu sehen, ob ein Stuhl da war, sie war nur zum Tisch gekommen und hielt sich daran fest.

Der Chief Constable sagte: »Berührten Sie den Tisch so wie jetzt?«

Hastig meinte sie: »Nein, nein, ich glaube nicht.«

»Also, versuchen Sie sich genau daran zu halten, was Sie vorigen Freitag taten. Standen Sie so da wie jetzt?«

Ein Gefühl der Panik überkam sie. Sie versuchte sich daran zu erinnern, was sie gesagt hatte … Etwas über ein Gespräch mit Lewis – sie hatte sich hingesetzt und mit ihm geredet. So schnell sie konnte, sagte sie: »Nein, nein, ich setzte mich hin.«

»Wo?«

Ein Stuhl war dagewesen. Jedesmal wenn sie die Augen schloß, konnte sie den Tisch sehen und Lewis. Ein Stuhl war dagewesen – ein wenig rechts von ihrem jetzigen Standort. Sie bewegte ihre Hand und sagte: »Dort.«

Auf einen Blick des Chief Constable stand Crisp auf und stellte einen Stuhl an die Stelle. Sie war froh, sich hinsetzen zu können.

March sagte: »Und dann?«

»Wir begannen über Geschäftliches zu reden. Ich war gekommen, um ihn wegen der Investition von etwas Geld um Rat zu fragen.«

Das hatte sie auch ausgesagt. Jetzt machte sie es richtig. Wenn sie dabei bliebe, konnte man ihr nichts nachweisen. Sie mußte nur über die zurückgezahlte Hypothek reden und sagen, daß sie Lewis um Rat gefragt hatte, wie sie das Geld investieren sollte. Sie begann zu reden.

Mittendrin sah sie, daß Miss Silver sie anschaute. So ein seltsamer Blick. Nicht unfreundlich, nicht wirklich streng, mehr, als ob ihr etwas leid täte. Ihre Stimme begann zu zittern.

»Er sagte … ich sollte es in Staatsanleihen … anlegen …«

»Und dann?«

»Das war alles. Ich meine … natürlich redeten wir ein bißchen darüber …«

»Was sagten Sie?«

»Oh, einfach ... was er glaubte, was am besten sei ...«

»Und was sagte er?«

»Es anzulegen in Staatsanleihen ...«

»Das war alles, was er sagte?«

Sie spürte Erleichterung. Sie kamen zum Ende. Sie war durchgekommen. Sie sagte: »Ja.«

»Nichts über die Marziali-Brosche?«

Mit aufgerissenen Augen starrte sie ihn an. Ihre Zunge kroch heraus und berührte die Lippen.

»Ich weiß nicht, was Sie meinen ...«

»Wirklich nicht, Miss Grey?«

Sie schüttelte den Kopf.

Miss Silver legte ihr Strickzeug beiseite und kam zu ihr. Sie hatte ein Glas Wasser in der Hand.

»Sie sollten besser etwas trinken, Miss Grey.«

Das Wasser wurde ihr an die Lippen gehalten. Sie trank. Etwas wurde verschüttet. Sie trank wieder. Miss Silver stellte das Glas auf den Tisch und sagte mit freundlicher, fester Stimme: »Jetzt müssen Sie dem Chief Constable genau zuhören.«

March sagte: »Am Donnerstagabend waren Sie mit einer Anzahl anderer Leute im äußeren Raum des Anbaus, als Brading seine Sammlung zeigte. Die Marziali-Brosche ist als Teil der Sammlung aufgelistet. Sie hat fünf große Brillanten und ist von beträchtlichem Wert. Mrs. Constantine sagt aus, daß sie sah, wie Sie sie fortnahmen und in Ihre Tasche steckten. Was haben Sie dazu zu sagen?«

»Das ist nicht wahr ...« Sie griff nach dem Wasserglas, nahm einen Schluck und ließ beinahe das Glas fallen.

Mit gleichmütiger Stimme fuhr March fort: »Mrs. Constantine wartete, bis alle gegangen waren und informierte Mr. Brading über das, was sie gesehen hatte. Sie sagt, Miss Grey, daß er nicht überrascht schien, sondern nur ankündigte, daß er die Sache selbst regeln werde. Er rief Sie an, nicht wahr? Am Freitag kurz vor dem Mittagessen?«

Mit erstickter Stimme wiederholte sie: »Wegen der Anlage des Geldes, daß ich zu ihm kommen sollte ...«

»Miss Grey, Sie müssen nicht antworten, wenn Sie nicht wollen. Aber ich muß Sie darauf hinweisen, daß alles, was Sie sagen, niedergeschrieben und als Beweis gegen Sie verwendet werden kann. Und ich muß Ihnen auch sagen, daß Mrs. Constantines Aussage und Ihr eigenes Verhalten Sie in bezug auf den Mord an Mr. Brading sehr verdächtig machen. Er hatte Grund zu der Annahme, daß Sie eine wertvolle Brosche gestohlen haben. Er ließ Sie kommen, um die Angelegenheit zu regeln. Sie waren hier und Sie sahen ihn. Sie brachten die Brosche zurück, denn sie wurde in dieser Schublade gefunden, die offenstand. Wenn er drohte, Sie zu entlarven, hatten Sie ein starkes Motiv. Die Waffe, mit der er erschossen wurde, war aus Saltings mitgebracht worden. Die Waffe, die sich in seiner Schublade befunden hatte, wurde nach Saltings gebracht.«

Sie schrie auf: »Halt! Halt! Ich war es nicht!« Sie umklammerte Miss Silvers Arm mit schmerzhaftem Griff. »Lassen Sie das nicht zu! Er soll aufhören! Ich habe es nicht getan!«

Miss Silver entfernte ihre Hände auf freundliche, aber bestimmte Art von ihrem Arm. Randal March, der sie zeitweise weit weg gewünscht hatte, war in diesem Augenblick aufrichtig froh über ihre Anwesenheit. Hysterische Frauen waren ihm ein Greuel.

Mit einer Stimme voller Autorität sagte Miss Silver: »Bitte beruhigen Sie sich, Miss Grey.«

»Aber ich habe es nicht getan, ich habe ihn nicht berührt – oder den Revolver! Das könnte ich nicht! Solche Dinge ängstigen mich zu Tode! Oh, Sie glauben doch nicht, daß ich ihn erschossen habe? Mr. March, Sie können doch nicht – Sie können nicht denken, ich hätte ihn erschossen!«

Er antwortete nicht.

Miss Silver sagte: »Miss Grey, Sie müssen sich bitte zusammennehmen. Wenn Sie eine Erklärung abgeben wollen ...«

»Er wird mich nicht anhören! Niemand wird mich anhören! Sie werden mir nicht glauben! Oh, können Sie ihn nicht dazu bringen, mir zuzuhören?« Sie schluchzte hilflos.

Miss Silver legte ihr eine Hand auf die Schulter.

»Wir werden allem zuhören, was Sie uns zu sagen haben. Sie werden nicht gezwungen oder genötigt zu sprechen. Es steht Ihnen völlig frei, eine Aussage zu machen. Inspector Crisp wird niederschreiben, was Sie sagen. Hinterher wird Ihnen das Protokoll noch einmal vorgelesen, und Sie können es unterschreiben, wenn Sie wollen. Kein Druck, welcher Art auch immer, wird auf Sie ausgeübt. Jetzt trinken Sie noch einmal etwas Wasser, und dann entscheiden Sie, ob es etwas gibt, was Sie sagen möchten.«

Lilias streckte eine zitternde Hand nach dem Glas aus, trank zwischen schluchzenden Atemzügen und setzte das Glas wieder ab. Etwas Wasser schwappte über und rann ihr übers Kinn. Sie tupfte es mit ihrem Taschentuch weg und sagte: »O Mr. March, ich habe ihn nicht erschossen. Er war schon tot, als ich kam.«

Alle im Raum waren geschockt. Miss Silver rief: »Du meine Güte!« Sie stand neben Miss Grey und beobachtete sie mit der größten Aufmerksamkeit. Sie war plötzlich keine gebrochene, entnervte Frau mehr. Es war, als hätte der Schock, den ihre Worte hervorgerufen hatten, sie selbst ernüchtert. Sie zitterte ein wenig, war aber nicht länger auf ihrem Stuhl zusammengesunken. Sie hatte auch aufgehört zu schluchzen.

Randal March fragte: »Möchten Sie eine Aussage dieses Inhalts machen?«

»Ja, ja – natürlich werde ich das. Ich muß. Ich kann doch nicht zulassen, daß jemand denkt – oh, es ist schrecklich!«

»Brading war tot, als Sie am Freitagnachmittag in diesen Raum kamen?«

Mit einer fieberhaften Energie sprudelten die Worte hervor: »Ja, ja, natürlich! Verstehen Sie nicht, daß ich Ihnen deshalb nicht erzählen konnte, was er gesagt hatte oder was ich gesagt hatte? Er war tot. Es war der gräßlichste Schock, den ich je in meinem Leben hatte. Ich kam in das Zimmer, und er war tot.«

Miss Silver ging still auf ihren Platz zurück und nahm ihr Strickzeug wieder auf. Miss Grey war jetzt ganz ruhig und sicher. Sie würde nicht wieder hysterisch werden. Nachdem sie einmal dieses verblüffende Eingeständnis gemacht hatte, war der Rest einfach. Im Geiste zitierte sie ein französisches Sprichwort: *»Ce n'est que le premier pas qui coûte.«*

Randal ging noch einmal ihr Eintreffen im Anbau durch.

»Wer ließ Sie herein, Miss Grey?«

»Die Tür war angelehnt«, sagte sie.

»Überraschte Sie das?«

»Ja, nein, ich dachte, Lewis hätte sie für mich offengelassen.«

»Brannte drinnen Licht?«

»Ja, es war wie heute.«

»Nur ein Licht war an?«

Ein Schauer überlief sie.

»Ja, als ich hereinkam, war es ziemlich dunkel.«

»War der Flur dahinter beleuchtet?«

»Ja, genau wie heute.«

»Und das Labor?«

Wieder ein Schauer. »O ja, schrecklich hell.«

»Beschreiben Sie genau, was Sie sahen, als Sie hereinkamen.«

Inspector Crisp schrieb alles mit, aber das machte ihr nichts aus. Jetzt, da sie einmal begonnen hatte, konnte sie es nicht schnell genug loswerden.

»Ich kam durch die Tür, und eine Minute lang glaubte ich, er schliefe. Sein Kopf lag auf dem Tisch. Ich kam ein wenig näher und sah, daß er erschossen worden war.«

»Warum haben Sie nicht Alarm geschlagen?«

Mit einer eigenartig langsamen Stimme sagte sie: »Ich weiß

nicht. Es war ein Schock. Ich stand einfach da ... ich konnte mich nicht bewegen.«

»Aber als das vorüberging, haben Sie sich dann bewegt?«

»Ja. Ich ging hin und sah nach, ob er tot war.«

»Würden Sie mir zeigen, wie er genau lag?«

»Sein Kopf war genau auf der Ecke des Löschpapiers.«

March rückte seinen Stuhl zurück und stand auf.

»Könnten Sie bitte hier herumkommen und mir zeigen, wie die Leiche genau lag?«

Sie kam um den Tisch und zeigte es ihm. Sie nahm exakt dieselbe Stellung ein, in der man Lewis Brading gefunden hatte.

»Danke, Miss Grey.«

Sie ging zu ihrem Platz und er zu seinem.

»Der rechte Arm hing herunter?«

»Ja.«

»Sahen Sie die Waffe?«

»Sie lag auf dem Boden – als ob er sie fallen gelassen hätte. Ich dachte, er hätte sich selbst erschossen.«

»Kennen Sie einen Grund, aus dem er sich erschießen sollte?«

»Nein.«

»Aber Sie dachten, es sei Selbstmord?«

»Ja.«

»Warum haben Sie dann nicht Alarm geschlagen?«

»Ich ... ich ...«

»Miss Grey, der erste Schock war vorüber. Sie hatten begonnen nachzudenken. Ihr Verstand war ausreichend aktiv, um die Theorie zu bilden, daß Brading Selbstmord begangen habe. Das natürlichste wäre es gewesen, ins Haus hinüberzurennen und Alarm zu schlagen. Warum haben Sie es nicht getan?«

Sie griff nach ihrem nassen Taschentuch.

»Ich hatte Angst.«

»Warum?«

»Ich hatte Angst, sie würden denken …« Sie hielt inne.

»Sie hatten Angst, man würde denken, Sie hätten ihn erschossen?«

Sie hielt die Luft an. »Sie haben es doch auch gedacht, oder nicht?«

»Weil ein sehr starkes Motiv aufgetaucht war.«

Miss Silver hüstelte. Sie wandte sich mit höflicher Förmlichkeit an den Chief Constable. »Ich bitte um Entschuldigung, dürfte ich Miss Grey eine Frage stellen?«

»Aber natürlich.«

Sie blickte sie über die rosa Wolle hinweg an und fragte: »Hatten Sie einen Grund zu der Annahme, daß dieses Motiv bekannt würde? Erzählte Ihnen Mr. Brading am Telefon, daß Mrs. Constantine beobachtet hatte, wie Sie die Marziali-Brosche stahlen?«

Einen Augenblick lang fürchtete March, daß sie wieder anfinge, hysterisch zu schluchzen. Aber nichts dergleichen geschah. Voller Empörung rief Lilias Grey »Oh!« Sie richtete sich entrüstet auf und nahm Zuflucht zu Worten anstelle von Tränen. »Myra Constantine ist eine ordinäre alte Person, die sich in alles einmischt. Sie denkt, jeder habe dieselben niedrigen Motive wie sie. Und Lewis hat schon immer auf sie gehört. Er war äußerst unfreundlich, äußerst ungerecht.« Sie bemühte sich um eine würdevolle Miene, was ihr auch gelang. »Ich lieh mir die Brosche, weil sie mich sehr interessierte und ich eine Zeichnung von ihr anfertigen wollte. Ich habe daran gedacht, einige Artikel über Juwelen zu schreiben. Ich fragte Lewis nicht, weil er sicher Schwierigkeiten gemacht hätte. Am nächsten Tag wollte ich die Brosche zurückgeben. Und dann rief er mich an und war äußerst ungehalten. Und natürlich wußte ich, daß Myra Zwietracht sähen würde, wenn sie könnte. Als ich Lewis dann tot vorfand, dachte ich, es sei viel einfacher, wenn ich mich aus dem Staub mache und nichts sage.«

Langsam begann March zu glauben, daß sie die Wahrheit sagte. Nur die Gedankengänge eines völlig unlogischen Gehirns konnten so unvernünftig sein. Kaum vorstellbar, daß man so etwas erfinden konnte. Nur mit Mühe konzentrierte er sich wieder auf seine eigenen Gedanken.

»Sie entschlossen sich, einfach wegzugehen und nichts zu sagen?«

Mit recht erfreuter Stimme antwortete sie ihm: »Ich dachte, das sei das beste.«

Was für eine Frau! Trotzdem, er mußte soviel wie möglich aus ihr herausbekommen.

»Also, Miss Grey, was taten Sie, nachdem Sie sich entschlossen hatten, nichts zu sagen?«

»Ich legte die Brosche in die zweite Schublade. Sie stand offen.«

»War ein Revolver in der Schublade?«

»Nein, er lag auf dem Boden.«

»Sahen Sie irgendwo einen zweiten Revolver?«

Sie wirkte erstaunt. »O nein. Ich bin mir sicher, daß er nur den einen hatte.«

»Also, Sie legten die Brosche in die Schublade. Was taten Sie noch?«

Ein Ausdruck von Beunruhigung kam und ging. Er war so schwach, so flüchtig, daß nur Miss Silver ihn bemerkte.

»Ich weiß nicht, was Sie meinen.«

»Sie müssen über zehn Minuten Rechenschaft ablegen. Ich glaube nicht, daß Sie das bereits getan haben. Was taten Sie, nachdem Sie die Brosche in die Schublade gelegt hatten?«

Diesmal bemerkte er, daß sie nervös war. Sie sagte: »Ich ging weg.«

March schüttelte den Kopf. »O nein, nicht sofort. Ganze zehn Minuten verstrichen. Vielleicht kann ich Ihnen helfen. Sahen Sie einen Metallaschenbecher auf dem Tisch?«

»Ich ... ich weiß nicht ... vielleicht.«

»Nun kommen Sie schon, Miss Grey, Sie müssen ihn doch gesehen haben. Wo stand er?«

»Dort … dort drüben.« Sie deutete auf einen freien Platz neben seiner linken Hand.

»War er leer?«

»Ich glaube schon.«

March sagte: »Sie sehen, die Erinnerung kehrt zurück. Versuchen Sie es nur weiter. Ist Ihnen Bradings Testament aufgefallen?«

Sie rief »Oh!« wie jemand, der den Halt verloren hat.

»Haben Sie es gesehen, Miss Grey?«

Sie starrte ihn hilflos an und brach in Tränen aus.

Miss Silver legte ihr Strickzeug weg und sagte sehr bestimmt: »Miss Grey, wenn Sie nicht die Wahrheit sagen, bringen Sie sich selbst in ernste Schwierigkeiten. Ich denke, Sie haben Mr. Bradings Testament entdeckt. Ich glaube, es lag dort auf dem Tisch. Sie haben es gesehen und gelesen. Es machte Sie sehr wütend, daß Mrs. Robinson das ganze Geld erben sollte. Ich vermute, daß ihre Überlegungen gar nicht weiter gingen. Wenn das Testament vernichtet würde, stünde Major Forrest das Geld zu, und wenn Major Forrest etwas erbte, würden Sie sicher einen Teil davon bekommen. Soll ich Ihnen sagen, was Sie taten? Das Formular war nicht sehr groß. Sie nahmen Ihr Taschentuch heraus und hoben den Aschenbecher herüber auf die rechte Ecke des Tisches. Sie waren geistesgegenwärtig genug, daran zu denken, keine Fingerabdrücke zu hinterlassen. Sie legten das Testament in den Metallascher und zündeten ein Streichholz an. Da Sie rauchen, haben Sie sicher Streichhölzer in ihrer Handtasche.«

»Woher wissen Sie, daß ich rauche?«

Miss Silver hüstelte. »Ich habe Mrs. Constantine danach gefragt. Sie zündeten ein Streichholz an, steckten das Formular in Brand und beobachteten, wie es verbrannte. Das stimmt doch, oder nicht?«

Lilias warf die Hände in die Luft. Das verknüllte Taschentuch fiel auf den Boden.

»Oh – oh – oh!« schrie sie. »Woher wissen Sie das?«

33

»Also, was halten Sie davon?«

March war mit Miss Silver allein. Sie saßen noch im Labor. Lilias Grey hatte sich auf Miss Silvers Vorschlag hin in Lewis Bradings Zimmer zurückgezogen, wo es ein sehr bequemes Sofa gab. Dort war sie in der Obhut eines älteren Zimmermädchens. Miss Grey erhob keine Einwände. Sie hatte viel geweint, aber ihre Tränen getrocknet, als Miss Silver sie fragte, ob sie eine Tasse Tee trinken möchte. Nachdem sie fort war, ging auch Crisp und ließ March mit Miss Silver allein. Miss Silver dachte gerade darüber nach, wie schwierig es war, die Lüge, die zur Hälfte Wahrheit war, und die Wahrheit, die zur Hälfte gelogen war, zu entwirren. Voller Bewunderung rief sie sich die Zeilen ins Gedächtnis, in denen Lord Tennyson diese Tatsache behandelt. Sie lehnte sich zurück auf ihrem Stuhl, den sie einem Sessel vorzog, und strickte weiter. Marchs Frage beantwortete sie mit einer Gegenfrage: »Was hältst du davon?«

Er hob eine Hand und ließ sie wieder fallen. »Es hängt davon ab, ob sie die Wahrheit sagt. Tut sie das?«

»Ich denke schon, Randal.«

Seine Stimme nahm einen zynischen Ton an: »Der ganze Mist über das ›Leihen‹ der Brosche, um sie zeichnen zu wollen?«

Ihre Nadeln klapperten. »O nein, das natürlich nicht. Das war nur eine Schutzbehauptung. Sie ist der Typ, der nie einen Fehler eingesteht. Genau der Typ, der für gewöhnlich Ladendiebstähle begeht. Sie entschuldigen, was sie tun, machen gute Miene zum bösen Spiel und bewahren sich so ihre Selbstachtung. Das ist eine Art von verwirrtem Denken, das den ganzen Charakter untergräbt. Miss Grey ist ein sehr gutes Beispiel dafür. Sie stahl Mr. Bradings Brosche, aber ich bin mir ganz sicher, daß sie ihn nicht erschossen hat.«

Er war geneigt, ihr zuzustimmen. »Und Ihre Gründe für diese Annahme?«

Sie strickte mit einer gewissen energischen Heiterkeit. »Mein lieber Randal, dieses Verbrechen war sehr sorgfältig geplant, sehr klug ausgedacht. Es trägt die Zeichen eines klugen Verstandes, der geschwind und skrupellos arbeitet, der schnell neue Gegebenheiten einbezieht. Kannst du dir vorstellen, daß Miss Greys Verstand so arbeitet? Bedenke doch bitte die Situation, in der sie sich befand. Sie hatte Mr. Brading beraubt. Er war ihr auf die Schliche gekommen. Sie wußte, daß Mrs. Constantine der Diebstahl bekannt war. Mr. Brading hatte sie angerufen, um ihr zu sagen, daß sie die Brosche zurückbringen müsse. Das tat sie. Kannst du auch nur für einen Augenblick glauben, daß sie sich eine Waffe besorgt hatte und herkam mit der Absicht, ihn zu erschießen? Ich glaube nicht, daß sie jemals in ihrem Leben eine Waffe benutzt hat. Bei ihrer Fähigkeit zur Selbsttäuschung war es ihr unmöglich, zu glauben, daß Mr. Brading sie bloßstellen wollte. Sie erwartete eine unfreundliche Szene, aber nicht, daß er bis zum Äußersten gehen würde. Wenn er sie überzeugt hätte, daß sie in wirklicher Gefahr war, hätte sie zu Major Forrest Zuflucht genommen und nicht zu seiner Waffe. Mit einer Flut von Tränen hätte sie ihn informiert über die grausame und mitleidlose Szene mit Mr. Brading. Ich kann dir versichern, Randal, daß sie – wenn auch aus ganz anderen Gründen – genauso unfähig ist, jemanden zu erschießen wie ich selbst. Der Anblick von Mr. Bradings Leiche erschreckte sie, und ihrem Charakter entsprechend war ihr einziger Gedanke vorzugeben, daß nichts passiert sei. Sie denkt zu keiner Zeit klar oder vernünftig. Unter dem Einfluß eines Schocks denkt sie überhaupt nicht. Sie handelt aus Instinkt und Gewohnheit. Ich bin sicher, es kam ihr gar nicht in den Sinn, daß sie den Verdacht auf Major Forrest lenken würde, als sie aussagte, Mr. Brading habe gelebt, als sie ihn verließ.«

Trocken meinte March: »Sie konnte ausreichend nachdenken, um das Testament zu vernichten.«

Ganz entschieden schüttelte Miss Silver den Kopf. »Das war kein Nachdenken, Randal, sondern Instinkt. Ihr ganzes Verhalten zeigt, daß sie sehr habsüchtig ist. Sie las das Testament und sah, daß Mr. Brading Mrs. Robinson alles hinterlassen würde. Sie brauchte nur ein Streichholz anzünden, um zu unterbinden, was ihr als bodenlose Ungerechtigkeit erschienen sein muß. Du hast sie gesehen. Ist es nicht völlig klar, daß sie solch ein Vorgehen für gerechtfertigt hielt?«

»Oh, sie würde alles rechtfertigen.«

»Genau.«

Nach einem Augenblick meinte er: »Wenn man ihre Aussage zugrunde legt, entlastet das Charles Forrest. Deshalb sind Sie hergekommen, nicht wahr?«

Miss Silver regte sich nicht auf. Ruhig entgegnete sie: »Ich kam her, um den Zielen der Gerechtigkeit zu dienen und die Wahrheit aufzudecken. Du kennst mich zu gut, um zu glauben, daß ich ein anderes Motiv haben könnte.«

Er lächelte. »Sie haben gerade ein äußerst fähiges Plädoyer gehalten.«

Sie hüstelte. »Du hast mich nach meiner Meinung gefragt. Ich habe sie dir mitgeteilt.«

Eine Weile saß er da, das Kinn in die Hand gestützt, und betrachtete sie eingehend. »Ist Ihnen nicht in den Sinn gekommen, daß es eine völlig andere Erklärung für die, sagen wir einmal, Abweichung von Miss Greys ursprünglicher Aussage geben könnte?«

Sie erwiderte seinen Blick mit wacher Intelligenz. »Welche Erklärung schlägst du vor?«

»Sie ist Forrests Adoptivschwester. Es ist bekannt, daß sie ihm ergeben ist. Wie Sie gesagt haben, denkt sie nicht besonders scharf nach. Zu der Zeit, als sie ihre Aussage machte, kam ihr nicht in den Sinn, daß es einen Verdacht auf Forrest lenkt, wenn sie sagt, daß sie den lebenden Brading um zehn nach drei verließ, und Forrest sagt, er fand ihn um zwanzig nach drei tot vor. Als ihr das langsam klar wird, bekommt sie Angst, und als sie dann herausfindet, daß Forrest kurz vor der Verhaftung steht, rückt sie mit dieser Geschichte heraus, daß Brading tot gewesen sei, als sie kurz vor drei dort hinkam.«

Miss Silver lächelte äußerst liebenswürdig. »Das ist genial, Randal, aber es funktioniert nicht. Als erstes glaube ich keinen Augenblick, daß sie wußte, daß Major Forrest in Gefahr war, verhaftet zu werden. Zweitens rückte sie nicht von sich aus damit heraus, daß sie ihn tot vorfand. Sie war überrascht und wurde überrumpelt – sie mußte es zugeben. Und drittens kann ich mir wirklich nicht vorstellen, daß Miss Grey in einem Notfall an andere Interessen als an ihre eigenen denkt.«

»Sie glauben, sie wurde überrumpelt, dieses Eingeständnis zu machen?«

»Gewiß. Ich habe sie genau beobachtet, als sie hereinkam. Hast du nicht gesehen, wie sie unwillkürlich stutzte, als sie den Schreibtisch sah? Sie stutzte. Sie riß die Augen auf. Sie starrte dich erschreckt an. Es war schwierig für sie, weiterzugehen. Da war ich mir ganz sicher, daß sie Mr. Brading erschossen dort hatte liegen sehen. Du hast mich gefragt, ob ich glaube, daß sie die Wahrheit sagte, als sie dies zugab. Ich finde, ihre Beschreibung der Stellung der Leiche unterstützt dies. Sie war doch in jedem Detail korrekt, nicht wahr?«

Er nickte. »Forrest könnte es ihr erzählt haben.«

»Das ist nicht sehr wahrscheinlich. Er würde so eine schreckliche Szene nicht jemandem mit hysterischer Veranlagung beschreiben.«

»Gut, da stimme ich zu. Ich bin mir aber nicht sicher, ob

ich Ihnen auf der ganzen Linie zustimme, was bedeuten würde, daß Forrest aus der Sache heraus ist.« Er lächelte. »Sie sind ein sehr fähiger Anwalt.«

Das blaßrosa Jäckchen wurde herumgedreht. Sie hustete vorwurfsvoll. »Major Forrest braucht keinen Anwalt. Die Fakten sprechen für sich. Hast du dir überlegt, daß der Austausch der Waffen tatsächlich ein Beweis seiner Unschuld ist?«

»Meine liebe Miss Silver!«

Sie hüstelte wieder. »Wenn du dir das noch nicht überlegt hast, dann tue es bitte. Mr. Bradings Besucher am Freitagnachmittag kamen alle aus Saltings. Jeder von ihnen hätte sich in den Besitz von Major Forrests Revolver – demjenigen mit der Schramme – bringen und ihn austauschen können gegen den, den er Mr. Brading gegeben hatte und der dessen Initialen trug. Da sich Mr. Bradings Revolver an Ort und Stelle befand – und es herrscht Übereinstimmung, daß diese Tatsache allgemein bekannt war –, warum wurde er nicht für den Mord benutzt? Da ein Versuch unternommen wurde, den Tod als Selbstmord zu tarnen, müssen wir zugeben, daß Mr. Bradings eigener Revolver nicht benutzt wurde, weil er nicht benutzt werden konnte. Der Mörder war sicherlich nicht in der Lage, ihn aus der Schublade zu nehmen und aus allernächster Nähe abzufeuern, was ja notwendig war, um den Gedanken an Selbstmord zu unterstützen. Er oder sie mußte daher für eine andere Waffe sorgen und sie benutzen. Als einziger unter den vier Besuchern brauchte Major Forrest sich nicht mit einer anderen Waffe zu versorgen. Ihm war es ohne weiteres möglich, sich neben seinen Cousin zu stellen, er hätte die Unterhaltung auf den Revolver bringen und einen Vorwand finden können, um die Schublade zu öffnen und die Waffe herauszuholen. Es wäre alles vollkommen natürlich und einfach gewesen. Major Forrest hätte seinen Cousin erschießen können, ohne den geringsten Verdacht zu erregen. Er brauchte seinen eigenen Revolver nicht, und er ist viel zu intelligent, um ihn zu benutzen.«

March sah sie eindringlich an. »Jemand hat ihn benutzt. Wen schlagen Sie vor?«

»Jemanden, der nicht damit rechnen konnte, daß er Mr. Bradings eigenen Revolver in die Hand bekam. Jemanden, der das Ganze sehr sorgfältig geplant hat, aber bei der Durchführung so in Eile war, daß die Fingerabdrücke, die die Polizei von Mr. Bradings Selbstmord überzeugen sollten, abrutschten und verschmierten. Jemanden, der Mr. Bradings Revolver entfernen mußte und den anderen zurückließ, weil Mr. Bradings Revolver voll geladen war und in diesem Raum einfach kein Platz ist, um einen Schuß abzufeuern.«

March hob eine Hand. »Meine liebe Miss Silver!«

Sie lächelte ihn an, freundlich, aber ernst. »Es ist alles wahr, nicht? Während du es nochmals überdenkst, schlage ich vor, du schickst nach Mr. Moberly.«

Seine Augenbrauen zogen sich zusammen. »Moberly?«

Sie hüstelte. »Es gibt ein oder zwei Fragen, die ich ihm stellen möchte. Bis jetzt habe ich davon abgesehen, weil ich es lieber in deiner Gegenwart tun möchte.«

Nachdenklich sagte er: »Moberly –« Und dann: »Also gut, ich würde Moberly selbst gern sehen. Er hat Angst, und wir bekommen vielleicht etwas aus ihm heraus. Da ist, glaube ich, etwas zu holen.«

Er nahm das Haustelefon ab und sprach. Nachdem er wieder aufgelegt hatte, drehte er sich um, lächelte ein wenig und sagte: »Sehen Sie nur, ich schicke erst nach ihm und frage dann. Wonach wollen Sie ihn denn befragen?«

Sie hustete. »Nach den Briefen, die am Freitag mit der zweiten Post kamen.«

»Welche Briefe?«

»Du erinnerst dich doch sicher an die Entschuldigung des Kellners, der einen Teil der Unterhaltung zwischen Mr. Brading und Mr. Moberly belauscht hatte. Er sagte, er hätte Mr. Brading die Post gebracht.«

Mit einem schwachen Anflug von Überraschung schaute er sie an. »Gibt es Grund zu der Annahme ...«

»Ich glaube ja.« Sie strickte gleichmäßig und munter, ihre netten Gesichtszüge waren gelassen, ihre Miene entschlossen. »Einer jener Briefe stammte von Mrs. Robinson.«

»Woher wissen Sie das?«

»Ich habe den Kellner gefragt.«

March runzelte die Stirn. »Kannte er ihre Handschrift?«

»O ja, er schien ganz vertraut damit zu sein. Sie war häufig hier. Sie schrieb Briefe und gab sie ihm, um sie in den Briefkasten zu stecken. Der ist unten am Tor.«

»Aber ...«

Sie nickte. »Ich weiß, Randal. Mrs. Robinson war am Donnerstagabend ziemlich lange hier. Sie gehörte zu den Leuten, denen Mr. Brading seine Sammlung gezeigt hat. Sie ging mit Major Forrest an den Klippen entlang nach Hause. Der Brief muß geschrieben worden sein, nachdem sie in Saltings ankam. Daher interessiert er mich. Ich habe herausgefunden, daß sich etwa vierhundert Meter von Saltings entfernt – dort, wo eine schmale Straße auf die Hauptverkehrsstraße führt – ein Briefkasten befindet. Die Post, die nach fünf Uhr am Nachmittag eingeworfen wird, wird früh am nächsten Tag eingesammelt und örtlich mit der zweiten Post zugestellt. Für diese Einzelheiten stehe ich in der Schuld von Miss Snagge. Sie sortierte die Briefe, als sie am Freitag kamen, und sie bestätigt Owens Aussage, daß einer von Mr. Bradings Briefen von Mrs. Robinson stammte. Ich denke, wir dürfen daraus schließen, daß er geschrieben wurde, nachdem sie nach Saltings zurückgekehrt war.«

Er meinte: »Na ja, sie waren verlobt. Da tun Leute solche Dinge.«

Sie hustete ziemlich heftig. »Ich glaube, da ist noch mehr dran. Mrs. Robinson ging mit Major Forrest nach Hause. Seiner Aussage zufolge erzählte sie ihm, daß Mr. Brading sie gebeten habe, ihn zu heiraten, und ein Testament zu ihren Gunsten verfaßt habe. Achte bitte auf die Wahl ihrer Worte – er hatte sie gebeten, ihn zu heiraten. Ich halte es für möglich, daß sie ihm bis zu jenem Zeitpunkt noch keine definitive Antwort gegeben hatte.«

»Er würde kein Testament zu ihren Gunsten unterzeichnen, wenn sie das nicht getan hätte.«

»Dann bedeutete es vielleicht bloß, daß sie selbst noch zögerte. Ich muß dir sagen, daß sich sowohl Mrs. Constantine, die sehr scharfsinnig ist, als auch Miss Dale, die ein unermüdliches Klatschmaul ist, beide die Mühe gemacht haben, mich darüber zu informieren, daß Mrs. Robinson sich sehr zu Major Forrest hingezogen fühlt.«

March lachte. »Und Sie glauben alles, was Sie hören?«

Sehr förmlich meinte sie: »Mir fällt es überhaupt nicht schwer, das zu glauben. Major Forrest ist ein äußerst attraktiver Mann.«

»Und welchen Schluß ziehen Sie daraus?«

»Im Moment noch keinen. Aber ich hoffe, daß uns Mr. Moberly weiterhelfen kann. Sie hatte diesen Spaziergang mit Major Forrest unternommen, dann schrieb sie einen Brief an Mr. Brading und gab ihn auf. Nachdem er ihn bekommen hatte, führte er zwei wütende Telefongespräche. Wir wissen, daß er mit Miss Grey telefoniert hat. Wir wissen aber nicht, ob er auch mit Mrs. Robinson gesprochen hat. Ich vermute, daß ihr Brief entweder eine Ablehnung oder eine endgültige Zusage enthielt. In keinem von beiden Fällen erklärt dies, was folgte.«

March nickte. »Ich glaube, wir sollten erst mit Forrest sprechen, bevor wir Moberly befragen.« Er sprach wieder über das Haustelefon. »Halten Sie Mr. Moberly zurück, bis ich anrufe. Und bitten Sie Major Forrest herüberzukommen.«

Charles Forrest kam in den Raum und fragte sich, was ihn dort wohl erwartete. Crisp hatte ihn vor einiger Zeit allein gelassen, aber er war gebeten worden, noch im Schreibzimmer zu bleiben, und er hatte sich an diese Anweisung gehalten. Die Polizei schien aktiv zu werden. Am Fenster hörte er die Geräusche des Kommens und Gehens. Wenn er die Tür öffnete, konnte er einen Polizisten beobachten, der für das Haustelefon verantwortlich war. Stacy war nicht in Sicht. Er schloß die Tür wieder und blieb mit seinen Gedanken allein, bis er ins Labor gerufen wurde, wo Miss Silver ihn mit einem Lächeln empfing und der Chief Constable mit einem erfreulichen »Kommen Sie und setzen Sie sich, Forrest«.

Das letzte, womit er gerechnet hatte, war, noch einmal diesen peinlichen Spaziergang mit Maida durchzugehen, aber er überstand es, ohne mehr preisgegeben zu haben als bei seiner ersten Aussage. Sie hatte ihm erzählt, daß Lewis Brading sie gebeten habe, ihn zu heiraten, und daß er ein Testament zu ihren Gunsten gemacht habe. Das Testament sollte am nächsten Tag unterschrieben werden. Sie hatten über die Angelegenheit diskutiert. Er hatte sie vorgewarnt, wie schwierig ein Leben mit seinem Cousin für sie sein würde, aber er hatte ganz entschieden den Eindruck gewonnen, daß sie beabsichtigte, Bradings Antrag zu akzeptieren. Als March ihn fragte: »Sie glaubten nicht, daß sie das bereits getan hatte?«, antwortete er: »So gut wie.«

An diesem Punkt stellte Miss Silver ihre erste Frage. »Wußten Sie, daß sie vorhatte, ihm noch an jenem Abend zu schreiben?«

Er hatte keine Ahnung, wohin sie das führen sollte, und sagte: »Sie schrieb ihm.«

March rief erstaunt: »Das wissen Sie?«

»Ich habe den Brief selbst eingeworfen.«

»Könnten Sie bitte genau beschreiben, was geschah?«

Charles sah sehr erstaunt aus. »Nichts geschah. Nachdem wir ankamen, schrieb ich selbst einen Brief und wollte ihn einwerfen. Maida stand auf der Treppe mit zwei Briefen in der

Hand. Ich bot ihr an, sie für sie einzuwerfen, und sie gab sie mir. Das war alles.«

»Keine Unterhaltung?«

Er runzelte die Stirn. Es konnte nichts schaden, ihre Worte zu wiederholen, also sagte er ihnen: »Sie gab mir die Briefe und meinte: ›Also, du bekommst mich zur Cousine‹, und ich antwortete: ›Das freut mich.‹«

»Sind Sie sicher, daß sie das sagte?«

»Ja.«

»Dann nahmen Sie also an, daß sie in dem Brief, den sie Ihnen zum Einwerfen gab, Brading ihr Jawort gab?«

»Natürlich.«

March dachte: »Das war's also. Ihr Brief hat Brading nicht aufgebracht, und wir sind auf der falschen Fährte.«

Miss Silver hustete sanft und fragte: »Es waren zwei Briefe, Major Forrest?«

»Ja, zwei.«

»Haben Sie nachgesehen, an wen der zweite Brief gerichtet war?«

»O ja, er lag zuoberst – da habe ich es zwangsläufig gesehen.«

»Und an wen war er adressiert?«

March begriff absolut nicht, worauf sie hinaus wollte. Er hörte, wie Charles sagte: »An eine Freundin, eine Mrs. Hunt.«

»Haben Sie sich auch die Adresse gemerkt?«

»Sie ist aus London. Sie war ein- oder zweimal hier. Ich kann Ihnen nicht die genaue Adresse sagen. Wenn Sie sie haben möchten, kann Maida sie Ihnen geben.«

Miss Silver hustete wieder, diesmal tadelnd, und fuhr mit ihren Fragen fort. »Ist Mrs. Hunt eine enge Freundin?«

Charles lachte. »Ich denke schon. Sie ist der Typ, der schon nach einer gemeinsamen Busfahrt zu Ihrer Busenfreundin wird – herzlich, freundlich, mehr oder weniger zu allen und jedem.«

March ließ es dabei bewenden. »Ich glaube, das ist alles, was wir wissen wollten. Ich sollte Ihnen wohl sagen, daß der Fall eine Wende genommen hat. Dennoch muß ich Sie bitten, noch im Club zu bleiben, aber abgesehen davon gibt es keinen Grund, warum Sie sich nicht ganz normal verhalten könnten.«

Charles sah ihm gerade in die Augen. »Das bedeutet, ich bin nicht länger in Gewahrsam?«

»Es bedeutet genau, was ich gesagt habe.«

»Wissen Sie, ich hätte gern eine Erklärung.«

March runzelte die Stirn. »Miss Grey hat eine Aussage gemacht.«

Er sah, wie das dunkle Gesicht hart wurde. »Was hat sie gesagt?«

»Daß Brading tot war, als sie hereinkam.«

Ohne jeden Zweifel war Charles völlig überrascht. Er rief: »Was?«

March nickte. »Genau das sagte sie. Wenn man ihr glauben kann, würde Sie das natürlich entlasten.«

»Lewis war schon tot, als sie hier war ...«

March sagte: »Gehen Sie und denken Sie darüber nach.«

Charles stand auf. »Wo ist sie?«

Miss Silver antwortete ihm: »Sie hat sich hingelegt. Eines der Zimmermädchen sieht nach ihr. Sie war ziemlich aufgewühlt.«

Mit gerunzelter Stirn entfernte er sich ohne ein weiteres Wort aus dem Zimmer.

34

James Moberly kam ins Labor mit der Haltung eines Mannes, der darauf gefaßt war, einer Katastrophe entgegenzusehen. Während er normalerweise ein wenig vornübergebeugt ging, hielt er sich jetzt sehr aufrecht. Miss Silver lächelte ihn an, als er hereinkam. Der Ton, mit dem sie ihn einlud, Platz zu nehmen, erinnerte an ihre Tage im Schulzimmer. March, der von ihr zu Moberly blickte, fragte sich, als was sie ihn betrachtete – den sprachlosen Jungen, den seine Schüchternheit lähmt – den einfallsreichen, der im Notfall immer eine Lüge parat hat – den Dummkopf, der seine Lektionen nicht gelernt hat – den Faulpelz, der bei der Arbeit schludert – oder den Rebellen, der sich ihrer Autorität widersetzt? Als er sich Moberlys Geschichte ins Gedächtnis rief, ordnete er ihn ein, als den Jungen, der sein Heft bekleckst hat.

Miss Silver sagte: »Setzen Sie sich bitte, Mr. Moberly. Ihnen ist sicher noch mehr daran gelegen als uns, diese bedrückende Geschichte aufzuklären. Ich glaube, daß Sie uns helfen können. Der Chief Constable gestattet mir freundlicherweise, Ihnen einige Fragen in seiner Gegenwart zu stellen.«

James Moberly erwiderte nichts. Am Ende des Tisches stand ein Stuhl. Auf den setzte er sich, ohne seine verkrampften Muskeln zu entspannen oder den Anschein zu erwecken, sich etwas Bequemlichkeit zu erlauben.

Mit einem leichten einleitenden Hüsteln wandte sich Miss Silver an ihn: »Versetzen Sie sich bitte zurück an jenen Freitagmorgen, Mr. Moberly. Mr. Brading war fort gewesen und zurückgekommen. Kurz vor zwölf hatten Sie ein Gespräch mit ihm in seinem Arbeitszimmer.«

Steif und trocken erwiderte er. »Ich habe eine Aussage gemacht über dieses Gespräch. Dem habe ich nichts hinzuzufügen.«

Sie lächelte ihn weiter aufmunternd an. »Ich werde Sie auch nicht bitten, das zu tun. Ihre Unterhaltung mit Mr. Brading wurde unterbrochen durch ein Klopfen an der Tür. Ein Kellner namens Owen kam herein und brachte einige Briefe mit, die mit der zweiten Post gekommen waren. Mr. Brading nahm die Briefe entgegen, und der Kellner zog sich wieder zurück. Haben Sie zufälligerweise bemerkt, was das für Briefe waren?«

»Nicht direkt. Ich stand mit dem Rücken zum Zimmer.«

»Aber Sie haben es später erfahren?«

»Ja, Mr. Brading war an seinem Tisch. Ich drehte mich um und kam zurück. Die Briefe lagen dort. Zwei waren es. Einer sah aus wie eine Rechnung aus einem Geschäft hier. Der andere war von Mrs. Robinson.« Er sprach in kurzen abgehackten Sätzen, seine Stimme verriet Anspannung.

March fragte nach: »Dessen sind Sie sicher? Sie kannten ihre Handschrift?«

»Ja, sie ist sehr charakteristisch.«

»Sahen Sie, wie Mr. Brading den Brief öffnete?«

»Nein. Er bezog sich auf die Unterhaltung, die wir geführt hatten, weil ich ihn verlassen wollte. Er sagte: ›Ich möchte nichts mehr darüber hören. Die Angelegenheit ist für mich erledigt.‹ Dann nahm er sich Mrs. Robinsons Brief und ging in den Anbau.«

Miss Silver hüstelte. »Sie folgten ihm, nicht wahr? Wieviel Zeit verging, bis Sie das taten?«

»Fünf bis zehn Minuten. Ich konnte nicht akzeptieren, daß die Angelegenheit erledigt sein sollte. Ich ging ihm nach, um ihm das zu sagen und ihm klarzumachen, daß ich natürlich noch eine gewisse Zeit bleiben würde, bis er einen Nachfolger gefunden hätte.«

»Haben Sie ihm das tatsächlich gesagt?«

Er zögerte. Der Druck, unter dem er stand, wurde deutlicher. Schließlich sagte er: »Ich hatte keine Gelegenheit dazu.«

»Sie sagen in Ihrer Aussage, daß er telefonierte, als Sie in den Anbau kamen, er benutzte den Apparat in seinem Schlafzimmer, und die Tür stand offen. Sie sagen aus, daß Sie ans Ende des Ganges noch an der Labortür vorbeigingen, um zu vermeiden, daß Sie die Unterhaltung belauschten. Warum gingen Sie nicht einfach ins Labor?«

Moberlys Blick glitt an ihr vorbei. »Ich weiß es nicht.«

Für einen Augenblick legte sie ihr Strickzeug hin und beugte sich zu ihm vor, mit den Händen auf der blaßrosa Wolle.

»Mr. Moberly, ich möchte Sie bitten, aufrichtig zu sein. In Ihrer Aussage geben Sie an, Mr. Brading habe zwei Telefonate geführt, daß seine Stimme sehr ärgerlich klang und daß nur wenige Worte Sie erreichten, nämlich: ›Das solltest du besser!‹ Bitte überlegen Sie, ob die Zeit nicht gekommen ist, daß Sie uns erzählen, was Sie wirklich gehört haben.«

»Miss Silver …« Mit einem Stöhnen brach er ab.

Wieder lächelte sie ihn ermutigend an. »Die Wahrheit ist immer am besten, Mr. Moberly. Ich weiß, daß Sie mehr gehört haben, als Sie zugeben.«

»Ja«, brachte er mühsam hervor und fuhr dann fort: »Was sollte ich tun? Ich wußte, daß ich unter Verdacht stand, dafür hatte er schon gesorgt. Er sagte mir immer, ich solle beten, daß er lange leben möge, weil sein Tod mich ruinieren würde. Ich dachte: Je weniger ich sage, desto besser für mich. Es würde bloß so aussehen, als versuchte ich, jemand anderem die Schuld zu geben. Und ich mochte sie nicht besonders. Jeder wußte das.«

March fragte: »Miss Grey?«

James Moberly schüttelte den Kopf. »Nein, das war später. Als ich kam, redete er zuerst mit Mrs. Robinson.«

»Woher wußten Sie das?«

»Er nannte ihren Namen.« Die Anspannung aus seiner Stimme war verschwunden. Sie klang jetzt nur noch müde und tonlos.

»Fahren Sie fort.«

»Das erste, was ich hörte, als ich den Flur hinunterging war: ›Meine liebe Maida!‹ Ich wollte nicht lauschen. Aber dann blieb ich stehen. Es war seine Stimme, die mich dazu brachte. Er sprach zwar mit Mrs. Robinson, aber seine Stimme ...«

Er hatte vornübergebeugt gesessen, mit gekrümmten Schultern, die Hände zwischen den Knien. Jetzt richtete er sich ein wenig auf und sah Miss Silver an. Es war ein Blick voller Erinnerung an Schmerz. Er wiederholte die letzten zwei Worte.

»Seine Stimme ließ mich innehalten. Er sprach zu ihr genauso wie er mit mir immer redete, wenn er mich erinnern und verletzen wollte. Genauso hatte er mit mir im Arbeitszimmer gesprochen, als ich ihm mitteilte, daß ich ihn verlassen wollte.« Ein Schaudern überlief ihn, seine Augen wurden ausdruckslos. Er flüsterte: »Er wußte, wie man jemanden verletzt.«

Miss Silver stimmte ihm zu: »Ja, er hatte eine Liebe zur Grausamkeit.«

Verblüfft drehte er sich ihr zu. »Er verletzte gern Leute – er verletzte mich gern. Es gab ihm ein Gefühl von Macht. Das mochte er. Aber in Mrs. Robinson war er verliebt. Als ich ihn so mit ihr reden hörte, bekam ich Angst. Ich fragte mich, was geschehen war. Ich lauschte – das hört sich nicht schön an, aber ich tat es – ich stand dort und lauschte.«

March fragte: »Was hörten Sie?«

»Das sagte ich bereits. ›Meine liebe Maida!‹, in diesem Tonfall. Dann war eine Pause. Sie sagte etwas. Und er sagte: ›Das ist ja hochinteressant. Erwartest du etwa, daß ich das glaube? Du solltest heute nachmittag herkommen und das alles noch einmal wiederholen. Dann kannst du selbst beurteilen, wieviel Eindruck das macht.‹ Dann lachte er und sagte noch einmal: ›Meine liebe Maida! Du hast diese zwei Briefe in die falschen Umschläge gesteckt, und damit hat das Ganze ein

Ende! Deine »Liebe Poppy« mag sich vielleicht dafür interessieren, was du mir geschrieben hast, aber ich versichere dir, daß das nichts ist im Vergleich zu meinem Interesse an dem, was du ihr mitteilen wolltest. Vielleicht hast du vergessen, mit welchen Worten du mich zu beschreiben beliebtest. Du kannst ja dein Gedächtnis auffrischen, wenn ich dir den Brief heute nachmittag zurückgebe. Ich möchte dir auch das Testament zeigen, das ich heute morgen unterzeichnet habe, und du kannst Zeuge seiner Vernichtung werden. ›Zwischen Lipp' und Kelchesrand schwebt der dunklen Mächte Hand.‹ Dann legte er auf und gab Miss Greys Nummer durch. Ich ging dann weiter den Gang hinunter. Ich wollte nicht hören, was er ihr sagte. Alles was ich mitbekam, war, daß seine Stimme weiter verärgert war und daß er einmal sagte: ›Das solltest du besser!‹ Das ist alles, was ich hörte.«

March fragte ihn: »Sind Sie bereit, alles das niederzuschreiben und zu unterzeichnen?«

Er nickte. »Das habe ich bereits getan. Ich habe es am Freitagabend niedergeschrieben, solange es noch frisch in meinem Gedächtnis war. Meine Frau hat das Papier. Ich gab es ihr zum Aufbewahren, für den Fall, daß ...«

»Dann war Ihnen klar, daß dies Beweismaterial von der allergrößten Wichtigkeit ist?«

Er schüttelte den Kopf. »Ich wußte es nicht. Ich wollte mich einfach schützen. Ich wollte niemanden beschuldigen. Ich hatte Angst davor, was passieren könnte, wenn Mr. Brading und Mrs. Robinson sich trafen. Aber dann sagte Miss Grey, daß er lebte, als sie ihn um zehn Minuten nach drei verließ.«

March sah ihn eindringlich an. »Jetzt sagt sie das nicht mehr. Sie sagt, sie habe ihn tot vorgefunden.«

Moberly starrte ihn einen Moment lang an. Dann stöhnte er und verbarg das Gesicht in den Händen.

March sagte: »Deshalb brauchten wir Ihre Aussage, Moberly.«

Als er gegangen war, drehte sich March zu Miss Silver um. Sie saß da und strickte, das zweite Jäckchen war fast fertig. Sie schien nichts anderes im Sinn zu haben als das erwartete Baby und seine Ausstattung. Nachdenklich betrachtete er die klappernden Nadeln, die kleinen fleißigen Hände, das gelassene Auftreten. Möglicherweise erinnerte er sich an einen Fall, bei dem sie auch fortwährend gestrickt und ihm das Leben gerettet hatte, oder an einen anderen, der sich erst kürzlich ereignet hatte, in den seine tiefsten Gefühle verwickelt gewesen waren und er seine Frau kennengelernt hatte. Vielleicht dachte er auch nur über den vorliegenden Fall nach. Er sagte: »Es sieht aus, als ob Ihre Trumpfkarte gestochen hätte. Wir müssen Constable und Mrs. Robinson herholen und sie darüber befragen. Wenn sie es getan hat, muß er bis zum Hals mit drinstecken.«

»O ja, Randal. Es muß sehr sorgfältig geplant worden sein.«

»Glauben Sie, Maida Robinson hat ihn erschossen?«

»Ich befürchte schon. Ich fürchte, sie kam her mit der Absicht, es zu tun. Mr. Brading hatte vor, ihr das Testament zu ihren Gunsten zu zeigen und vor ihren Augen zu vernichten. Sie kam her, um das zu verhindern. Sie hatte Major Forrests Revolver in der großen weißen Tasche unter ihrem Badeanzug. Mr. Brading wollte sie bestrafen. Er hatte vor, ihr das Testament vorzulesen, bevor er es zerstörte. Es war ganz einfach für sie, neben ihn zu treten und sich vorzubeugen, um es zu betrachten. Er würde keinen Verdacht schöpfen. Seine Gedanken waren nur mit dem Wunsch, sie zu bestrafen und zu erniedrigen, beschäftigt. Sie erschoß ihn einfach, ließ den Revolver auf den Boden fallen, nahm seinen eigenen Revolver aus der Schublade, steckte ihn in ihre Tasche und ging weg. Die Tasche ließ sie zurück. Ihre Rolle, soweit sie den Anbau betraf, war damit beendet. Sie kommt durch den Glasgang in die Halle, stellt lautstark fest, daß sie ihre Tasche vergessen habe, und schickt Major Constable, sie zu holen. Jetzt paß auf, Randal. Ich sagte dir ja, daß der Mörder in Eile war. Major Constable mußte wirklich sehr schnell sein. Erinnere dich daran, daß er einer Spezialeinheit angehört hat. Er hatte den Mord geplant und zeitlich festgelegt, aber alles mußte in Windeseile vonstatten gehen. Ich bin sicher, daß er es nicht Mrs. Robinson überließ, ihre Fingerabdrücke zu beseitigen oder Mr. Bradings auf den Revolver zu bringen. Dort hat ihn auch seine Eile verraten – die Fingerabdrücke sind verwischt. Er mußte völlig sicher sein, daß Mrs. Robinson nichts hinterlassen hatte, was sie kompromittiert. Er hat die Fingerabdrücke von der Schublade und vom Revolver entfernt und sie durch Mr. Bradings ersetzt. Und mittendrin ruft Mrs. Robinson vom Büro aus an, er hat ihr geantwortet – eine männliche Stimme war zu hören, die Miss Snagge für Mr. Bradings gehalten hatte. Du erinnerst dich sicher, daß sie keine Worte hörte, sondern nur eine Männerstimme. Ich bin mir sicher, daß diese Szene sorgfältig abgesprochen und geprobt worden ist. Der Telefonhörer wurde möglicherweise durch ein Taschentuch geschützt – er durfte ja nur Mr. Bradings Fingerabdrücke tragen und keine anderen. Und um alles dies zu erledigen, durfte Major Constable nicht länger abwesend sein, als notwendig war, um die Tasche zu holen und vielleicht ein paar höfliche Worte zu wechseln. Die Sicherheitsspanne war extrem gering, jede Sekunde Verzögerung hätte sie noch verringert. Ein sehr dreistes und sorgfältig geplantes Verbrechen.«

March sagte: »Und ein außerordentlich kaltblütiges.«

Sie stimmte ihm zu: »Ja. Verbrechen, die des Geldes wegen begangen werden, sind für gewöhnlich kaltblütig. Sie haben ein Element von Vorsätzlichkeit, das Verbrechen aus Leidenschaft fremd ist.«

Er sagte: »Aber was bringt Constable dazu? Sie waren doch bloß flüchtige Bekannte.«

Miss Silver hüstelte. »Glaubst du das? Ich kann es nicht. Du erinnerst dich vielleicht, daß ich noch keinen von beiden gesehen habe, aber aus dem, was mir zu Ohren gekommen ist, ergab sich – ich weiß kaum, wie ich es formulieren soll – ein Eindruck von Vertrautheit. Vielleicht trifft ›Andeutung‹ es besser. Major Forrest machte eine Bemerkung, daß es seinen Freund schwer erwischt habe. Stacy Mainwaring sagte, sie erschienen ihr wie alte Freunde. Mrs. Constantine behauptete ziemlich frei heraus, daß sie eine Affäre hätten. Ich glaube, du wirst herausfinden, daß es irgendeine Verbindung, einen früheren Kontakt gibt. So etwas ist sehr schwer zu verbergen, und man darf nicht vergessen, daß sich die Notwendigkeit dazu völlig unerwartet und sehr plötzlich ergab. Seit Mr. Bradings Tod sind sie nie irgendwo zusammen erschienen.«

March sagte: »Ich hatte vergessen, daß Sie sie noch nicht kennengelernt haben. Sie ist – sehr schön. Es ist schwer zu glauben –«

Mit einem schwachen mitleidigen Lächeln sah sie ihn an und hüstelte. »Mein lieber Randal!« sagte sie.

35

Stacy saß in der äußersten Ecke der Halle, als Charles zum Anbau ging. Sie konnte es nicht ertragen, oben oder in einem der Zimmer zu sein, falls ... sie dachte nicht weiter, weil es zu beängstigend war. Sie konnte es nicht in Worte fassen.

Sie hielt eine Zeitung hoch und hoffte, daß die Leute, die vorbeikamen, dachten, sie läse. Sie sah Charles vorübergehen, ohne links und rechts zu schauen. Er war allein und von dieser Tatsache ließ sie sich, so gut es ging, trösten.

Einen kurzen Augenblick später stand sie mit der Zeitung in der Hand auf und ging dorthin, wo sie den Flur zwischen Billardzimmer und Arbeitszimmer sowie die Tür zum Glasgang dahinter überblicken konnte. Sie konnte gerade noch sehen, wie Charles im Anbau verschwand. Das bedeutete, sie hatten ihn rufen lassen. Falls niemand im Arbeitszimmer war, konnte sie dort warten, bis er zurückkam, und herausfinden, was vorging. Vom Fenster des Arbeitszimmers aus konnte man den Glasgang sehen, sie würde es also bemerken, wenn er wiederkam, und falls er allein war, konnte sie in Erfahrung bringen, was passiert war.

Schnell ging sie zur Tür des Arbeitszimmers und öffnete sie. Der Raum war leer, der Schreibtisch aufgeräumt, die Stühle zurechtgerückt, das Fenster weit geöffnet, so daß die Abendluft hereindrang. Sie stand da, blickte hinaus und wartete auf Charles. Die Zeit schleppte sich dahin. Sie schien einfach kein Ende zu nehmen.

Als er schließlich wieder auftauchte, war er – wie auf dem Hinweg – allein, seine Stirn war gerunzelt, sein Gesichtsausdruck gespannt. Sie lief zur Tür und öffnete sie. Dann kam er aus dem Glasgang, und als sie ihn rufen wollte, brachte sie nur ein Flüstern zustande:

»Charles ...«

Der Laut schien sein Ziel zu verfehlen. Sie konnte nicht glauben, daß er ihn erreicht hatte, aber er sah sie, wie sie in ihrem weißen Kleid am Türpfosten lehnte. Er nannte ihren Namen, führte sie mit zurück ins Arbeitszimmer und schloß die Tür.

Mit leiser erstickter Stimme fragte sie: »Was ist passiert?«

Sein Arm war um ihre Schulter gelegt. »Im Moment noch keine Handschellen. Jetzt sind sie nicht mehr ganz so scharf darauf, mich zu verhaften wie noch vor einer Stunde. Selbst Crisp scheint andere Interessen zu haben. Aber vielleicht ist das nicht von Dauer. Laß uns das Beste daraus machen und etwas essen gehen. Es muß schon nach sieben sein.«

Stacy beachtete das nicht. Sie hatte sich umgedreht, um ihn anzusehen. Sie zupfte an seinem Jackett.

»Was ist passiert? Du erzählst mir ja nichts. Ich muß es wissen.«

Stirnrunzelnd blickte er auf sie nieder, eine Hand lag auf ihrer Schulter. »Lilias hat eine Aussage gemacht. Sie sagt, Lewis sei bereits tot gewesen, als sie um drei Uhr zu ihm kam.«

Farbe schoß Stacy ins Gesicht. »Damit bist du entlastet.«

»Wenn sie ihr glauben.«

»Tun sie das nicht?«

»Ich würde nicht darauf bauen. Ich weiß selbst nicht, ob ich ihr glaube. Das ist das Problem – sie ist eine verdammte Lügnerin.«

»Tatsächlich?«

Er konnte ihre Worte kaum verstehen. »Von Kindheit an. Wußtest du das nicht?«

Die Farbe war wieder aus ihrem Gesicht gewichen. Ihre Hand fiel von seinem Jackett herunter. Sie sagte: »Nein, du hast mir das nie gesagt.«

Er beobachtete sie genau. »Warum sollte ich es dir erzählen?«

Keine Antwort. Ihre Augen waren dunkel und verwirrt.

Er fragte noch einmal: »Warum sollte ich dir davon erzählen? Hätte es etwas geändert, wenn ich es getan hätte?«

»Charles ...«

»Na gut – ich verrate es dir jetzt. Es ist keine Sache, über die man gern redet. Ich weiß nicht genau, wie viele Leute es geahnt oder gewußt haben. Wir haben immer die Köpfe in den Sand gesteckt und das Beste gehofft. Alle liebten meine Mutter, ihre Freunde hielten zu ihr. Es gibt noch einige Menschen, die zu ihren Freunden halten.«

Es war wie ein Messerstich, als er das sagte. Und das war auch seine Absicht gewesen, denn sie hatte nicht zu ihm gehalten, war in Panik geraten und davongerannt. Was immer sie gesagt oder getan hatte, er konnte es nicht vergessen. Sie schwieg.

Er fuhr fort: »Du weißt, daß Lilias adoptiert wurde. Meine Mutter wünschte sich ein Kind, sie war schon einige Zeit verheiratet. Als sie Lilias sah, verliebte sie sich in sie – sie war ein sehr hübsches Kind. Dann, drei Jahre später, kam ich zur Welt. Ich vermute, damit begann der Ärger. Weißt du, sie war das Zentrum der Aufmerksamkeit gewesen, und dann war sie es plötzlich nicht mehr. Sie war das adoptierte Kind und ich das richtige. Es lag nicht daran, daß meine Mutter ihr Verhalten ihr gegenüber geändert hätte, das tat sie nicht. Jedenfalls nicht mehr, als jede Mutter sich ändert, wenn sie zwei Kinder statt einem hat. Aber die Situation ändert sich. Das erste Kind ist nicht mehr das einzige, es muß teilen. Das war immer das Problem mit Lilias, sie möchte die Mitte der Bühne, das Rampenlicht für sich haben, sie kann nicht teilen. Wenn sie nicht kriegen konnte, was sie wollte, versuchte sie, es sich zu nehmen. Sie begann, sich aufzuspielen, um Beachtung zu finden – viele Kinder tun das. Meine Mutter versuchte, es in den Griff zu bekommen, aber es wurde immer schlimmer. Es gab ein oder zwei üble Vorfälle. Sie log und sie stahl. Sie hatte eine Phase, in der sie nicht besonders hübsch aussah und daher nicht viel Beachtung fand. Als Teenager erblühte sie wieder, und ihre Aufsässigkeit legte sich. Wir dachten, alles sei in Ordnung. Dann hatte sie ein Verlöbnis, das zerbrach, und noch ein weiteres – ziemlich dumme Geschichten –, und die Probleme fingen wieder von vorn an. Ich denke, das hat dazu beigetragen, daß meine Mutter starb. Dann kam der Krieg. Lilias arbeitete im Krankenhaus in Ledlington und später in einem Erholungsheim für Offiziere. Sie dramatisierte alles schrecklich und hatte jede Menge Spaß dabei. Als der Krieg dann zu Ende war, überkam sie wieder die Langeweile. Das war auch der Stand der Dinge vor drei Jahren. Ich hoffte, wenn ich heiraten würde … aber es ging nicht gut aus.«

Die ganze Zeit hatte seine Hand auf ihrer Schulter gelegen. Jetzt packte er sie so, daß sie sich nicht mehr rühren konnte. Während er sie so festhielt, fragte er sie barsch: »Welche Lügen hat sie dir über mich erzählt?«

»Lilias?«

»Ja, Lilias. Du hast ihr sehr schnell geglaubt, nicht? Was hat sie dir gesagt, daß du davongerannt bist, als hätte ich die Pest?«

Stacy hätte nie gedacht, daß sie Charles eines Tages anvertrauen könnte, was Lilias ihr gesagt hatte. Es war ihr immer so vorgekommen, als wäre die Schande so schrecklich, daß sie sie beide umbrächte, nicht körperlich, aber alle Gefühle in ihnen und zwischen ihnen. Jetzt jedoch waren alle Schranken gefallen. Sie hatte das Gefühl, als gehöre ihre Zunge nicht mehr zu ihr, als sei es egal, was sie sagte. Mit leiser, ruhiger Stimme sprach sie. »Lilias sagte, du würdest stehlen – Geld oder alles, was Geld bringt. Sie sagte, du hättest es schon immer getan, und sie und deine Mutter mußten Sachen zurückgeben und deine Schandtaten vertuschen.«

»Und du hast ihr geglaubt, einfach so?«

»Ich weiß nicht. Solange wir hier waren, hat sie Andeutungen gemacht – ein bißchen da, ein bißchen dort. Wir waren noch keinen Monat verheiratet. Ich wußte nicht viel über die Menschen, und ich wußte kaum etwas über dich. Ich weiß nicht, ob ich ihr glaubte oder nicht. Ich war ängstlich – wütend – eifersüchtig. Oh, ich wußte wirklich nicht, was ich denken sollte. Du warst in die Stadt gefahren, um Anwälte und andere Leute wegen Saltings zu treffen. Ich wußte, daß du es behalten wolltest, aber keine Möglichkeit sahst, wie. Ich mußte Lilias versprechen, dir nicht zu erzählen, was sie mir anvertraut hatte. Daran hielt ich mich. Ich sagte, ich hätte Kopfschmerzen und ging zu Bett. Es stimmte sogar – ich hatte schreckliches Kopfweh. Ich hatte vor, wachzubleiben und dir alles zu erzählen, wenn du kamst, aber ich schlief ein. Ich träumte und wachte auf. In deinem Ankleidezimmer brannte Licht, und die Tür war nur angelehnt. Ich stand auf, um zu dir zu gehen …«

»Und? Was hielt dich auf?«

Sie sagte: »Nichts.« Es war mehr ein erschöpfter Seufzer als ein Wort. Das Bild trat ihr so klar vor Augen – das erleuchtete Zimmer und Charles vor seinem Sekretär mit dem Collier in der Hand.

Sein Griff an ihrer Schulter schmerzte. Er fragte: »Was geschah?«

Schauernd holte sie Luft. »Ich sah hinein. Du standest am Sekretär – mit Damaris Forrests Kette in der Hand. Lewis hatte sie uns in seiner Sammlung gezeigt. Ich sah sie in deiner Hand.«

Er lachte ohne Freude. »Und statt hereinzukommen und zu fragen, was damit los sei, gingst du ins Bett zurück und gabst vor zu schlafen. Und beim ersten Hahnenschrei am nächsten Morgen machtest du dich auf und davon! Es kam dir nie in den Sinn, mir eine Chance zu geben, es zu erklären?«

Sie betrachtete ihn mit Augen, die weit und dunkel waren vor Schmerz.

»Du weißt, glaube ich, nicht, welch ein Schock das war. Ich konnte überhaupt nicht denken. Ich wollte weg – und mich verstecken.« Sie blickte zur Seite. Sie errötete bis zu den Haarwurzeln. »Ich habe mich so geschämt.«

»Ich verstehe. An mich hast du nicht viel gedacht, nicht wahr?«

»Nein. Charles, laß mich los!«

»Einen Augenblick noch. Erst müssen wir das klären.«

Beide Hände lagen jetzt hart und schwer auf ihren Schultern.

»Charles ...«

»Wir müssen das klären. Sieh mich an!«

Sie sah auf.

»Schau mir in die Augen und sag mir die Wahrheit! Du hast mich verlassen, weil du dachtest, ich sei ein Dieb, und glaubtest, ich hätte das Queen-Anne-Collier gestohlen! Glaubst du das noch immer?«

»Nein.«

»Warum?«

»Ich bin nicht mehr so jung und dumm, wie ich war – vor drei Jahren.«

»Du glaubst nicht mehr, daß Lilias die Wahrheit gesagt hat?«

»O nein!«

»Und das Collier?«

»Ich weiß nicht. Du hast es auf jeden Fall nicht gestohlen.«

»Dessen bist du dir ganz sicher?«

Ihre Stimme war jetzt ruhig und gelassen. »Ganz sicher.«

Er nahm die Hände von ihren Schultern und trat zurück. »Na gut, dann werde ich es dir erzählen. Dieses Collier ist ein Forrest-Erbstück. Lewis hat es nie gehört. Seine Mutter war eine Forrest, daher ließ ich ihn eine Kopie für seine Sammlung anfertigen. Es war diese Kopie, die du sahst, als er uns seine Juwelen zeigte. Die echte Kette war beim Goldschmied und wurde gereinigt – für dich. Ich brachte sie aus der Stadt mit und nahm sie heraus, um sie mir anzusehen. Ich dachte, wenn du aufwachst, könnte ich sie dir schenken. Mein Fehler! Als du dich aus dem Staub gemacht hattest, habe ich sie Lewis für achttausend verkauft. Er wollte sie ja schon immer haben, und ich brauchte das Geld, um Saltings umzubauen. Ich wollte Saltings nicht verkaufen, wenn es sich irgendwie verhindern ließ. Das war's. Eine ziemlich dämliche Angelegenheit, findest du nicht? Also, komm schon, gehen wir essen.«

Sie rührte sich nicht. »Charles ...«

»Was ist?«

»Kannst du mir je vergeben?«

Er schenkte ihr sein charmantestes Lächeln mit nur einer Spur Bosheit. »Aber natürlich, meine Süße. Es war eine wertvolle Erfahrung, und kein Schaden ist entstanden.«

Da wußte sie, daß es keinen Zweck hatte. Man kann nicht etwas besitzen, es wegwerfen und hoffen, daß man es so ohne weiteres wiederbekam. Und sie hatte es sich selbst zuzuschreiben. Niemand anderem konnte sie die Schuld geben. Sie wandte sich zur Tür und spürte Charles' leichte Berührung auf ihrem Arm.

»Essen«, sagte er. »Hoffentlich ist ihnen nicht das Eis ausgegangen.«

36

Etwa eine halbe Stunde später kam Inspector Crisp mit Mrs. Robinson und Major Constable in den Club zurück. Ein Polizeisergeant fuhr den Wagen, Major Constable saß auf dem Beifahrersitz, während Crisp mit Mrs. Robinson hinten saß und genau aufpaßte. Ihnen war nichts gesagt worden, außer, daß Chief Constable March sich freuen würde, sie in Warne House zu sehen. Weit davon entfernt, irgendeinen Widerstand an den Tag zu legen, schienen beide den Vorschlag zu begrüßen. Besonders Mrs. Robinson hatte förmlich gestrahlt. »Er wird uns doch nicht lange dabehalten, nicht wahr? Dann können wir vernünftig essen. Und niemand kann etwas sagen, wenn man uns gerufen hat, nicht wahr?« Eine rhetorische Frage, die zu beantworten Inspector Crisp sich nicht bemüßigt fühlte. Kaltblütige Typen – alle beide, dachte er, am besten würde er die Augen aufhalten.

Den Anweisungen entsprechend führte er sie ins Arbeitszimmer. Der Chief Constable hatte mit dieser Miss Silver etwas auf einem Tablett gegessen. Sie waren fertig, der Kellner kam gerade aus dem Zimmer, als Crisp in den Gang bog. Er öffnete die Tür und trat beiseite, um Mrs. Robinson und Major Constable eintreten zu lassen. Auf einen Blick des Chief Constable hin kam er selbst auch herein und schloß die Tür.

March saß am Schreibtisch. Er bat seine Besucher, sich hinzusetzen. Er sprach ernst und freundlich. Im Raum war es kühl wegen des weitgeöffneten Nordfensters und der Brise, die hereinkam. Maida trug Schwarz – etwas Dünnes mit durchbrochenen Ärmeln, die zeigten, wie weiß ihre Arme waren. Sie trug sehr wenig Make-up und hatte auch keines nötig. Als sie sich hinsetzte, öffnete sie eine Eidechsenledertasche, fischte nach dem Zigarettenetui und klappte es auf. Sie nahm eine Zigarette und wandte sich Jack Constable zu, um ihn um Feuer zu bitten – alles sehr bewußt, als ob sie eine Szene in einem Stück spielte. March, der sie beobachtete, fragte sich, ob ihr das auch so vorkam. Sie schob das Kinn vor, zog an ihrer Zigarette und stieß eine kleine Rauchwolke aus, die sich verteilte und in der Luft hing.

»Also, Mr. March«, sagte sie, »worum geht es? Ich hoffe, Sie behalten uns nicht zu lange hier, denn ich verhungere. Ich habe seit Tagen nichts Vernünftiges gegessen. Ich kann nicht kochen und wollte die Leute auch nicht schockieren, indem ich ausging, obwohl ich nicht begreife, was es jemandem nützt, wenn man zu Hause bleibt und Trübsal bläst.«

Ihre tiefe, volle Stimme nahm den Worten die Spitze. Sie saß bequem auf dem Stuhl, den man ihr hingestellt hatte. Sie hatte ihn ein wenig herumgezogen und einen Arm auf die Rückenlehne gelegt. Ihr leuchtendes Haar glänzte.

Miss Silver betrachtete Jack Constable. Auch er saß bequem da, aber er rauchte nicht. Er sah aus wie der einfache, schlichte Soldat – frische Gesichtsfarbe, sonnengebräunt, offenes Hemd und Flanellhosen. Nichts unterschied ihn äußerlich von Tausenden junger Männer, die den Krieg mitgemacht hatten. Breitschultrig und gutgebaut, mit mehr als dem üblichen Anteil an gutem Aussehen und vielleicht weniger als dem üblichen Anteil an Verstand.

Und dann, als ob er ihren forschenden Blick spürte, drehte er sich um und sah sie mit einem langen, kalten Blick an. Für einen Moment hielten ihre eifrigen Stricknadeln inne. Sie revidierte ihre erste Einschätzung von Major Constable. Dieser

Blick verriet ihn. Die leuchtenden blauen Augen hatten einen stählernen Schimmer. Hinter ihnen befand sich ein Verstand – scharf, fähig, skrupellos. Dieser spontane Eindruck war unauslöschlich. Wenn es für sie noch den Schatten eines Zweifels gegeben hätte, war er beseitigt. Sie zog an dem blaßrosa Knäuel und strickte weiter.

March sagte: »Ich bat Sie herzukommen, weil zwei Aussagen gemacht worden sind, die ein völlig anderes Licht auf Mr. Bradings Tod werfen.«

Maida zuckte mit den Achseln. »Ja, Sie müssen wohl weitermachen mit der Angelegenheit. Aber was soll's – er ist tot. Schließlich bin ich die Person, die am meisten betroffen ist. Ich habe meinen zukünftigen Ehemann verloren – und ein Vermögen. Vielleicht können Sie mir ja eine Frage beantworten: Er hatte doch ein Testament zu meinen Gunsten gemacht und es unterzeichnet. Habe ich eine Chance zu kriegen, was er mir zukommen lassen wollte, wenn ich vor Gericht gehe? Jack meint nein, aber ich weiß nicht ... ich glaube ...«

Jack Constable sagte: »Ich habe nicht gesagt, daß du keine Chance hast. Du mußt einen Rechtsanwalt konsultieren. Das habe ich gesagt. Das sollte sie doch, oder?« Er wandte sich an March.

Der aber erwiderte: »Wenn Sie nichts dagegen haben, bleiben wir bei der Sache. Miss Grey hat ausgesagt, daß Brading bereits tot war, als sie ein paar Minuten vor drei zum Anbau ging. Da Sie beide nur gut zehn Minuten zuvor bei ihm waren, ist ihre Position, wie Sie sehen, wesentlich betroffen.«

Maida zog an ihrer Zigarette und stieß den Rauch aus. »Lilias würde doch alles sagen«, meinte sie mit schleppender Stimme. »Die Weltmeisterin im Lügen. Haben Sie das nicht herausgefunden? Dann werden Sie es noch. Im Scheinwerferlicht stehen – das ist alles, was sie will.«

March fuhr fort, als habe sie nichts gesagt. »Ihre Position ist davon berührt. Ich muß Ihnen sagen, daß alles, was Sie sagen, niedergeschrieben wird und als Beweismaterial gegen Sie verwendet werden kann.«

Crisp setzte sich neben der Tür hin und nahm Bleistift und Notizblock heraus.

Jack Constable zeigte sich erstaunt. »Aber das ist doch lächerlich. Sie wollen doch nicht etwa behaupten, daß Maida – also, ich habe ihn doch noch nach ihr gesehen!«

»Was ich sagte, gilt für Sie genauso wie für Mrs. Robinson.«

Jack Constable starrte ihn weiter an. »Mein lieber Mann, das ist doch verrückt! Ich ging zurück, um Maidas Tasche zu holen, und alles war vollkommen in Ordnung. Während ich dort war, telefonierte er sogar mit ihr.«

»Jemand telefonierte. Sie und Mrs. Robinson behaupten, es war Mr. Brading. Miss Snagge hörte nur die Stimme eines Mannes. Die Polizei wird bei ihrer Beweisführung davon ausgehen, daß es Ihre war.«

Constable sagte langsam: »Die Beweisführung der Polizei – so weit sind wir also schon?« Er warf den Kopf zurück und lachte. »Ich muß schon sagen, Sie müssen wohl mächtig um Beweise verlegen sein! Vielleicht macht es Ihnen ja nichts aus, uns mitzuteilen, welches Motiv wir gehabt haben sollten. Maida hatte sich gerade mit ihm verlobt, und er hatte ein Testament zu ihren Gunsten gemacht. Ich wußte nichts davon, ich habe erst später davon gehört. Und dann soll sie den armen Kerl nicht nur erschossen, sondern auch noch das Testament vernichtet haben. Ein verdammt guter Fall, das muß ich schon sagen! Macht Sinn, nicht wahr?«

March sah ihn fest an. »Es macht eine Menge Sinn, Constable. Es war nämlich Miss Grey, die das Testament verbrannte.«

Maida nahm ihre Zigarette aus dem Mund und sagte: »Lilias ist verrückt. Das habe ich mir schon lange gedacht. Ich vermute, sie hat ihn erschossen.«

»Warum sollte sie ihn erschießen?«

»Ich weiß es nicht. Warum sollte ich es tun? Ich hatte jeden Grund, es nicht zu tun.«

»Tatsächlich, Mrs. Robinson? Wir können uns damit beschäftigen, wenn Sie möchten. Sie schrieben am Donnerstagabend zwei Briefe –«

Die Hand mit der Zigarette bewegte sich wieder zu den Lippen. »Und wenn?«

»Einer davon war an Mr. Brading gerichtet.«

Sie inhalierte einen Mundvoll Rauch und ließ ihn langsam wieder entweichen.

»Ich war mit ihm verlobt. Man schreibt seinem Verlobten Briefe.«

»Sie schrieben Brading einen Brief, und Forrest warf ihn ein.«

»Richtig.«

»Es gab noch einen zweiten Brief – an eine Mrs. Hunt.«

»Wie außerordentlich belastend!«

March sagte: »Ich fürchte schon. Sehen Sie, Sie verwechselten die Umschläge.«

Sie starrte ihn nur an. »Ich tat was?«

»Sie steckten den Brief, den Sie Mrs. Hunt geschrieben haben, in den Umschlag, der an Brading adressiert war. Er erhielt ihn mit der zweiten Post am Freitag. Er ging in den Anbau und rief Sie an. Moberly hörte die Unterhaltung auf dieser Seite mit. Sie wissen selbst am besten, was in dem Brief stand, den Sie ihrer Freundin Mrs. Hunt geschrieben haben. Moberly hörte, wie Brading sagte: ›Du hast diese zwei Briefe in die falschen Umschläge gesteckt, und damit hat das Ganze ein Ende. Vielleicht hast du vergessen, mit welchen Worten du mich zu beschreiben beliebtest. Du kannst ja dein Gedächtnis auffrischen, wenn ich dir den Brief heute nachmittag zurückgebe. Und dann sagte er etwas über die Vernichtung des Testamentes, das er am Morgen unterzeichnet hatte, und über der ›dunklen Mächte Hand zwischen Lipp' und Kelchesrand‹.«

Jack Constable beobachtete sie.

Voller Verachtung rief sie: »Moberly! Der würde doch alles sagen! Er steckt selbst in der Patsche. Natürlich will er es jemand anderem anhängen.« Die Zigarette wurde wieder an die Lippen geführt.

In diesem Augenblick klingelte das Telefon. March nahm den Hörer ab und hörte zu. Für die übrigen Personen im Zimmer war die Stimme von Sergeant James, der aus dem Büro anrief, ein Gemurmel in Baritonlage. March überbrachte er die Nachricht, daß eine Dame in der Halle sei, die dringend nach Mrs. Robinson fragte.

»Der Name ist Hunt, Sir – Mrs. Hunt.«

Mit völlig unbeteiligter Stimme fragte March: »Sagte sie, was sie möchte?«

Sergeant James räusperte sich. Seiner Meinung nach wäre es am besten, wenn sie nach Hause ginge und sich ausschliefe, aber das wollte er dem Chief Constable nicht gern sagen. Er nahm Zuflucht zu einem Kompromiß: »Also, sie ruft nach Drinks, und sie sagt, sie möchte Mrs. Robinson sehen – es geht um einen Brief, Sir. Bei ihr sind zwei Männer.«

March meinte nur »In Ordnung« und legte auf. Er kritzelte etwas auf einen Zettel und reichte ihn Miss Silver.

»Vielleicht wären Sie so gut und übernehmen dies.«

Sie las ihn mit ernster Aufmerksamkeit, steckte ihn mit den Nadeln und der blaßrosa Wolle in den Strickbeutel und verließ das Zimmer. Das Ganze hatte nur sehr wenig Zeit beansprucht.

Crisp hatte fertig geschrieben und blickte auf. Jack Constable sah aus, als wolle er etwas sagen, brächte es aber nicht heraus. Maida rauchte weiter. Als March sich wieder an sie wandte, kam Miss Silver gerade in die Halle und bemerkte den Tumult dort. Der Zettel des Chief Constable hatte sie informiert, daß Mrs. Hunt hier sei. Sie hatte keine Schwierigkeiten, sie zu erkennen. Man wurde sich ihrer Gegenwart auf sehr lebhafte und spektakuläre Weise bewußt. An ihr war eine ganze Menge dran, eingehüllt in kirschroten Chiffon mit etlichen Reihen künstlicher Perlen, die auf ihrem enormen Busen ruhten. Sie hatte eine Fülle schwarzen Haares und große, dunkle, rollende Augen, die man gesehen haben mußte. Sie trug ein weißes, mit Glitzersteinen besetztes Täschchen und war entschieden schon mehr als halb hinüber. Es war schade, daß March die Begegnung zwischen ihr und Miss Silver nicht beobachten konnte, aber Charles und Stacy, die gerade aus dem Speiseraum kamen, waren ein Publikum, das die Szene zu schätzen wußte.

Mit einem einleitenden Hüsteln wandte sich Miss Silver an die überschäumende Dame, die gerade mit einzigartig tragender Stimme bemerkt hatte, daß sie, selbst wenn alle in diesem gottverlassenen Nest tot und begraben seien, einen Drink haben wolle, und wenn sie dazu die Bar überfallen müsse.

Miss Silver sagte: »Mrs. Hunt, nehme ich an.«

Sie erhielt ein breites Lächeln. »Das bin ich – Poppy Hunt. Nennen Sie mich Poppy – jeder tut das. Sind Sie die Managerin? Denn wenn Sie es sind, will ich Ihnen mal was sagen – der Service hier ist verdammt schlecht. Fünf Minuten bin ich schon hier und bekomme nichts zu trinken. Wir sind zu dritt und uns hängt die Zunge zum Hals heraus! Wenn ich vorstellen darf – mein Freund, mein Mann. Und wir alle möchten was zu trinken.«

Der Freund war ein dünner, abgezehrter Mann mit düsteren Augen. Er hatte das melancholische Stadium erreicht und lehnte an der Rezeption mit dem Gesichtsausdruck eines Mannes, der fast jede Art von Tod willkommen heißen würde.

Im Gegensatz dazu war Mr. Hunt überhaupt nicht betrunken. Er sah besorgt und unnütz aus wie eine Ameise, die den Weg zurück zu ihrem Bau nicht mehr findet. Er blickte durch einen verbogenen Kneifer auf seine Frau und murmelte: »Vielleicht ein wenig Soda, meine Liebe ...«

Miss Silver hustete mit großer Entschlossenheit. »Kommen Sie, und setzen Sie sich an diesen Tisch, Mrs. Hunt. Ich glaube, Sie haben sich nach Mrs. Robinson erkundigt.«

Poppy ließ sich mit einem Plumps nieder, der den angebotenen Sessel zum Schwanken brachte.

»Das stimmt«, sagte sie. »Ich möchte etwas zu trinken, und ich möchte Maida, beides kann ich offenbar nicht kriegen. Was für eine Bruchbude ist das hier eigentlich?« Sie sagte das ganz ohne Groll. Betrunken oder nüchtern, Poppy Hunt war nicht böswillig.

Miss Silver hustete. »Um Ihre Bestellung wird man sich kümmern. Erwartet Mrs. Robinson Sie?«

Poppy lachte. »Überhaupt nicht! Ist eine Überraschung für sie – ein Witz, wenn Sie verstehen, was ich meine – den besten Witz, von dem Sie je gehört haben. Sie schreibt mir, aber ich bin weg. Der Brief geht nach Hause, aber ich bin nicht da. Daher bringt mein Mann ihn mit, als er heute morgen kommt, um mich abzuholen. Ich und mein Freund, wir waren bei meiner Schwester. In Ledbury – da wohnt sie. Netter kleiner Ort. Alle Freunde waren zusammen – die übliche Clique – gab reichlich zu trinken. Also, Al bringt meinen Brief mit, und als ich ihn öffne, was glauben Sie?« Sie hatte die Ellbogen auf dem orangefarbenen Tisch aufgestützt. Ihre ein oder zwei Kinne waren auf ihren Wurstfingern aufgestützt, die vor Ringen nur so glitzerten. »Das war vielleicht ein Witz! Was glauben Sie, was sie getan hat? Den falschen Brief hineingetan! Auf dem Umschlag stand ›Mrs. Al Hunt‹. Und drinnen hieß es ›Mein lieber Lewis!‹, und sie schrieb, daß sie ihn heiraten wollte! Ich kann mich nicht erinnern, wann ich je so viel gelacht habe!«

Sie lachte auch jetzt und wiegte sich dabei vor und zurück, daß der Sessel unter ihrem Gewicht quietschte.

»Ein schönes Kuddelmuddel! Ich bekomme ›Mein lieber Lewis‹ und er ›Liebe Poppy‹ und Gott weiß, was sie noch geschrieben hat – daß er ein alter Stockfisch ist, aber daß es das beste ist, was sie tun kann. Also sagte ich zu meinem Mann: ›Was soll's? Ist ja keine Entfernung nach Saltings. Auf dem Rückweg schauen wir bei ihr vorbei und trinken einen zusammen.‹ Und dann war sie nicht zu Hause. ›Also‹, sagte ich, ›nur nicht aufgeben. Sicher ist sie in diesem Club, den sie so mag. Wir erwischen sie da, und zu trinken bekommen wir dort auch etwas.‹ Und da sind wir!«

Den letzten Satz wiederholte sie langsam. Man hatte den Eindruck, als ob etwas in ihr hinunterliefe. Mit einem Lachen, das halb ein Schluckauf war, legte sie wieder los: »Lustig, nicht? Ich finde schon. Wenn sie nämlich seinen Brief in meinen Umschlag gesteckt hat, dann wette ich, daß er meinen Brief bekommen hat. Und Gott allein weiß, was sie darin geschrieben hat.« Mit einem Ruck richtete sie sich auf und starrte Miss Silver an. »Wohlgemerkt, ich sage nicht, was sie schrieb, weil ich das nicht weiß, aber wenn es so was ist, wie sie mir schon einmal geschrieben hat, muß sie wohl einiges erklären. Sie war natürlich ganz darauf aus, ihn zu kriegen, und ich mache ihr keine Vorwürfe deswegen. Geld ist Geld, und ein Mädchen muß schauen, wo es bleibt. Also können wir nur hoffen, daß sie sich nicht halb so drastisch ausgedrückt hat wie im letzten Brief.« Sie machte eine Pause, starrte wie eine Eule und schoß dann einen letzten Pfeil ab. »Ich sag' Ihnen was – halb soviel wär noch verdammt zuviel.«

Miss Silver fragte sie: »Haben Sie heute die Zeitung gelesen?«

Sie starrte sie wieder an.

»Ich lese keine Zeitungen. Wir haben durchgemacht. Kommt der Drink immer noch nicht?«

Miss Silver hüstelte sehr zart. »Sie haben heute keine Zeitung gelesen. Haben Sie denn gestern eine gelesen?«

Poppy Hunt saß aufrecht da mit den Armen auf den Lehnen des Sessels. Alles schwankte ein wenig – und sie brachten ihr keinen Drink. Ihre Stimme klang eher bekümmert als verärgert: »Ich lese nie Zeitungen. Ein Haufen Quatsch. Wo ist Maida?«

Miss Silver erhob sich. »Ich bringe Sie zu ihr. Wo ist der Brief, von dem Sie sprachen?«

Sie wühlte in ihrer Glitzertasche. Der Inhalt quoll heraus. Ein Lippenstift rollte in eine Richtung, die Puderdose in eine andere. Mr. Hunt, der sich in der Nähe herumtrieb, ging auf alle viere und las die Sachen auf. Der Freund stand noch immer gegen den Büroschalter gelehnt da, seine Melancholie war weiter fortgeschritten in Richtung Koma.

Miss Silver bückte sich, brachte einen ziemlich knallig blauen Umschlag in Sicherheit und sagte munter: »Kommen Sie, Mrs. Hunt, ich bringe Sie zu Mrs. Robinson.«

37

Im Arbeitszimmer war der Chief Constable damit beschäftigt, auf der Stelle zu treten. Er hatte Miss Silver ein besonders heikles und schwieriges Blatt überlassen. Er bezweifelte keineswegs ihre Fähigkeit, so viele Stiche damit zu machen, wie menschenmöglich war, aber es fiel ihm schwer, sich zu konzentrieren. Er hatte gerade eine Reihe von Fragen an Major Constable beendet, die darauf abzielten, ihm zu entlocken, ob er von Major Forrests Revolver und seinem Versteck wußte. Sie wurden mit einer offenen Unbekümmertheit beantwortet, die sie ihrer Bedeutung zu berauben schien.

»Aber natürlich wußte ich, daß er einen Revolver hatte. Er erzählte immer Geschichten darüber – daß er seinem Vater gehört und dem alten Herrn das Leben gerettet hatte und solche Sachen. Wußte ich, wo er ihn aufbewahrte? Da haben Sie mich erwischt. In einer Schublade im Sekretär, glaube ich, aber ich würde nicht darauf schwören. Das ist eines dieser Dinge, die man einfach so annimmt, und wenn jemand dann fragt, wie und warum, ist man mit seiner Weisheit am Ende.«

Nichts hätte offener und genialer sein können.

Maida Robinson warf ihren Zigarettenstummel in Richtung Papierkorb. Er traf die Ecke und fiel auf den Teppich zurück. Ohne ihn eines Blickes zu würdigen, zündete sie sich die nächste an.

March wandte sich an Jack Constable. »Wie lange kennen Sie Mrs. Robinson schon?«

Constable lachte. »Wie lange ist es, Maida?«

Die Spitze ihrer Zigarette glühte auf. Sie hielt sie zur Seite. »Oh, seit dem Krieg – ein paar Tänze, ein paar Drinks ...«

»Und wie gut kennen Sie sich?«

»Wie ich sagte.«

»Nicht mehr?«

Jack Constables blaue Augen starrten ihn an. »Soll das ein Angriff sein?«

»Nicht, wenn Sie es nicht so auffassen.«

Maida wedelte mit der Hand, um den Rauch zu vertreiben. »Worauf wollen Sie hinaus? Weil Jack und ich uns hin und wieder begegnen, haben wir uns in einer lächerlichen Verschwörung zusammengetan, um Lewis zu töten? Benutzen Sie Ihren Verstand, Mr. March! Ich habe schon mit einer Menge Männer getanzt und auch mit ihnen getrunken. Einen von ihnen habe ich sogar geheiratet, und das hat mir leid getan. Gut, ich wurde geschieden und wollte Lewis heiraten. Ich gebe ja nicht vor, daß ich verliebt in ihn war, und wenn ich das versuchte, würde das auf Sie keinen Eindruck machen. Ich mochte ihn – er war kein so übler alter Kauz. Und er war Hals über Kopf in mich verliebt. Denken sie nur daran, wie er losrannte und das Testament machte. Ist es denn wahrscheinlich, daß ich das alles wegwerfen wollte?« Sie lachte und zog an ihrer Zigarette. »Das mit den Briefen ist alles Unsinn. Moberly hat sich das ausgedacht, um seine Haut zu retten. Jeder wußte, wie Lewis ihn schikanierte, den armen Kerl. Ich habe ihm immer gesagt, daß er es eines Tages zu weit treiben würde. Aber angenommen, Sie hätten recht, und Lewis wäre zornig auf mich gewesen – er war es nicht, aber lassen Sie es uns einmal einen Augenblick lang annehmen.« Wieder lachte sie leise. »In fünf Minuten hätte ich ihn wieder herumgekriegt. Ich brauchte ihn nicht zu erschießen – er hätte mir aus der Hand gefressen. Sie sind einfach verrückt.«

March entgegnete: »Das hängt davon ab, was Sie in Ihrem Brief an Mrs. Hunt geschrieben haben – den Brading aus Versehen bekam.«

Kaum hatte sie gesagt: »Es gab keinen Brief«, da flog die Tür auf, und Poppy Hunt stand davor.

Es war Poppy selbst gewesen, die sie aufgestoßen hatte. Ein Geruch von Alkohol und Parfüm hüllte sie ein. Schwankend stand sie in ihrem roten Kleid auf der Türschwelle. Der Raum mit seinem Nordfenster, das durch den Hügel davor nicht besonders viel Licht hereinließ, erschien ihr voller Schatten. Der Rauch von Maidas Zigaretten hing in der Luft. Ihr Verstand war vom Alkohol benebelt. Alles verschwamm an den Ecken und war nicht ganz gerade. Leute waren dort – ein Mann am Schreibtisch – ein weiterer Mann – ein Polizist – aber immer noch keine Drinks.

Miss Silver kam an ihr vorbei und legte Randal March den Umschlag in die Hand. Er war an Mrs. Hunt gerichtet, und er war geöffnet.

Er hatte gerade genug von dem Briefbogen herausgezogen, um die Worte »Mein lieber Lewis« zu lesen, als Poppy Maida entdeckte – das leuchtende Haar zuerst, dann die Hand mit der Zigarette, das dünne schwarze Kleid, die Augen.

Die Augen starrten sie an. Erschreckt und blaß war das Mädchen. Wenn Poppy drüber nachdachte, hatte sie Maida noch nie blaß gesehen – immer frische Farben und keine Notwendigkeit, welche aufzutragen.

Die Farbe war völlig verschwunden, als Randal March sich nach vorn beugte mit einem Bogen ziemlich knallig blauen Papiers in der Hand.

»Mrs. Hunt hat Ihnen den Brief gebracht, den Sie aus Versehen in ihren Umschlag gesteckt haben.«

Diese Worte lösten alles weitere aus. Poppy Hunt hielt sich am Türrahmen fest und sah, was geschah. Jemand rief: »Das Fenster!« Ein Stuhl flog durch die Luft. Das war ja ein richtiges Irrenhaus. Maida sprang aus dem Fenster und rannte weg, ein Mann war hinter ihr her. Sie begann schrill zu schreien.

Es war Jack Constable, der gerufen und den Stuhl geworfen hatte. Er hatte ihn Crisp ins Gesicht geschleudert, ihn so zu Fall gebracht, daß er ausgestreckt am Boden lag. March sah einen zweiten Stuhl auf sich zukommen und wich aus, aber die Lehne erwischte ihn an der Schulter, wirbelte ihn herum und bremste ihn. Als er zum Fenster gelangte, war Maida außer Sichtweite und Jack Constable lief gerade um die Hausecke.

March sprang über das Fensterbrett und rannte hinter ihnen her, während Crisp, dem Blut über das Gesicht strömte, langsam auf die Beine kam und den anderen Weg durch den Flur und die Halle nach draußen nahm.

Am Portal kamen sie mehr oder weniger gleichzeitig an. Crisp mußte mitansehen, wie sein eigenes Polizeiauto die Auffahrt hinunterschlitterte. Das Blut tropfte ihm in die Augen, aber das war gar nicht nötig, um ihn rotsehen zu lassen. Nahmen einfach das Polizeiauto, das er gewendet und zur Abfahrt bereitgestellt hatte! Und nichts war da, um sie zu verfolgen, außer dem Vauxhall des Chief Constable, der verkehrt herum stand. Natürlich konnten sie nicht entkommen, aber sie hatten ihnen einen Vorsprung gegeben. Und der Nerv, den sie hatten, das fuchste ihn!

Er warf sich ins Auto, und während der Chief Constable

wendete, wischte er sich verärgert das Blut aus den Augen und gab Constable Jackson Anweisungen: »Sag James, er soll alle Polizeiwachen anrufen! Gib das Kennzeichen des Wagens durch! Er soll angehalten und die Insassen verhaftet werden! Springen Sie hinten rein, Hewitt!«

Dann schwang der Wagen herum, und sie sausten die Auffahrt hinunter. Als sie heil vom Gelände gekommen waren und nach Warne hinunterfuhren, war der Polizeiwagen gerade noch in Sicht, wie er den langen, langsamen Anstieg des Hügels auf der anderen Seite hinauffuhr. Es gab keinen anderen Weg, und genauso sicher würden sie auch durch Ledstow kommen, aber danach würde es schwierig werden.

March blickte zur Seite und fragte: »Alles in Ordnung, Crisp?«

»Ja, Sir – nur eine kleine Platzwunde.«

»Sie sehen wie ein weiteres Mordopfer aus. Hier, Hewett, binden Sie ihm ein Taschentuch um den Kopf, damit ihm das Blut nicht in die Augen fließt. Sie können das von da hinten machen.«

Der Polizeiwagen war außer Sichtweite. Er war über die Kuppe des Hügels gefahren und jetzt auf dem Weg nach Ledstow.

March sagte: »Dort werden sie nicht anhalten, und sie haben einen guten Vorsprung. Was haben sie vor? Sie können es nicht riskieren, nach Ledlington zu fahren mit all den engen Straßen, und die Fahndung läuft bereits. Ich glaube, sie wenden sich eher landeinwärts und nehmen die alte Schmugglerstraße, die durch Cliff am Catherine-Wheel vorbeiführt – eine gute gerade Strecke mit keiner nennenswerten Kurve, bis sie von den Klippen weg und wieder landeinwärts führt, so etwa sieben Kilometer. Sie rechnen wahrscheinlich damit, uns dort abhängen und den Wagen irgendwo in einer kleinen Straße loswerden zu können. Zumindest würde ich das an ihrer Stelle versuchen.«

»Sie werden nicht davonkommen«, behauptete Crisp verbissen. Sein Kopf wurde gerade verbunden, und Constable Hewett stellte sich außerordentlich ungeschickt dabei an. Kein Erste-Hilfe-Kurs der Welt konnte behende Finger hervorbringen, wenn das, was ein Kerl von Natur aus hatte, ein Bündel linkischer Daumen war. Erbost meinte er: »Das reicht!« und schüttelte den Kopf genau wie ein Terrier, der aus dem Graben kommt, wo ihm gerade eine Ratte entwischt ist.

Sie rasten durch Ledstow mit einer Geschwindigkeit, daß die Leute sich nach ihnen umdrehten. Als sie an der Polizeiwache vorbeischossen, winkte sie ein Constable in Richtung Ledlington. Die Schmugglerstraße zweigte einige Kilometer weiter davon ab und verlief zwischen Hecken, bis sie im Dorf Cliff zum Meer zurückführte und von dort aus frei und ungeschützt der ansteigenden Küstenlinie folgte.

Auf dem Anstieg jenseits des Catherine-Wheel sahen sie den Wagen wieder.

March meinte. »Wir haben aufgeholt«, und Crisp erwiderte: »Nicht genug.«

Danach sprach keiner von ihnen. Die Tachometernadel stieg auf einhundert Stundenkilometer, blieb zitternd stehen und kletterte langsam weiter bis auf einhundertfünfzehn. Das schwarze Auto vor ihnen verschwand hinter der Kuppe des Hügels. Auf Meereshöhe standen drei verschiedene Straßen zur Auswahl – eine Chance von 2:1, sie zu verpassen.

Sie kamen jetzt selbst auf den höchstgelegenen Punkt der Straße und sahen den langen Abstieg, der am Rande der Klippen entlanglief und mit ihnen abfiel zu einer Ebene mit Bäumen und Hecken. Sie hatten aufgeholt, aber, wie Crisp gesagt hatte, nicht genug. Es hatte ein Drittel des Weges hinab zurückgelegt und würde lange genug außer Sicht sein, um jenseits der Kurve am Fuße des Hügels in eine der drei Straßen einzubiegen, wenn sie rechtzeitig durch die Kurve kamen. Bei einer freien Straße konnten sie das schaffen.

Aber die Straße war nicht frei. Ein Laster quälte sich den Anstieg hinauf. Blitzschnell lehnte Crisp sich weit aus dem Auto, so daß man seine Uniform erkannte, und streckte seine Hand aus wie den Flügel eines Signalmastes. March bremste ab. Der Lastwagenfahrer zögerte, sah auf die zwei Fahrzeuge, die ihm entgegenrasten, dachte zuerst daran, zur Seite auszuweichen, sah dann Crisps hektische Zeichen, die Polizeiuniform und stutzte. Als Jack Constable ihn anbrüllte wie ein Stier, hielt er mitten auf der Straße an. Er mochte es überhaupt nicht, angebrüllt zu werden. Er blieb stehen und bereitete sich darauf vor, herauszuspringen.

Aber das war nicht nötig. Jack Constable schätzte die Lücke auf beiden Seiten ab. Er hätte jede Chance wahrgenommen, aber es gab keine. Er lachte, und Maida schrie. Dann riß er das Auto in Richtung Klippen. Als sie darüber hinwegrasten, schrie sie noch einmal.

38

Es war kurz vor neun, als Charles Forrest zum Telefon gerufen wurde. Gerüchte waren nach Warne House gedrungen. Die Polizei war in aller Eile weggefahren. Major Constable und Mrs. Robinson waren angeblich tot. Ihr Wagen war über die Klippen gerast und unten auf den Felsen zerschmettert. Die Gerüchte trieben Blüten: Es war ein Zusammenstoß mit einem Laster, ein Zusammenstoß mit dem Auto des Chief Constable, Selbstmord.

Zu alledem mußte Charles zu Lilias gehen und ihr zuhören, denn sie brauchte jemanden, dem sie erklären konnte, wie edel ihre Motive gewesen waren und wie wenig man damit rechnen konnte, verstanden oder geschätzt zu werden in einer Welt, die voll war von unsympathischen Charakteren wie dem

Chief Constable. Mit Erleichterung hörte er, daß er am Telefon verlangt wurde, und ging ins Arbeitszimmer, wo er das Gespräch entgegennahm.

»Hier ist March. Ich rufe aus dem Krankenhaus in Ledlington an. Können Sie sofort herkommen? Ich nehme an, Sie wissen, wer Brading erschossen hat. Sie versuchten in einem Polizeiauto zu fliehen und wurden auf der Küstenstraße blockiert. Constable lenkte den Wagen über die Felsen. Er war gleich tot. Mrs. Robinson nicht, noch nicht. Wir wollen ihre Aussage, aber sie will keine machen, solange Sie nicht dabei sind. Kommen Sie so schnell wie möglich – vielleicht bleibt nicht mehr viel Zeit.«

March wartete im Krankenhaus auf ihn.

»Sie hat sich das Rückgrat gebrochen. Sie ist völlig klar im Kopf und hat keine Schmerzen. Sie sagen, daß sie die Nacht nicht übersteht, und es kann schon früher zu Ende sein. Wir brauchen diese Aussage, und sie will kein Wort sagen, wenn Sie nicht dabei sind.«

Eine Treppe hoch, einen kühlen antiseptischen Gang entlang und um einen Wandschirm herum. Maidas leuchtendes Haar lag auf dem Kissen. Auf ihrem Gesicht war keine Spur des Unfalls zu sehen. Ihre Augen blickten in weite Ferne. Sie kamen zurück, um ihn anzusehen.

Neben dem Bett stand ein Stuhl. Er setzte sich.

Sie sagte: »Charles ...«

Ihre Hand bewegte sich ein wenig. Er nahm sie. Sie war kalt.

»Sie wollen, daß ich eine Aussage mache«, sagte sie.

»Ja. Wirst du es tun?«

»Ich wollte nicht, bis du kamst. Ich traue ihnen nicht. Du wirst es mir sagen – ist Jack tot?«

»Ja. Er war auf der Stelle tot.«

»Sterbe ich?«

»Ja.«

»Sicher? Ist das keine Falle?«

»Sie sagen es jedenfalls.«

Einen Augenblick lang schloß sie die Augen. »In Ordnung ...«

Ein Polizeistenograph kam hinter den Wandschirm, setzte sich auf die andere Seite des Bettes und nahm sein Notizbuch heraus.

Maida öffnete die Augen und sagte: »Ich habe Lewis erschossen – du weißt das. Ich hätte es nicht getan, wenn er nicht gesagt hätte, was er sagte. Wir planten es, nachdem wir von den Briefen erfahren hatten – aber ich wußte nicht, ob ich es fertigbringen würde, wenn es darauf ankam – ich wußte es nicht. Ich hatte den Revolver in meiner Tasche – ich kam nahe zu ihm und erschoß ihn. Er dachte, ich wollte das Testament ansehen, es lag da auf dem Tisch, aber ich erschoß ihn.«

Ihre Stimme war leise und fest, aber sie hatte nicht genug Luft, um ohne Pause mehr als ein paar Worte nacheinander zu sprechen. Sie hielt seine Hand. Nach einer Weile fragte sie: »Schreiben sie es auf?«

»Ja.«

»Es macht mir nichts aus – es hat keine Bedeutung mehr. Es war Jacks Idee – von Anfang an. Wir hatten schon vorher Dinger zusammen gedreht. Ich kam her, um mich mit Lewis einzulassen – wegen der Sammlung. Der erste Plan war, daß wir uns mit dem Zeug davonmachen. Dann hat Lewis sich in mich verliebt – ganz unvorhergesehen. Ich sagte Jack – ich könnte ihn heiraten – das wäre besser so. Zuerst mochte er das nicht, aber er stimmte zu. Er mochte mich selbst ein wenig.« Sie schloß die Augen wieder. Ihre kalten Finger bewegten sich in seiner warmen Hand. Dann hoben sich ihre Wimpern. »Leute zu mögen, ist die Hölle. Das hat die Geschichte vermasselt. Nicht für Jack, für mich. Du kamst daher, und – ich mochte dich. Wenn du mich gemocht hättest – hätten wir es zusammen versuchen können. Ich hätte Jack fortgeschickt – und Lewis und seine Sammlung den Bach runtergehenlassen. Ich habe es dir so gut wie gesagt – als wir zusammen nach Hause gingen – am Donnerstagabend. Aber du hattest – ja nichts für mich übrig. Es ist das Mädchen, nehme ich an – das, mit dem du – verheiratet warst –«

Charles sagte: »Ja.«

Man hörte von ihr den Hauch eines Lachens.

»So geht es. Es ist egal – jetzt – aber an dem Tag – war ich wütend. Ich ging hinein und ließ Dampf ab, als ich diese beiden Briefe schrieb – einen an Lewis, in dem ich ihm sagte, daß ich ihn heirate – und den anderen an Poppy Hunt – was ich dabei fühlte. Und ich tat sie in die – falschen Umschläge. Ich hatte ein paar Gläser getrunken – und ich war wütend auf dich.« Sie bewegte ihren Kopf ein wenig auf dem Kissen. »Na, ja –«

Eine Schwester kam um den Wandschirm und fühlte ihren Puls. Als sie wieder gegangen war, sagte Maida: »Lewis bekam meinen Brief mit der zweiten Post am Freitag. Er – rief mich an. Er war wütend. Er sagte, er hätte sein Testament unterzeichnet, und ich sollte besser kommen – ›um bei der Vernichtung anwesend zu sein‹. Ich dachte, das bedeutete, er würde – es nicht vernichten, bis ich kam. Ich dachte, vielleicht könnte ich ihn überreden – aber Jack sagte nein. Er – machte den Plan. Es – ging – alles – ganz – glatt –«

Dann kam eine lange Pause. Sie lag mit offenen Augen da und sah an Charles vorbei, als sei er nicht da. Die Schwester kam zurück. Die Aussage wurde Maida vorgelesen. Sie machte ein Zeichen. Charles und die Schwester bezeugten es. Die Schwester huschte davon. Der Stenograph ging auch und versuchte dabei kein Geräusch zu machen. Die Zeit verging. Nur ihre Augen bewegten sich. Sie wandten sich Charles zu und schienen ihn zu sehen. Langsam sagte sie: «Glaubst du, wir – verlöschen – einfach?«

»Nein.«

Nach einer Weile sprach sie wieder. »Was – denn?«

»Ich weiß nicht – wir lesen die Scherben auf und machen weiter.«

Ihre Lippen zuckten. Es war wie ein Lächeln. »Einige Scherben – Lewis – Jack –« Und dann: »Ich mag es, daß du – mich hinausbegleitest. Deine Hand ist – warm –«

Es war drei Uhr morgens, als er aus dem Krankenhaus kam und allein nach Saltings zurückfuhr.

39

Die gerichtliche Voruntersuchung war vorüber. Vorsätzlicher Mord und Selbstmord im Fall von Jack Constable. Vorsätzlicher Mord und Tod durch Unfall im Fall von Maida Robinson. Charles hatte seine Aussage gemacht, unterhielt sich dann mit verschiedenen Rechtsanwälten, mit James Moberly und mit Miss Silver.

»Ich weiß einfach nicht, was ich mit Lilias tun soll.«

Miss Silver hüstelte. Sie befanden sich im Arbeitszimmer. Sie war beim dritten Jäckchen und strickte eifrig.

»Sie hat einen schweren Schock erlitten. Sie wird, glaube ich, eine ganze Weile viel vorsichtiger sein. Ich war bei ihr und habe mit ihr geredet. Ich hoffe, es hat einigen Eindruck auf sie gemacht. Nicht nur sie selbst hatte die Gewohnheit angenommen, ihre Fehler zu kaschieren, sondern auch ihre Umgebung hat das getan. Es war ihr Wunsch, Aufmerksamkeit auf sich zu ziehen, ihre Fehler auf andere zu übertragen, und sie hat danach getrachtet, für Eigenschaften geliebt und geschätzt zu werden, die sie nicht besitzt.«

Das war sentenzenhaft, beinahe vorviktorianisch, es war das Weiterleben des großen Zeitalters der Moral. Selbst an einem der heikelsten Tage seines Lebens konnte Charles bewundern, wenn er selbst nicht mithalten konnte. Er konnte nur sagen: »So ist das in etwa. Aber wohin gehen wir von dort aus?«

Miss Silver hüstelte sanft ermutigend. »Sie braucht mehr Interessen, Beschäftigungen – etwas, das ihr die Befriedigung verschafft, daß sie Zustimmung auch auf legitime Weise erringen kann. Wenn sie irgendwelche Talente, irgendwelche Fähigkeiten besitzt, soll sie sie entwickeln und für andere nutzen.«

Das einzige, was Charles einfiel, erschien ihm schrecklich unangemessen.

»Während des Krieges hat sie für das Rote Kreuz gearbeitet, aber das ist schon lange her. Und davor spielte sie für einen Tanzkurs ... es hatte etwas zu tun mit den Abendkursen im Dorf ... ich weiß nicht genau –«

Miss Silver strahlte ihn an. »Das wäre doch für den Anfang wunderbar. Ermutigen Sie sie, so sehr Sie können. Und jetzt werde ich, wenn Sie mir verzeihen, hinübergehen, um Mrs. March zu treffen. Eine sehr charmante Person.«

»O ja. Ich habe sie getroffen – Pallas Athene.«

Miss Silver packte ihr Strickzeug ein. »Ein höchst angemessener Spitzname. ›Eine Tochter der Götter, göttlich groß –‹ wie Lord Tennyson sagt.« Sie stand auf und streckte die Hand aus. »Ich reise morgen ab. Ich weiß noch nicht, ob dies der Abschied ist oder nicht.«

Charles wußte es auch nicht. Er hatte Stacy noch nicht gesehen. Er hatte erst mit all diesen anderen Menschen sprechen und sie loswerden wollen, bevor er sie wiedertraf, und dann – das war genau der Punkt, von dem aus er nicht weiterwußte.

Miss Silver bezog sich dankbar und würdevoll auf Charles' »sehr großzügigen Scheck«. Da war eine Antwort notwendig. Er gab sie in aller Ernsthaftigkeit.

»Ich schulde Ihnen mehr, als ich je bezahlen könnte. March hat keinen Hehl daraus gemacht.«

Sie lächelte. »Er ist immer zu freundlich. Darf ich sagen,

Major Forrest, daß ich Ihnen alles erdenkliche Glück wünsche?«

Er wartete, bis sie gegangen war, und klingelte. Der Kellner, der kam, war Owen. Der Mann, der die Briefe am Freitag hereingebracht hatte!

Charles bat ihn: »Könnten Sie Miss Mainwaring finden und sie fragen, ob sie ein paar Minuten für mich übrig hat?«

Die Tür schloß sich, und er war wieder mit seinen Gedanken allein. Jedes Haus, in dem derartige Dinge geschehen sind, ist ein Geisterhaus. Aber in allen alten Häusern ist alles, was geschehen kann, bereits passiert – wieder – und wieder. Geburt und Hochzeit und Tod. Gut und Böse und die wandernden Gedanken der Menschen – ein altes Haus sieht das alles. Lewis und Maida und Jack Constable, James Moberly und Hester Constantine, Myra, Lilias, Miss Silver, Stacy und er selbst – sie waren Teil des Musters dieser Generation. Zuvor hatte es andere Generationen gegeben, weitere würden folgen. »Alle Flüsse fließen ins Meer, aber das Meer fließt nicht über.«

Von dort, wo er stand, konnte er den Anbau sehen, der dunkel im Schatten des Hügels lag. Er dachte daran, Fenster in jene kahlen Wände schlagen zu lassen – große Fenster. Der Club konnte die zusätzlichen Räume brauchen. Licht und Luft brauchte man in diesen Räumen. Diese schreckliche Sammlung mußte man auflösen – einige Dinge an Museen geben, die wertvolleren Steine getrennt verkaufen. Wenn man die Assoziationen loswurde, waren sie wie jeder andere Edelstein auch. Wirklich abscheulich, daß ein Mann das zum Zentrum seines Denkens gemacht hatte – in alten Verbrechen herumzuwühlen, ihre Verrücktheiten, ihre Leidenschaften, ihre Qualen aufzustöbern. Weg damit – Licht mußte herein. Er begann zu planen, wo die Fenster sein sollten.

Stacy kam herein. Sie hatte einen umflorten Blick und Ringe unter den Augen. Das weiße Kleid machte sie blaß, aber vielleicht war es nicht das Kleid –

Er stand am Fenster. Sie kam zu ihm, stellte sich neben ihn und wartete darauf, daß er etwas sagte. Die Gefühle zwischen ihnen waren ruhig und traurig. Schließlich sagte er: »Also, es ist vorbei.«

»Ja, Miss Silver sagte es mir.«

Geistesabwesend fuhr er fort: »Ich vermute, die Polizei wird wegen des Testamentes nichts unternehmen. Selbst wenn Maida weitergelebt hätte und nicht unter Verdacht geraten wäre, etwas mit Lewis' Tod zu tun zu haben, gab es niemanden außer ihr selbst, der es tatsächlich gelesen hat. Ich glaube, es wäre sehr schwierig für sie gewesen, Ansprüche auf den Besitz geltend zu machen. Wie die Dinge liegen, gibt es niemanden, der das tun könnte – und natürlich darf niemand von einer Straftat profitieren. Lilias hat praktisch zugegeben, daß sie das Testament vernichtet hat, aber sie hat nichts unterschrieben, und wenn man gegen sie vorginge, würde sie alles abstreiten. Jeder weiß, daß sie das Testament verbrannt hat, aber wenn sie sagen würde, die Polizei habe sie so schikaniert, daß sie einen hysterischen Anfall bekam und nicht wußte, was sie sagte – tja, dann hätte die Polizei einen häßlichen zweischneidigen Fall, der schwer zu handhaben ist. Beweise für ihre Hysterie gibt es ja genug. Ein Gerichtshof würde für mindestens genauso wahrscheinlich halten, daß das Testament von Lewis oder mir vernichtet wurde. Sie würden nicht daran rühren und den Dingen einfach ihren Lauf lassen.«

Ein langes Schweigen folgte. Schließlich meinte Stacy: »Charles, du siehst so müde aus.«

»Ich war fast die ganze Nacht auf.«

»Bei ihr?«

»Ja. Woher weißt du das?«

»Edna Snagges Schwester arbeitet im Krankenhaus.«

»Ach so.«

Dann wußte sie sicher, daß er Stunde um Stunde dort gesessen und Maidas Hand gehalten hatte, bis sie ihm entglitten war. In diesen Stunden kam ihm der Gedanke, daß er gerne wissen wollte, ob sie ihr gemeinsames Leben wieder aufnehmen könnten oder nicht. Im Moment bestand kein Gefühl zwischen ihnen – nur Müdigkeit und Traurigkeit und eine Art Herumtasten im Dunkeln. Wenn sie das verstand, würden sich die tastenden Hände eines Tages treffen, sie würden sich wiederfinden. Wenn sie es nicht verstand, blieben ihnen nur noch getrennte Wege.

Sie fragte: »Hattest du – sie gern?«

»Nicht so sehr.«

Sie nahm das einfach hin. Dann sagte sie. »Sie mochte dich. Ich bin froh, daß du da warst.«

Das Abtasten hatte ein Ende. Alles wurde klar.

Er sagte: »Sie hat nichts gespürt. Ich hielt ihre Hand.«

Stacy meinte: »Ich bin froh.«

Er legte den Arm um sie, und so standen sie eine ganze Weile da. In sie kehrte langsam Leben zurück – Leben und Gefühl. Es war wie Blut, das in ein taub gewordenes Körperglied zurückfloß. Es kitzelte und schmerzte, ein Ansturm der Gefühle.

Schließlich fragte er sie: »Warum wolltest du mich nie sehen?«

»Ich habe mich geschämt.«

»Wieso?«

»Es machte mir so viel aus ...«

»Ein ziemlich seltsamer Grund, findest du nicht?«

Er ließ seinen Arm von ihrer Schulter fallen. Seine Hand bewegte sich, um ihre zu berühren. Er spürte, wie sie zitterte. Sie sah ihn nicht an, er sie auch nicht. Sie blickten auf die kahlen Wände des Anbaus und auf den Hügel, der im Schatten lag, aber sie nahmen diese Dinge nicht wahr. Sie sahen drei unnötig vergeudete Jahre, drei Jahre, in denen sie hätten zusammensein können.

Stacy sagte mit einer Stimme, die genauso zitterte wie ihre

Hand: »Wenn ich dich gesehen hätte, wenn du mich berührt hättest, wäre es mir völlig gleichgültig gewesen, selbst wenn du eine Million Halsketten gestohlen hättest. Deshalb habe ich mich so geschämt.«

Seine Hand, die ihre berührte, drehte sich um und hielt sie mit einem schmerzhaften Griff fest.

»Wie ist es jetzt? Haben wir genug vergeudet oder noch nicht? Und was passiert, wenn Lilias das nächste Mal ihrer Phantasie freien Lauf läßt – wirst du wieder alles glauben, und wir lassen uns von neuem scheiden?« Er ließ die Hand los und umarmte sie. »Also?«

»Charles ...«

»Ja, ich bin Charles, und du bist Stacy. Aber die Frage ist, bist du Stacy Forrest? Jedesmal wenn ich hörte, wie jemand dich Miss Mainwaring nannte, hätte ich ihm am liebsten eins übergezogen.«

Stacy hörte auf zu zittern. Es war außerordentlich herzerfrischend, Charles so etwas sagen zu hören. Und dann hatte sie ein Bild vor Augen, wie Charles einen Kellner, der ihr gerade das Dinner servierte, k. o. schlug, und sie begann zu lachen. Sie rief: »O Charles!« und lachte, bis ihr die Tränen die Wangen hinunterliefen. Sie küßten und umarmten sich. Die leeren Jahre waren vorüber.